ईप्सा : काल यात्रा

PART: 1-2

एच ए वाला

Made with ♥ on the Notion Press Platform
www.notionpress.com

इस पुस्तक को पढ़ने जा रही मानवीय चेतना को....!!

क्रम-सूची

क्रम-सूची

प्रस्तावना

यह किताब सिर्फ एक किताब नहीं है !! यह मेरे रिसर्च का एक अध्ययाय भी है। मेने इसकिताब की कहानी, "निल सरस्वती स्त्रोत " के माध्यम से अपनी सर्जनात्मक क्रियाशीलता को बढ़ाने की कोसिस की है। कल्पना ध्यान + निल सरस्वती स्त्रोत पाठ के माध्यम से यह साबित करने की कोसिस की है के ध्यान ओर प्राचीन स्त्रोत का महत्व कितना गहरा है, उसकी उपयोगिता कितनी गहरी है।।

भूमिका

पुस्तक का नाम पसंद करने मैं सुझाव देने वाले मित्रोका धन्यवाद !! आभार !!

1

अध्याय-1: राजीव की चित्रा से मुलाकात

राजीव एक धनी व्यक्ति हैं जिनका जन्म एक बहुत धनी व्यापारी के घर में हुआ है। राजीव 27 साल का है। राजीव एक मेधावी छात्र है। उन्होंने जीव विज्ञान और क्वांटम भौतिकी दोनों में स्नातक और स्नातकोत्तर पूरा करने के बाद विश्व प्रसिद्ध विश्वविद्यालय से बायोफिज़िक्स, एमआईटी, यूएसए में पीएचडी पूरी की है और हाल ही में भारत लौटे हैं।

आज 20 फरवरी 2017 है। राजीव जैविक और क्वांटम भौतिकी पर व्याख्यान देने के लिए FRTIS नामक संस्थान में एक कार्यशाला में जा रहे हैं। यद्यपि वह तेजी से तैयार होने की कोशिश कर रहा है क्योंकि उसे देरी हो रही है I राजीव अपने व्याख्यान के समय से 30 मिनट देर से है l जल्दी से अपनी कार पार्किंग में खड़ी कर दी और एफआरटीआईएस जैविक विज्ञान विभाग की ओर दौड़ना शुरू कर दिया। जमीन में तेजी से दौड़ते हुए राजीव की नजर एक ऐसी महिला पर पड़ती है जो 25-26 साल की लगती हैl

राजीव की जल्दबाजी एक सेकेण्ड में ग़ायब होती दिख रही थी. राजीव महिला की तरफ देखता रहा और उसे लगने लगा कि वह उसे बरसों से जानता है, राजीव चाहे तो भी उससे नजरें नहीं हटा पा रहा था। उस महिला के प्रति राजीव का आकर्षण इस राजीव को मंत्रमुग्ध कर रहा था। और मनमे सोचने लगा; " मैंने इस खूबसूरत महिला को कहाँ देखा है? कहाँ देखा है ?? लेकिन वह याद नहीं कर सका। वह भूल गया कि व्याख्यान के लिए उन्हें देर हो चुकी है। राजीव ने मन ही मन सोचा कि क्या वह महिला के पास जाए और पूछा, "क्या हम पहले कभी मिले हैं?"

राजीव के पैर महिला की ओर बढे लेकिन पीछे से आवाज आई 'मिस्टर राजीव' यह आवाज राजीव के पीएचडी गाइड डॉक्टर मनीष की थी जो एफआरटीआईएस में साइंटिस्ट के पद पर कार्यरत थे। राजीव का ध्यान आवाज की दिशा की ओर गया;

डॉक्टर मनीष: राजीव! आपने बहुत देर कर दी है, जल्दी करें छात्र आपका इंतजार कर रहे हैं'

राजीव: हाँ। महोदय आ रहा हु , मैं आसपास डिपार्टमेंट ही कोही ढूंढ रहा था l

डॉ मनीष और राजीव की बातचीत के दौरान महिला वहां से चली गई और आगे बढ़ने लगी। राजीव को फिर से महिला की याद आई और उसने फूलों की ओर देखा लेकिन महिला कहीं दिखाई नहीं दे रही थी और अधीरता से इधर-उधर देखने लगा। तभी राजीव के पास से एक महिला निकली और ऊँचे स्वर में बोली "अरे! चित्रा!" राजीव का ध्यान उस महिला की ओर गया जो राजीव के पास से गुजरी थी। वह अपनी सहेली को पुकार रही थी जो सीधी दिशा में चली गई थी। चित्रा ने मुड़कर आवाज की दिशा में देखा। चित्रा को देखकर राजीव की आंखोको ढंडक मिली l

डॉक्टर मनीष: "चलो l खड़े क्यों हो ?? डॉक्टर मनीष ने कुछ गुस्से से राजीव की ओर देखा।

राजीव: हाँ सर! चलो चलते हैं

डॉ मनीष राजीव को एफआरटीआईएस के बायोफिजिक्स विभाग में ले गए। वहां डॉ मनीष के छात्र डॉ राजीव से मिलने का बेसब्री से इंतजार कर रहे थे।

डॉक्टर मनीष: प्रिय छात्र, कृपया ध्यान दें। मिलिए माई जीनियस स्टूडेंट डॉक्टर राजीव से l

डॉ मनीष राजीव की प्रशंसा करते हुए उन्होंने कहा कि 25 से 30 पीएचडी छात्रों ने मुझमें डॉक्टर की डिग्री हासिल की है, लेकिन मैं डॉ. राजीव जैसी बुद्धिमान और बहुआयामी मानसिकता वाले युवा वैज्ञानिक से कभी नहीं मिला। राजीव इकलौते ऐसे छात्र हैं जिन्होंने मेरे मार्गदर्शन में सिर्फ दो साल में पीएचडी की है। लेकिन राजीव चित्रा के ख्यालों में खोए हुए थे। राजीव को याद नहीं आ रहा था कि वह महिला कौन थी। ऐसा क्या है जो उसे उस महिला के प्रति इतना आकर्षित महसूस कराता है?राजीव को बेचैनी होने लगी थी।

डॉक्टर मनीष का ध्यान राजीव पर गया, राजीव सोच में खोए हुए लग रहे थे।

डॉक्टर मनीष: 'राजीव, क्या तुम ठीक हो?' यह सुनकर राजीव वर्तमानमें में वापस आ गए।

राजीव: हाँ सर। मै ठीक हूं।

राजीव ने स्वयं को शांत किया और व्याख्यान समाप्त किया। तीन घंटे के लेक्चर के बाद राजीव घर जाने के लिए बिल्डिंग से निकल गए। और वह उसी बगीचे से होकर गुजरा और पार्किंग की तरफ चलने लगा , उसकी नजर उस जगह पर पड़े जहां चित्रा खड़ी थी। चित्रा के मुस्कुराते हुए चेहरे के दृश्य, पीले फूल को छूती उंगलियाँ आदि। राजीव की याद में इकट्ठा हुए।

कार में बैठकर राजीव घर तक चित्रा को याद करते रहे। और धीमी आवाज में सोचता रहा और कहता रहा 'चित्रा...! कहाँ पे? मैं कहाँ मिल।।। ।।।। याद नहीं आ रहा था।

सात दिवसीय कार्यशाला का आज अंतिम सातवां दिन है। आज राजीव FRTI में अपना आखिरी लेक्चर दे रहे हैं। व्याख्यान देने के बाद, राजीव आए और उस स्थान पर खड़े हो गए जहाँ उन्होंने पहली बार चित्रा को देखा था। आखिरी सात दिन बीत जाने के बाद भी राजीव चित्रा को अपने दिमाग से नहीं निकाल पाए।

पीछे से डॉक्टर मनीष की आवाज आई "अरे राजीव! कल फिर विभाग आना।

राजीव: क्यों सर? मेरी व्याख्यान श्रृंखला आज समाप्त हो गई है, है ना?

डॉक्टर मनीष: हाँ। सच है, लेकिन मैं तुम्हें किसी से मिलने के लिए बुला रहा हूं। उन्हें भारत के सर्वश्रेष्ठ वैज्ञानिकों की सूची में पहले दस लोगों में से एक के रूप में जाना जाता है। वह एक प्रतिभाशाली वैज्ञानिक हैं। क्वांटम फिजिक्स, बायोफिजिक्स और मेटाफिजिक्स जैसे विषयों कार्यरत रहे है l मैं चाहता हूं कि आप अपने पोस्ट डॉक्टरेट का काम उनके देखरेख मे करे l

हम पिछले एक साल से उनसे मिलने की कोशिश कर रहे हैं, लेकिन हमारे द्वारा भेजे गए ईमेल का कोई जवाब नहीं आया। कुछ दिन पहले मैंने उन्हें आपकी पेशेवर प्रोफ़ाइल भेजी थी और आपके पोस्टडॉक के लिए आवेदन किया था। अच्छी बात यह है कि पहली बार उन्होंने हमारे ईमेल का जवाब दिया और कहा कि वह दो दिनों के लिए मुंबई में हैं और कल हमसे मिल सकते हैं, आप जानते हैं कि राघवाचार्य के अंदर भारत सरकार की कुछ बहुत ही गुप्त शोध परियोजनाएं चल रही हैं। यह आपके और आपके करियर के लिए सुनहरा मौका है।

राजीव को आश्चर्य हुआ कि;" जिन वैज्ञानिकों ने आज तक ईमेल का जवाब नहीं दिया था, वे अचानक उनसे मिलने के लिए क्यों तैयार हो गए?" राजीव मन ही मन सोचने लगा।

डॉक्टर मनीष: तुम फिर से की सोचने लगे? आजकल तु अक्सर कुछ न कुछ ख्यालों में खोया रहता है। डॉ. मनीष अपना बैग लेकर कार में घर जाने के लिए निकल पड़े, यह कहते हुए, "कल देर मत करना , दस बजे l समय पर आ जाना ।"

राजीव के दिमाग में फिरसे चित्रा की याद आ गई। राजीव को लगने लगा कि चित्रा कैंपस में थी जिसका मतलब है कि चित्रा पास के किसी विभाग में प्रोफेसर, वैज्ञानिक या शोध छात्र हो सकती है।

राजीव (मन में) : यदि मैं आसपास के विभागों में जाँच करूँ, तो मुझे चित्रा के बारे में कुछ जानकारी मिल सकती है। हाँ! कोशिश करनी चाहिए। 'एक मिनट' राजीव खुद से बात करने लगा 'कोई मुझसे पूछेगा कि मैं कौन हूं? मुझे चित्रा के बारे में जानकारी क्यों चाहिए ?और चित्रा का क्या काम है? तो मैं क्या जवाब दूं? लगता है मुझे कोई बहाना बनाना होगा' कुछ देर सोचने के बाद 'हाँ! हाँ! मैं कहूंगा कि जब मैं कैंपस के मैदानमे खडा था , तो एक महिला ने चित्रा नामकी एक महिला को आवाज दी और कहा कि जल्दी से कक्षा में आओ। चित्रा इतनी तेजी से चलने लगी, ओर मैंने देखा कि उसके बैग से चाबी गिर गई है। , मैंने चिल्लाकर चित्राको रोकने की कोशिश की लेकिन उसने नहीं सुना क्योंकि उसका ध्यान नहीं था। मैं इस चाबी को वापस करने के लिए चित्रा को ढूंढ रहा हु ।' बिल्कुल सही कहानी।

राजीवने चारों ओर के सभी विज्ञान विभागों में पूछताछ की लेकिन चित्रा नाम का कोई नहीं था या विभाग में काम नहीं कर रहा था। तो राजीव ने निराशा भरी निगाहों से कार की ओर देखना शुरू किया। तभी राजीव के मन में यह विचार आया, ''कैंद्रीय सूचना केंद्र भवन में मैंने पूछा तक नहीं था.'' राजीव कैंद्रीय सूचना केंद्र की ओर भागा । कैंद्रीय सूचना केंद्र में रिसेप्शन पर एक बेहद सख्त दिखने वाली महिला बैठी थी।उसके पीछे कोई प्यार का मामला या परेशान करने वाली हरकत तो नहीं हे ना ?

राजीव: नहीं मैडम। सिर्फ मदद करने की भावना से जानकारी मांग रहे हु ।

महिला : 'ओके' कहकर डेस्क कंप्यूटर में चित्रा का नाम ढूंढने लगी महिला, कुछ देर खोजने के बाद बोली, ''नहीं! विज्ञान विभाग में चित्रा नाम की कोई महिला नहीं है, सॉरी।"

राजीव: 'कोई बात नहीं'

वह हताशा में सीआईसी से बाहर निकलने लगा। थोड़ी देर में पीछे से रिसेप्शन लेडी की आवाज आई 'मिस्टर! रुकना !! , एक विभाग में जाँच करना भूल गई थी। चित्रा नाम की महिला को जैव विविधता और पर्यावरण-पारिस्थितिकी विभाग में इंटर्नशिप के लिए रखा गया था। वह अपने शहर वापस जा चुकी है। क्योंकि, उसकी इंटर्नशिप कल समाप्त हो गई है। आप हमें चाबी दीजिए, हम इसे चित्रा तक पहुंचाएंगे।

राजीव: 'कोन से शहर मे?' उसने उत्सुकता से पूछा।

महिला: संदेह से थोड़ा सा अपना चेहरा उठाते हुए, "तुम जानके क्या करो गे ? उनसे तमे क्या मतलब ? " हम उस जानकारी को आपके साथ साझा नहीं कर सकते, हमारे प्रोटोकॉल में नहीं।'

यह महसूस करते हुए कि महिला को शक हो रहा है, राजीव ने सोचा कि शांति से अपनी कार की चाबी की गुच्छे मे से पुराने ताले की दो चाबियां सौंप दें और जल्दी से निकल जाएं।

राजीव: 'ये दो चाबियां पहुंचानी हैं' और चाबियां देकर जल्दी निकल गए। राजीव हताश होकर, उदास संगीत सुनते हुवे घर के लिए निकल पड़ा।

2

अध्याय-2: डॉ. राघवाचार्य के साथ राजीव का साक्षात्कार

राजीव जल्दी से FRTIS में डॉक्टर मनीष के कक्ष में प्रवेश करता है। डॉक्टर मनीष फोन पर बात कर रहे थे "ठीक है! साहब चले गए? .... ठीक... 15 मिनट में विभाग पहोचेगे ? .... "ठीक है" और रख दिया।

डॉक्टर मनीष: अरे! राजीव! गुड मॉर्निंग।

राजीव : गुड मॉर्निंग सर।

डॉक्टर मनीष: 'मैं अभी डॉ. राघवाचार्य के सचिव से बात कर रहा था, वह चले गए, आप 15 मिनट में अपने भविष्य के मार्गदर्शक से मिलेंगे' और एक बड़ी मुस्कान दी। राजीव ने भी हल्की मुस्कान के साथ अभिवादन किया। डॉक्टर मनीष और राजीव यह कहते हुए बाहर आए कि 'चलो केबिन के बाहरखड़े रहते है और डॉक्टर राघव आचार्य का इंतजार करते हैं'।

15 मिनट के बाद, डॉ मनीष ने अपनी उंगली से राजीव को गलियारे की दिशा में इशारा किया और कहा, 'देखो ! सर, वहसे आ रहा है'।

लंबे गलियारे की छत के खंभों के बीच पड़ने वाली सूरज की किरणों से जगमगाते हुए गलियारे के बीच से आ रहे एक व्यक्ति पर राजीव की नजर पड़ी और वह डॉक्टर राघवाचार्य थे।ग्रे रंग की पतलून, नीली शर्ट, एक हाथ में सिगार और एक तरफ से लटका हुआ चमड़े का एक थैला साथ में डॉ. राघवाचार्य आए, जो

सूर्य की किरणों के प्रकाश से गुजरते हुए फिल्म और रोमन संस्कृति के देवताओं की तरह एक मजबूत शरीर की तरह दिखते थे। उसकी आँखों पर काला चश्मा था और वह एंग्लो-इंडियन रंग का दिख रहे थे 1 । उनकी दाढ़ी के बाल थोड़े सफेद और थोड़े भूरे रंग के लग रहे थे।उनकी अनुमानित आयु लगभग 49 वर्ष थी।

डॉ. राघवाचार्य, डॉ. मनीष और राजीव आए और खड़े हो गए। उसने अपना जलता हुआ सिंगार अपने हाथ से मुंह पर लगा लिया और डॉक्टर मनीष की तरफ हाथ बढ़ाया और कहा 'गुड मॉर्निंग'। डॉक्टर मनीष'

डॉक्टर मनीष : गुड मॉर्निंग सर। आपसे मिलकर बहुत अच्छा लगा।

डॉ. मनीष बोल रहे थे लेकिन डॉ. राघवाचार्य ने राजीव की ओर मुंह फेर लिया और डॉ. राजीव को अजीब तरह से देखने लगे। साथ ही उसके मुंह में भरे सिगार का धुंआ इधर-उधर बिखरा हुआ था, मानो धुएं के माध्यम से डॉ. राघवाचार्य की आंखों से विचारों को पढ़ने की राजीव की कोशिश नाकाम किया जा रहा हो 1

राजीव को डॉ. राघवाचार्य का व्यवहार थोड़ा अजीब लगा और राजीव को लगा कि चित्रा के साथ उनका जो अनुभव था जैसे वह उन्हें वर्षों से जानते थे, वह डॉ. राघवाचार्य के समान था।

फिर भी डॉ. राघवाचार्य राजीव पर पलक झपकाए बिनाही देख रहे थे और राजीव भी डॉ. राघवाचार्य के सिगरेट के धुएं के बीच राघवाचार्य के व्यवहार को समझने की कोशिश कर रहा था , लेकिन असफल रहा।

डॉ मनीष ने चुप्पी तोड़ी और कहा, "चलो मेरे केबिन में चलते हैं और चाय की चुस्की के साथ चर्चा करते हैं, डॉ राघवाचार्य, कृपया स्वागत करें।"

तीनों लोग केबिन की कुर्सी पर बैठ गए। उस समय जब डॉ. राघवाचार्य का सिगार खत्म हुआ तो उन्होंने अपनी दूसरी सिगरेट जलाई। यह देखकर राजीव को पता चला कि उनकी पोस्टडॉक. धुएं के बीच में ही आगे बढ़एगा ।

डॉ. मनीष : महोदय, आपकी सरकार की गुप्त शोध परियोजना की प्रगति कैसी है?

डॉ. राघवाचार्य: डॉ मनीष काश, सरकार ने मुझे इन विवरणों को आपके साथ साझा करने की अनुमति दी होती तो निश्चित रूप से मैंने आपके साथ शोध की प्रगति पर चर्चा की होती, लेकिन मैं सरकार के समझौते से बाध्य हूं। इसलिए मैं आपके साथ कोई जानकारी साझा नहीं कर सकता।' डॉ. राघवाचार्यने सिगार की राख को फूलदान में डालते हुए कहा और मजबूरी की भावना से डॉक्टर मनीष की ओर देखा।

डॉक्टर मनीष: कोई बात नहीं ! सर ! हम सब अपने देश के लिए काम कर रहे हैं। देश हित को ध्यान में रखते हुए गुप्त शोध को गुप्त ही रहने देना चाहिए।डॉ मनीष ने हल्की मुस्कान के साथ कहा।

डॉ राघवाचार्य: 'हाँ। अगर राजीव मेरे रिसर्च ग्रुप में शामिल हो जाते हैं, तो उन्हें भी इस समझौते पर हस्ताक्षर करने होंगे,' डॉ. राघवाचार्य राजीव की ओर देखने लगे। राजीव ने जवाब में सिर हिलाया।

डॉ मनीष: 'मुझे बहुत खुशी होगी अगर मेरे प्रिय छात्र राजीव और महान वैज्ञानिक दोनों मिलकर काम करें, मुझे गर्व महसूस होगा।' डॉ. राघवाचार्य सिगरेट के धुएं पर फुसफुसाते हुए डॉ मनीष को सुन रहे थे।

डॉ. राघवाचार्य: "मुझे राजीव की क्षमता पर कोई संदेह नहीं है" राजीव को एक अलग भाव से देखा और सिगार को कुर्सी की बांह पर रख दिया और हवा में धुआं उड़ाने लगे।

राजीव मनोमन सोचने लगे कि डॉ. राघवाचार्य से यह मेरी पहली मुलाकात है। फिर भी डॉ. राघवाचार्य ऐसे बात क्यों कर रहे हैं जैसे उन्हें लंबे समय से मेरे प्रदर्शन का अनुभव है?'

डॉ. राघवाचार्य: मैं राजीव से बस कुछ सवाल पूछना चाहता हूं। प्रश्न भारतीय दर्शन पर आधारित होंगे।

राजीव (मन में): "दर्शन?, बायोफिजिक्स, क्वांटम फिजिक्स के प्रश्न दर्शन के बारे में प्रश्नों के बजाय? क्यों?

डॉ. राघवाचार्य ने सवाल पूछना जारी रखा:

डॉक्टर राघवाचार्य: कर्म क्या है? क्या आप कर्म के फल में विश्वास करते हैं?

राजीव: 'हाँ, सर। सनातन हिंदू धर्म, बौद्ध धर्म, जैन धर्म में कर्म का अच्छी तरह से वर्णन किया गया है। राजीव यह कहकर चुप हो गए कि हमें वही कर्म करने का फल मिलता है। जब डॉ. राघवाचार्य ने राजीव से और जवाब सुनना चाहा। राघवाचार्य एक नजर से राजीव को गंभीरता से देख रहे थे।

डॉक्टर राघवाचार्य: क्या आप कर्म के बारे में इतना ही जानते हैं?

डॉक्टर राघवाचार्य उठ खड़े हुए। डॉक्टर मनीष और राजीव को लगा कि वे राजीव के जवाब से खुश नहीं हैं। केबिन के शीशे दीवार की ओर धीरे-धीरे बढे और शीशे से बाहर देखा। राजीव को सिर्फ अपनी पीठ दिखाई दे रही थी।

डॉक्टर राघवाचार्य ने अपने सिगार का एक घूंट लेते हुए राजीव को अपना आधा चेहरा दिखाई दे उस तरह से खड़े रह कर और पूछा: "क्या आपको सूक्ष्म शरीर, पुनर्जन्म, इच्छा-आधारित पुनर्जन्म सिद्धांत बौद्ध दर्शन और जैन धर्म के कर्म

पर आधारित पुनर्जन्म के दर्शन का कोई ज्ञान है। इतना कह सिगारका धुवा छोड़ा l

राजीव भ्रमित होने लगा। राजीव को दर्शनशास्त्र का बहुत कम ज्ञान था।

राजीवः सॉरी सर, मुझे नहीं पता।

डॉ. राघवाचार्य नाराज होकर राजीव के पास आए और हालांकि उनके पास आधा सिगार बचा था फिरभी सिंगर दानी ने गुस्से में उसे बुझा दिया और अपने बैग के साथ केबिन के दरवाजे की ओर तेजी से चलना शुरू कर दिया। डॉ. मनीष और राजीव को लगा कि डॉ. राघवाचार्य अब राजीव को पोस्टडॉक के रूप में नहीं चुनेंगे। डॉक्टर राघवाचार्य रुके और दरवाजे के पास खड़े हो गए।

उसने एक और सिगार निकाला, उसे अपने होठों के बीच दबाया और उसे सुनहरी रोशनी से जलाया l अपना चेहरा बाईं ओर झुकाया ताकि उसका आधा चेहरा फिर से दिखाई दे। हवा में धुआं उड़ाते हुए एक और घूंट लेते हुए उन्होंने कहा, "मेरा शोध संस्थान एसएससीआईआई, बैंगलोर में एसएसआईआई परिसर है, जिसे डॉक्टर आर रिसर्च लेबोरेटरी कहा जाता है। चार दिन बाद 10 बजे राजीव तुम रिपोर्ट करोगे, तुम्हारा इंटरव्यू खत्म हो गया है। आप मेरे मार्गदर्शन में अपना पोस्टडॉक कर सकते हैं।" यह कहते हुए अपने सिगार का एक घूंट लेते हुए केबिन से निकल गए।

डॉक्टर मनीष ने मुस्कुराते हुए राजीव की ओर देखा और कहा 'बधाई हो'। आप चुने गए हैं।पार्टी कहा दोगे?' लेकिन राजीव सोच में डूबा हुवा था l दर्शन और क्वांटम भौतिकी के बीच क्या संबंध है? वह इसके बारे में सोच रहा था।

राजीवः मुझे पोस्ट डॉक्टर के लिए कैसे चुना गया? आश्चर्य की भावना के साथ कहा।

डॉक्टर मनीषः मतलब?

राजीवः इसका मतलब है कि भले ही मैंने दर्शनशास्त्र के किसी भी प्रश्न का सही उत्तर नहीं दिया, लेकिन मेरा चयन हो गया। और दर्शन का बायोफिज़िक्स से क्या लेना-देना है? इंटरव्यू में ऐसे सवाल कहां पूछे जाने चाहिए? एमआईटी विश्वविद्यालय में मेरा पीएचडी कार्य, पर्यावरण तनाव जीव विज्ञान और भौतिकी पर था, तो मुझसे दार्शनिक प्रश्न क्यों पूछे गए?

डॉक्टर मनीष : राजीव की बात रोकते हुए कहा 'सुनो राजीव! डॉ. राघवाचार्य एक महान वैज्ञानिक हैं उनके अनुभव और दक्षता अलग-अलग स्तर के हैं। जब कोई व्यक्ति किसी क्षेत्र में उच्च स्तर की विशेषज्ञता या विशेषज्ञता प्राप्त करता है तो उसकी सोच अलग हो जाती है। जिसे आम आदमी को समझना मुश्किल हो

जाता है मैं आपको बताता हूं, यह एक सुनहरा है अवसर। जल्दी करो।" राजीव ने मुस्कुराते हुए उसकी ओर देखा। राजीव ने सहमति में सिर हिलाया।

डॉक्टर मनीष: ज्यादा मत सोचो । घर जाओ और बंगलौर के लिए निकल ने की तयारिया करो l

राजीव: ठीक ह, सर।

3

अध्याय 3 डॉक्टर राघवाचार्य की लैब में राजीव का जुड़ना

चूंकि राजीव का परिवार अमीर था, इसलिए उनका मुंबई, भोपाल और बैंगलोर में भी एक घर था। इसलिए डॉक्टर राघवाचार्य की लैब में रिपोर्ट करने से एक दिन पहलेही राजीव बैंगलोर आ गया l

आज 3 अप्रैल 2017 है। राजीव को डॉ. राघवाचार्य की लैब में रिपोर्ट करना है। राजीव पहले दिन लेट होने से अपनी छवि खराब करने से बचने के लिए सबसे पहले सुबह नौ बजे एसएसआई परिसर पहुंच गया ।

राजीव लोगों से पूछते हुए आर आर लैब के संस्थान पहुंचे। आर लैब संस्थान आकार के मामले में बहुत बड़ा लग रहा था। इस 8 मंजिला संस्थान में 300 वैज्ञानिक कार्यरत थे और डॉ. राघवाचार्य निदेशक के पद पर थे।

ग्राउंड फ्लोर पर कैंटीन थी। जिसमें राजीव ने एक शख्स को तरबूज का टुकड़ा खाते हुए देखा। राजीव उसके पास जाता है और पूछता है कि डॉक्टर आर की लैब किस मंजिल पर है? उस शख्स का नाम हार्दिक था।

हार्दिक : हाँ! मैं समझाता हूँ, चौथी मंजिल पर...' यह कहकर वह रुक गया। 'एक मिनट रुको, तुम कौन हो? पहले तो मैंने आपको इस संस्थान में नहीं देखा।'

राजीव: 'मेरा नाम राजीव है और मैं आज डॉ. राघवाचार्य की देखरेख में क्वांटम बायोलॉजिकल साइंस में पोस्टडॉक करने के लिए ज्वाइन कर रहा हूं।' हार्दिक के

चेहरे के भाव बदलने लगे।

हार्दिक : ठीक है ! आप जैसे वैज्ञानिक जो एमआईटी से पास आउट हुए हैं, उन्हें यह भी पता नहीं है कि संस्थान की इमारत के भूतल पर लैब नंबर और लैब की जानकारी है। पता नहीं इस देश का क्या होगा?" इतना कहकर वह गुस्से में अपना बैग लेकर चलने लगा।

राजीव को आश्चर्य हुआ कि उस व्यक्ति ने ऐसा अचानक उत्तर क्यों दिया होगा? राजीव भूतल के कोने में बोर्ड के पास गए और लैब का नाम ढूंढने लगा ।। 'अच्छा ! चौथी मंजिल पर लैब है' (राजीव मनोमन बोले)।

राजीव चौथी मंजिल पर आ गया। चौथी मंजिल पर आकर वह डॉ. राघवाचार्य की प्रयोगशाला में प्रवेश करता है। लैब बहुत बड़ी थी, कई बहुत आधुनिक उपकरण थे, राजीव को लगा जैसे वह एमआईटी की रिसर्च लैब से किसी बेहतर लैब में आ गया है।

लैब में करीब 25 वैज्ञानिकों को अलग-अलग विषयों पर रिसर्च करते दिख रहा था। । . राजीव लैब में खड़े डॉ. राघवाचार्य का इंतजार कर रहे थे, कुछ देर बाद एक व्यक्ति पीछे से आया और राजीव के कंधे पर हाथ रखकर बोला 'डॉक्टर राजीव ! डॉ. राघवाचार्य ने मुझसे कहा कि तुम आज आने वाले हो। महोदय, मैं आपको प्रयोगशाला सहयोगियों से मिलवाता हूं तबतक सर भी सर भी लेब में आ जाये गे। । ओह! क्षमा करें मैंने आपको अपना परिचय नहीं दिया। मैं डॉक्टर सतीश हूं।मैंने पिछले महीने डॉ. राघवाचार्य की देखरेख में पीएचडी पूरी की और अब मैं इस लैब में 6 से 8 महीने के लिए हूं, बाद में मैं पोस्ट डॉक्टर के लिए एमआईटी जा रहा हूं। डॉक्टर सतीश मुस्कुराते हुए कह रहे थे।

राजीव: ओह! आपकी पीएचडी डिग्री के लिए बधाई।

डॉ सतीश: धन्यवाद सर।

हार्दिक तभी लॉबी से गुजरते हुए नजर आता हैं, जब राजीव का ध्यान लैब के शीशे से बाहर जाता है। राजीव ने डॉ. सतीश से पूछा:

डॉक्टर सतीश. क्या आप मुझे बता सकते हैं कि वह व्यक्ति कौन है?

डॉक्टर सतीश: कौन वो? यह हार्दिक है। जै उन्होंने इसी साल ऑक्सफोर्ड यूनिवर्सिटी से पीएचडी की है और उन्होंने डॉ. राघवाचार्य के अधीन पोस्ट डॉक्टरेट

के लिए आवेदन किया लेकिन डॉ. राघवाचार्य ने उनका चयन नहीं किया। पता नहीं क्या वजह थी। बाद में पता चला कि हार्दिक ने आज संस्थान के वैज्ञानिक डॉ. हेतर्थ के अधीन डॉक्टरेट की उपाधि ग्रहण की, वह वर्तमान में डॉ. हेतर्थ के अधीन कार्यरत हैं। डॉ. राघवाचार्य की देखरेख में अब तक पोस्ट डॉक्टरेट के लिए 40 आवेदन आए थे, लेकिन किसी का चयन नहीं हुआ। आप अकेले डॉक्टर हैं जिन्हें पोस्टडॉक के लिए लैब में एंट्री मिली है।

राजीव: ऐसा क्यू?

डॉक्टर सतीश : पता नहीं। इसका जवाब किसी के पास नहीं है, सिर्फ डॉ. राघवाचार्य ही जानते हैं।

डॉक्टर सतीश: (लैब के बीच में आकर) श्यामा, हेतल, हेमांगी और विशाल प्लीज! कुछ समय निकालिए और हमारे नए सहयोगी वैज्ञानिक डॉ. राजीव से मिलने आइए।

सभी साथी पहुंचे और आपस में बातें करने लगे; ' यह साहब, डॉ. राघवाचार्य आदि का पहला पोस्टडॉक है...

श्यामा: हाय! डॉ. राजीव ने आपके बारे में बहुत कुछ सुना है। मैं क्वांटम जेनेटिक्स पर भी काम कर रही हु और इस लैब में सीनियर रिसर्च फेलो हूं।

हेतल: हेलो डॉक्टर राजीव! मैं हेतल हूँ। मेरा काम तत्वमीमांसा के जैविक अनुप्रयोगों पर शोध करना है।

राजीव: और आप?

विशाल: विशाल: आप? आप कौन हैं हम आज से दोस्त हैं, अपनेपन की भावना को 'आप' कहकर व्यक्त नहीं किया जा सकता है। थोड़ा चीनी लेपित लगता है। तो हम सब एक दूसरे को तु कह कर पुकारते हैं। हाय राजीव! मैं टेलीपैथी, संज्ञानात्मक विज्ञान और चेतना पर काम कर रहा हूं। हम भाग्यशाली हैं कि हमें तुम्हारे साथ काम करने का मौका मिला रहा है।।

हेमंगी : हेमांगी ने अपना परिचय देते हुए कहा, 'नमस्कार सर! मैं हेमांगी हु।। इस लैब में, मैं पशु आत्मा की स्थानांतरगमन संभावनाओं की जांच कर रही हु।

राजीव: क्या? आत्मा का स्थानांतरण? यह असंभव है।

हेमांगी : नहीं, यह असंभव नहीं है, लेकिन संभव है।कई ग्रंथों में लिखा है कि आत्मा का स्थानांतरण शंकराचार्य ने किया था। ऐसी घटना दुर्लभ है, इसलिए संभावना है।

डॉक्टर सतीश : अरे सर ! आप अभी इस लैब में आए हैं, आप कई रहस्यमय विज्ञानों को समझेंगे। ऐसा लगता है कि आपको अभी भी एहसास नहीं हुआ है कि

आप दुनिया की सबसे रहस्यमय अनुसंधान प्रयोगशाला में प्रवेश कर चुके हैं।'सभी साथी हँसने लगे। राजीव ने मुस्कुराते हुए डॉ. सतीश से पूछा।

डॉक्टर सतीश: सॉरी! डॉ राजीव। मैं वह जानकारी आपके साथ साझा नहीं कर सकता क्योंकि मेरा डॉ. राघवाचार्य के साथ एक समझौता है। यह एक सरकार की गुप्त परियोजना है।

राजीवः 'कोई बात नहीं सर!' राजीव को यह थोड़ा अजीब लगता है लेकिन राजीव द्वारा नजरअंदाज कर दिया जाता है और फिर डॉ. राघवाचार्य लैब में प्रवेश करते हैं।

डॉक्टर राघवाचार्य: ओह! राजीव गुड मॉर्निंग। मेरे केबिन में आओ।

राजीव : गुड मॉर्निंग सर। हाँ सर मैं आ रहा हूँ

डॉक्टर राघवाचार्य ने अपना सिगार जलाया और अपनी कुर्सी पर बैठकर बोले; राजीव रिसर्च लैब की सारी फंडिंग विज्ञान विभाग और भारत सरकार द्वारा प्रदान की जाती है। "प्रोजेक्ट इप्सा" नामक एक गुप्त शोध परियोजना के लिए लाखों-करोड़ों रुपये का वित्त पोषण किया जा रहा है।

राजीव: प्रोजेक्ट इप्सा? (आश्चर्य के साथ)।

डॉ. राघवाचार्य; हाँ! परियोजना इप्सा।

राजीव: प्रोजेक्ट इप्सा क्या है?

डॉ. राघवाचार्य : राजीव आज नहीं, तो मैं मैं तुमको भविष्य मे पूरी जानकारी दुगा और समझाऊंगा। आज आपका काम इस समझौते को पढ़ना और समझना है।

राजीवः करार?

डॉक्टर राघवाचार्य: हाँ! समझौता। क्या आप इस परियोजना को गुप्त रखने के लिए नियमों का पालन करने को तैयार हैं? आप किसी भी परिस्थिति में इस शोध से संबंधित कोई भी जानकारी प्रकाशित नहीं कर सकते हैं। प्रयोगों के दौरान आपके साथ क्या होता है, इसके लिए आप स्वयं जिम्मेदार होंगे। लैब में किसी भी घटना की जिम्मेदारी सरकार नहीं लेगी।सबसे महत्वपूर्ण और गंभीर बात (आधे मिनट के मौन के बाद) आपके शरीर में एक नैनो लिक्विड बैग इंजेक्ट किया जाएगा। जिसे रिमोट सेंसिंग के जरिए मेरे और प्रधानमंत्री कार्यालय (पीएमओ) द्वारा नियंत्रित किया जा सकता है। अगर हमें कभी लगता है कि आप परियोजना की जानकारी लीक कर रहे हैं, तो हम इस समझौते से आपके शरीर में नैनोबैग तरल पदार्थ छोड़ने के लिए अधिकृत हैं।' कुछ समय शांति के बाद;

राजीव: उस तरल पदार्थका रासायनिक गुणधर्म क्या है?

डॉ. राघवाचार्य: साइनाइड। नैनो बैग से साइनाइड आपके शरीर के विभिन्न हिस्सों में निकल जाएगा और आप एक मिनट के भीतर मर जाएंगे।

यह सुनकर राजीव वातानुकूलित कक्ष में भी पसीने से तरबतर हो गया और घबराने लगा।

पिन ड्रॉप साइलेंस में, डॉ. राघवाचार्य एक भावहीन चेहरे से राजीव के चेहरे को देख रहे थे, डॉ. राघवाचार्य अपने सिगार के कश लेकर हवा में धुआं उड़ा रहे थे।

डॉ. राघवाचार्य : यह सब राष्ट्रीय सुरक्षा के लिए आवश्यक है।

राजीव: 'मैं इस परियोजना के लिए क्यों?' आज राजीव ने डॉ. राघवाचार्य से वह सवाल पूछा जो राजीव के मन को परेशान कर रहा था।

डॉक्टर राघवाचार्य: 'आप कर्म के बंधन से बंधे हैं।' राजीव ने डॉ. राघवाचार्य को आश्चर्य से देखा और कहा 'क्या?' डॉ. राघवाचार्य ने मामले को दूसरी दिशा में मोड़ दिया और कहा 'कुछ नहीं। भाग्य ने आपको इस काम के लिए चुना है। आप इस परियोजना के लिए चुने जाने के लिए भाग्यशाली हैं। आज ही इस समझौते के दस्तावेज के साथ जाएं। शांति से पढ़ें और अंतिम निर्णय सोच-समझकर लें।

अगर आप इस प्रोजेक्ट में शामिल नहीं होना चाहते हैं तो मुझे बताएं, मेरे पास एक और प्रोजेक्ट भी है। आपके पास 1 महीने का समय है, इसके बारे में सोचें।

राजीव केबिन से बाहर आया। डॉ. सतीश खड़े थे, उन्होंने उत्सुकता से राजीव की ओर देखा और कहा: 'तुम्हें बहुत पसीना आ रहा है, यानी समझौते का पत्थर तुम पर भी गिर गया है, है ना?'

राजीव: हाँ। क्या आपके साथ भी ऐसा ही हुआ था?

डॉक्टर सतीश; हाँ। लेकिन तुम मुझ पर भरोसा करो; मेरी सलाह मानो और परियोजना में शामिल हों जावो । मुझे नहीं पता कि आप किस प्रोजेक्ट से जुड़ना चाहते है। लेकिन सर, मेरे अनुभव के आधार पर में यह बोल सकता हु की यदि आप इस परियोजना से जुड़ते हैं, तो आप विज्ञान की दुनिया में इतिहास रचने की ओर बढ़ रहे हैं, क्योंकि यह सरकार की एक गुप्त परियोजना है, इसलिए एक समझौता है।

राजीव: अरे, लेकिन जान... (डॉक्टर सतीश ने बातचीत काटते हुए कहा) 'जान खतरे में है ना?

राजीव: हाँ।

डॉक्टर सतीश; क्या हम अमर हैं?

राजीव; नहीं, नहीं हैं ।

डॉ सतीश: फिर।

राजीव चौथी मंजिल से सीढ़ियों से नीचे उतर रहा था यह सोचकर कि क्या निर्णय लिया जाए? उतनेमे राजिवने तीसरी मंजिलो की सिडीया उतरते समय एक कॅबिन में हो रही बायोडायवर्सिटी और एन्वायरमेन्ट की चर्चा को सुना। उसमेसे एक मढ़ी आवाजवाली लड़कीकी आवाज राजीवके कानो में पड़ी ; "नहीं! , लोगों की सोच कभी नहीं बदली जा सकती , लोग जाने-अनजाने जैव विविधता और एन्वायरमेन्ट को नुकसान पोहचाते रहेगे तो यह हमारा कर्तव्य होना चाहिए कि हम इस तरह के इनोवेटिव रिसर्च करें कि नुकसान होवे एनवीरेमेंट फिरसे रिस्टोर होने लगे । "यह सुनने के बाद राजीव की दिलचस्पी बढ़ी । इससे सीढ़ियों से नीचे उतरने की गति धीमी हुई, लेकिन चलती रही। तभी एक अन्य महिला ने कहा "चित्रा! आपका विचार काल्पनिक है, वास्तविक नहीं" यह सुनकर राजीवके चलते पैर रुक गए ।

राजीव: चित्रा? (मन में बात)

राजीव पीछे मुड़ा और शीशे के केबिन में गर्दन को मोड़ कर देखते हुए धीरे से केबिन की ओर चल दिया। जब उसने केबिन में देखा तो प्रोजेक्ट इप्सा के विचारों से बाहर आया और उसके चेहरे पर एक मीठी मुस्कान दिखाई दी, जिससे मनोमन खुश हो गया। राजीव के सामने केवल चित्रा थी, जो FRTIS में नजरों से ओझल हो गई थी।

केबिन में चित्रा से मिलने के लिए राजीव ने एक कदम आगे बढ़ाया, राजीव का दिल जाग उठा और बोलै 'रुक! राजीव! चित्रा तुजे नहीं जानती। तू चित्रा को कहाँ पहचानता हैं? तूने तो ! केवल उसका नाम जाना हैं। बरसों से जानने की भावनाएँ शायद तेरी कल्पना मात्र हों सकती हे । मिलने के लिए या बात करने का सही समय नहीं है। जाने भी दो! " राजीव रुक गया।

राजीव वापस उतरती सीढ़ियों की ओर मुड़ा लेकिन उनके मन में संतोष का भाव था। चलती कार में चित्रा को याद करते हुए बोला; "एक कार्यस्थल, अच्छा। आज नहीं तो कल दोस्ती और मजबूत होगी।" बोलते समय हस्सा । विचारों में खोया राजीव ! घर चला गया।

राजीव को इंसानों के बजाय प्रकृति के बीच रहना पसंद था । वह एक एकान्त प्रिय व्यक्ति था । प्राकृतिक नजारों से घिरी पहाड़ियों के बीच राजीव का घर शहर के बाहर था। राजीव सुबह 6 बजे उगते सूरज की किरणों और शाम को डूबते सूरज को बहुत करीब से देखता था और महसूस करता था कि उनके शरीर पर पड़ने

वाली इन किरणों से उन्हें सूर्य देव से आध्यात्मिक ऊर्जा मिल रही है। इस सूर्य दर्शन के दौरान, राजीव अपने जीवन और काम के बारे में सवालों के जवाब पाने की कोशिश करता।इस दौरान rपक्षियों की चहचहाहट, सुबह-शाम प्रकाश की मंद किरणें, गुलाबी आकाश देखकर राजीवके मनको शांति मिलती है।

आज सूर्यास्त के समय राजीव असमंजस में था कि प्रोजेक्ट इप्सा में शामिल हों या नहीं, लेकिन सामान्य से अधिक शांत महसूस कर रहा था , क्योंकि आज राजीवकी चित्रा को ढूंढनेका प्रयास समाप्त और सफल हो गया था।

4

अध्याय-4 : राजीव इप्सा-परियोजना के लिए सहमत

डॉ. राघवाचार्य की प्रयोगशाला में शामिल होने के बाद आज राजीवका दूसरा दिन है। लैब में आने का निर्धारित समय साढ़े नौ बजेका है। 9:35 पर संस्थान में प्रवेश करते हुए राजीव का ध्यान कैंटीन की ओर जाता है, हार्दिकआज भी तरबूज खा रहा है। यह देख के राजीव को पता चलता है कि हार्दिक रोजाना नाश्ते में तरबूज खाना पसंद करता हैं। हार्दिक ने राजीव की ओर ईर्ष्या से देखा।

राजीव (मन में): 'अरे नहीं! मेरे रोज सुबह संस्थान में प्रवेश करते ही ऐसा चेहरा देखना पड़ेगा ? या तो मुझे अपना लैब टाइम बदलना होगा।

राजीव लिफ्ट में जाने से डरता था , वह हमेशा सीढ़ियों का इस्तेमाल फर्श पर ऊपर और नीचे जाने के लिए करता थ। चाहे इमारत 10 मंजिल की हो या 20 मंजिल की। जब लिफ्ट ऊपर या नीचे जाती है, राजीव को लिफ्ट में गुरुत्वाकर्षण बल महसूस होता है, इसलिए वह कभी भी लिफ्ट का उपयोग नहींकरता है ।

तीसरी मंजिल पर पहुंचकर राजीव की नजर चित्रा के केबिन पर पड़ी। राजीव ने खड़े होकर चारों ओर देखा कि कहीं आसपास कोई तो नहीं हे ना ! पूरी मंजिल पर कोई नहीं है। राजीव ने खुदको चित्रा के केबिन तक बढ़ा दिया, लेकिन चित्रा केबिन में नहीं आईथी।

डॉ. सतीश सीढ़ियों से ऊपर चल रहे थे, उन्होंने राजीव को देखा;

डॉ. सतीश : सुप्रभात राजीव! चलो एक साथ लैब चलते हैं। आप किसी के लिए देख रहे हैं?

राजीव: नहीं, नहीं। चलो...

डॉ सतीश: ठीक है।

लैब में आकर राजीव ने देखा कि श्यामा लैब में नहीं है। विशाल ने सिर पर इंसेफेलोग्राफी इंस्ट्रूमेंट पहना हुआ है और हेमंगीको एक नज़र से घूर रहा है। हेमांगी भी बिना पलक झपकाए विशाल को गुस्से से देख रही थी । इस बीच, हेतल एक पीले रंगवाली पूरानी और एक बहुत बड़ी दर्शन पुस्तक बहुत ध्यान से पढ़ रही थी।

विशाल और हेमांगी को देखने के बाद राजीव ने डॉ. सतीश की ओर देखा। डॉ. सतीश समझ गए कि राजीव के मनमे क्या सवाल उठ रहा होगा।

डॉ. सतीश : कोई नई बात नहीं है। यह रोज होता है। विशाल और हेमांगी बचपन के दोस्त हैं। दोनों ऐसे ही बड़े हुवे है, आप उसे छोटी-छोटी बातों पर आपस में झगड़ते हुए पाएंगे। वर्तमान में, विशाल हेमांगी के साथ टेलीपैथी द्वारा हेमांगीके विचारोंको पकड़ने की कोशिश कर रहा है और हेमांगी विशाल को उसके विचारों को पढ़ने में असमर्थ बनाने की कोशिश कर रही है।' राजीव और डॉ. सतीश दोनों हंसने लगे।

डॉक्टर सतीश: 'में अपनी लेबके विभाग में जा रहा हु , बहुत सारा काम बाकि पड़ा हैं।' अचानक बोले और चल दिया। राजीव ने डॉ. सतीश को प्रयोगशाला में राबसे बुद्धिमान, शांत और सहज व्यक्ति पाया।

लैब में राजीवका सेक्शन हेतल के सेक्शन बगल में है। राजीव लैपटॉप लेकर हेतल के पास आकर बैठता है; 'गुड मॉर्निंग हेतल!' हेतल पूरी तरह से दर्शनशास्त्र की किताब पढ़ने पर केंद्रितथी , इसलिए उसने कोई जवाब नहीं दिया। राजीवने अपना लैपटॉप चालू किया और शोध लेख पढ़ने लगा।

कुछ समय बाद, डॉ. राघव आचार्य बहुत पुराने बौद्ध और जैन ऋषियों के साथ आए डॉक्टर राघवाचार्य के निजी 'दर्शन और मेटाफिजिक्स लैब' की ओर जाते हुए देखा जा सकता था । हेतलने अचानक ऊपर देखा और गंभीरता से डॉ. राघवाचार्य की तत्वमीमांसा प्रयोगशाला को देखा।

राजीव: क्या हुआ हेतल? तुम ऐसे क्यों देख रही हो? हेतल ने राजीव की ओर देखा और एक क्षण की चुप्पी के बाद कहा;

हेतल: तुम्हें पता है? केवल डॉ. राघवाचार्य और उनके साथ बौद्ध और जैन संतों को तत्वमीमांसा प्रयोगशाला में प्रवेश करने की अनुमति है। मैंने अक्सर इन

बौद्ध और जैन मुनियों को डॉ. राघव आचार्य के साथ हर थोड़े दिनों में आते देखा है। यद्यपि मैं तत्वमीमांसा पर काम करती हु फिरभी , मुझे उस प्रयोगशाला में जाने की अनुमति नहीं है।' हेतल राजीव के करीब आई और धीरे से बोली " 'मुझे लगता है कि डॉ. राघवाचार्य कोई गुप्त रहस्यमय शोध कर रहे हैं, जिसके बारे में हम में से कोई नहीं जानता।" राजीव और हेतल दोनोंने एक दूसरे को गंभीरता से देखा और सिर हिलाया। फिर हेतल अपने डेस्क सेक्शन में चली गई और अपनी आध्यात्मिक पुस्तक की दुनिया में फिर से खो गई।

राजीव (मन में) : पता नहीं मैं किस दुनिया में आ गया हूँ? चारों ओर अजीबो गरीब विषयों पर शोध करने वाले वैज्ञानिक और एक अजीब डॉक्टर राघवाचार्य हैं। शोध के क्षेत्र में बौद्धों और जैनि मुनियो का क्या कार्य है? यह सब क्या हो रहा है? कुछ समझ नहीं आता। ये सब जो कुछभी है , मेरे वर्तमान मन की स्थिति के लिए डॉक्टर मनीष जिम्मेदार हैं, उन्होंनेही मुझे इस लैब में शामिल होने के लिए मजबूर किया। सच में अँधा विश्वास किसी पर नहीं करना चाहिए' इस तरह डॉ. मनीष को दोष देने के बाद वह फिर से लैपटॉप में रिसर्च पेपर पढ़ने लगा।

एक घंटे के बाद, डॉ. राघवाचार्य ऋषियों के साथ बाहर आए और ऋषि राजीव को बहुत ही शांत भाव से देख रहे थे।

मुनि के व्यक्तित्व की पवित्रता और दिव्य आभा इतनी प्रबल थी कि प्रयोगशाला में काम करने वाले सभी 50 या इतने ही वैज्ञानिकों ने मुनि पर ध्यान दिया। मुनि जिस तरह से राजीव को घूर रहे थे, उसे देखकर सबकी निगाहें पहले मुनि पर और फिर राजीव पर टिकी थीं। यह सब होते देख कर राजीव असहज महसूस करने लगे और सबकी निगाहें उसी पर टिक गईं।

डॉक्टर राघवाचार्य मुनि के करीब आए और धीरे से कहा "यह राजीव है, और यह वही व्यक्ति है" मुनि ने धीरे से सिर हिलाया और लैब से बाहर निकलने लगा।

लैब में हर वैज्ञानिक अभी भी राजीव को एक अलग भाव से देख रहा था, राजीव का ध्यान बगल में बैठी हेतल पर पड़ता है। हेत्तल ने खुर्शिकोआगे बढ़ाया, आँखें बढ़ाई-चौड़ी की जैसे कि वह एक पूर्ण सूक्ष्मदर्शी हो, और निरीक्षण करना शुरू किया।

राजीवः 'तुम ! क्या देख रही हो ? '

हेत्तलः क्या क्या देख रही हो ? आपमें में दर्शन का कोई सूक्ष्म तत्व है या नहीं?, में यह देखनेकी कोशिश क्र रही हु। ।

राजीवः बकवास, ऐसा कुछ नहीं होता !!अभी मेरा इस लेबमे दम घुट रहा हे। मैं कैंटीन जा रहा हूँ, कोई मेरे साथ आना चाहेगा?

विशाल: मैं आऊंगा।

राजीव: ठीक है, जाओ।

हेत्तल ने फिर से किताब पढ़ना शुरू किया। राजीव और विशाल सीढ़ियों से नीचे कैंटीन की ओर जाने लगे.तीसरी मंजिल पर राजीव सो गए और उन्होंने चित्रा के केबिन की ओर देखा, चित्रा उनके केबिन में नहीं थी. तो राजीव थोड़े उदास दिखे और विशाल ने बोला :

विशाल: कोई मिल गया?

राजीव: नहीं.... नहीं! कोई बात नहीं है।

विशाल : 'ओक। सच में, कोई नहीं? ' कहा और थोड़ा हंसा।

राजीव: सच में, कोई नहीं।चल कैंटीन चलते है।

राजीव और विशाल कैंटीन में बैठकर चाय का आर्डर दे रहे थे और बात कर रहे थे कि राजीव ने पीछे से एक मीठी आवाज सुनी।

'माफ़ कीजिए! डॉक्टर राजीव?' राजीव ने पीछे मुड़कर देखा, चित्रा उसके पीछे खड़ी थी। राजीव के चेहरे पर मुस्कान आ गई, और वह चंचलता से बोला जैसे चित्रा को पहली बार देख रहा हो;

राजीव: हाँ, जी !! कहिए ???

चित्रा: हेलो सर। मैं हूँ चित्रा त्रिपाठी। मैं 2016 में एमआईटी में पीएचडी विषय से संबंधित एक साल के काम के लिए थी , उस समय आप भी वहां थे, है ना?

राजीव: हाँ।

चित्रा: क्या आप MIT की डॉक्टर राधा को जानती हैं?

राजीव: डॉक्टर राधा..??? .(थोड़ी देर सोचते हुए) हाँ! हाँ! मुझे याद आया मुझे पता है।

चित्रा: डॉ. राधा मेरी सहायक निदेशक हैं। मुझे कल डॉ राधा का फोन आया, बताया गया कि डॉ राजीव, जो एमआईटी से पास आउट हुए हैं, वर्तमान में एसएसआईआई में हैं और डॉ राघवाचार्य की प्रयोगशाला में शामिल हो गए हैं। उस व्यक्ति की विशेषज्ञता आपके अनसुलझे बायोफिज़िक्स से संबंधित प्रश्नों को हल करने में मदद कर सकती है। यदि आप राजीव की सहायता चाहते हैं,तो राजीव आपको मददरूप हो सकता है।

राजीव: हाँ! निश्चित रूप से! मैं तुम्हारी मदद करूँगा। मुझे अपनी पूरी कोशिश करनी होगी। आप...??

चित्रा: यहाँ मैं अपने मुख्य पीएचडी सहायक डॉ. जिजनशा की देखरेख में, एमआईटी में 1 साल में किए गए काम को आगे बढ़ा रही हूं।ठीक है, बाद में मिलते

हैं..?

राजीव: हाँ। कल?

चित्रा: ठीक है। कहाँ पे?

राजीव: हम बायोफिज़िक्स को चर्चा के माध्यम से समझेंगे, यानी ओपन एयर थिएटर जैसे प्राकृतिक स्थान में मिलेंगे जो हमारे संस्थान के पीछे है । ठीक है ?

चित्रा: 'ओक' (मुस्कान के साथ) कहते हुए जाने लगी , फिर अचानक रुक गई और पीछे मुड़कर बोली;

'डॉक्टर राजीव...हम्म..!!...

राजीव: जी..?

चित्रा: क्या हम MIT में मिले थे या कहीं और? (आश्चर्यके साथ के साथ)

राजीव, उसी भावना को महसूस करते हुए, थोड़ा उत्सुकता से आगेबढ़ा और बोला; 'क्यों? क्या आप ऐसा सोचते हैं?आपको ऐसा लग रहा है ?'

चित्रा: हाँ। ...अहम .नहीं ..पता नहीं, बस युही पुछलिया।

राजीव : ठीक है। नहीं...(एक विराम के बाद)...शायद नहीं मिले । (अब मन में) शायद, हाँ! मिल चुके है।

चित्रा: ठीक है कल मिलते हैं। बाय।

राजीव: बाय ।

विशाल चाय की चुस्की लेते हुए राजीव और चित्रा के इशारों को देख रहा था, राजीव ने चित्रा को संस्थान से जाते हुए देखा। "तुम्हारी MIT दोस्त चली गयी है और तुम अब अपने खयालोकी दुनिया से वापस आ जावो ! तुम्हारी चाय ठंडी हो रही है," विशाल ने मुस्कुराते हुए कहा।

विशाल: अभी भी मुस्कुरा रहा है। राजीव ने चाय की चुस्की ली और कहा, 'तुम मुस्कुरा क्यों रहे हो?'

विशाल: बस ऐसे ही....

राजीव: नहीं...नहीं...क्या बात है, बताओ।

विशाल: तुमने झूठ बोला, है ना?

राजीव : क्या बात ?

विशाल: 'आपको भी लगता है कि आप चित्रा से पहले भी मिल चुके हैं। सही?' राजीव (मन में) 'आपको यह कैसे पता चला?.'

विशाल: मुझे पता चला क्योंकि मैं टेलीपैथी पर काम कर रहा हूं, मैं लोगों के विचारों को उनके हाव-भाव के आधार पर समझ सकता हूं और दूसरे व्यक्ति के दिमाग में क्या चल रहा है उन्हे भी समज जाता हु भले ही वह व्यक्ति द्वारा व्यक्त

न किया गया हो।

राजीव: 'हाँ। सही कहा।' राजीव ने मुस्कुराते हुए कहा।

दिन 2:

राजीव ने नई सफेद शर्ट पहनी है। हाथ में कॉफी का प्याला पकड़ना, कॉफी की चुस्की लेते हुवे और ओपन एयर थिएटर की प्रकृति के आनद के साथ चित्राका इंतज़ार इंतजार कर रहा है। । राजीव के चेहरे पर मुस्कान है कुकी कल पहलीबार चित्रा से बात की है ुर उसकी यादे उसके मानस में हवाके तरह घूम रही है। । तभी ! अचानक पीछे से चित्रा ने आकर धीरे से हाथ थपथपाते हुए कहा: 'गुड मॉर्निंग'

राजीव: ओह! मिस. पर्यावरण आ गई आप?

चित्रा: 'मिस. पर्यावरण? हाँ कहते हुए...हाँ...हँसने लगी। ' तो डॉ. राजीव क्या हम शुरू करें?

राजीव: 'हाँ! प्रश्न पूछें?' चित्रा और राजीव ओपन एयर थिएटर की सीढ़ियों पर बैठते हैं। चित्रा ने लिखने के लिए एक किताब निकाली।

चित्रा : 'मेरा शोध प्रोजेक्ट बायोरेमेडिएशन विषय पर है। मुझे कुशल रोगाणुओं की दो प्रजातियां मिलीं। लेकिन इसकी उपचारात्मक क्षमता इतनी अधिक नहीं है कि इसका प्रयोग क्षेत्र स्तर पर व्यावहारिक रूप से किया जा सके। यही कारण है कि मैं भौतिक मापदंडों का उपयोग करके रोगाणुओं को अनुकूलित करना चाहती हूं, ताकि उपचार प्रक्रिया की गति को कई गुना बढ़ाया जा सके।' चित्रा ने बड़ी मुस्कान के साथ राजीव की ओर देखा और कहा, 'इस विषय में आपका बायोफिज़िक्स का ज्ञान क्या कहता है? आप क्या सुझाव देंगे?'

जब चित्रा यह सवाल पूछ रही थी, राजीव एक बड़े कप कॉफी से घूंट लेते हुए एक पक्षी के जैविक व्यवहार को ध्यान से देख रहे थे। चित्रा राजीव पर ध्यान नहीं दे रही थी, इस पर शक करते हुए चित्रा ने कहा 'राजीव! राजीव! (अधिक जोर के साथ) आप मेरी बात सुन रहे हैं, हैना?'। राजीव अचानक चित्रा के ओर करीब आ गया, और चित्रा के आंखोमे देखने लगा । चित्रा पल भर के लिए राजीव की गहरी समुद्र जेशी नीली आँखोमे खो गयी।। तब राजीव बोला

राजीव: " हेगल!".. चित्रा तुरंत नीली-हरी आंखों के समुद्र से निकलकर बोली।' क्या...?? हेगल..?'

हेगल एक प्रसिद्‌ध दार्शनिक थे। उसका एक सिद्‌धांत है।' संश्लेषण का सिद्‌धांत'

चित्रा: 'ठीक है।' अस्पष्ट भाव के साथ बोली ...

राजीव: हेगल का मानना है कि सभी सवालों के जवाब इस दुनिया में मौजूद हैं, लेकिन दृश्य रूप में नहीं। एक व्यक्ति जो उत्तर खोजने के लिए दृष्टिकोण या शक्ति प्राप्त करता है, उसे प्रश्नों के उत्तर मिलते हैं। इस तरह उत्तर बनाया जाता है। समय के साथ, लोग उस विषय पर नए प्रश्नों को अपने सामने रखते हैं, और जो व्यक्ति जवाब खोज लेता है वह महान बन जाता है। ।इसतरह से सवाल और जवाब का चक्र चलता रहता है।

चित्रा ज्यादा कुछ समाज नहीं पाई।।। कुछ बेचैनी के साथ बोली ' 'मतलब' ??

राजीव: देखो !! सामने एक गुलाब का पौधा है। एक पक्षी आया और गुलाब से रस चूसने की कोशिश की लेकिन नुकीला काटा लगने से ओ विफल हो गया। ,परिंदे का दूसरा प्रयाश भी विफल रहा। । लेकिन जब पक्षी ने तीसरा प्रयास किया, तो वह खुद को स्थिति के अनुकूल बनाने में कामयाब रहा और बिना काटे लगे परिंदा फूल तक पहुंच गया। समज मे आया ? ?

चित्रा: हम्म...थोड़ा सा...

राजीव:जैविक अनुकूलन। मनुष्य, पशु, पक्षी, जीवाणु सब प्रकृति से बने हैं। इसलिए प्रकृति के समान नियम सभी पर समान रूप से लागू होते हैं और उनका पालन करते हैं।

अपनी दो प्रजातियों के रोगाणुओं को विभिन्न चक्रीय डिब्बों से गुजारें। जैसे ए, बी, सी, डी और ई। और केवल एक कम्पार्टमेंट 'ई' को एक दूसरे के संपर्क में आने दें ताकि आपकी लक्षित सामग्री को डिग्रेड करवाया जा सके। प्रत्येक डिब्बे में तापमान, पीएच जैसे भौतिक मापदंडों को निश्चित किया जाना चाहिए। अब इस प्रक्रिया को बार-बार दोहराएं। धीरे-धीरे आप देखेंगे कि कई बार बार-बार चक्कर लगाने के बाद रोगाणुओं के भीतर लय अपना ली गई होगी और कम्पार्टमेंट ई में बायोडिग्रेडेशन की गति बढ़ने लगेगी। अब आप ही बताओ क्या हुआ?

चित्र: (सोचते हुए) क्योंकि 'ई' डिब्बे के विशिष्ट वातावरण में एक-दूसरे के साथ सहयोग करने के लिए रोगाणुओं की प्रजातियां अनुकूलित हो गईं, बायोडिग्रेडेशन की गति में वृद्धि हुई। ' कहा और हसने लग्गी।

राजीव: बहुत खूब;' चित्रा को खुश देखकर राजीव खुश हुवा।ओर चित्राकी ओर देखने लगा।

चित्रा: क्या देख रही हो?

राजीव: तुम्हारी आँखों सूरजमुखी के फूल की तरह दिखती है।

चित्रा: मेरे साथ फ़्लर्ट कर रहे हो डॉ राजीव ? राजीवके करीब आकर ओर आँखोने बड़ी दिलचस्ती से देखते हुवे बोली , 'तुम्हारी आंखें (थोड़ीगंभीर होकर

बोली) समुद्र के पानी की तरह नीली और गहरी हैं।

राजीव: वाक़ई?

चित्रा: हाँ! कहा और थोड़ा मुस्कुराई। (अचानक बोलते हुए) चलो! चलो भी! मुझे लैब जाना है, कहती वह जल्दी से खड़ी होती है और जाने लगती है .... 'बाद में मिलते हैं'

राजीव: एक मिनट चित्रा!

चित्रा: हाँ कहो।

राजीव: हम्म्म...मैं कह रहा था की ये कि अपनापन का एहसास "तुम" कहलाने से ज्यादा आता है, सुकून का एहसास होता है. "आप" कहकर बुलाने में एक परायापन जलाकत है , ओर थोड़ा प्रोफेसनल व्यव्हार जैसा लगता है। क्यूना हम एक दूसरे को " तुम " कहकर या सिर्फ नाम से बुलाये। ये " आप " वाला टैग ना लगाए तो क्या बेहतर नहीं होगा ??

चित्रा: (हँसते हुए) 'हाँ! ठीक है " राजीव "। मे " तुम्से " फिर मिलती हु। " तुम्से " सुनकर राजीव खुश हो गया ओर थोड़ा मुस्कुराय।।।।।

अगले दिन:

राजीव जैसे ही लैब में दाखिल हुआ, श्याम बोला:

श्याम: राजीव! चलो !! अपना बैग छोड़ दो और डॉ. राघवाचार्य के ऑफिस में चलो।।

राजीव: क्यों?

श्याम : आज शनिवार है। डॉ. राघवाचार्य ने एक नियम बनाया है, उसके अनुसार शनिवार को डॉ. राघवाचार्य के साथ एक बैठक होती है, जिसमें डॉ. राघवाचार्य एक विषय देते हैं और फिर सभी लोग उस विषय पर अपने विचार प्रस्तुत करते हैं। डॉ. राघवाचार्य का मानना है कि नई खोजों का रास्ता साधारण चर्चाओं से ही निकल सकता है।

राजीव : ठीक है। अची बात है। चलो चलते हैं

श्यामा और राजीव ने डॉ. राघवाचार्य केऑफिस में प्रवेश किया। सभी लोग डॉ. राघव आचार्य के सामने अर्धवृत्ताकार कुर्सियों पर बैठे थे।

डॉ. राघवाचार्य : सुप्रभात राजीव। क्या आपने समझौता पढ़ा?

राजीव: हाँ! महोदय मैं समझौते की सभी शर्तों को पढ़ रहा हूं।

डॉ. राघवाचार्य: बढ़िया। आज हम किसी शोध विषय पर नहीं बल्कि सामान्य विषय पर चर्चा करने जा रहे हैं। विषय है "वैज्ञानिक"

श्यामा: वैज्ञानिक?

डॉ. राघवाचार्य : हाँ! सवाल यह है कि एक अच्छा वैज्ञानिक बनने के लिए सबसे जरूरी चीज क्या है? एक अच्छा वैज्ञानिक कौन हो सकता है?

विशाल: सर ये कैसा सवाल है? एक व्यक्ति जो अधिक शोध पत्र पढ़ता है, अनुसंधान की सभी व्यावहारिक संशोधित तकनीकों में पारंगत हो जाता है, वह व्यक्ति अच्छा शोध डेटा एकत्र करने में सक्षम होगा, जिससे वह एक अच्छा वैज्ञानिक बन जाएगा।

हेमंगी: हाँ! सर ! यह सच है, विशाल की बात से में सहमत हु । ।

डॉ राघवाचार्य: ठीक है। श्यामा ! ! इस विषय पर आपकी क्या सोच है ?

श्याम : जो व्यक्ति जीवन का बहुमूल्य समय विज्ञान के लिए देने को तैयार है, और अपने शोध के लिए सब कुछ त्यागने को तैयार है, वह एक अच्छा वैज्ञानिक बन जाएगा।

डॉ. राघवाचार्य: 'ठीक है।' डॉक्टर राघवाचार्य ने अपना सिगार जलाकर अपने होठों के बीच रखा और धुंआ हवा में फैलाकर हेतल की ओर देखा और कहा 'हेतल! आपका क्या अंदाजा है?'

हेतल: एक अच्छा वैज्ञानिक एक वैज्ञानिक है जो वैज्ञानिक रूप से भ्रमित शोध प्रश्नों के उत्तर ढूंढ सकता है।

डॉ. राघवाचार्य :: थोड़ा हंसने लगे 'हां..हां...', राजीव आपको क्या लगता है?

राजीव: थोड़ा सोचा और कहा 'मुझे लगता है कि एक विचारक या दार्शनिक एक अच्छा वैज्ञानिक बन सकता है।'

डॉ. राघवाचार्य : वह अपने होठों में छिपाकर सिगार को चूसने वाले थे लेकिन रुक गए और राजीवकी ओर देखा और कहा; सही!!लेकिन ऐसा क्यू ?"

राजीव: 'बस एक विचार मेरे मन में आया, तो मैंने इस तरह उत्तर दिया, लेकिन मुझे असली कारण नहीं पता।' वह कुछ सोचने लगा।

डॉक्टर राघवाचार्य: हंसने लगे और कहा 'तुम्हें उत्तर पता है लेकिन तुम उत्तर के अर्थ या सिद्धांत को जड़ से नहीं जानते।' कहा और हल्की मुस्कान दी।

डॉ. राघवाचार्य: ऐसा इसलिए है क्योंकि एक अच्छा विचारक प्रश्न के बारे में गहराई से सोचता है। वह खुद से, चीजों से, चीजों से सवाल पूछता है। और गहराई से सोचते हुए कल्पना करने की क्षमता विकसित करता है जिससे उसे नए आविष्कार या खोज करने में मदद मिलती है। नए सिद्धांतों को जन्म देने के पीछे व्यक्ति की कल्पना शक्ति ही काम कर रही है। कहा जाता है कि न्यूटन और आइंस्टीन ऐसे ही महान वैज्ञानिक बने। उसकी अच्छी कल्पना हो सकती है। और वे कल्पना कर सकते थे क्योंकि वे अच्छे विचारक थे। कल्पना करना आपको

सिद्धांत बनाने की अनुमति देता है। आपके विचारों से बना यह सिद्धांत ब्रह्मांड में प्रकट होने लगता है " ..सिगार के धुएं को हवा में उड़ाते हुए बोले ; "और समय के साथ हकीकत में बदल जाता है। राजीव और अन्य साथियों ने सहमति में सिर हिलाया। ' तो राजीव और तुम सब मुझे बताओ कि तुम क्या समजे ???

राजीव: कल्पना से ही नवप्रवर्तन संभव है और इसके पीछे प्रकट होने का manifestationनियम काम कर रहा है।

श्यामा: और वैज्ञानिक समझ और दृष्टिकोण से बने सिद्धांत पर विश्वास करना आवश्यक है कि एक दिन थियरी जीवाणु तरह मल्टिप्लाय होगी, यह गुणन धीरे-धीरे बढ़ेगा और एक वास्तविकता में बदल जाएगा जिसे आंखों से देखा जा सकता है।

डॉ. राघवाचार्य: ठीक है। आज की बैठक यहीं समाप्त करते हैं।

शाम के पांच बज रहे हैं, राजीव घर जाने के लिए चौथी मंजिल से नीचे आता है और तीसरी मंजिल पर चित्रा के केबिन में झाँकता है। चित्रा खड़ी थी और अपने बैग में कुछ फाइलें भर रही थी तभी राजीव ने देखा 'अरे! अन्दर आजावो राजीव ! !

राजीव: हाय चित्रा। बस मैं घर जा रहा था, तो सोचा मिलता चल्लू ।

चित्रा: ठीक है। adaptation के लिए मैंने उस प्रयोग का मॉडल तैयार किया हैं । मॉडल एकबार तुमसे चेक करवाना था। ।

राजीव; ठीक। लेकिन लेकिन कल तक रुक जाव , आज मैं बहुत थक गया हूँ।

चित्रा: ठीक है कोई बात नहीं।

राजीत: अच्छा, बोलो तुम कहाँ रेहती हो?

चित्रा :: टैगोर चौराहे पर मेरा घर है।

राजीव: ठीक है, मेरे घर से 25 मिनट की दूरी पर।

चित्रा:: अच्छा! आपका घर भी शहर के बाहरी इलाके में पड़ता है।

राजीव: हाँ! मुझे प्राकृतिक वातावरण में पहाड़ों के बीच रहना पसंद है। आज तुम घर कैसे जा रहे हो?

चित्रा: आमतौर पर मैं संस्थान के लिए बस से जाती हूं और कभी-कभी मैं अपनी कार लेकर आती हूं। आज मैं बस से आई थी तो छह बजे की बस पकड़नी है।

राजीव: ठीक है। आज एक काम करो बस रहने दो और मेरे साथ आओ और मैं तुम्हें 6 बजे का जादू दिखा दूं।

चित्रा: '6 बजे का जादू' क्या है?

राजीवः अगर तुम मेरे साथ आज आवोगी तो, तो तुम्हें पता चल जाएगा। आज पहले मेरे घर चलो फिर में तुम्हें तुम्हारे घर छोड़ दूँगा।

चित्राः घर पर.....?. हम्म...!!??

राजीवः 'ओह! मैं अच्छा व्यक्ति हूं। क्या आपको इसमें संदेह है?' राजीव हंसते हुए बोला।

चित्राः नहीं नहीं, मुझे तुम पर भरोसा है। ठीक है चलो !!

राजीव और चित्रा राजीव की कार से निकलने के 30 मिनट बाद राजीव के घर पहुंचे। राजीव का घर थोड़ी ऊंची पहाड़ी पर था।

चित्राः वाह! राजीव आपका घर बहुत अच्छा है। ओह ! हीरो! आप कौन हैं? आपकी पारिवारिक पृष्ठभूमि क्या है?

राजीव : वह थोड़ा सा मुस्कुराया और बोला, 'मेरे पापा एक बिजनेसमैन हैं', इतना बोले के बाद खुदकी बात को काटते हुवे आगे बोला ; 'क्या तुजे दूसरी मंजिल पर यह लंबी गैलरी दिखाई दे रही है?:

चित्राःहाँ!

राजीवः 'बस 6 बजे का जादू वहीं है'। राजीव के घर में चार मंजिल थे। और एक बहुत अमीर परिवार से ताल्लुक रखते थे। राजीव और चित्रा घर में प्रवेश करते हैं। घर में कई तस्वीरें थीं जिनमें विश्व प्रसिद्ध दार्शनिकों, वैज्ञानिकों आदि के चित्र दिखाई दे रहे थे और दीवारों पर टंगे थे। लेकिन एक भी फैमिली फोटो नहीं थी। इसलिए चित्रा को समझ में आने लगा कि राजीव का अपने परिवार से कोई लगाव नहीं है।

चित्राः क्या आप अपने परिवार से जुड़ाव महसूस नहीं करतीं?

राजीवः ऐसा सवाल क्यों? ऐसा कुछ नहीं है।

चित्राः बस युही पूछ लिया।

चित्रा सीढ़ियाँ चढ़ने लगी। दूसरी मंजिल के बेडरूम के पास दीवार पर प्यार भरी मुस्कान के साथउम्र में थोड़ी बड़ी दिखने वाली महिला की तस्वीर देखकर चित्रा ने कहा 'यह कौन है?'

राजीवः यह मेरी माँ है।

चित्राः मौसी अब कहाँ हैं?

राजीवः स्वर्ग में।

चित्राः 'ओह! 'सॉरी' कहकर सहानुभूति दिखाएं।

राजीवः उन्हें ब्लड कैंसर था। डॉक्टर और हमने बहुत कोशिश की, लेकिन हम माँ को नहीं बचा सके।

चित्रा: और तुम्हारे पिता कहाँ हैं?

राजीव: चित्राकी बातको काट दिया और कहा, 'वो सब बाते को छोड़ो, 6:30 बज चुके हैं। तुम बालकनी में जाव। मैं हम दोनों के लिए कॉफी ला रहा हूं।

चित्रा: गैलरी में क्या है?

राजीव : 6 बजे का जादू...

जिज्ञासा के साथ चित्रा गैलरी का दरवाजा खोलती है, जैसे ही वह गैलरी में प्रवेश करती है, वह दृश्य पर खुशी से झूम उठती है। डूबते सूरज का भगवा प्रकाश दीर्घा की ग्रिल पर लगे दर्पण पर गिरा, छत पर लगे दर्पण पर परिलक्षित हुआ और विपरीत दिशा में लगे तीसरे दर्पण पर गिर गया, जिसके परिणामस्वरूप पूरी गैलरी प्रकाश से भीग गई मानो मणि पर पड़ने वाला प्रकाश बिखरा हुआ था। ढलती शाम में चिलचिलाती चिड़ियाँ एक निश्चित दिशा में उड़ रही थीं। चित्र दीर्घा में आगे बढ़ते हुए, आप स्पष्ट रूप से देख सकते थे कि खुली शाम से आकाश गुलाबी हो गया था और मधुर बहती नदी और झरनों की आवाज एक मधुर बांसुरी की आवाज की तरह महसूस हो रही थी। यह सब देखकर चित्राका चेहरा मुस्कान के साथ खिल उठा, मानो किसी रात के फूल की कली खुल रही हो। इसी बीच राजीव कॉफी लेकर आ गया।

राजीव: केसा है ? देखा? 6 बजे का जादू।

चित्रा: 'असाधारण' मुस्कान के साथ। अरे !!, बाजरे के दानों से भरे इस घड़े और पानी से भरे घड़े को इस ग्रिल पर क्यों रखा है? और यहाँ उसके बगल में एक कैमरा है, क्यों?

राजीव ने घड़ी की ओर देखा और कहा 'हम्म... रुको अभी भी पांच मिनट हैं, तुम्हें पता चल जाएगा। टेक योर कॉफ़ी।' राजीव और चित्रा गैलरी में झूला पर बैठ गए और सुंदर प्राकृतिक दृश्यों को देखने लगे।

चित्रा: कह रही हो? ऐसा क्यों? राजीव ने घड़ी की तरफ देखा, 'अभी दस सेकेंड रुको'। एक निश्चित 10 सेकंड के बाद दो खूबसूरत दो तीतल्या उड़ती हुवे आती है और गैलरी में विश्राम लेती है और बाजरा चबाना शुरू कर देते हैं। सही समय का पालन करते हुए, दस सेकंड के बाद राजीव ने कहा 'बस! अब पानी पयेगी।', और वैसे ही तीतल्या पानी पीने लगी।

राजीव: "अब 15 सेकंड ग्रिल पर बैठकर मुझे घूरेंगे।" ठीक ऐसा ही हुआ।

चित्रा: 'हाँ! राजीव ने आश्चर्य से कहा।

राजीव: यह कैमरा उन्हें दिख रहा है! मैं बहुत दिनों से इस तीतल्या के व्यवहार का अध्ययन कर रहा हूं, इसका व्यवहार समय के अनुसार तय होता है, हर सेकेंड

के अनुरूप कोई बदलाव नहीं होता है। हर शाम 6:30 बजे मैं इस सब का आनंद लेता हूं और मैंने इस प्रक्रिया को 6 बजे का जादू नाम दिया है। चित्रा जोर से हंसती है और राजीव को देखने लगती है।

राजीव: क्या हुआ? क्यों देखें?

चित्रा: 'हाँ! आप इन सबका आनंद लेते हैं, लेकिन बिल्कुल अकेले!' यह कहते हुए राजीव थोड़ी दया से उसकी ओर देख रहा है। राजीव ने मन ही मन कहा;' इसलिए आजीवन यात्री बनकर मेरे साथ ज़िंदीके सफर पर चलो।'।

चित्रा: क्या?

राजीव: क्या?

चित्र: क्या तुमने कुछ कहा?

राजीव: नहीं नहीं, कुछ नहीं। (कुछ सेकंड के बाद) ....चित्रा मेरे मन में एक सवाल है?

चित्रा: बोलो क्या बात है ??

राजीव: डॉक्टर राघवाचार्य का प्रोजेक्ट एक सीक्रेट प्रोजेक्ट है और मैं उस प्रोजेक्ट को करना चाहता हूं। सर का कहना है कि चूंकि यह राष्ट्रीय सुरक्षा का मामला है, इसलिए डॉ. राघवाचार्य मेरे शामिल होने के बाद ही इस परियोजना का पूरा विवरण मेरे साथ साझा कर सकते हैं।

चित्रा: तो क्या दिक्कत है?

राजीव: समस्या यह है कि इस परियोजना में शामिल होना जीवन के लिए खतरा है।

चित्रा: ठीक है ओर सर ने आपको क्या जानकारी दी?

राजीव: सर कहते हैं कि यह परियोजना विश्व इतिहास रचेगी, लाखों लोगों का भविष्य सुधारा जा सकता है। और इस काम के लिए इतिहास मुझे हमेशा याद रखेगा, अगर मैं इस प्रोजेक्ट पर काम करता हूं।

चित्रा: क्या ? सचमे ऐसा कहा है।

राजीव: मुझे क्या करना चाहिए? क्या निर्णय लिया जाना चाहिए? यह समझ में नहीं आता है।

चित्रा: 'तुम पागल हो'। चित्रा उठ खड़ी हुई और गुस्से से बोली: 'क्या आप अपने समय और अपने ज्ञान को महत्व देते हैं?'

राजीव: क्या कह रहे हो?

चित्रा: सुनो। मैं आज यहां हूं। "आप यहाँ हैं," उन्होंने कॉफी मग को ऊपर उठाते हुए और उसे दिखाते हुए कहा; ' यह भी यहीं है। सही?'

राजीव: हाँ....तो ...?

चित्रा: 'कल यह सब बदल जाएगा, यह सब यहाँ नहीं होगा। मैं नहीं, तुम नहीं, हमारा शोध संस्थान भी नहीं। राजीव! यह समझने की कोशिश करोकि हम अमर नहीं हैं। टिक... टिक ... धीरे-धीरे हमारा भी समय बीत रहा है, जो करना है आज ही करना है। डार्विन, न्यूटन, मैडम क्यूरी जैसे महान वैज्ञानिकों के समय तुम और मैं नहीं थे, फिर भी हम उन्हें आज भी जानते हैं, उनके योगदान को मानव सभ्यता ने कभी भुलाया नहीं, और कभी नहीं भुलाया जा सकेगा। वे अमर हो गए हैं।'मैं कहना चाहती हु की ...!' इतना कहकर चित्रा ने राजीव का हाथ पकड़ कर कहा, 'तुम इस अनमोल मोके को जाने मत दो। उसी वक़्त राजिवने प्रोजेक्ट ईप्सा में शामिल होनेका फैश्ला कर लिया। !'

चित्रा: 'हाँ! यदि तुम प्रोजेक्ट में शामिल नहीं होते हैं और अतीत - भविष्य में जाने के लिए टाइम मशीन बनाते हैं, तो आप अमर हो सकते हैं। वह हंसने लगी और कहने लगी, राजीव भी हस पड़ा। ।

राजीव: हाँ! मैं परियोजना में शामिल होऊंगा।

चित्रा: चलो, अब मुझे घर छोड़ दो।

राजीव: ठीक है। निकलते है।

लगभग 25 मिनट के बाद राजीव ओर चित्रा , चित्रा के घर पोहचे।

चित्रा: बस इस गली को ले लो।

चित्रा का घर एक मध्यमवर्गीय परिवार का लग रहा था। राजीव कार से उतरा और बोला , 'तुम्हारे घर में कौन-कौन है?

चित्रा: मेरे माता-पिता और एक छोटा भाई है।

राजीव: तुम्हारा एक भाई है?

चित्रा: हाँ।

राजीव: क्या काम करता है?

चित्रा: अभी तो इंजीनियरिंग के तीसरे साल में है।

चित्रा ने अपने घर का गेट खोला और कहा 'आओ! अन्दर जावो ।' एक 40 वर्षीय व्यक्ति घर के बाहर बगीचे में लंबी कैंची से पौधों को काटकर आकार देदे रहे थे , चित्रा को आते देखा और कहा, 'चित्रा बेटा, आई गई तू?'

चित्रा: 'हाँ!डैडी' चित्रा ने किसी को अपने साथ आते देखा और करीब आकर कहा 'हैलो जेंटलमैन।चित्रा! यह व्यक्ति कौन है?

चित्र: मेरे दोस्त, संस्थान में साथी है, डॉ. राजीव।

चित्रा के पिता: ठीक है। डॉ. राजीव आप मेरे साथ चाय पिने बैठिए हम आज साइंस पर चर्चा करेंगे। आपकी क्या राय है ?

राजीव: धन्यवाद सर, लेकिन आज नहीं फिर कभी ... पक्का ....

चित्रा के पिता: ठीक है। डॉ राजीव, लेकिन याद रखिएगा , हमारी साइंस चर्चा आप पर कर्ज़ा रहेगी। कभी वक्त निकाल के आएगा जरूर । ।

राजीव:पक्का सर !! में याद रखुगा ओर हम चर्चा करेंगे जरूर।।! ;' राजीव हंसते हुए बोला।

चित्रा के पिता: ठीक है मिलने के बाद।

राजीव: चित्रा, अब मैं चलता हूँ?

चित्रा: 'ओके राजीव बाद में मिलते है ' और घर जाने लगती है। राजीव के मैन गेट से निकलते ही चित्रा के पिता की आवाज राजीव के कानों तक पहुँची।

चित्रा के पिता: हे चित्रा! विजय अपना ट्रेकिंग कैंप पूरा करके वापस आ गया है। विजय तुमसे मिलने घर आया था लेकिन तुम नहीं थी ,इसलिए विजयने तुमको बोलनेको बोला है की अब कल सीधा इंस्टिट्यूट में ही मिलेगा।

चित्रा के पिता की यह बात सुनकर चित्रा घर से बाहर भागी और पूछने लगी। 'विजय वापस आ गया है ?? ?' . राजीव !! राजीव ए सब गेट बंध करते हुवे देख ओर सुन रहा था।

राजीव कार चला रहा है और सोचता है, 'विजय, यह कौन होगा? चित्रा विजय नाम सुनकर इतनी खुश क्यों हुई? . 'शायद कोई रिश्तेदार होगा । '। चित्रा के साथ सूर्यास्त के समय हुई बातों को याद करते हुए राजीव चेहरे पर मुस्कान के साथ बोला, "मैं कल से प्रोजेक्ट इप्सा शुरू करूंगा।"

5

अध्याय-5 : प्रोजेक्ट इप्सा का प्रारंभ

प्रातः 10:00 बजे है। राजीव इंस्टिट्यूट में अंदर दाखिल होतेही राजीवकी नज़र हार्दिक पर जाती है जो विपरीत दिशामें कैंटीन में बैठा है और वाटरमेलन (तरबूज) का नाश्ता कर रहा है। हार्दिक ने भी राजीव को देखा और थोड़ा चिढ़ गया, उसने टुकड़ा खाना बंद कर दिया

राजीव: (मन में) 'उसे मुझसे क्या परेशानी होगी? यह समझ में नहीं आता है और कौन रोज तरबूज खाता है? क्या हार्दिक को आयरन की कमी की बीमारी होगी?' सोचते-सोचते सीढ़ियाँ चढ़ने लगा। तीसरी मंजिल पर पहुंचकर राजिव चित्राकी केबिन में जाकने लगा, लेकिन चित्रा अभी तक संस्थान में नहीं आई थी। राजीव ने लैब में प्रवेश किया, लैब में डॉ. सतीश ही बैठे थे।

डॉक्टर सतीश : गुड मॉर्निंग, राजीव!

राजीव : गुड मॉर्निंग सर। डॉक्टर राघवाचार्य अपने कार्यालय में हैं?

डॉक्टर सतीश: हाँ! डॉ. राघवाचार्य केबिन में है।

राजीव: ठीक है धन्यवाद।

डॉ. सतीश :वेलकम ।

राजीव ने दस्तक देकर डॉ. राघवाचार्य के कार्यालय में प्रवेश किया और कहा 'मैं सर ! अंदर आ सकता हु ? डॉक्टर राघवाचार्य एक फाइल से कुछ पढ़ रहे थे और फाइल बंद करके कहा; 'राजीव आओ आओ।'

राजीव: सर मैंने अंतिम निर्णय ले लिया है, मैं प्रोजेक्ट इप्सा में शामिल होना चाहता हूं।

डॉ. राघवाचार्य: एक बड़ी मुस्कान देते हुए 'सच में?'

राजीव: हाँ!

डॉ. राघवाचार्य: क्या आपने पूरा दस्तावेज पढ़ा है? क्या आप इस परियोजना में शामिल जोखिमों को जानते हैं?

राजीव: हाँ! महोदय (वास्तव में अधूरा दस्तावेज पढ़ा हुवा था ....)

डॉक्टर: तो आप इस परियोजना से क्यों जुड़ना चाहते हैं?

राजीव: सर न्यूटन, आइन्स्टीन और मैडम क्यूरी मेरे फैसले के लिए जिम्मेदार हैं।

डॉक्टर राघवाचार्य: मतलब?

राजीवः सर मैं भी चाहता हूं कि विज्ञान का इतिहास मुझेभी सदियों तक याद रखे ।

डॉ. राघवाचार्य: हंसने लगे और बोले; "इसका मतलब है कि आपमें एक महान वैज्ञानिक बनने की तीव्र इच्छा है। मुझ पर भरोसा करें आप होंगे, यदि आप इस परियोजना में शामिल होते है । तो क्या हम आज से काम शुरू कर दें?"

राजीव: ठीक है सर।

डॉ. राघवाचार्य: ठीक है। अपनी मेज के नीचे से एक बक्से जैसा यंत्र और एक अन्य समझौते की पुस्तिका लेकर, बोले ; 'आइए हम समझौते की औपचारिकताएं पूरी करें।' बुकलेट के अंतिम पृष्ठ पर हस्ताक्षर के स्थान पर उस यंत्र को रखा । राजीव के सामने कागज पकड़ कर उसने कहा, 'आपके हस्ताक्षर यहाँ आवश्यक हैं'।

राजीव ने अपनी जेब से एक पेन निकाला और इंस्ट्रूमेंट बॉक्स को एक तरफ रख कर हस्ताक्षर करने जा रहा था, तभी डॉक्टर राघवाचार्य ने कहा;रुको ! ऐ तुम क्या कर रहे हो...?'

राजीव : हस्ताक्षर

डॉ राघवाचार्य: अरे! इस बॉक्स को कागज में हस्ताक्षर के स्थान पर रखें और अपनी तर्जनी से बॉक्स इंस्ट्रूमेंट को स्पर्श करें। ठीक है?

राजीव : ठीक है।

डॉ. राघवाचार्य ने बॉक्स को सीधा रखा और एक बटन दबाकर यंत्र को चालू कर दिया और कहा 'अब अपनी उंगली से छुओ' राजीव को लगा जैसे उंगली पर विद्युत प्रवाह लगाया गया हो।

डॉ. राघवाचार्य: 'अब दूसरी उंगली से स्पर्श करें।' राजीव ने निर्देशों का पालन किया और फिर से एक छोटा सा करंट महसूस हुआ ।

राजीव: ये मुझे क्या हुआ?

डॉक्टर राघवाचार्य: (मुस्कुराते हुए) नैनो तकनीक से बने नैनोरोबोट्स आपके शरीर में प्रवेश कर गए, जिसने आपके आनुवंशिक मेकअप को स्कैन किया और जब तुमने इसे दूसरी उंगली से वापस छुआ, तो नैनो रॉबर्ट आपके शरीर से बाहर निकल गए और आपके डीएनए हस्ताक्षर का दस्तावेजीकरण किया। और अब जो यंत्रमें हरा रंग आप देख रहे हैं वह इस परियोजना में शामिल होने के लिए सरकार की अनुमति है! प्रधान मंत्री कार्यालय द्वारा प्राप्त संकेत।

राजीवः लाल रंग आ जाए तो?

डॉ. राघवाचार्य: इसका मतलब है कि आपको इस परियोजना में शामिल होने के लिए कार्यालय से अनुमति नहीं मिली है।

राजीव: मेरी स्वीकृति या अस्वीकृति किस मापदंड के आधार पर तय की गई थी?

डॉ. राघवाचार्य: 'यह जानने का आपका अधिकार नहीं है।' इतना कह कर उसने टेबल पर पड़े सिगार के एक पैकेट में से एक सिगार निकाला और उसे जला दिया। 'प्रोजेक्ट इप्सा में आपका स्वागत है'

राजीव: धन्यवाद सर

डॉ. राघवाचार्य दीवार पर आयने पर अपनी हथेली रखते हैं, उनके हाथ को नीली रोशनी से स्कैन किया जाता है और ध्वनि प्रणाली 'डोर ओपन' लगता है। शीशा एक डिब्बे में बदल गया। डॉ. राघवाचार्य ने पत्रोंका बंडल निकाला और उनमेसे राजीव के सामने पचास शोध पत्रों का एक बंडल रखा। डॉ. राघवाचार्य ने अपनी हथेली वापस आयने पर रख दी, आयने के बने बॉक्स ने रचना बदल दी और बॉक्स वापस एक दर्पण में बदल गया। राजीव को आस्चर्यसे देखते हुए डॉक्टर राघवाचार्य ने कहा: 'हा हा हा...(हंसते हुए) तुम अभी भी बहुत झटके महसूस करोगे, कुर्सी पर बैठो। यह हमारे प्रोजेक्ट से जुड़ा एक सीक्रेट रिसर्च पेपर है, इसे आपको 10 दिन में पढ़ना है। ध्यान दें! देखें कि एक भी पन्ना खोना नहीं है, वरना...' और चुप हो गया।

राजीव: नहीं तो क्या ?

डॉ. राघवाचार्य: अगर ऐसा हुआ, तो मैं नैनोरोबोट्समैसे साइनाइड को लीक कर दूगा, जिन्होंने साइन करते समय आपके शरीर में लाखों नैनोसाइनाइड पैकेट प्रत्यारोपित किए।

राजीव: घबराया हुआ 'हस्ताक्षर के समय नैनोरोबोट्स ने मेरे शरीर में साइनाइड के पैकेट भी लगा दिए थे?

डॉ. राघवाचार्य: हाँ, मुझे यह करने की अनुमति तुमनेही दी है , याद है?' समझौतासामने दिखाते हुवे।

राजीव: अपने आप को शांत करते हुए थोड़ा गुस्सा करते हुए "हाँ!"

डॉ. राघवाचार्य: इस शोध पत्र की केवल दो प्रतियां हैं, एक मेरे पास और दूसरी भारत सरकार की गुप्त तिजोरी में। इसलिए ये सभी कदम उठाना जरूरी है।

डॉ. राघवाचार्य: एक और महत्वपूर्ण बात, मैं आपको बताना भूल गया। ' आपको क्या लगता है, आपके शरीर में प्रवेश करने वाले सभी नैनो-रोबोट वापस बाहर आ गए होंगे?

राजीव: 'हाँ' कुछ शक के साथ कहा।

डॉ. राघवाचार्य: नहीं, ऐसा नहीं है। जितने नैनो रोबोट दर्ज किए गए हैं, उनमें से केवल 10 प्रतिशत नैनो रोबोट हैं जो आपके आनुवंशिक मेकअप को स्कैन करते हैं और वापस लौटते हैं, शेष रोबोट मृत्यु तक आपके शरीर के साथ रहेंगे। इन नैनोरोबोट्स के कई कार्य हैं, जिनमें से कई के बारे में मुझे पता भी नहीं है। इसका एक कार्य आपकी प्रतिक्रिया को भांपना है, यदि आप गुप्त रूप से या किसी भी तरह से प्रोजेक्ट इप्सा की जानकारी मेरे अलावा किसी अन्य व्यक्ति या परियोजना से जुड़े लोगों के साथ साझा करते हैं, तो ये नैनोरोबोट सूचना को प्रधान मंत्री कार्यालय को भेज देंगे और, यदि वांछित है, तो आपके जीवन सिर्फ 3 सेकंड मेंछीना जा सकता है ।

राजीव: 'पिछले 1 घंटे में मेरे शरीर के साथ कई बदलाव किए गए हैं, अब मुझे यह जानने का अधिकार है कि मेरा प्रोजेक्ट इप्सा क्या है? सर अब बताओ ! , हम एक गुप्त परियोजना पर कहाँ काम करने जा रहे हैं? ' गुस्से में कहा।

डॉ राघवाचार्य: 'हाँ! यह अधिकार तुम्हे है। हम एक टाइम मशीन बनाने जा रहे हैं।' राजीव टेबल पर रखे पानी के गिलासको उढ़ाने जा रहा था लेकिन रुक गया। ।

राजीव: क्या?

डॉ. राघवाचार्य: सिगार को अपने होठों के बीच दबाया और कहा "टाइम मशीन"

राजीव: टाइम मशीन?

डॉ राघवाचार्य: हाँ !!

राजीव उठे और इधर-उधर घूमने लगे और कहा;' सर क्या आप मजाक कर रहे हो? यह संभव नहीं है'

डॉ. राघवाचार्य का सिगार खत्म होने ही वाली थी, राजीव की बात सुनकर उन्होंने गुस्से में सिगार होल्डर में अपना सिगार गुस्से से बुझा दिया और कहा, 'अच्छा वैज्ञानिक होते हुए भी तुम असंभव जैसे शब्दों का प्रयोग करते हो। कुछ भी असंभव नहीं है।'

डॉ. राघवाचार्य मेज पर पड़े सिगार के पैकेट को अपनी जेब में रखते हुए कुर्सी से उठे। पीछे की दीवार पर टंगे जैन धर्म और बौद्ध धर्म के दो चित्रों की पेंटिंग को हटाते हुए कुर्सी को मेज पर रखदी । जैसे ही उसने तस्वीरों के बजाय अपनी हथेलियों को स्कैन किया, दीवान एक लिफ्ट में बदल गयी और लिफ्ट खुल गई।

डॉ. राघवाचार्य: 'राजीव मेरे साथ आओ।' जैसे ही राजीव और डॉक्टर राघव आचार्य लिफ्ट में प्रवेश करते हैं, नीली लेजर लाइटें चमकने लगती हैं और ध्वनि प्रणाली बीप करती है" नैनोरोबोट्स पुष्टि, हो गया।डॉक्टर राघवाचार्य और डॉक्टर राजीव! कृपया टाइम लैब में आपका स्वागत है"।

डॉ. राघवाचार्य: यह नीली रोशनी हमारी पहचान की पुष्टि करती है।

राजीव; और वह आवाज? इससे पहले कि डॉ. राघवाचार्य कुछ कहते, एक आवाज सुनाई दी; "मैं मिस्टर ब्लू ब्रेन हूं, इस लैब में आपका साथी वैज्ञानिक"

डॉ. राघवाचार्य: 'मिस्टर ब्लू ब्रेन एक आर्टिफिशियल इंटेलिजेंस तकनीक है।' तभी लिफ्ट उतरी और दरवाजे खुल गए।

डॉ. राघवाचार्य: 'लो! पहुँचे' एक छोटा गलियारा और सामने लैब का दरवाजा दिखाई दे रहा था 'यह! हां, मैं कह रहा था कि मिस्टर ब्लू ब्रेन सिर्फ एआई तकनीक से बना व्यक्ति है, वह सब कुछ अनुभव कर सकता है। ब्लू ब्रेन हमें गणनाओं, या शोध के दौरान अटके प्रश्नों के उत्तर प्राप्त करने में मदद करेगा।

राजीव: वाह !!

मिस्टर ब्लू ब्रेन: हाँ! डॉक्टर राजीव, मैं सबसे अच्छा हूं। मैं "बैकट्रेन" द्वारा बनाया गया था।

राजीव: बैकट्रेन?

डॉ. राघवाचार्य:जो सुपर कंप्यूटर की मदद से हम जिस टाइम मशीन का निर्माण कर रहे हैं, उसे बैकट्रेन कहा जाता है।

डॉ. राघवाचार्य ने स्पर्श करते ही प्रयोगशाला का दरवाजा खुल गया । प्रयोगशाला बहुत बड़ी थी और बैकट्रेन सुपर कंप्यूटरों से घिरी हुई थी। कई हाइड्रोजन सिलेंडर, किण्वन इकाइयाँ आदि दिखाई दे रहे थे। परमाणु ऊर्जा के

विकिरण रिसाव को रोकने के लिएविकिरण अबसोब करने वाली मिट्टी की मोटी दीवार से घिरे बक्से भी दिखाई दे रहे थे। इन सभी भागों से छोटे-बड़े पाइप निकल रहे थे जो बीच में एक वृत्ताकार चबूतरे से जुड़े हुए थे। गोलाकार मंच कांच के एक बड़े गोलाकार खोल से घिरा हुआ था और इसमें कई स्विच प्लेटफॉर्म के लिए सॉकेट थे।

राजीव ने एक गोलाकार कांच के केबिन के बीच में हवा में तैरता एक प्राचीन यंत्र देखा। जिससे नीली और हरी तरंगें निकल रही थीं और इन तरंगों से निकलने वाली तीव्र रोशनी और तरंग को एक घेरे में चक्कर लगाते हुए वापस मशीन में ही समाहित होते देखा जा सकता था।

राजीव: इस संरचना को देखकर कहा: 'यह क्या है? '

डॉ. राघवाचार्य: यह हमारी टाइम मशीन है।

राजीव : इस मशीन के बीच में तैरता यह कौन सा यंत्र है ?

डॉ. राघवाचार्य: 'मशीन के पीछे का रहस्य मिस्टर ब्लू ब्रेन के जरिए आपको समझाया जाएगा।' डॉ. राघवाचार्य सिगार जलाकर अपने नशे का आनंद लेने लगे।

अचानक लैब की लाइट बंद हो गई और वर्चुअल स्क्रीन में एक वीडियो फिल्म शुरू हुई जहां मिस्टर ब्लू ब्रेन ने स्पष्टीकरण देना शुरू किया;

मिस्टर ब्लू ब्रेन : महान राजा अशोक द्वारा कलिंग के युद्ध में हुए संहार को देखकर उनका मन पछतावे से बहुत दुखी हुआ। अशोक ने युद्ध नीति को त्याग दिया और धम्म नीति को अपनाया, बौद्ध धर्म ग्रहण किया और शांतिपूर्ण तरीकों से साम्राज्य पर शासन किया। महाराजा सम्राट अशोक की मृत्यु के बाद, समय के साथ बौद्ध धर्म कई संप्रदायों जैसे हीनयान, महायान और वज्रयान में विभाजित हो गया। वज्रयान शाखा सबसे रहस्यमय और तंत्र मंत्रों के गहरे रहस्यों में डूबी हुई है। इसे 750-1174 AD के दौरान पलवंश वंश द्वारा संरक्षित किया गया था। पलवंश वंश के राजाओं ने नालंदा विश्वविद्यालय की स्थापना के लिए वज्रयान संप्रदाय के विद्वान बोधिमुनियों और शिक्षकों को वित्तीय सहायता प्रदान की। आज के विद्यालय में बोधि मुनियों ने अपने दिव्य ज्ञान की सहायता से एक वयमा यंत्र बनाया। जो हमारे टाइम मशीन के बीच में तैर रहा है।

नालंदा विश्वविद्यालय में 1202 में बख्तियार खिलजी के आक्रमण के दौरान, यंत्र को इसके दुरुपयोग को रोकने के लिए आक्रमण से पहले पाल वंश के शासकों द्वारा एक गुप्त खजाने में ले जाया गया था। कहा जाता है कि कालांतर में पलवंश ने सम्राट अशोक जैसे शक्तिशाली राजा को यंत्र की रक्षा के लिए इस यंत्र को दे दिया। वह महान राजा कौन था, इसकी जानकारी को भारत सरकार ने सावधानी

से दबा दिया है। ताकि राज़ हमेशा एक राज़ बना रहे। उस राजा ने भविष्य और भूतकाल को बदलने के लिए इस यंत्र का उपयोग करने की मानवीय इच्छा को समझकर यंत्र का दुरुपयोग रोकने के लिए यंत्र को नष्ट कर दिया।

राजीव: अगर उस महान सम्राट ने यंत्र को नष्ट कर दिया था, तो यह यंत्र यहां कैसे आया?

डॉ. राघवाचार्य: इसके बारे में कोई नहीं जानता, भारत सरकार ही जानती है। हमें यह जानने का कोई अधिकार नहीं है।

लैब की लाइट जली, राजीव ने मशीन को करीब से देखा। केबिन के केंद्र में मशीन घूम रही थी, उससे निकलने वाली जादुई नीली और हरी तरंगें जो आंखों को छूती थीं।

राजीव: इस मशीन का ऊर्जा स्रोत क्या है?

डॉ. राघवाचार्य: आपका विश्लेषण क्या कहता है?

राजीव: देखने लगे, सिलेंडर, किण्वन इकाई और परमाणु ऊर्जा रिएक्टर केबिन को देखते हुए कहा;' यह मशीन बायोफ्यूल हाइड्रोजन और न्यूक्लियर पावर से चलती है? सही?

डॉ. राघवाचार्य: सही, अच्छा विश्लेषण।

मिस्टर ब्लू ब्रेन: हमारे पास दो समस्याएं हैं जो समय यात्रा को सफल बनाने में बाधक हैं।

राजीव: कौन सी दो समस्याएं?

डॉ. राघवाचार्य: समस्या यह है कि जैव ईंधन, हाइड्रोजन ईंधन और परमाणु ऊर्जा ऊर्जा के उपयोग के बावजूद समय यात्रा के दौरान ईंधन की कमी है। हमें एक ऐसे ईंधन की जरूरत है जो हमें अनंत ऊर्जा दे और समय यात्रा को सफल बना सके। हमारे पास कम समय के लिए समय पर वापस जाने के लिए पर्याप्त ऊर्जा स्रोत है, लेकिन जब हम सदियों की तरह यात्रा करते हुए किसी वस्तु को वापस भेजते हैं, तो वस्तु उस शताब्दी तक पहुंच जाती है लेकिन वस्तु को वापस लाने के लिए मशीन में पर्याप्त ऊर्जा नहीं होती है।

राजीव: "आपका मतलब है कि यह मशीन काम कर रही है और समय यात्रा हो सकती है? आश्चर्य से पूछा।

डॉ राघवाचार्य: हाँ। हमारे पास एक और समस्या यह है कि हम चूहेको अतीत से एक वस्तु के रूप में वापस नहीं ला सके। शायद यात्रा के दौरान वस्तु एक निश्चित समय तक पहुँच जाती है लेकिन वर्तमान समय में वापस नहीं आ सकती है।

मिस्टर ब्लू ब्रेन: हमें एक तंत्र विकसित करना होगा ताकि वस्तु वर्तमान समय को पहचान सके और क्वांटम अवस्था में आ सके।

मतलब यह मशीन किस सिद्धांत पर काम कर रही है?

मिस्टर ब्लू ब्रेन: यहां तक कि डॉ. राघवाचार्य और मेरी सुपरकंप्यूटर क्षमताएं भी इस क्षेत्र को पूरी तरह से समझ नहीं पाए हैं। हमारा मानना है कि यह मशीन वस्तुओं या व्यक्तिको क्वांटम अवस्था में परिवर्तित करती है और फिर समय पर यात्रा करती है।

डॉ. राघवाचार्य: 'सबसे महत्वपूर्ण महत्वपूर्ण ये है की ...' और कुछ सेकंड के लिए चुप रहे और फिर कहा 'यह मशीन यूनिडायरेक्शनल है। हम केवल अतीत में जा सकते हैं। समय यात्रा के दौरान हमारी वस्तु एक क्वांटम अवस्था में रहती है ताकि वस्तु देख सके, घटना को महसूस कर सके लेकिन वस्तु को हस्तक्षेप करने की अनुमति नहीं है और अतीत से छेड़छाड़ नहीं हो सकती है। ।

राजीव: आपको कैसे पता चला कि समय यात्रा में ऐसे अनुभव होते हैं?

मिस्टर ब्लू ब्रेन: मेरी वजह से। चूहे के साथ (वस्तु के साथ) मेरी बुद्धि यात्रा करती है, एक चिप युक्त बेल्ट चूहे को पहनाइ जाती है जिसमें मैं हूं। समय यात्रा का एक वास्तविक अनुभव मैं प्रयोगशाला में भेजता हूं।

डॉ. राघवाचार्य: यह यंत्र इतना रहस्यमय है कि यह हमें केवल अतीत में जाने की अनुमति देता है, भविष्य में नहीं। ऐसा क्यू है यह में नहीं जानता है? मैं यह नहीं समझता।

श्रीमान ब्लू ब्रेन: शायद प्रकृति के नियमों को संरक्षित करना आवश्यक होगा, जिससे भविष्य में जाने से रोका जा सके। राजीव! क्या तुम्हें पता है ? जब कोई व्यक्ति यंत्र को छूने जाता है तो वह गायब हो जाता है और कुछ समय बाद अपने मूल स्थान पर लौट आता है।

डॉ. राघवाचार्य : मैंने कई ऋषियों से इन विषयों पर चर्चा की है। बोधिसत्वों ने मुझे समझाया कि यह यंत्र किसी योग्य व्यक्ति के हाथ में ही आएगा। कर्म से शुद्ध होने पर ही व्यक्ति पूरी तरह से यंत्र को प्राप्त कर सकता है।

मिस्टर ब्लू ब्रेन: मेरे सिस्टम ने सूक्ष्म चित्र लेकर इस मशीन की आंतरिक संरचना का दूर से विश्लेषण किया और आप जानते हैं कि मुझे क्या मिला?

राजीव: जानने के लिए उत्सुक 'क्या मिला?'

डॉ. राघवाचार्य : यह मशीन एक दिमाग है!

मिस्टर ब्लू ब्रेन: हाँ। मशीन के आंतरिक संरचना में, हम अरबों व्यवस्थित न्यूरॉन कनेक्शन और न्यूरॉन कोशिकाओं से बने सर्किट जैसी संरचनाओं को देख रहे हैं। जो हम नीली और हरी तरंगों के रूप में देखते हैं, वह दिमाग से उत्पन्न ऊर्जा का प्रकाश है क्योंकि यह मस्तिष्क इसका शत-प्रतिशत उपयोग कर रहा है।

डॉ. राघवाचार्य: आइंस्टीन जैसे महान वैज्ञानिक ने भी अपनी पूरी बौद्धिक क्षमता का उपयोग नहीं किया था। ऐसा कहा जाता है कि केवल 10 प्रतिशत बुद्धिजीवी क्षमता का प्रयोग अल्बर्ट आइंस्टीन ने किया था। क्या आप इसका अर्थ समझते हैं?

राजीव: नहीं।

डॉ. राघवाचार्य: इसका मतलब है कि वज्रयान के ऋषियों ने इस यंत्र को एक महान व्यक्ति के दिमाग से आकार दिया है, जिसने अपने मस्तिष्क की बौद्धिक क्षमता का पूरी तरह से उपयोग करना सीख लिया है और इस धरती पर एकमात्र व्यक्ति हो सकता है जिसने यह क्षमता हासिल कर ली है।' राजीव थोड़ा चिंतित हो रहे थे क्योंकि राजीव को नहीं लगता था कि विज्ञान इस तरह आगे बढ़ सकता है।

मिस्टर ब्लू ब्रेन: डॉक्टर राघवाचार्य, राजीव थक रहे हैं, राजीव की हृदय गति बढ़ रही है, उन्हें आराम की जरूरत है।

राजीव: हाँ! मिस्टर ब्लू ब्रेन सही है।

डॉक्टर राघवाचार्य: 'मोटे हैं राजीव! आज तुम घर जाओ और आराम करो। आज के लिए इतना पर्याप्त है।' जैसे ही राजीव जा रहे थे, मिस्टर ब्लू ब्रेन ने कहा:

मिस्टर ब्लू ब्रेन: डॉक्टर राजीव। क्या मैं आपको राजीव कह सकता हूँ? क्योंकि सीधे नाम से बुलाने बुलाए जाने में जो सुकून मिलता है, वह सम्मान के अलंकरण में नहीं है और हमारे अपनेपन का का एहसास नहीं होता है।' राजीव मन ही मन सोचने लगा कि 'मैंने यह बात चित्रा को बताई, इस मशीन को कैसे पता चला?'

डॉक्टर राघवाचार्य: 'मैंने तुमसे कहा था! मिस्टर ब्लू ब्रेन आपके दिमाग को भी पढ़ सकता है' ओर हंसने लगे ।

राजीव: हाँ! क्यों नहीं मैं भी आपको ब्लू ब्रेन कहूंगा।

मिस्टर ब्लू ब्रेन: ठीक है। कोई बात नहीं।

6

अध्याय - 6: राजीव के जीवन में विजय का प्रवेश

राजीव लैब में आते ही श्याम बोला; राजीव! तुम कल जल्दी घरचले गए थे, शाम चार बजे चित्रा लैब में आई थी , क्या आप दोनों कोई प्रयोग डिज़ाइन कर रहे हैं?, वो सायद उससे संबंधित कोई मॉडल पर चर्चा करना चाहती थी । लेकिन आप लैब में नहीं थे इसलिए चली गईं ।'

राजीव: ठीक है। खैर मैं चित्रा से उसके केबिन में मिलूंगा।'' राजीव ने अपना बैग नीचे रखा और बाहर जाने के लिए लैब का दरवाजा खोला, तभी पीछे से कांच टूटने की तेज आवाज आई। राजीव ने पीछे मुड़कर देखा तो हेमांगी गुस्से में दिख रही थी, उसने हड़बड़ाहट में अपने पास पड़ा कांच का फ्लास्क फेंक दिया था।

श्यामा, विशाल, डॉक्टर सतीश और हेतल सभी पास जानने के लिए दौड़ पड़े। राजीव लैब के बाहर निकलने वाले दरवाजे को पकड़कर खड़ा था और ये सब देख रहा था लेकिन राजीव का दिमाग राजीव से आगे चित्रा की तरफ चलने लगा था।

राजीव: (मन में) 'जाने दो राजीव! चित्रा के पास जाओ' और राजीव के दिल से आवाज आई, 'अरे नहीं! मैं इतना स्वार्थी कैसे बन सकता हु ? ... किसीको मुसीबतमे देख कर वहासे निकल जाना सही नहीं है वापस जा राजीव ! ' तो राजीव भी हेमांगी के पास उसकी समस्या जानने पंहुचा । हेमांगी कुर्सी पर बैठ गई और सिर पकड़कर रोने लगी।

डॉक्टर सतीश: क्या हुआ हेमांगी? रोना कोई समाधान नहीं, अपनी समस्या बताएं।

हेमांगी: मुझे नहीं लगता कि जानवरों की आत्मा स्थानांतरित हो सकती है। मेरे प्रयोग असफल हो रहे हैं लेकिन मन के किसी कोने से आवाज आती है 'नहीं!' पशु आत्मा का स्थानांतरण संभव है।

विशाल: अरे हेमी! पहले ये बताइये कि आपका प्रयोग क्या था ? फिर कोई चर्चा हो सकती है ।मेडम ! आपकी बचपन से ही यह आदत रही है, आप हमेशा बहुत तेजी से चलने वाली विचारों की ट्रेन पर बैठे रहते हैं और आप उम्मीद करते हैं कि प्लेटफॉर्म पर खड़े सभी लोग आपकी उसी गति से चलती हुई विचारों की ट्रेन पर चढ़ जाएं। हेमांगीने सर को उढ़ाकर विशाल को देखा और स्टील की स्केल विशालके सीने पर जड़दि। ।

विशाल: 'आओ..स्स्स...' फिर साइड में जाकर चुपचाप खड़ा हो गया। ये सब चल रहा था. इधर राजीव हेमांगी की समस्या सुलझने का इंतजार कर रहे थे और राजीव चित्रा के पास गए. इस बीच हेमांगी ने अपने प्रयोग के बारे में बताया:

हेमांगी: 'ये दो चूहे दिखाई देते हैं और मैं कुछ समय से आत्मा के स्थानांतरण को सफल बनाने की कोशिश कर रही हूं, लेकिन मैं असफल रही हूं' राजीव को अब प्रयोग सुनने में दिलचस्पी हो गई।

हेतल: मरे हुए चूहे को छूने से; 'यह चूहा मर गया है।'

हेमांगी: हाँ! लेकिन इस चूहे की मृत्यु के बाद उसकी आत्मा इस दूसरे चूहे में स्थानांतरित नहीं हो हो पाई है।

डॉक्टर सतीश: आप कैसे पुष्टि करते हैं कि आत्मा का स्थानांतरण हो चुका है?

हेमांगी: सबसे पहले मैं एक चूहे को एक विशिष्ट व्यवहार सिखाती हूं, जैसे कि विशेष पैर की गतिविधियों का एक पैटर्न। एक बार जब चूहा व्यवहार सीख जाता है, तो नियमित अभ्यास उस व्यवहार को उसका अंतर्निहित व्यवहार बन जाता है । फिर इस चूहे को दूसरे युवा चूहे के संपर्क में लाया जाता है । इन चूहों के जोड़े में, एक चूहा बहुत बूढ़ा होना चाहिए और दूसरे चूहे की जीवन प्रत्याशा सामान्य या वृद्ध चूहे की तुलना में कम होनी चाहिए। फिर मैंने दोनों चूहों को एक साथ समय बिताने दिया और अलग-अलग शर्तें देकर दोनों चूहों के बीच दोस्ती को मजबूत किया। समय के साथ, जब बूढ़ा चूहा मर जाता है, यदि बूढ़े चूहे की आत्मा उसके युवा मित्र में स्थानांतरित हो गई है, तो बूढ़े चूहे को सिखाए गए विशेष पैर आंदोलनों की अभिव्यक्ति युवा चूहे में व्यक्त होनी चाहिए, लेकिन ऐसा नहीं हो रहा है । हेमांगी ने सिर पर हाथ रखते हुए उदास चेहरा बनाया और सबके सामने

इस उम्मीद से देखने लगी कि वह कुछ सुझाव देगी। सभी लोग सोचने लगे परंतु किसी को भी इसका उपाय नजर नहीं आ रहा था। कुछ देर की चुप्पी के बाद विशाल ने चुप्पी तोड़ते हुए कहा, "हम सभी के विचार अलग-अलग हैं, हमी!" हम आपके प्रयोग को सफल बनाने का प्रयास करेंगे. विशाल ने हेमांगी के कंधे पर हाथ रखकर आश्वस्त करते हुए कहा कितू तनाव मत ले , हेमांगी ने जवाब में उसका हाथ पकड़कर हल्की सी मुस्कान के साथ सिर हिलाया। सभी तितर-बितर हो गये और अपने-अपने काम में लग गये।

राजीव भी सोचने लगा, तभी चित्रा को याद आया और मन में बोली; ओह! चित्रा से मिलने के लिए...'

चित्रा टेबल के पास खड़ी थी और चित्रा की दोस्त निशा उसके बगल वाली कुर्सी पर बैठी थी. एक लंबा आदमी जो हमेशा व्यायाम करता था और रेगलर जिम के माध्यम से अपनी फिटनेस के बारे में जानता था, एक अनुभवी की तरह टेबल पर लैपटॉप लेकर राजीव के सामने खड़ा था और चित्रा से बात कर रहा था। जैसे ही राजीव केबिन के दरवाजे परपंहुचा , उस आदमी की गहरी आवाज राजीव के कानों में पड़ी: "हां! चित्रा, मैं तुम्हें मेरे साथ ट्रैकिंग कैंप में चलने के लिए कह रहा था..." इस वक्त राजीव चित्रा के पास पहुंचे।

चित्रा: हाय राजीव!,गुड मॉर्निंग ।

राजीव: गुड मॉर्निंग, चित्रा।

चित्रा: 'राजीव! मेरे बचपन के दोस्त विजयसे मिलो ! विजय नीचे की मंजिल पर डॉक्टर तीर्थंकर के मार्गदर्शन में तंत्रिका विज्ञान विषय पर पीएचडी कर रहा है' विजय ने राजीव की ओर देखा और कहा;' डॉक्टर बुद्धिमान. मैंने चित्रा से आपकी बहुत प्रशंसा सुनी है. हेलो डॉक्टर राजीव! " और हाथ मिलाने के लिए अपना हाथ बढ़ाया

राजीव:हाई ! विजय' और हाथ मिलाया।

चित्रा- चलो राजीव, कैंटीन चलते हैं, मैं तुम्हें मॉडल का डिजाइन दिखाऊंगी.. एक बार चेक कर लो और अगर कोई संशोधन की जरूरत हो तो मुझे बताना।

राजीव: ठीक है.

कैंटीन पहुँचकर चित्रा ने बगल से बाहर आ रहे देवांगभाई से तीन कप चाय का ऑर्डर दिया। मेज पर तीन व्यक्ति बैठे हैं।

राजीव: 'अपने मॉडल का डिज़ाइन लाओ और दिखाओ।' चित्रा ने बैग से मॉडल का डिज़ाइन स्केच निकाला और दिखाया। हाँ! अच्छा लगता है, बस एक डिब्बे में एक चुंबक और प्रकाश जोड़ें।

चित्र: चुंबक की रोशनी और प्रकाश, क्यों?

राजीव: क्योंकि मैं विशिष्ट वातावरण दूंगा। जितनी तेजी से लय सेट करने में मदद मिलेगी उतनी ही तेजी से अनुकूलन देखने को मिलेगा. विजय यह सब देख रहा था और बोला; बहुत खूब! डॉ राजीव. सुपर' और स्माइल करने लगा।

राजीव: तुम दोनों कितने समय दोस्त हो?

विजय: किससे...?ये चिटूसे दोस्ती की बात कर रहे हो? (विजय चित्रा को प्यार से "चीता" कहते हैं) हम बचपन से साथ हैं।

चित्रा: 5वीं कक्षा से लेकर स्कूल, कॉलेज और एमआईटी तक का कोर्सवर्क भी किया।

विजय: हम पहली बार 5वीं कक्षा में मिले थे। हम हर दिन स्कूल बस से जाते थे. एक दिन चित्रा बस की सीट पर उदास बैठी थी क्योंकि चित्रा की कोई भी सहेली स्कूल नहीं आ रही थी तो मैं चित्रा के पास गया और पूछा 'तुम उदास क्यों हो?' फिर मैंने चिटू से कहा; 'आज से मैं तुम्हारा सबसे अच्छा दोस्त हूं और कभी नहीं जाऊंगा। बस मेरे साथ नाश्ता करो!' हमारी दोस्ती उस दिन से शुरू हुई और समय के साथ गहरी होती गई।'तभी माँ देवांगभाई चाय लेकर आईं।

राजीव: विजय! बढ़िया। आप डॉ. तीर्थंकर के मार्गदर्शन में पीएचडी कर रहे हैं इसलिए आपका भविष्य बहुत उज्ज्वल होगा।

विजय: नहीं रे नहीं!

राजीव: ऐसा क्यों?

विजय: यह सफर बस यहाँ ख़तम हो जाये क्योंकि मैंने खेल-खेलमें अपनी पीएचडी शुरू कर दी थी । मैं बस इस रिसर्च के जाल से बाहर निकलकर एक स्टार्टअप शुरू करने या अपने पिता के बिजनेस कोआगे बढ़ाने का इंतजार कर रहा हूं। मेरी राय में मैं शोध के इस क्षेत्र से खुश नहीं हूं और मुझे लगता है कि यह मेरे लिए सही रास्ता नहीं है।

चित्रा: "विजय बिना फोकस वाला इंसान है!" कहा और हंसने लगे.

राजीव: क्या?

चित्रा: विजय तय नहीं कर पा रहा कि उसे जिंदगी में क्या करना है. वह नहीं जानता कि वह अपने जीवन में क्या करना चाहता है। संक्षेप में, विजय लक्ष्य फिल्म का ऋतिक रोशन हैं।

विजय: डॉक्टर राजीव, इस चित्रा को मत सुनो, यह पागलपन है' और चाय पीने लगा।

राजीवः अरे विजय, तुम मुझे राजीव कह सकते हो, डॉक्टर लगाने की कोई ज़रूरत नहीं है। हम दोस्त हैं।

विजयः 'ठीक है राजीव। तुम भी मुझे विजय या तू ही कह सकते हो. तभी विशाल कैंटीन में आता है और कहता है.

विशालः ओह! विजय , कैम्प से कब लटके आये ? कैसे हैं?कैम्पका अनुभव केसा रहा ?

विजयः आओ! विशाल। सुपर , शानदार अनुभव।

राजीवः क्या आप एक दूसरे को जानते हैं?

विशालः क्या आप जानते हैं? यह किस तरह का सवाल है? हम सभी लंबे समय से एक ही संस्थान में हैं और एक-दूसरे को जानते हैं। आप अभी शामिल हुए, हम लंबे समय से साथ हैं।

विजयः 'हां' उस वक्त हेमांगी भी कैंटीन में चाय पीने आई और सबसे ग्रुप में शामिल हो गई.'

विशालः अरे! राजीव हम परसो एक छोटी यात्रा पर जा रहे हैं। यह एक रात और एक पूरे दिन की यात्रा है। किसी आइलैंड पर जाना है तो वहां बहुत मजा आएगा. यात्रा के दिनों में कोई शोध कार्य की चर्चा नहीं की जाएगी। अब विजय भी आ गया है तो विजय और चित्रा तुम दोनों भी चलो ।

विजयः 'हाँ! हाँ! चलते है ' उसने उत्सुकता से कहा।

राजीवः नहीं यार। तुम सब जाओ मेरा आना कठिन है, डॉ. राघवाचार्य ने बहुत काम दिया है।

चित्राः चलो राजीव. काम जीवन भर के लिए है. तुम हो तो और मजा आएगा.

विजयः हाँ! राजीव. एक-दो दिन के लिए काम का बोझ छोड़कर चल दें। कल, जब आप बूढ़े होंगे और बिस्तर पर लेटे होंगे, तो आपको प्रयोगशाला में बिताया गया समय याद नहीं आएगा, बल्कि दोस्तों और परिवार के साथ बिताए गए अनमोल अच्छे समय और आपके द्वारा महसूस की गई भावना याद आएगी। कभी-कभी लैब में समय बर्बाद करने का पछतावा जो मौज-मस्ती में खर्च होना चाहिए था, बुढ़ापे में आपको सताता रहेगा। ऐसा होने से रोकने के लिए हमारे साथ आइए।' राजीव सहमत हुए, और बोले; ' ठीक है। चलो चलते है।'

विशालः सिर्फ श्यामा नहीं आ सकती, बाकी सब तैयार हैं.

चित्राः श्याम की कोर्ट में तारीख है इसलिए कोर्ट जाना होगा।

विशालः हाँ.

राजीवः कोर्ट में? क्यों?

चित्रा: तुम्हें नहीं पता?

राजीव: नहीं.

विशाल: दो साल पहले, श्याम अपने शोध में इतनी तल्लीन थी कि उसने शोध कार्य घर पर भी करना शुरू कर दिया। एक दिन सुबह घर में रोशनी नहीं थी और श्यामा एक शोध लेख पढ़ते हुए चाय बना रही थी। चाय बनाने के बाद श्याम की लापरवाही से गैस लाइन और चूल्हे का बटन खुला रह गया। श्यामा का 5 साल का बेटा आशीष घर में अकेला था. जो महिला उसकी देखभाल के लिए आती है वह अभी तक नहीं आई थी और उसका पति ऑफिस चला गया था। । श्यामा के लैब जाने के कुछ मिनट बाद लाइट जली, गैस लीक होने से घर जल गया। इस घटना में श्यामा के पांच वर्षीय बेटे आशीष की भी मौत हो गयी.

चित्रा: श्यामा की एक 10 साल की बेटी भी है जो स्कूल में थी और बच गई। श्यामा का अपने पति से बड़ा झगड़ा हुआ और दोनों का तलाक हो गया.

विशाल: अब पति-पत्नी दोनों बेटी की कस्टडी पाने के लिए लड़ रहे हैं।

राजीव: अब लड़की किसके पास है?

तस्वीर: हाल में ट्विंकल, श्यामा हैं। लेकिन श्यामा के पति का कहना है कि श्यामा रिसर्च में इतनी खो गई है कि उसे अपने आसपास के हालात भी समझ नहीं आ रहे हैं. इसलिए श्यामा ट्विंकल को पालने में सक्षम नहीं है।

राजीव: हाँ! श्यामा कितने दर्द के बोझ तले जिंदगी जी रही है.

विशाल: हाँ! मैंने अक्सर श्यामा को एकांत में उदास और आशीष को याद कर रोते हुए देखा था. लेकिन अब धीरे-धीरे श्यामा सदमे से बाहर आती दिख रही है. श्यामा मन से मजबूत है।

राजीव: 'हम्म..' कुछ देर तक सब चुप रहे। अब मैं डॉ. राघवाचार्य के पास चलता हूं। सर से मिलने का है ।

विजय; मुझे भी डॉ. तीर्थंकर को रिपोर्ट करना है, मैं भी निकल रहा हु ।

राजीव ने लैब में प्रवेश किया, हेमांगी ने अभी भी अपना सिर पकड़ रखा था और हेतल मेटा फिजिक्स की किताब पढ़ रही थी। हेमांगी को उदास देखकर राजीव को उस पर दया आ गई।

राजीव: (मन में) 'हेमांगी के प्रयोग का कोई समाधान होगा.' सोचते हुए राजीव का ध्यान हेतल की किताब के शीर्षक पर गया. मजाक में राजीव ने जोर से पढ़ा और कहा 'दर्शन'. हेतल ने ऊपर देखा और फिर से पढ़ना शुरू कर दिया। राजीव का ध्यान हेमांगी की मेज पर पड़े चूहे के डीएनए सॉल्यूशन पर गया। राजीव अचानक सोचने लगा और उसके विचार तेज़ होने लगे।

राजीव के मन में: 'दर्शन...डीएनए...क्वांटम स्टेट' राजीव कुर्सी से उठे और तेजी से डॉ. राघवाचार्य लेब की और भाग खड़ा हुवा।

राजीव: ब्लू ब्रेन ! मेरे सवाल का जवाब दो। क्या किसी इंसान या किसी जीव, जानवर का उसके डीएनए और उसकी आत्मा से कोई संबंध हो सकता है?

मिस्टरब्लू ब्रेन : हाँ! निश्चिंत हो सकते हैं. जिस प्रकार किसी भी व्यक्ति की हाथ की रेखाएं एक जैसी नहीं होती, उसी प्रकार किसी भी व्यक्ति का डीएनए सौ प्रतिशत मेल नहीं खाता। अतः आत्मा भी एक व्यक्तिगत पहचान है। जिस प्रकार पानी में तेल की बूंद अलग होकर भी पानी में ही रहती है, उसी प्रकार आत्मा भी जीवन भर शरीर में ही रहती है। जब शरीर मर जाता है तो आत्मा शरीर से अलग हो जाती है।

राजीव: ब्लू ब्रेन ! मुझे सुपरकंप्यूटर बैकट्रेन द्वारा इस संभावना की गणना करने दें कि मृत्यु के बाद आत्मा के शरीर छोड़ने के बाद थर्मोडायनामिक्स के पहले नियम के अनुसार, आत्मा डीएनए के साथ अंतर-अवस्था में आ जाएगी, उसकी सम्भावना कितनी है ?

मिस्टर ब्लूदिमागः : हाँ। कमांड दे रहा हूं।'गणना शुरू हुई (बैकट्रेन सुपरकंप्यूटर की मशीन से आवाज आने लगी) टिंग...टिंग... और उत्तर पारदर्शी स्क्रीन पर दिखाई देने लगा। डॉ. राघवाचार्य जिज्ञासा और आश्चर्य से राजीव के पास आये और स्क्रीन की ओर देखने लगे।

मिस्टर ब्लू ब्रेन: '100% संभावना। यह हो सकता है।' राजीव के चेहरे पर मुस्कान आ गई.

राजीव: 'ठीक है. अब आप, आत्मा द्वारा क्वांटम अवस्था से अपना डीएनए प्राप्त करने की संभावना का परीक्षण करें।'

मिस्टर ब्लू ब्रेन: 'ठीक है।' मिस्टर ब्लू ब्रेन ने बैकट्रेनको गणना करनेका आदेश दिया। ...टिक...टिंग....गणना शुरू हुई और एक आभासी स्क्रीन फिर से सफलता की 100% संभावना दिखाती हुई दिखाई दी।

राजीव और डॉ. राघवाचार्य हंसने लगे और डॉ. राघवाचार्य ने राजीव को गले लगाते हुए कहा, 'राजीव तुम जीनियस हो। अच्छा। '

जब डॉ. राघवाचार्य ने राजीव को गले लगाया तो राजीव को ऐसा लगा मानो उनके पिता उनका हौसला बढ़ा रहे हों।

डॉ. राघवाचार्य: राजीव की ओर देखते हुए, 'क्या हुआ?'

राजीव: (वर्तमान में वापस आते हुए) कुछ नहीं सर। क्या तुम समझ रहे हो हमारी समस्या का समाधान हो गया है.

डॉ. राघवाचार्य: हाँ..मतलब..

राजीव: इसका मतलब यह है कि हम अपनी आत्माओं को टाइम मशीन के समय चक्र में छोड़ देंगे। प फिर क्वांटम स्टेट में कनवर्ट और जिस समय जिस व्यक्ति का डीएनए मौजूद होगा वह उस व्यक्ति के जन्म के समय तक पहुंच जाएगा।

मिस्टर ब्लू ब्रेन: हाँ। मैं भी समझ गया. जब हमें वर्तमान में वापस आना होता है, तो अतीत की आत्मा क्वांटम अवस्था में लौट सकती है और मशीन की मदद से वर्तमान डीएनए को शरीर में प्रवेश करा सकती है।

डॉ. राघवाचार्य: क्या आप कह रहे हैं कि यह मशीन हमारी आत्मा को क्वांटम अवस्था में बदल देगी और उसके आधार पर अतीत और वर्तमान डीएनए और समय यात्रा को व्यवस्थित करने में हमारी मदद करेगी? सही?

राजीव: हाँ सर!! मेरे मन में एक सिद्धांत उभरा है कि जैसे हर व्यक्ति का डीएनए अलग होता है, वैसे ही हर व्यक्ति की आत्मा भी अलग होती है। लेकिन प्रत्येक व्यक्ति का डीएनए अवचेतन आत्मा मन के बंधन जैसे एक पुल द्वारा उनकी आत्मा से जुड़ा हुआ है। जब हम मरते हैं, तो हमारी आत्मा के साथ, हमारा डीएनए भी शरीर से क्वांटम अवस्था में चला जाता है, और मेरा मानना है कि यह डीएनए, जंक डीएनए, ट्रांसपोज़ेबल तत्व का हिस्सा होना चाहिए, क्योंकि जंक डीएनए में ट्रांसपोज़ेबल तत्व भी बदल जाता है। जिसकी संख्या समय के साथ घटती बढ़ती रहती है। जिसे हम जंक डीएनए समझते आए हैं वह वास्तव में आत्मा के साथ स्थानांतरित होने वाला एक महत्वपूर्ण तत्व है।

जब आत्मा का पुनर्जन्म होता है, तो क्वांटम अवस्था में यह परिवर्तनीय तत्व आत्मा के साथ माता-पिता के विरासत में मिले डीएनए के साथ मिल जाता है और माता-पिता के जंक डीएनए के साथ पुनः संयोजित होकर एक नई विकसित आत्मा का निर्माण करता है। यह चलने वाली प्रक्रिया है। और यही कारण है कि जंक डीएनए तो बहुत है लेकिन डीएनए में कार्यात्मक प्रोटीन बनाने वाले जीन केवल 10% हैं।

शायद, इन सभी तत्वों के स्थानांतरण के कारण ही समानांतर जीवन की घटनाएं घटित होती हैं। लोगों का मानना है कि अल्बर्ट आइंस्टीन, न्यूटन और स्टीफन हॉकिंग का जीवन समानांतर जीवन से जुड़ा था। भारत में भी शांति देवी का मामला पुनर्जन्म से जुड़ा हुआ है और मशहूर मनोवैज्ञानिक डॉ. ब्राइन की लिखी किताब 'मेनी लाइव्स मेनी मास्टर्स' में उन्होंने अपनी मरीज कैथरीन के पुनर्जन्म के बारे में भी जानकारी दी है।

डॉ. राघवाचार्य: हाँ! हो सकता है, आपका सिद्धांत सम्भावना रख रहा है।

राजीव: 'हम हेमांगी के अधूरे प्रयोग को पूरा करके इस सिद्धांत की पुष्टि कर सकते हैं।' डॉ. राघवाचार्य और राजीव तेजी से हेमांगी के पास चले गए।

राजीव: 'हेमांगी मुझे आपके प्रयोग का समाधान मिल गया है' राजीव ने खुशी से यह बात थोड़ी जोर से कही तो विशाल, हेतल, डॉक्टर सतीश और श्यामा उत्सुकता से उसके साथ दौड़ पड़े।

राजीव: क्या आपके पास वर्तमान में व्यवहारिक रूप से प्रत्यारोपित चूहों की एक जोड़ी है?

हेमांगी: हाँ! एक जोड़ी है. इनमें बूढ़े चूहे की कल या अगले दिन मौत होने की आशंका है।

राजीव: बहुत बढ़िया।

हेमांगी: अच्छा? इसमें अच्छा क्या है?'

डॉक्टर राघवाचार्य: हेमांगी! शांत हो राजीव की बात सुनो.

राजीव: 'कृपया चूहों का वह जोड़ा लाओ।' हेमांगी चूहों को एक लय मिल गई. राजीव ने बूढ़े चूहों से चूहे का डीएनए निकालने के लिए एक डीएनए निष्कर्षण मशीन का उपयोग किया और इसे युवा चूहों में इंजेक्ट किया। इसके अलावा, एमएचसी संगतता की जांच की गई ताकि भले ही एकमात्र स्थानांतरण में प्रोटीन की भूमिका हो, अनुकूलता बनी रहे और युवा चूहों की प्रतिरक्षा प्रणाली आक्रमणकारी डीएनए से बने प्रोटीन को स्वयं के प्रोटीन की तरह गणना करे। । राजीव ने विश्वास के साथ कहा कि परिणाम एमएचसी अनुकूल है ; 'बहतरीन मैच'

हेमांगी: 'अब क्या तुम हमें समझाओगे कि तुम क्या कर रहे हो? राजीव ने अपना सिद्धांत समझाया.

हेतल: हां, मुझे भी यह संभावना लगती है कि राजीव की थ्योरी सच हो सकती है।

हेमांगी : 'ओक. देखते हैं हमें क्या परिणाम मिलते हैं' हर कोई 5 मिनट की पिनड्रॉप साइलेंस के साथ चूहे के व्यवहार का उत्सुकता से विश्लेषण कर रहा था। हेमांगी ने चूहों के व्यवहार को रिकॉर्ड करने के लिए कैमरा चालू किया। शाम के 7 बजे हैं.

डॉ. राघवाचार्य: चलो सब घर चलते हैं, कल परिणाम देखेंगे।

रात 9 बजे हेमांगी अपने घर की बालकनी पर खड़ी थी और राजीव पहाड़ियों के बीच बने अपने घर की बालकनी पर बैठे निकलते चाँद को देख रहा था, दोनों व्यक्ति आशा से आकाश में देख रहे थे मानो किसी अलौकिक दैवीय शक्ति से

प्रयोग के नतीजोंकी सफलता के लिए प्रार्थना कर रहे हों।. चूँकि सर्दी शुरू हो गई है, धीमी ठंडी, मीठी हवा की आवाज रात की शांति को भंग कर रही है, राजीव का फोन एक अज्ञात नंबर से था।

राजीवः 'हल्लो' सामने से आवाज आई, 'खाना खाया वैज्ञानिक?' राजीव को कोई जानी-पहचानी आवाज महसूस हुई तो उसने कुछ देर सोचा और कहा, 'चित्रा?' सामने से मिला जवाब; 'हाँ'

चित्रा- 'गैलरी से उठो और अब सो जाओ' कहकर हंसने लगीं.

राजीवः हाँ, मैं जा रहा हूँ, लेकिन तुम्हें कैसे पता चला कि मैं बालकनी में बैठा हूँ।

चित्राः क्युकी मैं तुम्हारे साथ इतने समय से हूँ, तो मैं तुम्हारी आदतों का अंदाज़ा लगा सकती हूँ' और थोड़ा हँसी।

राजीवः मैंने तुम्हें यह नंबर दिया था? मेडम आपके पास मेरा फ़ोन नम्बर कहा से आया। ?

चित्राः नहीं. मैं आपसे आपका फ़ोन नंबर लेना भूल गई इसलिए मैंने श्यामा से ले लिया।

राजीवः कोई काम था क्या?

चित्रा- मैं तुम्हें बिना काम के फ़ोन नहीं मिला सकती ?

राजीवः नहीं, नहीं ऐसा नहीं है। आप मुझे कभी भी कॉल कर सकते हैं, कोई समस्या नहीं।

चित्राः मैंने तो बस बात करने के लिए फोन किया था. और हां, ज्यादा मत सोचो, कल तुम्हारा प्रयोग अवश्य सफल होगा।

राजीवः आपको प्रयोग के बारे में क्यों पता चला?

चित्रा- आज तुम जासूस की तरह एक के बाद एक सवाल क्यों पूछ रहे हो? क्या तुमने खाया ?

राजीवः नहीं, मैं अभी जाऊँगा।

चित्राःओके। जल्दी खाओ, ज्यादा देर नहीं होगी और हाँ सुनो, परमदिवस पर हम सब कलशितापु की एक छोटी यात्रा के लिए जाते हैं। तुम्हे याद है?

राजीवः हाँ याद है मैडम।

चित्रा- बहुत बढ़िया, आप सुबह अपना टूर बैग तैयार करके इंस्टीट्यूट चले जाना, शाम को मेरे घर आना और मुझे पिकअप करना, हमें विजय के घर जाना है. बाकी सभी लोग सीधे विजय के घर आने वाले हैं क्योंकि बुक की गई नाव गंतव्य स्थान उसके घर के पास है, ठीक है?

राजीव: ठीक है मैडम।

चित्रा: अच्छा. कल मिलते हैं। शुभ रात्रि।

राजीव: शुभ रात्रि..

सर्दी के कारण ठंडे पड़े कमरे को गर्म करने के लिए राजीव ने कमरे के फायर केबिन में आग जलाई और कमरे की बिजली की रोशनी चालू करके शांतिपूर्ण माहौल में डॉ. राघवाचार्य द्वारा दिए गए शोध पत्र को पढ़ना शुरू कर दिया। पढ़ते-पढ़ते रात के एक बजे राजीव के पूरे शरीर पर अंधेरा छाने लगा। राजीव नैनोटेक्नोलॉजी और बायोफ्यूल से जुड़ा पेपर पढ़ते-पढ़ते सो गए। राजीव ने सपने में देखा कि वह नैनो टेक्नोलॉजी का उपयोग करके जैव ईंधन पर शोध कर रहे हैं। अचानक राजीव को आवाज सुनाई दी; "हाँ..हाँ..! इस विधि से ऊर्जा की आवश्यकता पूरी हो जायेगी" राजीवनी पूरी तरह से खुल गयी।

राजीव को लगा कि या तो उसके शरीर के अंदर से या किसी ने उसके कान के पास आकर ऐसा कहा है। राजीव थोड़ा डर गया और सपना समझकर साइड टेबल पर रखे गिलास से पानी पीकर सो गया। जबकि असल में वो आवाज राजीव के शरीर में मौजूद नैनो रॉबर्ट की थी तो ये कोई सपना नहीं था. यह राजीव और डॉ. राघवाचार्य का अज्ञात नैनोरोबोट का कार्य था।

7

अध्याय-7: पहले प्रश्न का उत्तर और यात्रा

सुबह के 10:00 बजे हैं. प्रयोग के परिणामों को उत्सुकता से देखने के लिए राजीव जल्दी से संस्थान में प्रवेश करता है। हमेशा की तरह, हार्दिक नाश्ते में तरबूज का एक टुकड़ा खा रहे थे। तीसरी मंजिल पर पहुंचकर राजीव ने सबसे पहले चित्रा के केबिन की तरफ देखा लेकिन चित्रा केबिन में नहीं थी इसलिए वह तेजी से चौथी मंजिल की सीढ़ियां चढ़कर लैब में दाखिल हुआ।

हेमांगी की मेज के चारों ओर हर कोई बूढ़े चूहे के मरने का इंतजार कर रहे थे, चित्रा भी वहां थीं. डॉ. राघव आचार्य कॉफ़ी का कप लेकर चुस्की ले रहे थे और चूहों के जोड़े को गौर से देख रहे थे। हेमांगी प्रयोग सेट-अप के ठीक सामने बैठी थी और उसे ऐसे देख रही थी जैसे वह दूसरी तरफ हो। बाद में शामिल होते ही राजीव ने विशाल से धीरे से पूछा; 'क्या परिणाम?'

विशाल: हाँ! एक नई खोज हुई है.

राजीव: क्या?

विशाल: 'हेमिना! वह 'अजीब चेहरे के भाव' कहकर हंसने लगे। हेमांगी ने फिर जोर से धक्का दिया और गुस्से में किनारे पड़ा स्केल उठाकर विशाल के हाथ पर थमा दिया और विशाल चिल्लाते हुए बैठ गया ।

डॉ. राघवाचार्य ने दाएँ-बाएँ सिर घुमाया और मना करने पर ज़ोर देते हुए कहा, "हेमांगी! लैब में बिल्कुल भी हिंसा नहीं होती है।"

हेमांगी: सोरी सर।

कुछ देर बाद चूहा मरने लगा। हर कोई सावधानी से डेस्क के थोड़ा करीब आए और उत्सुकता से देखने लगे । एक मरता हुआ चूहा जीवन के लिए थोड़ा छटपटा रहा है। ये देखकर चित्रा अपने बगल में खड़े विजय का हाथ पकड़ लेती है. राजीव का ध्यान चित्रा पर गया.

हेमांगी: "चूहा मर रहा है।" आख़िरकार चूहा मर गया। सबका अब सारा ध्यान बगल के युवा चूहे पर केंद्रित था और यह देखने के लिए उत्सुक था कि क्या उसके व्यवहार में कोई बदलाव आया है। एक मिनट बाद, बूढ़े चूहों को सिखाई गई पैर की हरकतें अभी भी इस दूसरे चूहे में नहीं देखी जा रही हैं। सभी ने कुछ निराशा के साथ आशा छोड़नी शुरू कर दी लेकिन केवल हेमांगी और राजीव को ही विश्वास था कि आत्मा का पुनर्जन्म होगा। चार मिनट के बाद अचानक युवा चूहा, बूढ़े चूहे की तरह, थोड़ा खड़ा हो गया, दोनों पैरों को ऊपर उठाया और केवल दाहिने पैर को एक सर्कल में घुमाया और वापस सतह पर गिर गया। यह वही व्यवहार है जो बड़े चूहों को सिखाया जाता है।

हेमांगी: "हाँ.... हाँ" ख़ुशी से बोली और कुर्सी से उठकर बोली; "राजीव! "हम सफल हैं" कहकर नाचने लगे। हेमांगी को पहले कभी किसी ने इतना खुश नहीं देखा था. तो विशाल ने अपने पास रखे कैमरे से हेमांगी की कई तस्वीरें लीं और गिरती हुई तस्वीर को देखकर हंसने लगे।

डॉ. राघवाचार्य ने हेमांगी को मुस्कुराते हुए 'हा...हेमांगी...हा' डांस करते देख हाथ से शांत होने को कहा.

राजीव ने चित्रा की ओर देखा लेकिन चित्रा रो रही थी और अभी भी विजय का हाथ पकड़कर खड़ी थी।

राजीव: चित्रा! क्यों रो रही हो?.. क्यों?...

सभी, जो एक-दूसरे को धन्यवाद दे रहे थे, शांत हो गये और चित्रा की ओर देखने लगे। अब चित्र! उसने अपना मुँह विजया के सोल्डर पास छिपा लिया और रोने लगी।

विजय: 'शी...सीईई...शांत हो जाओ...बस...अभी' विजय ने प्यार से कहा, चित्रा के सिर पर अपना हाथ रखा और उसे सांत्वना दी, बैग के किनारे से विजय अपने साथ लाया था, हमेशा पानी रखता था उसके साथ बॉटलन ने चित्रा के सामने हाथ फैलाया और कहा: "चिटू... बस करो... मैंने तुमसे कहा था कि अब मत रोओ" चित्रा चिढ़ गई।

सभी चित्रा को देख रहे थे लेकिन विशाल राजीव को देख रहा था। राजीव ने नोटिस किया कि विशाल उसे देख रहा है लेकिन विशाल को नजरअंदाज करते हुए,

राजीव यह जानने के लिए और अधिक गंभीर हो गया कि चित्रा को अचानक क्या हुआ।

राजीव को अब दिल के किसी कोने से आवाज आई कि चित्रा और विजय की दोस्ती उसकी और चित्रा की भावनाओं से ज्यादा मजबूत है। जिस तरह से विजय चित्रा को शांत कर रहा था और जिस तरह से विजय चित्रा की सराहना कर रहा था, उसे देखकर एक मिनट के लिए राजीव को भी लगा कि विजय चित्रा को पसंद करता है या उससे प्यार करता है। विशाल भी इस बात से सहमत था इसलिए वो राजीव की तरफ देखता रह गया.

विशाल ने राजीव की ओर देखा तो अब राजीव विशाल की ओर देख रहा है, "विशाल! मैं समझ गया कि तुम क्या चाहते हो। अभी मेरी ओर देखना बंद करो, लोग समझ जायेंगे" और विशाल ने चेहरे के हाव-भाव से विशाल को थोड़ा पीछे किया और अब चित्रा की ओर देखा .

विजया की दी हुई बोतल से पानी पीने के बाद थोड़ा शांत हुई और अब चित्रा बोली; "हम सफल हुए हैं, लेकिन यह चूहा मर चुका है! उसका समय हमेशा के लिए ख़त्म हो गया है!"

विजय: 'चित्रा तुम भावुक होकर सोच रही हो, उसकी मौत स्वाभाविक थी।' हाँ हर कोई! यह कह कर विजय की बात मान ली कि यह सच है.

चित्रा: हां! सच है लेकिन हम स्वार्थी इंसानों ने इसकी स्वाभाविक मौत का भी फायदा उठाया।

सभी कुछ देर के लिए सोचने लगे कि मानव स्वभाव कितना स्वार्थी है। सभी लोग मनोमन चित्र की बातों से सहमत थे और मन ही मन यह स्मरण कर रहे थे कि जब चूहा मर गया, उस समय तो हमने तो केवल सफलता देखी, परंतु चित्र ने ही देखा कि उसके शरीर से कोई प्राण निकल चुका है।

एक मिनट और मौन रहने के बाद डॉ. राघवाचार्य ने कहा, "हम उस बूढ़े चूहे का बलिदान व्यर्थ नहीं जाने देंगे.. हेमांगी! 11 नंबर वाले इस चूहे (नंबर टैग देखकर आगे बोली) का नाम क्या था?"

हेमांगी: सर! मैक्स था.

डॉ. राघवाचार्य: 'हम्म. हम इस प्रयोग को "मैक्स एक्सपेरिमेंट" नाम देंगे। ताकि भविष्य में जब कोई इस प्रयोग को किसी शोध पत्र में पढ़े तो उसे सबसे पहले हमारे इस पुराने मित्र की याद आये और फिर हम जैसे स्वार्थी वैज्ञानिकों की। अब तुम सब आज छुट्टी ले लो और अपनी यात्रा पूरी करके वापस आ जाओ। आनंद लेना। ' इतना कहकर वह अपना सिगार सुलगाता हुआ अपनी दर्शन प्रयोगशाला

की ओर चलने लगा।

राजीव: चित्रा के पास आया, "क्या तुम अब ठीक हो?"

चित्रा: 'बधाई हो राजीव! 'आपका प्रयोग सफल रहा,' उसने हाथ मिलाने के लिए हाथ बढ़ाते हुए कहा, 'मैं ईश्वर से प्रार्थना करूंगी कि आपको इसी तरह सफलता मिलती रहे।'

राजीव: मुस्कुराते हुए हाथ मिलाते हुए कहा; "धन्यवाद चित्रा"

विशाल: "चलो! चलो भी! आज छुट्टी है। सभी लोग घर जाएं और यात्रा की तैयारी करें।

चित्रा: राजीव! अलविदा। शाम को मिलते है

राजीव: ठीक है. अलविदा।

शाम के छह बजकर 30 मिनट हुए हैं. सूर्यास्त देखने के बाद, राजीव चित्रा के घर जाने का फैसला करता है। प्रयोग की सफलता से आज राजीव के मन में सूरज की ढलती किरणों और हमेशा की तरह उड़ती दो गौरैयों के व्यवहार को देखने की खुशी दोगुनी हो गई है।

राजीव चित्रा के घर पहुंचता है और कार का हॉर्न बजाकर चित्रा को बुलाता है। चित्रा एक छोटा सा ट्रैवल बैग लेकर बाहर आई। चित्रा ने हल्के गुलाबी रंग की कुर्ती और नीचे जींस पहनी हुई थी. दुबली-पतली और लंबी चित्रा बेहद आकर्षक लग रही थीं, कानों में छोटी-छोटी बालियां और हाथ में पतली घड़ी पहने चित्रा बड़ी मुस्कान के साथ कार की ओर आ रही थीं। उसका विशाल शरीर अब साफ़ दिखाई दे रहा था। चित्रा के सूखे और लंबे बाल हवा में ऐसे लहरा रहे थे मानो मोटी डोरियों से बंधे पतले-पतले जूए हल्की हवा में धीरे-धीरे आगे-पीछे झूल रहे हों।

चित्रा गेट पर पहुंचकर, राजीव ने कार का शीशा नीचे कर दिया ताकि चित्रा को और अधिक स्पष्ट रूप से देखा जा सके। चित्रा की हल्की गुलाबी लिपस्टिक उसकी गुलाबी कुर्ती से मेल खा रही थी, जिससे चित्रा का चेहरा अपूर्ण बादलों वाले आकाश जैसा लग रहा था। चित्रा कार के पास आई और बड़ी सी मुस्कान देकर बोली; मैंने बैग कार की पिछली सीट पर रख दिया। कोई दिक्कत तो नहीं है ना? जब भी चित्रा राजीव के सामने बड़ी सी मुस्कान बिखेरती तो वह मुस्कान हमेशा राजीव के दिल को छू जाती और राजीव उस मुस्कान को याद कर खुशी में खो जाते।

चित्रा: राजीव! कहाँ खो गए?

राजीव: हम्म..नहीं!..नहीं..नहीं, कोई बात नहीं। जल्दी बदलो.

शाम के 7:15 बजे हैं. राजीव और चित्रा शहर से होकर गुजरने वाली एक सड़क पर विजय के घर की ओर चल पड़े, जिसके दोनों ओर जंगलों जैसे कुछ काले पेड़

थे। जैसे-जैसे रात बढ़ती गई, धीरे-धीरे ठंड बढ़ती गई। चित्रा शांति भंग करते हुए बोली

चित्रा: "कोई गाना बजाओ?"

राजीव को जगजीत सिंह की ग़ज़लें सुनना बहुत पसंद था। इसलिए वह अपनी कार में जगजीत सिंह की गजलों की कैसेट और सीडी ही रखते थे। इससे पहले कि राजीव म्यूजिक सिस्टम या एफएम रेडियो चालू करता, चित्रा ने हाथ बढ़ाया और म्यूजिक सिस्टम के पास पड़ी एक सीडी सिस्टरम मैं लगा दी। । जैसे ही म्यूजिक सिस्टम बजता है, जगजीत सिंह की बेहद मशहूर ग़ज़ल; "होशवालों को खबर क्या ?" सरफरोश फिल्म की मशहूर गजल बजने लगा.

चित्रा: "वाह! यह मेरा भी पसंदीदा गाना है।'' चित्रा ने सामने डेस्क खोला और सीढ़ियों की जांच करने चली गई। केवल जगजीत सिंह के ग़ज़ल संग्रह पर ही ध्यान गया। "क्या आपकी कोई प्रेमिका है?"

राजीव: नहीं ऐसा नहीं है। आपने यह क्यों पूछा?

चित्र: "बस ऐसे ही..."। थोड़ीदेरबाद फिर बोली ; "आमतौर पर ऐसा होता है कि जब कोई प्यार के समुद्र मैं डूबा होता हैं तब कोई भी अपने प्रियजन को याद करते हुए ग़ज़लों को सुनने और ग़ज़लों के शब्दों में गहरे अर्थों को महसूस करने की कोशिश करता है।

राजीव: "यह तो बहुत बड़ी बात है, क्या आप उस समुद्र के अनुभवी व्यक्ति तो नहीं हैं? "कहकर हँसे, और यह समझकर कि यही सही समय है, यह जानने के लिए बोले कि चित्र के जीवन में कोई है या नहीं; "क्या आपका कोई बॉयफ्रेंड है?

चित्र: नहीं रे !. वैज्ञानिक बनने के इस उन्माद में, मुझे ऐसा लगता है जैसे मैं अपने कॉलेज के दिनों में अनुसंधान प्रयोगशाला में लटकती रही और कई अवसर चूकगई ,'' हंसते हुए "राजीव! आप अच्छा दिखते हो। लेकिन आप अकेले क्यों हैं?"

राजीव: थोड़ा मुस्कुराकर: हाँ...हाँ...बस करो, चित्रा! अब तुम पीछे पड़ गई हो ।

कोई है ही नहीं, गर्लफ्रेंड बनाना चाहते हो, अरे सच में कोई गर्लफ्रेंड थी ही नहीं. मैंने उस दिशा में थोड़ा कम ही ध्यान दिया . आपकी तरह मैं भी तो वैज्ञानिक बनना चाहता था या नहीं?

चित्रा: हम्म्म....थोड़ा सोचा तो होगा ना ?, मतलब थोड़ा सोचा।

राजीव: अब बस ...

चित्रा: हम्म...मतलब आप हमेशा से बोरिंग साइंटिस्ट रहे हैं" और हसने लगी।

राजीव को आज सुबह विजय द्वारा दिये गये आश्वासन के दृश्य याद आये तो राजीव बोला; "चित्रा! विजय के बारे में कोई जानकारी दो, विजय का व्यक्तित्व कैसा है? मेरा मतलब है कि विजय किस तरह का व्यक्ति है?" राजीव वास्तव में विजय के बारे में चित्रा का दृष्टिकोण जानना चाहता था।

चित्रा- विजय भी तुम्हारी तरह अकेला है. विजय एक साफ दिमाग और उदार व्यक्ति हैं। वह व्यक्ति किसी को दुःख में नहीं देख सकता, बहुत भावुक होता है और लोगों की मदद के लिए हमेशा तैयार रहता है। जब हम बैचलर कॉलेज के दूसरे साल में थे और हमारी अंतिम परीक्षाएँ चल रही थीं। जब विजय परीक्षा देने के लिए बाइक से आ रहा था तो उसने देखा कि सड़क पर एक कार में बैठे एक व्यक्ति का एक्सीडेंट हो गया है और कोई भी गंभीर रूप से घायल व्यक्ति को अस्पताल ले जाने के लिए तैयार नहीं है। तो विजय जल्दी से बाइक से उतरे और अपनी ट्रॉउज़र से की बेल्ट निकाली, उस घायल व्यक्ति क बाइक पर बिठाया और बेल्ट से कसकर खुदसे बांध दिया और परीक्षा की चिंता किए बिना अस्पताल चले गए।

राजीवः परीक्षा का क्या हुआ?

चित्राः क्या हुआ? विजया परीक्षा नहीं दे पाया .

बाद में जब हमारे कॉलेज के हेड सर को सारी बात की जानकारी मिली तो उन्होंने विजय को कॉलेज में सम्मानित किया और उसे एक साल पीछे होने से बचाने के लिए अलग से परीक्षा आयोजित कर उसे एक साल पीछे होने से बचाया।

राजीव के मन में विजय के प्रति सम्मान बढ़ गया; राजीव (मन में) "विजय स्वभाव से एक अच्छा इंसान लगता है।"

राजीवःतुमने अभी बोला की ; "वह भी आपकी तरह अकेला है. इसका क्या अर्थ है ?'

चित्राः उनके पिता भी आपके पिता की तरह एक बिजनेसमैन हैं. उनके पिता का नवीकरणीय ऊर्जा स्रोतों से संबंधित बायोमास पेलेट्स बनाने का उद्योग है। राजीव बीच में बोला; 'और माँ..?'

चित्राः नहीं माँ ..नहीं है।

राजीवः नहीं?

चित्राः विजय एक अनाथ है. उनके पिता ने उन्हें एक आश्रम से गोद लिया था। इसलिए वह सदैव मातृ प्रेम से वंचित रहा है। लेकिन उनके पिता बहुत अच्छे स्वभाव के हैं.

राजीवः तो विजय के पापा ने शादी नहीं की? और क्यों नहीं?

चित्रा: दरअसल उसके पिता की एक प्रेम कहानी है. विजय को शायद कौन नहीं जानता होगा. विजय को गोद लेने से कुछ साल पहले उनके पिता का प्रेम संबंध टूट गया था और उन्होंने जीवन भर शादी न करने का फैसला किया था। जब विजय करीब दस साल के थे तो विजय के पिता ने उन्हें गोद ले लिया।

दरअसल, विजय एक बहुत ही गतिशील व्यक्तित्व हैं। वह सफलता पाने से ज्यादा चीजों को अनुभव करने और चीजों को गहराई से समझने में रुचि रखते हैं। उस व्यक्ति की एक कमी यह होती है कि उसे काम पूरा करने में रुचि नहीं होती है। बस खोजबीन में रुचि है. इस वजह से जब विजय को लगता है कि उसने जो काम हाथ में लिया है, उसके बारे में उसे काफी कुछ समझ आ गया है तो वह काम छोड़कर कुछ और करने लगता है। मैंने देखा है कि कई बार वह तब काम छोड़ देता है जब वह सफलता की सीढ़ी पर काम खत्म करने से केवल एक पायदान दूर होता है। और जब मैं इस विषय में सवाल करती हु तब पागल कहता है; "अपूर्णता में आनंद पूर्णता में आनंद नहीं है।"

ऐसा नहीं है कि यह हमेशा आधा-अधूरा ही होता है। काम अक्सर किया गया है. हर क्षेत्र में खोज करने की ऐसी ललक में, विजय ने कई सरकारी परीक्षाएं पास कीं, हॉकी और साइकिलिंग में राज्य चैंपियन रहे। उनकी पढ़ाई से जुड़ी बात करें तो विजय ने ओपन यूनिवर्सिटी से हिस्ट्री, फिजिक्स जैसे एक्सटर्नल डिग्री कोर्स और एडमिनिस्ट्रेशन प्रोग्राम में मास्टर डिग्री भी पूरी की है। अब भी वह दूरस्थ शिक्षा के माध्यम से हस्तरेखा विज्ञान, ज्योतिष और रत्न विज्ञान सीख रहे हैं और अन्य परीक्षाओं की तैयारी कर रहे हैं। वो नहीं जानता कि वो कहाँ पहुँचना चाहता हैं? शायद सायद उसकी कोई मंजिल ही नहीं है।।

अब आपको विजय से जुड़ा सबसे अजीब मामला सुनाती हु।। सुनना;

हमारे बैचलर कॉलेज की पढ़ाई पूरी करने के बाद एक दिन विजय अचानक मेरे घर आये और बोले; "चित्रा! मैं एक साल के लिए हिमालय और दक्षिण के राज्यों में जाना चाहता हूं।"

चित्रा: क्यों?

विजय: मैं एक साल तक फकीर, साधु और योगी की तरह रहना चाहता हूं। कई बुद्धिमान योगियों से मिलकर उनसे ध्यान और अन्य विद्याएँ शिखना चाहता हु ।।

चित्रा: ठीक है. तुम जाओ और सीखो, लेकिन फकीर की तरह कपड़े पहनने या साधु बनने की कोई जरूरत नहीं है।

विजय: चित्रा अगर मैं तुम्हें एक महत्वपूर्ण बातसमजाता हु ,तो ऐसा हैं की सहानुभूति और समानुभूति में जमीन-आसमान का अंतर है।

चित्रा: मतलब?

विजय: सहानुभूति से हम दूसरों की भावनाओं को समझते हैं लेकिन समानुभूति से ही हम उन्हें महसूस करते हैं। इसका मतलब यह है कि हम वह व्यक्ति या वह व्यक्ति बन जाते हैं! जब ऐसी ही कोई घटना हमारे साथ घटित होती है तभी हम वास्तविक भावना का गहराई से अनुभव करते हैं।समाजमे आया ? इसीलिए मैं समानुभूति के माध्यम से अध्यात्म के गूढ़ रहस्य को समझना चाहता हूं। इसलिए मुझे जाना होगा।

राजीव: फिर क्या हुआ?

चित्रा: विजय एक साल बाद वापस आया लेकिन वह अधिक बुद्धिमान और शांत व्यक्ति बन गया था, मुझे उसके मन में एक शांति महसूस हुई।

राजीव: विजय ने वापस आकर तुम्हें क्या बताया? यानी इस एक साल में विजय ने क्या किया? तुमने क्या महसूस किया?

चित्रा- मैंने विजय से कई बार पूछा लेकिन विजय इस विषय पर किसी से चर्चा नहीं करता. शायद! मुझे लगा कि वह इस एक साल के अनुभव को गुप्त रखना चाहता है इसलिए मैंने विजय से ज्यादा कुछ नहीं पूछा और उसने भी कभी मुझे सामने से नहीं बताया।

राजीव (मन में): विजय वास्तव में थोड़ा रहस्यमय व्यक्ति है और थोड़ा अजीब भी।

चित्र: 'बस इतना ही! इतना ही! यहां से कुछ ही आगे उनका बंगला है. '

डॉ. सतीश, हेमांगी, विजय और विशाल सभी विजय के विशाल बंगले के बाहर खड़ी विशाल की स्कॉर्पियो कार में अपने बैग और खाने-पीने का जरूरी सामान, फायर कैंप के लिए जरूरी लकड़ी के टुकड़े ले जा रहे थे। हेतल राजीव, जो किनारे पर खड़े थे, कार के पास आए और बोले:

हेतल : चलो! थोड़ी तेजी रखो ! राजीव अपनी कार विजय के घर के पार्किंग प्लॉट में पार्क करो फिर जल्दी आओ। नाव को द्वीप पर जाने का समय हो रहा है.

सभी लोग विशाल की स्कॉर्पियो कार में बैठ गये. विशाल ने 100 किलोमीटर प्रति घंटे की रफ्तार से कार चलाई और पंद्रह मिनट में समुद्र तट पर पहुंच गया। यात्रा के लिए एक नाव पहले से ही बुक थी और उसका ड्राइवर इंतजार कर रहा था। नाव धारा और लहरों में हल्की-हल्की हिल रही थी और पूर्णिमा के चंद्रमा की रोशनी चारो की ओर एकमात्र दिखाई देने वाले पानी पर चमक रही थी। 45 मिनट

की इस समुद्री यात्रा का यह अनुभव कभी भी स्मृतियों से मिट नहीं सकता इतना सूंदर था ।

अंततः सभी वैज्ञानिक अपने गंतव्य “केलिश द्वीप” पर पहुँच गये। पूरा द्वीप पेड़ों और पिली मिट्टी से घिरा जंगल जैसा लग रहा था।

विशालः इस द्वीप के दो भाग हैं। एक हिस्से को सरकार द्वारा यात्रा करने की अनुमति है, वह हिस्सा है जहां हम अभी खड़े हैं। दूसरा हिस्सा इस द्वीप का दूसरा छोर है जहां किसी को भी जाने की इजाजत नहीं है। और विभिन्न जंगली जानवरों को उसी क्षेत्र में बाड़ लगाकर संरक्षित किया जाता है। यहां पर्यटन अर्थव्यवस्था को बढ़ावा देने के लिए सरकार ने दोपहर और शाम सात बजे तक विभिन्न प्रकार के शॉपिंग स्टॉल, फूड स्ट्रीट और अन्य शॉपिंग स्टॉल लगाने की अनुमति दी है, जिन्हें हम कल देखेंगे और शाम को यहां से निकल कर घर पहुंचेंगे. करीब करीब रातको हमारा सफर ख़तम हो जायेगा।

विजय के नेतृत्व में सभी लोगों को कैंप लगाने, खाना बनाया और फायर कैंप शुरू करने का काम सौंपा गया. एक घंटे के भीतर दो बड़े शिविर स्थापित किए गए और हेत्तल, हेमांगी और विशाल द्वारा भोजन तैयार किया गया और बना हुवा खाना अग्नि शिविर के पास लाया गया। अग्नि शिविर के चारों ओर गोलाकार आकार में सजी सभी महफ़िलें मानवीय प्रतीत होती थीं।

द्वीप पर बहुत शांति थी। समुद्र से समुद्री हवा की फुसफुसाहट सुनी जा सकती थी। हवा के कारण फायर कैम्प ज्वाला एक दिशा से दूसरी दिशा की ओर उछल रही है । पूरे द्वीप पर पड़ रही पूनम की चांदनी ऐसी लग रही थी मानो प्रकृति ने नाइट लैंप जला दिया हो। समुद्र के निकट होने के कारण तापमान मध्यम था। जिससे मज़ा और बढ़ गया क्योंकि इसने शहर को सर्दियों के मौसम से जुड़े ठंडे मौसम से एक अलग एहसास कराया।

विशालः अपना छोटा सा गिटार निकाला और बहुत खराब बजाते हुए गाना गाने लगा।

हेमांगीः पास पड़ी उसकी एक चप्पल उठाई और सीधे विशाल के गिटार से बात की; "बचपन से ही आप सभी दौरों पर यह सड़ा हुआ गिटार अपने साथ लाते हो और अपनी कर्कश गायकी से सभी को परेशान करते रहैतो हो ।" जैसे ही विशाल ने हेमांगी को नजरअंदाज किया और गाना जारी रखा, हेमांगी को और गुस्सा आ गया और अब उसने दूसरी चप्पल उठाई और सीधे विशाल के सीने पर फेंक दी और बोली; तू समज नहीं रहा है ?पागल!!.." अब विशाल ने थोड़ा गुस्से से ऊपर देखा और हेमांगी को गंभीर होते हुए देखने लगा तो हेमांगी थोड़ी घबरा गई, साथ ही डॉ.

सतीश को भी ऐसा लगा के स्थिति गंभीर हो जाएगी.

डॉक्टर सतीश: 'विशाल! शांत होजावो । हेमांगी, कृपया सॉरी बोलें और मामले को खत्म होने दें।' जैसे ही हेमांगी सॉरी बोलने ही वाली थी, विशाल हंसने लगा "हाहाहा..." और बोला: "देखो...देखो गांव वालों, ये मेरी बचपन की दोस्त हेमी है जो मुझसे डर गई..."

हेमांगी ने अब कहा 'रुको तुम...!! ' कहते हुए बगल में बैठी चित्रा की चप्पलें एक के बाद एक विशाल पर फेंकने लगी। ।

चित्रा हेमांगी के हाथ बांधकर उसे ऐसा करने से रोकती है।

विशाल ने हँसते हुए कहा: "यार! तुम भी अजीब हो, बचपन से तुम मुझे थप्पड़ मारते थी और ज्यादातर सबके सामने ही मारने लगती हो। तुम्हें शर्म आनी चाहिए। अब तुम बड़े हो गए हो।"

हेमांगी: "और आप अभी भी चप्पल खाने के लायक हैं।" कहा और हंसने लगे.

सभी लोग महफ़िल का मज़ाक उड़ाने लगे। चुटकुलों, चुटकुलों ने माहौल को खुशनुमा बना दिया

हेतल ने बैग से डायरी निकाली और कहा; "सुनो सब लोग, मैं चुटकुलों और कहानियों वाली अपनी साथ डायरी लाई हु । मैं पढ़ के सुनाती कोई बीचमे नहीं बोलेगा । खासकर तुम विशाल। ये चुटकुले मैंने इंटरनेट से लिए हैं...लेकिन ये मजेदार हैं ध्यान दो। ।

विशाल: ठीक है मैडम. चुटकुले चालू करें....

हेतल एक के बाद एक चुटकुले पढ़ने और सुनने लगी। पसंद :

1. वो दोस्त जो कहता था कि मैं तुम्हें जिंदगी भर नहीं छोड़ूंगा,
वही शख्स ट्रैफिक पुलिस को देखकर सड़क पर निकल गया!!

2. जिस दिन मैं सोचूंगा कि जिंदगी में करने को बहुत बड़े काम हैं,
उसी दिन घरवाले ने गैस की बोतल लाने भेजा!!

3. पेट्रोल की रोजाना बढ़ती कीमत लड़कियों का एक सपना पूरा करेगी.
घोड़े पर आएगा उनके सपनों का राजकुमार!!

इस तरह कई चुटकुले और शायरी सुनने के बाद सभी की मौज-मस्ती रात 2 बजे तक चलती रही.

चित्रा: अब! 2 बजे हैं. हर किसी को अब सो जाना चाहिए .

हेतल : हाँ! बो बहुत देर हो चुकी है. फिर भी कल सुबह 9 बजे एक बहुत जरूरी काम है'' इतना कहते ही चित्रा ने हेतल की ओर गुस्से से देखा।

हेतल: "अरे! सॉरी..." धीरे से बोली।

हेमांगी : एक मिनट..कोनसा जरूरी काम? क्या..?

चित्रा: (बीच में टोकते हुए) हेतल पहले बोलती है: "हेतल शॉपिंग के बारे में बात कर रही है ।"

हेमांगी: 'ओक. चलोगुड नाईट !' बिस्तर पर चले।' सखियों से कह कर चली गईं।

राजीव, विशाल और विजय ने देखा कि डॉ. सतीश खुले समुद्र के सामने बैठकर आसमान की ओर देख रहे हैं और कुछ याद करके उदास होने लगे हैं। इसलिए तीन व्यक्ति डॉ. सतीश के पास आकर बैठते हैं।

राजीव: सर! सब कुछ ठीक..

डॉ. सतीश: "हाँ! सब ठीक है।" उसने अपना मूड बदलते हुए दो बोतल बीयर और दो टिन सॉफ्ट ड्रिंक लेकर आ रहे विशाल की ओर देख कर मुस्कुराते हुए कहा, 'कल से हमारा विशाल रोज चप्पल खाएगा', वहां विजय भी हंसने लगा दो टिन में से एक डॉ. सतीश को और एक बीयर की बोतल खोलकर।

डॉ.सतीश: विशाल! एक बड़ा फैसला लेने जा रहे हो , आपको मेरी तरफ से . शुभकामनाएं।

विशाल: धन्यवाद सर.

राजीव: आपका क्या मतलब है?

विजय: इसका मतलब है कि कल से हमारे विशालभाई जीवन भर चप्पल खाने की तैयारी कर रहे हैं" विजय ने डॉ. सतीशको ताली देकर मजाक विशाल का मजाक उड़ाने लगा । ।

राजीव को अभी भी कुछ समझ नहीं आया तो डॉक्टर सतीश ने कहा;

डॉक्टर सतीश: आपको क्या लगता है कि यह सिर्फ हमारी यात्रा -पर्यटन चल रही है?

राजीव: हाँ

डॉक्टर सतीश: "नहीं! राजीव ऐसे नहीं हैं। कल विशाल हेमांगी से मंगनी के लिए पूछने वाला है? और अगर हेमांगी हाँ कहती है तो कलदोनों की मंगनी है।" यह सुनकर राजीव ने विशाल की ओर देखा।

विशाल: 'हाँ' कहते हुए सिर हिलाया, यह सच है।

राजीव: ओह! और यह कौन जानता है?

विशाल: सब सब को एह बात पता है ,केवल आप और हेमांगी ही अज्ञात हैं।

राजीव: तुमने मुझे बताया क्यों नहीं?

विशाल: अरे, मैं तो आपको फंक्शन आयोजन में बताना ही भूल गया था।

राजीव: ठीक है. और आपके माता-पिता के बारे में क्या?

विशाल: मेरा और हेमांगी का परिवार हमारे बचपन से ही एक परिवार की तरह रहा है। मेरे पिता और हेमांगी के पिता हमारे जन्म से ही घनिष्ठ मित्र रहे हैं। मैंने पहले हेमांगी के पिता से बात की और फिर अपने परिवार से। दोनों सहमत हैं. अब केवल कल हेमांगी से पूछना बाकी है। हम दोनोंके परिवार कल सुबह एक साथ आ रहे हैं।'

राजीव: क्या तुमने हेमांगी से नहीं पूछा? वह मुख्य पात्र है. क्या यह बेहतर नहीं होता कि पहले हेमांगी से पूछा जाता?

विशाल: कोई ज़रूरत नहीं.

राजीव: क्यों?

विशाल: मैं आपको मनोविज्ञान से संबंधित और टेलीपैथी से संबंधित एक सिद्धांत बताता हु ।क्या आपने यह एहसास किया है क्या ?,आप जितनी अधिक गहराई से महसूस करते हैं और जितनी अधिक मजबूती से आप किसी व्यक्ति से जुड़ते हैं, उतनी ही आसानी से आप अपने अवचेतन मन के माध्यम से उस व्यक्ति के साथ टेलीपैथी कर सकते हैं। आप उसके मन की बात समझ जाएंगे और वह व्यक्ति बिना कुछ कहे ही आपके मन की बात समझ जाएगा।यदि पूर्ण नहीं तो भी लगभग 75 प्रतिशततो समज आहि जाता है , तो बिना बताए टेलीपैथिक रूप से समजा जा सकता है । ।

कुछ दिन पहले जब हेमांगी और मैं बस से काम पर जा रहे थे तो हमारी मुलाकात हमारे एक पुराने कॉलेज मित्र से हुई। और उसकी एक गर्लफ्रेंड भी थी. दोनों जोड़ों के बीच बहुत प्यार था और सभी ने सोचा कि वे शादी कर लेंगे, इसलिए हेमांगी ने सीधे पूछ लिया; "तुम्हारी पत्नी ईशा क्या कर रही है?" तो हमारे दोस्त ने जवाब दिया कि "कुछ ऐसी स्थिति आ गई है कि आज हम साथ नहीं हैं. मेरी शादी गिरजा से हुई है. ईशा लंदन में है और उसकी शादी हितेश नाम के शख्स से हुई है. दरअसल, मैं ईशा से शादी के लिएके लिए बात करनेमे देर कर दी " इतना कहने के बाद उसने हमें अलविदा कहा और अपने गंतव्य स्थान पर उतर गया। उस समय हेमांगी मेरे सामने देखकर मन में कहा; "क्या तुम्ह समय नहीं गवा रहे हो ?" मैंने अभी यह बात टेलीपैथिक तरीके से पकड़ी है। मुझे एहसास हुआ कि समय किसी का इंतजार नहीं करता, मैं अपने उस कॉलेज मित्र की तरह पछतावे के साथ जीवन भर नहीं जीना चाहता। इसलिए मैंने 1 महीने के अंदर हेमांगी से मंगनी करने का

फैसला किया।'

डॉक्टर सतीश: हम्म्म...अच्छा विशाल। मुझे आपका विश्लेषण सचमुच पसंद आया. आप मेरी बात सुनें, आपका निर्णय सही है.

विशाल: राजीव ! यदि आप किसी के साथ टेलीपैथाइज़ कर सकते हैं, तो समझ लें कि आपका उस व्यक्ति के साथ जन्म-पूर्व का संबंध हो सकता है। मैं ऐसा मानता हूं और दर्शनशास्त्र भी यही मानता है. यकीन न हो तो हमारी हेतल से पूछ लीजिए.

राजीव: हम्म...

सुबह के 8 बजे हैं. हेमांगी शिविर में जागती है और चारों ओर देखती है कि शिविर में कोई साथी नहीं है। हेमांगी शिविर से बाहर आती है और दृश्य देखकर चौंक जाती है। विशाल कैंप के बाहर घुटनों के बल बैठे हैं. दोनों का परिवार और उसके सभी लैब सहकर्मी उसके पीछे चुपचाप खड़े हैं।

विशाल: क्या तुम मेरी जीवन साथी बनना चाहोगी?

हेमांगी: थोड़ा मुस्कुराओ और बोलो; 'मुझे लग रहा था कि तू जल्द ही ऐसा कुछ करने वाला है ।'

विशाल: थोड़ा हँसा; हाहाहा...

हेमांगी: बोलो! क्या तुममें जीवन भर मेरे जूते-चपल खाने की हिम्मत है?

विशाल: हाँ ये तो है. इसीलिए आज मैं इस अंगूठी के साथ आपके सामने घुटने टेक रहा हूं।

हेमांगी: "हा ,.तो मेरी हाँ है" कहा और अंगूठी पहनने के लिए अपना हाथ बढ़ाया।

विशाल: 'मुझे पहले से ही पता था कि तुम क्या सोच रहे हो ...तुम्हारा इरादा मेरे साथै जिंदगी बिताने का है।' आज डॉ. सतीश ने विशाल के न्स्टिन्ट प्रिन्ट केमेरा से तस्वीरें लीं। इस समय, डॉ. सतीश आँखे भर आई और एक अश्रुबूंद किनारे की रेत पर जा गिरा । राजीव ने यह देखा और डॉ. सतीश के पास आए और धीरे से कहा; "तुम ठीक हो?"

डॉ. सतीश: हाँ! बस मुझे कुछ याद आया और ये हैं विशाल की बुद्धिमत्ता देखकर मेरे दिल से निकले खुशी के आंसू है । एक बात बताऊं राजीव?

राजीव: हाँ सर!

डॉ. सतीश: अनुभव के बाद हर कोई सीखता है। यह कहना आम बात है लेकिन जो व्यक्ति दूसरे लोगों के जीवन और उनके साथ घटी घटनाओं के आधार पर स्थिति का विश्लेषण करना सीख जाता है वह वास्तव में एक बुद्धिमान व्यक्ति

होता है और यह बात आज विशाल ने साबित कर दी।

8

अध्याय-8: दूसरे प्रश्न का उत्तर

सभी वैज्ञानिक यात्रा की दुनिया छोड़कर अनुसंधान प्रयोगशाला की दुनिया में लौट आए। सुबह के 10 बजे हैं, राजीव टाइम लैब में दाखिल हुआ।

मिस्टर ब्लू ब्रेन: गुड मॉर्निंग राजीव।

राजीव: 'गुड मॉर्निंग ब्लू ब्रेन। सुप्रभात सर। डॉ. राघवाचार्य माइक्रोबियल किण्वन टैंक को देख रहे थे और सोच में डूबे हुए लग रहे थे।

डॉ. राघवाचार्य: हमें अब ऊर्जा स्रोतों के बारे में जल्दी से सोचना चाहिए। बायोमास ऊर्जा, बायोहाइड्रोजन और परमाणु ऊर्जा संयुक्त रूप से लॉग टाइम दूरी तय करने के लिए पर्याप्त नहीं हैं। आप 5वीं मंजिल पर एक प्रयोगशाला में काम करते, एक ऑक्सफोर्ड स्नातक वैज्ञानिक जिसने अपने जीवन के 15 वर्ष इस क्षेत्र में बिताए हैं और अभी भी बायोएनर्जी पर काम कर रहा है। आप उस व्यक्ति से संपर्क करें और उसकी मदद लें लेकिन सावधान रहें कि टाइम मशीन से जुड़ी कोई भी बात लीक न हो जाए।

राजीव: ठीक है सर। लेकिन वह व्यक्ति कौन है?

डॉ. राघवाचार्य: थोड़ा याद करने के बाद, 'हम्म. यह एक हार्दिक नाम है.'

राजीव: 'हार्दिक?' राजीव का चेहरा बदल गया..

डॉ. राघवाचार्य: हाँ, वह व्यक्ति बायोएनर्जी क्षेत्र का आइंस्टीन है।

राजीव (मन में): हो गया। वह हार्दिक! इससे मुझे कोई मदद नहीं मिलेगी. जो व्यक्ति बिना किसी कारण मुझसे इतना नाराज है, वह मेरी मददक्यों करेगा ।

'ठीक है सर, मैं कोशिश करूंगा'

डॉ. राघवाचार्य: 'मुझे परिणाम चाहिए, प्रयास नहीं। इस समस्या का जवाब पाने के लिए दो प्रतिभाएँ एक साथ नहीं आ सकतीं? ऐसा क्यों नहीं हो सकता.' इस काम को 10 दिन में पूरा करने के बाद हमें समय यात्रा शुरू करनी है।

राजीव: सर! क्या मैं आपसे एक प्रश्न पूछ सकता हूँ? नहीं सर कुछ नहीं।।

मिस्टर ब्लू ब्रेन: डॉक्टर राघवाचार्य! राजीव आपसे पूछना चाहते हैं कि आपने एक रिसर्च साइंटिस्ट के तौर पर हार्दिक को अपनी लैब में जगह क्यों नहीं दी? जबकि वह एक प्रतिभाशाली वैज्ञानिक हैं, फिर भी क्यों नहीं? राजीव के मन में यही सवाल घूम रहा है.

डॉ. राघवाचार्य: थोड़ा हँसे 'आपको यह जानने का भी अधिकार नहीं है'

राजीव (मन में): डॉक्टर राघवाचार्य एक अजीब व्यक्ति हैं। जिन प्रश्नों का उत्तर देना आवश्यक नहीं है, उनमें यह आपको जानने का हक नहीं होने का टैग दे देते है। और ऊपर से ये नीले रंग की ब्रेन मशीन भी मन के सारे विचार पढ़ लेती है और अक्सर सर के सामने बातको प्रस्तुत भी क्र देती है ।

मिस्टर ब्लू ब्रेन: 'यह मेरा काम है, राजीव।' ..हाहा ..हाँ ..कहकर हँसे।

राजीव लैब से बाहर आया और सीढ़ियों से उतरते हुए विजय चित्र के केबिन के पास से गुजर रहा था। राजीव ने जैसे ही चित्रा के केबिन में डॉक बढ़ाया, विजय का ध्यान राजीव पर गया और बोला.

विजय: है ! राजीव!! गुड मॉर्निंग , चित्रा लैब में नहीं है। मैंने भी इसे देखा है.

राजीव (मन में): मेरी तरह विजय भी चित्रा से मिलने केबिन में आता है।

विजय: तुम्हें तनाव क्यों महसूस हो रहा है? कोई प्रॉब्लम है क्या?

राजीव: अरे यार! याद है मैंने आपको हार्दिक के बारे में बताया था?

विजय: हाँ. 5वीं मंजिल का तरबूज़ आदमी? सही?

राजीव: हाँ! वही आज मुझे पता चला कि वह व्यक्ति बायोएनर्जी क्षेत्र का एक प्रसिद्ध वैज्ञानिक है। मुझे ऊर्जा स्रोत उत्पन्न करने के लिए आवश्यक प्रयोगों को डिजाइन करने में उस व्यक्ति की सहायता की आवश्यकता है। लेकिन मुझे नहीं पता कि उस व्यक्ति को कैसे मनाऊं.

विजय: ओक. मैं आपकी समस्या समझता हूं. अच्छा, हार्दिक कब से बायोएनर्जी क्षेत्र में काम कर रहे हैं?

राजीव: लगभग पंद्रह साल, लेकिन तू ए क्यों पूछ रहा है ?

विजय: हम्म्म..मतलब हार्दिक अपने काम से बहुत लगाव रखता है । बायोएनर्जी क्षेत्र इसकी ताकत और मजबूरी है। मेरे पास आपकी समस्या का समाधान है. मैं आज आपको नेचर जर्नल से पांच जैव ऊर्जा शोध पत्र ईमेल करूंगा।

तुम अखबार पढ़ो और कल उसे अपने साथ ले आओ। मैं और चित्रा भी पांच-पांच पेपर लाएंगे. कल हार्दिक अपने ही तरबूज के नाश्ते में फंस जाएंगे.

राजीव: कुछ समझ नहीं आया। कैसे?

विजय: हँसते हुए बोला; 'हां...हां...वो तो तुम्हें कल समझ आ जाएगा. कल सुबह दस बजे मिलते हैं, चलो अलविदा, मैं जा रहा हूं।'' आधे घंटे बाद राजीव को विजय का ईमेल मिला, जिसमें तैयार रणनीति के मुताबिक पांच पेपर थे। रात ग्यारह बजे राजीव को चित्रा का मैसेज आया, 'बायो तरबूज एनर्जी प्लान इस ऑन ....'

राजीव (मन में): बायो तरबूज ऊर्जा प्लान ?...हाहा...हाँ.. मुझे नहीं पता कि योजना क्या है। यह तो कल पता चलेगा.

अगले दिन 9.55 मिनट पर राजीव ने संस्थान में प्रवेश किया. चित्रा और विजय बायो एनर्जी का पेपर लेकर कैंटीन में बैठे थे। चित्रा ने राजीव की तरफ देखा और हाथ उठाकर जल्दी आने का इशारा किया. कैंटीन में तीन लंबी पंक्तियों में मेज़ें लगी हुई थीं और कुर्सियाँ जुड़ी हुई थीं। रोउना विजय और चित्रा के बीच मेज़-कुर्सी पर बैठी इंतज़ार कर रही थी। राजीव जल्दी से दौड़कर आया और विजय के बगल वाली सीट पर बैठ गया। चित्रा विपरीत दिशा में बैठी थी.

चित्रा: 'ये लो तुम्हारे 5 पेपर, तरबूज आ रहा होगा।' कुछ मिनट बाद हार्दिक आ गया। कैंटीन के काउंटर पर गया और तरबूज का एक टुकड़ा ऑर्डर किया और टेबल कुर्सियों की आखिरी तीसरी पंक्ति में जाकर बैठ गया। हार्दिक का ध्यान राजीव पर गया और थोड़ा चिढ़ गया..

चित्रा: तरबूज़ अब पीछे की पंक्ति में बैठा है?

विजय ने धीरे से कहा, 'वहां चलें'; अरे राजीव, ये पंखा बहुत धीरे चलता है, बहुत गर्मी होती है यार! चलो पीछे वाली लाइन में बैठ जाते हैं' ऐसा बहाना बनाकर तीनों पीछे वाली लाइन में आ गए और हार्दिक के पास एक सीट छोड़कर बगल वाली सीट पर बैठ गए। विजय ने चर्चा जारी रखी और बोला; यदि आप इस पेपर को देखें, तो यह जैव ऊर्जा के क्षेत्र में है। (थोड़ा जोर देकर बोला) और यह सबसे अच्छा पेपर है। क्योंकि यह पेपर नेचर जर्नल में प्रकाशित हुआ है। हार्दिक अपना चेहरा थोड़ा झुका हुआ और कान विजय की तरफ करके सब कुछ सुन रहा था, फिर भी कुछ न सुनने का नाटक कर रहा था।

चित्रा: क्या ऐसा है? कागज़ लाकर दिखाओ. हाँ आदमी! सुपर किण्वन डिज़ाइन किया गया है। इस पेपर में सायनो बैक्टीरिया से बायोगैस और बिजली प्राप्त की जा रही है। वाह!!' विजय ने टेबल के नीचे से राजीव को हाथ लगा कर कुछ बोलने

का इशारा किया...

राजीवः तुम दोनों ! छोड़ो ये सब। इस पेपर को देखो. जिसमें बायो हाइड्रोजन के उत्पादन की प्रक्रिया को अधिकतम उत्पादन तक ले जाने के लिए मानकीकरण की एक प्रक्रिया दी गई है।" इसबीच में , हार्दिक उठे और तैयार तरबूज के स्लाइस के डिस्पोजेबल कप को कूड़ेदान में फेंक ऐसे चले गए जैसे उनके जैव ऊर्जाकी चर्चा सुनने में जैसे कोई रूचि ना हो।।

चित्राः मुझे नहीं लगता कि मछली जाल में फंसेगी.

विजयः नहीं, फंस जाओगे. हम कल फिर कोशिश करेंगे.

दूसरा दिनः

चित्रा 9 बजकर 55 मिनट पर राजीव कैंटीन में आये। कुछ मिनटों के बाद विजय ड्राइंग पेपर और रंगीन पेन लेकर आया।

चित्राः ऐ सब क्या है ? क्यों ?

विजयः 'हमारी मछली के लिए तैयार जाल' हंसने लगा। उसी समय हार्दिक आया. हार्दिक को जानने की उत्सुकता थी, इसलिए वह सीट छोड़कर बैठने की बजाय ड्राइंग पेपर देखकर विजय के पास आकर बैठ गया।

चित्राः विजय और राजीव आँखों से बात करने लगते हैं; 'विजय : (आंखों के इशारे से) 'मैं कह रहा हूं कि मछली आज पकड़ी जाएगी' राजीव और चित्रा ने विजय के साथ अपनी सहमति दिखाने के लिए आंखें झपकाकर सकारात्मक प्रतिक्रिया दी।

चित्राः कोई फर्क नहीं पड़ता कि हम कौन सा मॉडल डिज़ाइन बनाते हैं, हम कोई ऐसा डिज़ाइन नहीं बना रहे हैं जो हमें ऊर्जा का अटूट स्रोत प्राप्त करने की अनुमति देगा।' राजीव ने अपने पास पड़ा पेन लिया और अपने पढ़े हुए शोध पत्रों और अपने कुछ विचारों को लागू करके किण्वन का डिज़ाइन बनाना शुरू कर दिया।

हार्दिक, चैर को खरोंचने का नाटक करते हुए, चैर को केंद्र में किण्वन डिजाइन की ओर मोड़ देता है, अब कठोर नहीं रह जाता है और बोलता नहीं है; ये बकवास है! यह डिज़ाइन बकवास है' हार्दिक ने चर्चा में कूदते हुए कहा, चित्रा, राजीव और विजय ने एक-दूसरे को देखा और थोड़ा मुस्कुराने लगे।

हार्दिक ने अपनी हल्की पीली शर्ट की जेब में हाथ डाला और एक सिगरेट निकाली और अपने होठों के बीच दबा ली, हीरो स्टाइल में अपना चेहरा खींच लिया और सिगरेट सुलगा ली और कहाः "मेरा अनुभव कहता है कि कृत्रिम चीजें लंबे

समय तक नहीं चलती हैं और उनका अंत निश्चित है. प्राकृतिक चीजों में ऊर्जा के स्रोत की तुलना कृत्रिम ऊर्जा के स्रोत से नहीं की जा सकती" हार्दिक मैं डॉ. राघवाचार्य का व्यक्तित्व की जलक दिख रही थी।

हार्दिक: ऊर्जा का स्रोत जीवाणु किण्वन है?

राजीव: हाँ.

हार्दिक ने अपने होंठों के बीच सिगरेट दबाई और एक घूंट पीते हुए आसपास पड़े रंगीन पेन और ड्राइंग पेपर का उपयोग करके दस मिनट तक डिजाइन बनाते रहे। चित्रा, राजीव और विजय डिज़ाइन बनते हुए देख रहे थे लेकिन पूरी तरह समझ नहीं पा रहे थे कि डिज़ाइन क्या दिखा रहा है।

राजीव को कुछ समझ आ रहा था और समझने की कोशिश करते हुए बोला; " डीएफटी... वेव फ़ंक्शन... चांदनी... कोरम सेंसिंग... नीलम, सेलेनाइट और मूनस्टोन कण... ओक"

लेकिन पूरी तरह समझ नहीं पाया. हार्दिक ने डिजाइन को बीच में रखा. चारों लोग डिजाइन देखने लगे। पहले चित्रा ने डिज़ाइन को विजय की ओर देखा और फिर राजीव की ओर और कहा: "क्या कोई बता सकता है कि इस डिज़ाइन में क्या हो रहा है? राजीव और विजय ने अस्वीकृति में सिर हिलाया। विजय ने हार्दिक की ओर थोड़ी शर्मिंदगी से देखते हुए कहा;अब तू हमें समझायेगा! या नहीं?'

हार्दिक: हँसने लगे; 'हां हां... क्यों नहीं.'अब राजीव ने हार्दिक को पहली बार मुस्कुराते हुए देखा और महसूस किया कि वह व्यक्ति स्वभाव से एक अच्छा इंसान था. जीवाणु कोशिकाओं के अंदर दिखाई देने वाले ये कण एमेथिस्ट, सेलेनाइट और मूनस्टोन कण हैं। ये कण चंद्रमा की रोशनी से संवेदनशील रूप से ज्योतिषीय रूप से जुड़े हुए हैं। डिज़ाइन में किण्वन के भ्रूण में परमाणु क्रिया हो रही है। घनत्व फलन सिद्धांत (डीएफटी) और तरंग फलन की सहायता से हम इस परमाणु रिएक्टर की प्रतिक्रिया को नाभिक से दूर एक ही प्रणाली के दो डिब्बों की तरह बना सकते हैं। ये संरचनाएं एक-दूसरे के साथ समन्वय बनाकर चलेंगी।

चित्रा: और इस डिज़ाइन में पूनम चंद्र प्रकाश की क्या भूमिका है?

राजीव: चाँद की रोशनी का संबंध हाइड्रोजन पैदा करने वाले बैक्टीरिया से है? ' हार्दिक की ओर प्रश्नवाचक दृष्टि से देखते हुए पूछा।

हार्दिक: हाँ! आप भी जीनियस हैं।' उन्होंने हाथ जोड़कर राजीव को बधाई दी और कहा, 'गुड राजीव।' लेकिन यह विचार पहले कभी नहीं आया कि ज्योतिष का उपयोग बायोएनर्जी के उत्पादन में किया जा सकता है। तीन वर्ष पहले मेरी मुलाकात एक महान ज्योतिषी से हुई। उनसे चर्चा के दौरान उन्होंने मुझे बताया

कि कैसे चंद्रमा, सूर्य और अन्य ग्रह हमारी पृथ्वी पर अनेक तत्वों से बने पत्थरों और कणों के माध्यम से मनुष्यों, प्रकृति और जानवरों को प्रभावित कर सकते हैं। इस यात्रा के बाद मैंने उस दिशा में सोचना शुरू किया और प्रयोग भी शुरू किये। जिसमें मैं जीवाणु तंत्र पर जेमोलॉजिकल तत्वों के प्रभाव का अध्ययन कर रहा था।

प्रयोगों के दौरान मैंने पाया कि बैक्टीरिया एमेथिस्ट, सेलेनाइट और मूनस्टोन कणों और चांदनी की उपस्थिति में एक अलग प्रकार का कोरम सेंसिंग संचार कर रहे थे। फिर मैंने इस खोज को जैव ईंधन किण्वन टैंक पर लागू किया। 3 साल पहले मैंने एक किण्वन टैंक में यह प्रक्रिया शुरू की थी और आज भी यह प्रणाली लगातार एक स्थिर दर पर बायोहाइड्रोजन का उत्पादन कर रही है और मेरी गणना के अनुसार यह ऊर्जा उत्पादन कभी नहीं रुकेगा।

विजय: 'आप एक प्रतिभाशाली व्यक्ति हैं! ' विजय ने गर्व से कहा और चित्रा ने भी 'हाँ' में सिर हिलाया। लेकिन राजीव अभी भी डिज़ाइन देख रहे थे और बोले;

राजीव: लेकिन इस किण्वन टैंक की दीवार से निकली नैनो-सिरिंज का क्या कार्य है?

हार्दिक: यह नैनोसिरिंज सीधे हाइड्रोजन गैस छोड़ने के लिए है।

चित्रा: क्या इसका मतलब यह है कि यह नैनोसिरिंज सीधे बैक्टीरिया कोशिका में प्रवेश करेगी और हाइड्रोजन गैस एकत्र करेगी?

हार्दिक: हाँ। यह प्रक्रिया डाउनस्ट्रीम प्रक्रिया के माध्यम से हाइड्रोजन गैस और बायोमास को अलग करने की आवश्यकता को समाप्त करती है। तो गैस उत्पादन हानि कम हो जाएगी. राजीव तुम मेरी इस खोज का उपयोग अपने और डॉ. राघवाचार्य के गुप्त प्रोजेक्ट में कर सकते हो, मुझे कोई दिक्कत नहीं है। मैं यह भी जानता हूं कि आप लोग सिर्फ मेरी मदद पाने के लिए इस रिसर्च पेपर को पढ़ने का नाटक कर रहे थे। विजय और चित्रा हँसने लगे लेकिन राजीव सोचने लगा और बोला: 'फिर तुम मेरी मदद करने के लिए क्यों तैयार हुए?

हार्दिक: 'आपसे नहीं, मैंने अपने देश की मदद करने और दुनिया की मानव सभ्यता की मदद करने के लिए इस खोज को आपके साथ साझा किया है। यदि कोई आविष्कार प्रयोगशाला में गुप्त शोध बनकर रह जाता है तो उसका कोई मूल्य नहीं रह जाता और वैज्ञानिकों का योगदान अर्थहीन हो जाता है। चलो! मेरे प्रयोगशाला में जाने का समय हो गया है। राजीव ने कहा, ''हार्दिक लिफ्ट में जाने के लिए उठे.

राजीव: धन्यवाद, हार्दिक।

हार्दिक: स्वागत है यार. अलविदा.

राजीव: 'अलविदा।' पहली बार राजीव के मन में हार्दिक के लिए सम्मान का भाव आया.

विजय: क्या आपका काम पूरा हो गया?

राजीव: हाँ..अगर आपकी योजना अंततः काम करती है तो सच है।

विजय: 'अभी आओ! चलो लैब चलते हैं'' सभी अपनी-अपनी लैब की ओर चल दिए।

9

अध्याय-9: डॉ. सतीश की कहानी

शाम के 6 बजे थे और राजीव अपने घर में थे और राजीव का फोन बजा। फोन विजय का था.

राजीव: हेलो, विजय बॉलयार ...

विजय: अरे राजीव कोई काम में व्यस्त तो नहीं है ना ? क्या?

राजीव: नहीं नहीं..कहो.

विजय: आज रात चित्रा, हेतल, श्यामा और अन्य सभी लैब महिलाएँ हेमांगी के घर पर इकट्ठा होने वाली हैं। आज हम बॉयज़ पार्टी करे क्या ? पार्टी है? मज्जा आएगा, क्या ख़्याल है?

राजीव: बॉयज़ पार्टी या जेंट्स पार्टी?

विजय: मेरे शब्दो को छोड़ भावार्थ पर ध्यान देना भाई !!

राजीव: हम्म..(सोचते हुए)

विजय: मुझे पता है आप आमतौर पर शराब नहीं पीते. तो मैं तुम्हारे लिए कोक लाऊंगा, बस। विशाल और मैं ड्रिंक करेंगे. फिर भी, डॉक्टर सतीश कोक में आपका साथ देने के लिए मौजूद हैं।

राजीव: ठीक है. आओ पार्टी करें।

विजय: हां, लेकिन हम जश्न कहां मनाएंगे?

राजीव: क्या हम अपने घर में महफ़िल का आयोजन करें? सबको करीब भी होगा।।

विजय: ठीक है! मैं डॉ. सतीश और विशाल को सूचित कर दूँगा। चलो हम सब 9 बजे तुम्हारे घर पर मिलते हैं. सही?

राजीव: ठीक है.

रात को 9 बजे घंटी बजी तो राजीव ने घर का दरवाज़ा खोला. वह व्यक्ति मण्डली के सामने खड़ा था।

राजीव: चलो! चलो घर की छत पर खुले आसमान के नीचे एक मंडली सजा लें, मजा आ जायेगा। 'ठीक है!' सब सहमत हो गए और छत पर चले गए।

विजय: "क्या बात है राजीव ने सारा इंतजाम कर दिया है" राजीव कोल्ड ड्रिंक। मेज़ पर हॉर्न ग्रेन आदि की व्यवस्था की गई थी और उसके चारों ओर सिंगल सीटर वैक्यूम गद्दे की भी व्यवस्था की गई थी।

उधर, हेमांगी के फ्लैट की बालकनी में महिलाओं की टोली भी जमी हुई थी और गपशप के साथ कोल्ड ड्रिंक का आनंद ले रही थीं।

विशाल: डॉक्टर सतीश कैसे हैं आप? काफी समय से आपसे बात नहीं हुई, आखिरकार समय मिल ही गया।

डॉक्टर सतीश : 'हा हा..' और थोड़ा हंसे.

विजय ने बीयर की 2 बोतलें खोलीं. एक विशाल को देते हुए और एक खुद लेकर वैक्यूम सोफे पर एक पैर फैलाकर और दूसरा पैर मोड़कर बैठ जाता है। राजीव ने की दो कोक कैन भी खोलीं। उसने एक कैन डॉक्टर सतीश को दे दी और दूसरी अपने पास लेकर बैठ गया। सभी एक-दूसरे को 'तू' कहकर बुलाते थे लेकिन डॉ. सतीश को सभी आदर से 'आप' कहते थे। डॉ. सतीश के स्वभाव की सादगी और लोगों की मदद करने की भावना के कारण सभी उनकी प्रशंसा करते थे। उन्हें देखकर ऐसा लग रहा था मानो वे जीवन के अनेक खट्टे-मीठे अनुभवों से गुजरे हों और उसी के आधार पर उन्होंने ज्ञान की स्थिति प्राप्त कर ली हो।

विशाल: सर, अगर मैं आपसे आपकी निजी जिंदगी से जुड़ी कोई बात पूछूं तो आपको बुरा तो नहीं लगेगा?

डॉक्टर सतीश: नहीं... नहीं - नहीं...। बस शोध कार्य से संबंधित प्रश्न न पूछें। राजीव की तरह ही उनका भी डॉ. राघव आचार्य के साथ एग्रीमेंट है।

विशाल: नहीं सर, इस मीटिंग में किसी को भी रिसर्च पर चर्चा करने की इजाजत नहीं है. मैं पूछना चाहता हूं कि आपने शादी क्यों नहीं की?

डॉक्टर सतीश: कैन से सॉफ्ट ड्रिंक पीने जा रहा था लेकिन ये सवाल सुनकर रुक गया.

इसी बीच राजीव ने लकड़ी इकट्ठा कर फायर कैंप की तरह आग जलाई और छत पर लगी बिजली की लाइट बंद कर दी। सर्दियाँ ठंडी थीं, आग की रोशनी और ऊर्जा मेफ़िल बनाने और ठंड से बचाने में सहायक थी।

डॉक्टर सतीश: गहरी सांस ली और फिर बोले; एक समय था जब मैं किसी के प्यार में पागल था। आरती से शादी करके वैज्ञानिक बनने की सनक मुझमें प्रबल थी। हम दोनों एक दूसरे से प्यार करते थे. आरती बहुत अमीर और प्रभावशाली परिवार से थी जबकि मैं बहुत गरीब परिवार से था। मैंने कुछ पैसे इकट्ठा करके कॉलेज की पढ़ाई की. हमारे कॉलेज के आखिरी साल के आखिरी महीने में, आरती के परिवार ने उसकी शादी के लिए लड़कों की तलाश शुरू कर दी। इसलिए आरती ने मुझ पर दबाव डाला कि मैं अपने परिवार से शादी करने के लिए बात करूं। मुझे भी आरती को खोने का डर था इसलिए मैं आरती के पिता के पास शादी की बात करने गया। आरती के पिता ने मुझसे कहा कि पहले जीवन में एक अच्छी नौकरी और पद हासिल करो और फिर मेरी लड़की का हाथ तुम्हारे हाथों में दुगा। उस वक्त मुझे भी ऐसा महसूस हुआकी उनके पिताकी बात सी है ,लेकिन आरती इस बात से सहमत नहीं हुई और बोली, “तुम ग्रेजुएट हो! किसी दिन तुम्हें नौकरी मिलेगी. पहले तुम मुझसे शादी करो, फिर तुम जो करना चाहो, जो बनना चाहो बन सकती हो। "लेकिन उसी समय सरकार द्वारा मुझे एक प्रस्ताव दिया गया, मुझे फ्रांस में डॉ. राघव आचार्य के मित्र डॉक्टर शंकरदेव के साथ मास्टर डिग्री और आधी पीएचडी करने का मौका मिला, और बाकी काम करने के लिए मैं भारत वापस आकर करना है । डॉ. राघव आचार्य के अधीन बहुत बड़ी फ़ेलोशिप और आवास और भोजन की सुविधाएँ भी मिल रही थी । तो मैंने आरती को समझाया कि; “जब मैं डॉ. शंकरदेव से पीएचडी का आधा काम पूरा करके वापस आऊंगा, तो तुम्हारे पिता से हमारी शादी के बारे में बात करूंगा। और हम अपना वैवाहिक जीवन शुरू करेंगे”

अब डॉ. सतीश की आँखों से आँसू बहने लगे। यह देखकर राजीव, विशाल और विजय सभी एक-दूसरे की ओर देखने लगे। विजय ने डॉ. सतीश को सहानुभूति देने और आश्वस्त करने के लिए उनके पैर पर दो बार हाथ रखा। कुछ सेकंड के लिए हर कोई चुप हो गया।

राजीव: (थोड़ी देर बाद) सर! समस्या क्या हुई ?

डॉ. सतीश: जब मैं मास्टर्स और पीएचडी करने के लिए फ्रांस गया तो मुझे पता चला कि मेरी पीएचडी किसी सामान्य विषय पर नहीं बल्कि भारत और फ्रांस के बीच एक बहुत ही रहस्यमय और गुप्त शोध पर आधारित थी। इस प्रोजेक्ट से

जुड़ने के बाद सभी वैज्ञानिकों को बाहरी दुनिया से पूरी तरह से कट जाना पड़ा। क्योंकि इस प्रोजेक्ट से जुड़ने के बाद कई वैज्ञानिकों को आतंकियों द्वारा जान से मारने की धमकी, हत्या की कोशिश और अपहरण की धमकी दी गई थी. इसलिए समस्या के समाधान के रूप में फ्रांसीसी सरकार द्वारा ऐसी नीति बनाई गई।

इसलिए जैसे ही मैंने लैब में प्रवेश किया, मेरा फोन एक साल के लिए जब्त कर लिया गया और मेरे परिवार को फ्रांसीसी सरकार द्वारा सूचित किया गया। लेकिन इससे पहले कि मैं आरती को यह बात समझा पाता, प्रोजेक्ट के प्रोटोकॉल और समझौते के तहत मेरा फोन जब्त कर लिया गया था।

विशाल: फिर क्या हुआ?

डॉ. सतीश: जब मैं भारत वापस आया तो मुझे पता चला कि आरती के पिता ने उसकी शादी एक उच्च परिवार और एक व्यापारी से कर दी थी और चूंकि वह व्यक्ति लंदन में बस गया है, इसलिए आरती का परिवार लंदन में है। उस दिन मुझे एहसास हुआ कि आरती के पापा ने मुझे धोखा दिया है.

राजीव: लेकिन क्या आरती के बारे में इस शादी के लिए विचार किया गया है?

डॉक्टर सतीश: नहीं! शादी से पहले साल भर में आरती ने मुझे लगभग 200 बार फोन किया लेकिन मेरा फोन जब्त कर लिया गया था, इसलिए मुझे फ्रांसीसी सरकार द्वारा इस बारे में तब सूचित किया गया जब उसने लैब में काम खत्म करने के बाद और भारत के लिए मेरी उड़ान भरने से एक घंटे पहले मुझे फोन वापस दिया गया। ।

फिर मैं शराब के नशे में आरती के पिता से झगड़ा करने उसके घर गया। आरती के पिता और उसके भाई ने मुझे पीटा और जेल भेज दिया। अगले दिन उसके पिता मुझे छुड़ाने जेल आये। उन्होंने मेरे खिलाफ पुलिस शिकायत वापस ले ली. वह अपनी कार में ड्राइवर के साथ मुझे मेरे घर छोड़ने आया। कार में, आरती के पिता ने मुझे अपनी बाहों में पकड़ लिया और मुझे एक रोती हुई देवदूत जैसी 1 साल की लड़की की तस्वीर दिखाते हुए कहा; आरती की बेटी 'लक्ष्मी' है, जो कल रात लापता हो गई। कल जब तुम्हें पुलिस ने पकड़ लिया तो मेरी छोटी बेटी ने आरती को फोन करके सारी बात बता दी। इसलिए वह अपने पति से इजाजत लेकर सिर्फ आखिरी बार आपसे मिलने आना चाहती थी. आरती अपने पति की इजाजत से तेजी से कार चलाकर एयर टिकट ऑफिस जा रही थीं और उनकी कार का एक्सीडेंट हो गया. इस दुर्घटना में वह हम सबको छोड़कर दुनिया से चली गयी।" हम विलाप और पश्चाताप से रोने लगे। "बेटा! मैं तुम्हारे दुःख का कारण हूँ। यदि संभव हो तो कृपया मुझे क्षमा करें। उस वक्त मैंने एक पिता होने के नाते

सोचा और अपनी आरती पर दबाव डाला कि वह राहुल से शादी कर ले। वो अमीर भी था और मेरे दोस्त का बेटा भी. दिल से वह इंसान भी आपकी तरह एक अच्छा इंसान था। लेकिन एक पिता होने के नाते मैंने आरती की भौतिक सुख सुविधा तो मानी लेकिन आरती की भावनात्मक ज़रूरत को नज़रअंदाज़ कर दिया। शादी के बाद भी वह हर महीने मेरी छोटी बेटी से फोन पर पूछती थी कि तुम वापस आये या नहीं. उन्हें विश्वास था कि एक दिन तुम आओगे और तुम आये।" तभी मेरा घर आ गया। मैं दुःख और आरती को हमेशा के लिए खोने की सच्चाई से रो रहा था और मैं कुछ भी कहने की स्थिति में नहीं था। इसलिए मैंने एक पिता का हाथ थाम लिया उसे आश्वस्त करने के लिए उसके हाथ को हल्के से दबाकर यह दिखाने कि कोशिस की के मैंने उसे माफ कर दिया है।

राजीव: और आपका परिवार?

डॉ. सतीश: जब मैं एक साल के लिए फ्रांस में था तब माँ की पुरानी बीमारी से मृत्यु हो गई और जब मैं कॉलेज में था तबही पिता की कैंसर से मृत्यु हो गई थी। मुझे माँ और आरती को एक साथ खोने का सदमा लगा। वह गहरे अवसाद में पड़ गये। तभी मुझे जीवन में रिश्तों की कीमत का एहसास हुआ। हम अपना पूरा जीवन प्रसिद्धि, ज्ञान और गौरव की अंधी दौड़ में बिता देते हैं। जैसे-जैसे हम जीवन में आगे बढ़ते हैं, हम नए-नए आकर्षणों में फंसते जाते हैं और एक समय ऐसा आता है जब हम सब कुछ पाने के उन्माद में कूद पड़ते हैं। पुराने लक्ष्य हमें छोटे लगते हैं. दुनिया को जीतने की चाहत में वास्तविक जीवन क्या है? हम इसे नहीं समझते हैं और हम समय, प्यार, परिवार, दोस्त खो देते हैं। और इतना सब होने के बाद जब हम सब कुछ समझ जाते हैं तो हमारा जीवन और अस्तित्व समाप्त हो चुका होता है।" विशाल, राजीव और विजय ने सतीश के दर्द, समय और रिश्तों के महत्व को गहराई से समझा।

तीनों जलती हुई आग को घूरते हुए सोच में खोये हुए थे। विशाल हेमांगी के बारे में सोचने लगा. पहली बार विशाल अपना हँसमुख स्वभाव छोड़कर गम्भीर दिख रहे थे। राजीव और विशाल भी किसी प्रियजन के बारे में सोच रहे थे। सभी लोग 15 मिनट तक जलती आग को देखते रहे और सोच में डूबे रहे। ठंडी सरसराती हवा और तेजी से जलती लकड़ी से आने वाली 'क्रैक' की आवाज तीनों व्यक्तियों के विचारों को गहरी सोच में बदल रही थी।

दस मिनट बाद डॉक्टर सतीश ने चुप्पी तोड़ी और बोले; अब अब हमे निकलना चाइए , जाना चाहिए. कल लेब में भी कल जल्दी रिपोर्ट करना है .

विशाल: हाँ! जाओ कह कर उठे.

विजय: विशाल तुम्हें डॉ. सतीश को उनके घर छोड़ देना चाहिए। मैं भी थोड़ी देर में घर के लिए निकल रहा हूं.

विशाल: 'ठीक है' डॉक्टर सतीश और विशाल चले गए।

कुछ देर की चुप्पी के बाद विजय बोला:

विजय: अच्छा राजीव! यदि आप बुरा न मानें तो क्या मैं कुछ व्यक्तिगत प्रश्न पूछ सकता हूँ?

राजीव: हाँ. कोई बात नहीं।

विजय: क्या आप...

राजीव: अरे बॉल बॉल... बिंदास. क्या पूछना चाहते हैं?

विजय (हिम्मत करके) "क्या तुम्हें चित्रा पसंद है?

राजीव: कुछ सेकंड चुप रहा और फिर बात छुपाते बोला 'नहीं!' नहीं! चित्रा एक बहुत अच्छी दोस्त है, बस इतना ही। 'मैं करीबी दोस्त भी कह सकता हूं।' इस तरह राजीव ने हकीकत छिपा ली। राजीव भी जानना चाहता था कि विजय चित्रा के बारे में क्या सोच रहा है, इसलिए राजीव ने भी धीरे से पूछा;

राजीव: 'विजय! क्या आपको चित्रा पसंद है? क्या आप चित्रा में अपनी होने वाली पत्नी को देख रहे हैं? ' कहा और विजय के उत्तर का बेसब्री से इंतजार करने लगा। विजय ने भी अपने मन की बात छिपाते हुए मुस्कुराते हुए कहा, "नहीं रे नहीं. चित्री मेरी बचपन की दोस्त है. इतना ही। और कुछ नहीं"

राजीव और विजय दोनों के मन को शांति महसूस हुई लेकिन दोनों व्यक्ति चित्रा से प्यार करते थे। ये बात न सिर्फ एक दूसरे से बल्कि चित्रा से भी छुपी है. दोनों खुश थे और मन ही मन सोच रहे थे; "वैसे अब प्यार के बीच दोस्ती की कोई संभावना नहीं"

विजय: चलो यार! अब मैं भी निकलता हूं.

राजीव; चलो बाय। कल इंस्टिट्यूट में मुलाकात होगी .

विजय के जाने के कुछ देर बाद राजीव का मोबाइल फोन बजा। राजीव ने फ़ोन डिस्प्ले पर देखा, कॉल चित्रा का था।

राजीव: (चेहरे पर ख़ुशी भरी मुस्कान के साथ बोलता है) क्या बातें किटी पार्टी में हुई?'तुमने क्या बात की?

चित्रा: 'हम लड़कियों की बातें तुमहै क्यों जाननी है ?' कहा और हंसने लगे. 'आप लोगों ने क्या बात की?

राजोव: लड़कों की बात करें तो आप महिलाओं जानकर क्या करोगे ?

चित्रा: "महिलाएं?" क्या मेरी उम्र 30 वर्ष से अधिक है? कहा और हंसने लगे. 'मेरी उम्र अभी 25 साल है, 30 के बाद ही मुझे औरत कहना।' राजीव और चित्रा दोनों हंसने लगे कुछ देर बाद चुप हो गये. हवा की सरसराहट सुनकर चित्रा फोन पर बोली; 'क्या आप छत पर हैं? हवा की आवाज़ आ रही है।'

राजीव: हाँ

डॉ. सतीश की बातें सुनकर राजीव का मन तो किया कि आज चित्रा को प्रपोज कर दूं लेकिन उसने खुद को रोक लिया। चित्रा ने थोड़ी देर की चुप्पी तोड़ी और बोली;

चित्रा- तुम मुझसे क्या कहना चाहते हो?

राजीव: हम्म..नहीं..नहीं...

चित्रा: अच्छा. आमतौर पर मैंने देखा है कि जब आप अपनी बात कहना चाहते हैं तो पहले कुछ देर चुप रहते हैं। इसलिए मैंने पूछा.

राजीव: तुम मुझसे क्या कहना चाहते हो?

चित्रा: हाँ. नहीं...नाना..कोई नहीं. (मन में) सचमुच! राजीव तुममें रत्ती भर भी बुद्धि नहीं है। क्या लड़के को सामने से प्रपोज़ नहीं करना चाहिए ? थोड़ी परिपक्वता दिखाओ।" उसने कहा, उसका मुँह गुस्से से भर गया।

चित्रा- ठीक है, कल मिलते हैं. क्या तुमने खाना खाया ?

राजीव: हाँ, महाराज ने एक घंटे पहले ही रात का खाना तैयार कर लिया है। मैं अब खाउंगा।

चित्रा: खाना एक घंटे से ज्यादा पकाने के बाद नहीं खाना चाहिए. जाओ अभी खाओ. शुभरात्रि और मधुर सपने देखो '

राजीव: शुभ रात्रि।

10

अध्याय-10: समय यात्रा से तीन दिन पहले

राजीव, ब्लू ब्रेन और डॉ. राघव आचार्य पूर्णिमा के दिन टाइम मशीन शुरू करने के लिए पिछले दस दिनों से कड़ी मेहनत कर रहे हैं। तीन दिन बाद, पूनम है हार्दिक के डिज़ाइन के अनुसार, मशीन को केवल कोरम सेंसिंग की प्रक्रिया के माध्यम से अटूट ऊर्जा की आपूर्ति की जा सकती है, जो केवल पूर्णिमा की रोशनी की उपस्थिति में होती है।

राजीव: हो गया सर। सब कुछ डिज़ाइन के अनुसार है. तीन दिन बाद रात के ग्यारह बजे हम इस खिड़की के माध्यम से चल किण्वन पर चंद्रमा की रोशनी डाल सकते हैं।

राजीव: ब्लू ब्रेन, इस संभावना की जाँच करें कि यह टाइम मशीन बैकट्रेन की मदद से यात्रा करने में सक्षम है।

मिस्टर ब्लू ब्रेन: 'ठीक है, राजीव। कमांड देते हुए' कंप्यूटर ने गिनना शुरू कर दिया... टिंक...टिंग

डन. स्क्रीन परिणाम दिखाती है कि टाइम मशीन 100% सफलतापूर्वक बनाई गई है।

मिस्टर ब्लू ब्रेन: डॉ. राघवाचार्य और राजीव को बधाई। आप सफल हुए।

डॉ. राघवाचार्य: ब्लू ब्रेन, तुम भी इस सफलता के हकदार हो।

राजीव: हाँ, तुम्हें भी बधाई, ब्लू ब्रेन।

मिस्टर ब्लू ब्रेन : टाइम मशीन तो बन गई लेकिन टाइम ट्रेवल करने कौन जाएगा?

राजीव: मैं करूँगा।

डॉ. राघवाचार्य: नहीं...नहीं...आप नहीं। अगर कोई दिक्कत हो तो...?

राजीव: कोई बात नहीं। सभी गणनाएँ संकेत देती हैं कि प्रयोग सफल होगा।

डॉ. राघवाचार्य: क्या आप निश्चित हैं?

राजीव: 'हाँ'। डॉ. राघवाचार्य डीएनए एक्सट्रैक्शन इंजेक्शन के जरिए राजीव के खून से डीएनए निकालते हैं और उसे मशीन में इंजेक्ट करते हैं।

मिस्टर ब्लू ब्रेन: स्पोकन कमांडिंग बैकट्रेन; "बैकट्रेन डीएनए को क्वांटम अवस्था में परिवर्तित करके राजीव की आत्मा को अतीत में परिवर्तित करें।

सुपर कंप्यूटर मशीन की आवाज आने लगी... टिं... टिं... पारदर्शी स्क्रीन पर राजीव के पिछले जन्मों की जानकारी के साथ-साथ पिछले जन्मों का वर्ष और संख्या प्रदर्शित होने लगी।

राजीव: केवल एक जन्म? क्या इसका मतलब यह है कि इस संसार की रचना के बाद से यह मेरा दूसरा जन्म है? यह कैसे संभव है? और भविष्य में मेरा कोई जन्म दर्ज क्यों नहीं है?

डॉक्टर राघवाचार्य: राजीव! लगता है भूल गये हो. यह मशीन भविष्य के बारे में कोई जानकारी नहीं देती, याद रखें "कर्म का सिद्धांत...हम्म,,,भूल गए?"

राजीव: हाँ. याद आ गई मशीन का दुरुपयोग न हो इसलिए भविष्य में कोई जानकारी प्राप्त नहीं की जा सकती।

डॉ. राघवाचार्य: हां.

राजीव: मेरा जन्म 12वीं सदी और 1179 ई. में हुआ था. मेरी मृत्यु 1225 ई. में हुई। मतलब AD 1202 बख्तियार खिलजी का आक्रमण और मैं नालन्दा विश्वविद्यालय के विनाश के समय 23 वर्ष का था।

डॉ. राघवाचार्य: यहां से केवल जन्म शताब्दी और वर्ष की ही जानकारी मिलती है, बाकी जानकारी तभी मिलेगी जब आप समय यात्रा करेंगे।

राजीव: 13 सदियों के बाद मैं 20वीं सदी में पैदा हुआ, ये बात मुझे बहुत अजीब लगती है. बीच में मेरी आत्मा कहाँ थी?...'' डॉक्टर राघवाचार्य ने बात काटते हुए कहा;

डॉ. राघवाचार्य: अब आपको आराम करना चाहिए। आप घर जाओ ,अब आपको पूनम के दिन लैब में टाइम ट्रैवल करने के दिन वापस आना है।

राजीव: 'ठीक है।' राजीव अपना बैग लेकर लैब से बाहर निकलने ही वाला था और लिफ्ट की ओर मुड़ा ही था कि उसका ध्यान मशीन के दाहिनी ओर एक कोने में लगे स्विच सॉकेट पर पड़ा। राजीव उस सॉकेट के पास जाकर खड़ा हो गया,

डॉक्टर राघवाचार्य गंभीर हो गये और राजीव की ओर देखने लगे।

राजीव: यह सॉकेट कैसा है? इसमें तीन चिप्स के लिए जगह भी है लेकिन कोई चिप क्यों नहीं है? यह सॉकेट पहले कभी मेरे ध्यान में नहीं आया था।

मिस्टर ब्लू ब्रेन राजीव के सवालों का जवाब देते हुए कह रहे थे, "राजीव! ये डॉक्टर राघवाचार्य..." इसी बीच डॉक्टर राघवाचार्य को गुस्सा आ गया और उन्होंने मिस्टर ब्लू ब्रेन से कहा; 'मैं! समजाऊगा ।'

डॉ. राघवाचार्य: खुद को शांत करते हुए बोले; ' भविष्य के लिए डिज़ाइन किया गया एक अतिरिक्त इनबिल्ट हिस्सा है। भविष्य में सॉकेट क्षतिग्रस्त या टूट जाने पर इसका उपयोग किया जा सकता है। इतना ही इसका उपयोग है।

राजीव: ठीक है! समझ गया।

राजीव को डॉ. राघवाचार्य के केबिन से बाहर निकलते देख चित्रा ने दौड़कर राजीव को गले लगा लिया और गाल पर चूमते हुए कहा; 'धन्यवाद..धन्यवाद, राजीव'

राजीव: अभि और चित्रा के पहले चुंबन की मिश्रित ख़ुशी के साथ बोला, 'क्यों? आप किस बात के लिए इतने आभारी हैं?' विजय भी किनारे खड़ा था.

विजय: अरे! राजीव तुमने जो मॉडल बनाया था . यह बायोरेमेडिएशन के लिए 100% काम कर रहा है। माइक्रोबियल अनुकूलन की गति तेजी से बढ़ रही है। इसलिए चित्रा इतनी खुश हैं.

चित्रा: चलो! मेरा कोवर्कर मेरा इंतजार कर रहा है. मैं बस आपको यह बताने आई हूं कि हमने जो प्रयोग डिजाइन किया है वह सफलता की दिशा में है, मैं आपसे बाद में मिलूंगी'' वह जल्दी से अपनी लैब की ओर भागी।

विजय: राजीव! कल चित्रा का जन्मदिन है. मैं आज चित्रा के लिए एक गिफ्ट खरीदने जा रहा हूँ।तू भी कोई अच्छा गिफ्ट खरीद ले . आज रात 12 बजे हम सबने चित्रा को घर पर सरप्राइज देने का प्लान बनाया है. ठीक है?

राजीव: 'ठीक है।' इतना कहकर विजय और राजीव लैब के काम से चले गये।

जिस जगह अभी राजीव-विजय और चित्रा चर्चा कर रहे थे, उसके बगल में डॉ. सतीश, विशाल, श्यामा, हेतल और हेमांगी एक घेरा बनाकर बैठे थे.

विशाल : त्रिकोण! मुझे लगता है कि ये तीनों एक त्रिकोण में फंसने वाले हैं. क्या आप ऐसा सोचते हैं?

श्यामा : मुझे भी ऐसा ही लगता है. मुझे समझ नहीं आ रहा कि इन तीनों लोगों के मन में क्या चल रहा है? हमें फिलहाल इस मामले में कुछ नहीं कहना चाहिए.'

हेतल : हाँ! आगे देखते हुए अगर कोई मदद मांगता है तो हम तीनों की मदद करने की कोशिश करेंगे.

डॉक्टर सतीश: प्यार की वजह से इनकी दोस्ती में कड़वाहट न आए तो बेहतर है.

हेतल: मुझे लगता है कि समय के साथ वे एक-दूसरे को समझ जाएंगे क्योंकि तीनों बुद्धिमान और भावुक लोग हैं और अच्छी बात यह है कि तीनों खुद से ज्यादा एक-दूसरे की खुशी की परवाह करते हैं इसलिए सब कुछ सौहार्दपूर्ण ढंग से चलेगा।' कहा और थोड़ा हँसा।

विजय ने इंस्टीट्यूट छोड़ दिया और शहर की ओर रुख किया और सोचा कि चित्रा को कोई दिल छू लेने वाला उपहार दूं लेकिन क्या? उत्तर पाने में वह असमंजस में पड़ गया। चलती कार में विजय का ध्यान सड़क के विपरीत दिशा में बने कैंब्रिज टावर मॉल पर पड़ा. विजय को वह दिन याद आया जब वह अपने कॉलेज के दिनों में चित्रा के साथ यहाँ खरीदारी करने गया था और बोला: “हाँ! जवाब मिल गया”

विजय ने अपनी कार मॉल की पार्किंग में खड़ी की और तीसरी मंजिल पर दुकान में घुस गया। एक बूढ़ा आदमी विजय को देखकर मुस्कुराता हुआ चेहरा लेकर विजय के पास आया; हे विजय! तुम कैसे हो बेटा?

विजय: में एकदम बहेतर। आपका स्वास्थ्य कैसा है?

दमजीकाका: अब इस धरती पर अंतिम दिन चल रहे हैं ऐसा लगता है।बस इतना ही!

विजय:आप ऐसा मत बोलिए।आपको अभी तो मेरी शादी में शामिल होना है” वे दोनों हंसने लगे 'क्या आप पांच साल पहले मुझसे किया हुआ वादा नहीं भूले?

दमजीकाका: नहीं. पांच साल पहले के उस दिन को याद करते हुए कहते हैं कि मैं उस दिन को कैसे भूल सकता हूं

कहना शुरू कर दिया

पांच साल पहले, विजय और चित्रा अपने कॉलेज के दिनों में इस दुकान पर आए थे। चित्रा को हल्के गुलाबी रंग की मोर की आकृति वाली एक अंगूठी में एक कीमती हरे पत्थर से जड़ी मोर की आंखों से प्यार हो गया। तो चित्रा ने दामजी काका से अंगूठी की कीमत जानने के लिए कहा। अंगूठी की कीमत 50 हजार थी. कीमत सुनकर चित्रा ने इस अंगूठीको खरीदने से इनकार कर दिया और विजय-चित्रा वहां से चले गए.

एक घंटे बाद विजय लौटा और बोला; “दामजिकाका,जो चित्रा को पसंद आई कृपया उस अंगूठी की तस्वीर साझा न करें और इसे ना बेचे । मैं सही समय पर

आऊंगा और आपसे खरीदूंगा"

दमजीकाका: क्षमा करें सज्जन। उस अंगूठी के सामने बैठा जोड़ा! उसने इसे खरीद लिया. बस अंगूठी पैक की जा रही है.

विजय दौड़कर जोड़े के पास गया और बोला; "क्षमा करें कृपया..." नवविवाहित जोड़े ने एक-दूसरे की ओर देखा। "कृपया! आप यह अंगूठी लेना टॉल सकते है ?,' तभी दामजी काका भी पास आ गए।

'क्योंकि आधे घंटे पहले जब मैं अपनी होने वाली पत्नी के साथ आया तो उसे यह अंगूठी बहुत पसंद आई। मैं भविष्य में उसे यह अंगूठी उपहार में देना चाहता हूं।' ' विजय ने एक अंगूठी निकाली और कहा, 'जो तुमने खरीदी है उसकी कीमत 50000 रुपये है न?

युगल: ठीक है.

विजय: लेकिन यह अंगूठी मेरी कुलीन और पारंपरिक है। इस अंगूठी की कीमत एक लाख रुपये है. मैं इस अंगूठी को खरीदने के बदले में आपको यह मुफ्त देने को तैयार हूं।

युगल: तुम्हें बिजनेस की समझ है या नहीं? क्या आप 50000 की अंगूठी के बदले 1 लाख की अंगूठी का व्यापार करना चाहते हैं? और विरासत की अंगूठी भी,ऐसा क्यों कर रहे हो ? आपके पहनावे से पता चलता है कि आप बहुत अमीर परिवार से हैं। जब आप पहली बार आये थे तो आपने यह अंगूठी क्यों नहीं खरीदी?

विजय: मुझे आज अंगूठी नहीं खरीदनी है. मैं कुछ वर्षों के बाद अंगूठी खरीदना चाहता हूं जब कि खुद पैसा कमा सकूं और मैं चित्रा को मेरेज के लिए प्रपोज़ इस अंगूठीके साथ करना चाहता हु । । मैं अपनी पत्नी के लिए यह अंगूठी अपने पिता के पैसे से नहीं बल्कि अपनी मेहनत की कमाई से खरीदना चाहता हूं।' यह सुनकर दंपत्ति को चित्रा के प्रति विजय के प्यार की गहराई का एहसास हुआ। विजय का जवाब सुनकर दुकान में मौजूद सभी ग्राहक तालियां बजाने लगे। जोड़े की महिला खड़ी हुई और अपनी विरासत की अंगूठी, जो विजय की शर्ट की जेब में डालते हुए कहा; "दोनों अंगूठियाँ आपकी हैं, क्योंकि आप मुझे योग्य लगते हैं। मैं भगवान से प्रार्थना करूंगा कि आप यह अंगूठी अपनी होने वाली पत्नी चित्रा के लिए खरीदने अगले कुछ सालों में वापस आएं। स्त्री ने अपने पति की ओर देखकर कहा; "सुनना! हम यह अंगूठी नहीं लेते. "

महिला का पति: हां रितु! इस अंगूठी पर इस लड़के का अधिकार है.

दमजीकाका: विजय! मैं आपसे यह वादा करता हूं कि मैं यह अंगूठी केवल आपको ही बेचूंगा और वह भी उस दिन जब आपको लगेगा कि समय सही है।

वर्तमान :

दमजीकाका ने लॉकर से अंगूठी निकाली और विजय के सामने रख दी, जैसे ही विजय भुगतान के लिए चेक बुक निकालने लगा, दमजीकाका ने कहा; 'रहने दो। अब जब मैं बूढ़ा हो गया हूं तो मेरे मन में रुपये कमाने का आकर्षण और रुपये की कीमत कम होने लगी है। यदि आप यह अंगूठी मुफ़्त में लेंगे तो मुझे बहुत ख़ुशी होगी। मेरे ख्याल से, इस अंगूठी की कीमत आपने उसी दिन चुका दी है, जिस दिन पांच साल पहले उसने नवविवाहित जोड़े से अपनी प्रियतमा के लिए अंगूठी लाने के लिए चर्चा और बहस की थी। खैर, मैं तो बस इसी इंतजार में था कि आप आएं और अंगूठी ले जाए, ताकि मेरी जिम्मेदारी पूरी हो जाए।

विजय: 'धन्यवाद दमजीकाका।' कहते हुए दमजीकाका को गले लगा लिया।

उधर राजीव सोच रहे हैं कि चित्रा के लिए क्या गिफ्ट ले जाएं. तीन दिन बाद राजीव को समय यात्रा पर जाने की बहुत चिंता होने लगी, इसलिए वे इससे संबंधित भौतिकी के सिद्धांत पढ़ने में व्यस्त हो गए, इसलिए उन्हें समय की कमी महसूस होने लगी। चित्रा के जन्मदिन से कुछ घंटे पहले, राजीव चित्रा के लिए उपहार लेने के लिए संस्थान से बाहर आता है। राजीव रात 9 बजे मॉल जाता है और चित्रा के लिए उपहार के रूप में एक सुंदर सफेद साड़ी खरीदता है।

रात 11:30 बजे सभी लोगों को चित्रा के घर के बाहर इकट्ठा होना था. विजय, श्यामा, हेमांगी और हेतल 11:45 बजे पहुंचे। 11:50 बजे विशाल केक लेकर पहुंचे।

श्यामा : अब हमें घर में प्रवेश करना होगा।

विजय: हाँ! लेकिन राजीव अभी तक नहीं आये.

हेतल : कॉल करके भी!

विजय ने राजव को फोन लगाया , रिंग तो पूरी हुई लेकिन कॉल नहीं उठा। चूंकि राजीव का फोन साइलेंट मोड में है और वह गाड़ी चला रहे हैं, इसलिए राजीव का ध्यान फोन पर नहीं गया। राजीव को घर से निकलने में देर हो गयी थी.

श्यामा: अब चलो, 12 बजने में सिर्फ 4 मिनट हैं.

विजय ने चित्रा के पिता को बुलाया और कहा; 'अंकल हम आ गए'

चित्रा के पिता: 'हाँ! मैंने तुम लोगों को खिड़की से देखा। मैं धीरे से दरवाज़ा खोलता हूँ, तुम लोग ऐसे ही चले जाना। चित्रा अपने कमरे में सो गई है'

सब लोग केक लेकर चित्रा के कमरे में दाखिल हुए और लाइट जलाकर एक साथ जोर से बोले: "आश्चर्य" चित्रा नींद से जाग उठी: 'तुम सब यहाँ?' चित्रा अभी भी आधी नींद में थी. सभी ने एक साथ कहा 'हैप्पी बर्थडे चित्रा!' अब चित्रा पुरी नींद से बाहर आईं 'थैंक यू एंड लव यू ऑल' आंटी रोलिंग टेबल लेकर आईं, विशाल ने

केक टेबल पर रख दिया।

चित्रा: राजीव के चारों ओर ढूंढती है और कहती है, "राजीव? राजीव कहाँ है?"

विजय: ऐसा लगता है कि यह रास्ते में है। आ जाएगा, थोड़ा इंतजार करना होगा। सब लोग चित्रा को उपहार देने लगे, लेकिन विजय की ओर से कोई उपहार न मिलने पर चित्रा ने मुस्कुराते हुए पूछा- ओय! तुम मेरे लिए कोई उपहार नहीं लाए ? ..कंजूस।'

विजय: हां..हाहा.. लाया हूं, कार में है, फाइनली दे दूंगा.

सभी लोग जन्मदिन की सजावट और आंटी द्वारा लाए गए नास्ता और कोल्ड्रिंक्स ओर बातें करने में व्यस्त हो गए। चित्रा बिस्तर से उतरी और विजय को साइड में आने को कहा.

चित्रा: "विजय! आज मेरा जन्मदिन है इसलिए आज तुम्हें अपने दिल की बात बताने का बिल्कुल सही दिन है। हम बचपन से ही सबसे अच्छे दोस्त हैं इसलिए मैं तुम पर भरोसा कर सकती हूँ।"

विजय: (मनमे) "अरे! चित्रा, कहीं तुम मुझसे पहले मुझे प्रपोज़ तो नहीं करने वाली? नहीं, चित्रा, अभी नहीं।"

चित्रा: "मैं राजीव से प्यार करती हूं। जब से मैं उनसे मिली हूं, मैं राजीव को पसंद करती हूं। मैं राजीव के साथ एक विशेष जुड़ाव महसूस करती हूं। मुझे नहीं पता कि राजीव मेरे बारे में कैसा महसूस करते हैं लेकिन मेरी अंतरात्मा की आवाज मुझे बताती है। राजीव मुझे पसंद करते हैं।" वह एक पागल वैज्ञानिक हैं, लेकिन मुझे वह पसंद है, है ना?

विजय: हाँ

चित्रा: मैं सबसे पहले आपसे बात करना चाहती थी क्योंकि आप मेरे लाइफ टाइम फ्रेंड हो. क्या राजीव के मन में मेरे लिए कोई भावना है? क्या राजीव ने मेरे बारे में कोई भावना आपके साथ साझा की है? क्या मुझे राजीव को अपने मन की बात बतानी चाहिए या इंतजार करना चाहिए?' विजय का दिल टूट गया है और उसका मन दुख से भरा है लेकिन जैसे ही चित्रा ने राजीव के लिए अपनी भावनाओं का खुलासा किया, विजय ने अपनी भावनाओं को व्यक्त न करने का फैसला किया और हंसना शुरू कर दिया।

चित्रा- तुम मुस्कुरा क्यों रहे हो?

विजया: तुम्हें देखकर. राजीव की आपके प्रति क्या भावनाएँ हैं यह जानने के लिए आप कितने उत्सुक हैं? मैं आपकी मदद करूँगा। आपको अपना प्यार मिल जायेगा.

चित्रा विजय को गले लगाती है और कहती है "धन्यवाद विजू" (चित्रा विजय को प्यार से 'विजू' कहकर बुलाती है)।

विजय: मैं आपके हीरो को फोन करके पूछता हूं कि वह कहां पहुंचा है। कहकर विजय घर से बाहर आ गया। अब विजय के रुके हुए आंसू विजय के चेहरे पर छलक पड़े।

विजय (मन में): मुझे इस बारे में पहले क्यों नहीं पता चला ? ' विजय चलता हुआ अपनी कार के पास आया और सोच में डूब गया। क्योंकि डेस्क से वह किताब निकालते हुए जिसमें पर्यावरण विज्ञान की किताब के दूसरे पन्ने के बीच में एक अंगूठी थी, विजय को नए जोड़े की महिला की बात याद आ गई, "इस अंगूठी पर आपका अधिकार है।" विजय थोड़ा उदास होकर मुस्कुराया और बोला; "नहीं मैडम। इस अंगूठी का अधिकार राजीव का है, मेरा नहीं"

राजीव तेज रफ्तार कार की हेडलाइट्स और हॉर्न बजाते हुए पंहुचा। विजय अपने आँसू छुपाते हुए राजीव की कार के पास आया।

राजीव: राजीव जल्दी से कार से बाहर निकला और चित्रा के लिए खरीदी गई एक सफेद साड़ीका उपहार के साथ कार से बाहर निकलते हुए बोला ; " सोरी ! सोरी ! ट्रैफ़िक और जटिल प्रयोग केकारण मुझे थोड़ी देर हो गई। तुम यहाँ क्यों खड़े हो?

विजय: आपका ही इंतजार कर रहा था.

राजीव: 'ठीक है' कहकर गाड़ी लॉक की और तेजी से चल दिया और बोला 'चल....' अंदर चले !

विजय: एक मिनट रुको. आप! आप उपहार के रूप में क्या लाए हैं?

राजीव: अरे! मैं तुम्हें क्या बताऊँ, मुझे कुछ समझ नहीं आया कि इसे उपहार मैं क्या दू। आख़िरकार मैंने एक पारंपरिक सफ़ेद साड़ी चुनी है।

विजय: 'सारी! ठीक है, बढ़िया।' सुनो, कॉलेज के दिनों में जब हम एक मॉल में गए थे तो चित्रा को यह अंगूठी बहुत पसंद आई थी। आज तुम चित्रा को यह उपहार देना कि मैंने तुमसे यह कहा था।

राजीव: पागल हो क्या? मेरे पास एक साड़ी है. तुम यह अंगूठी लेकर आये हो. आप ही दो , वह सही रहे गा।

विजय: सुनो. चित्रा और आप पहली बार उसके जन्मदिन पर एक साथ हैं। सही?

राजीव: हाँ?

विजय: तो आज चित्रा के लिए बहुत महत्वपूर्ण दिन है. यदि आप आज यह उपहार देंगे तो यह क्षण चित्रा की स्मृति में जीवन भर के लिए यादगार समय के

रूप में अंकित हो जाएगा। जो मैं बोल रहा हु , वही कर !! क्योंकि मैं चित्रा को कई सालों से जानता हूं. "मुझे पता है कि वह कैसे सोचविचार करती है," उसने अंगूठी के साथ अपना हाथ बढ़ाते हुए कहा।

राजीव (मन में): 'विजय आज ऐसा व्यवहार क्यों कर रहा है? ऐसा लगता है कि विजयने चित्रा के प्रति मेरे जुनून को समझ लिया है और विजय मेरी मदद करना चाहते हैं। हाँ! ऐसा ही है।

राजीव: और आप? आप क्या उपहार देंगे?

विजय: "अरे! मैं पर्यावरण और जैव विविधता पर यह किताब लाया हूं। यह अंगूठी मैं सिर्फ तुम्हारे लिए लाया हूं, यह सोचकर कि अगर तुम उपहार लाना भूल जाओगे तो मैं तुम्हें यह अंगूठी उपहार में दे दूंगा। क्योंकि मुझे पता है कि आजकल तुम "पूनम एक्सपेरिमेंटेशन" पर काम कर रहे हैं।'' कहन हँसने लगा।

राजीव: हल्की सी मुस्कान के साथ "ठीक है," विजय ने राजीव को अंगूठी देते हुए कहा;

विजय: 'अभी आओ! बहुत देर हो चुकी थी ..घर में दाखिल हुए.

हेतल : चलो यार! कहाँ रह गये थे ? हम सभी केक कटने और खाने का इंतजार कर रहे हैं.

विशाल ने अपने कौशल का प्रयोग करते हुए मानो विजय के मन में दुःख की लहर उठते हुए विचारो को पढ़ते हुवे विजय की ओर करुणा भरी दृष्टि से देखा और विजय से पूछा; "तुम ठीक हो?"

विजय: हाँ! आजआपको केक खाने को मिलेगा, वो भी आपके पैसों का. इस बार हमारे ग्रुप में केक लाने की आपकी जिम्मेदारी बहुत दिनों बाद आई है. याद है पिछली बार जब मेरी बारी थी तो तुमने मुझसे 500 ग्राम की जगह 1 किलो केक लाने को कहकर मेरा बजट बिगाड़ दिया था? तो आज ज्यादा मजा है क्योंकि आज आपका पैसा खर्च हो गया है..

विशाल: हाँ! हाँ! कोई बात नहीं। घूमते सितारे है , कल मुझे भी बदला लेने का मौका मिले गा। अभी मेरी बारी बाकी है. अगली बार मैं आपके साथ 2 किलो केक का इंतजाम कर लूंगा.

चित्रा- आ गये? तुम इतनी देर से आये और वह भी मेरे जन्मदिन पर?

राजीव: सॉरी...सॉरी...

चित्रा: चल..कोई नहीं....अगली बार ध्यान रहे ...

चित्रा ने केक काटा. पहला टुकड़ा माता-पिता को और दूसरा टुकड़ा राजीव को, फिर विजय ने उन सभी को केक बांटना शुरू कर दिया।

विशाल ने हमेशा अपने पास रखे कैमरे से सबकी तस्वीरें खींचनी शुरू कर दीं।

श्यामा: हेतल को केक का दूसरा टुकड़ा लेते हुए देखकर बोली; जयस यह कहते हुए हंसने लगे, "संयम में रहो। अभी तो तुम फिट दिख रहे हो लेकिन अगर तुम इसी गति से हाई कैलोरी वाला केक खाती रही तो तुम बड़े भारी शरीर वाले बन जाओगे।"

हेतल: 'हम्म्...तुम जाओ यहाँ से .. "मुझे केक का आनंद लेने दो" और श्यामा की बात को अनसुना कर दिया और केक खाने लगी।

चित्रा: राजीव के पास आके बोली "तुम मेरे लिए क्या उपहार लाए हो?" कहकर जानने की उत्सुकता दिखाई।

राजीव ने सबसे पहले एक साड़ी का गिफ्ट पैक दिया और फिर अपनी तर्जनी और अंगूठे के बीच अंगूठी पकड़कर चित्रा के सामने रख दी।

चित्रा: अंगूठी की ओर देखते हुए और विजय की ओर देखते हुए बोली; "क्या यह वही अंगूठी है?"

विजय: "हां। जब राजीव आपके उपहार खरीदने के बारे में सलाह लेने के लिए मेरे पास आए थे, तो मैंने आपको इस अंगूठी के प्रति आपके जुनून के बारे में बताया था। मुझे लगता है कि इसीलिए राजीव यह उपहार लाए..."

चित्रा: 'धन्यवाद विजय' कहते हुए दो सेकंड के बाद पहले दाहिना हाथ राजीव की ओर करें; 'नहीं...नहीं...' कहते हुए उसने अपना बायाँ हाथ आगे बढ़ाया और अपनी तर्जनी के बगल वाली उंगली को थोड़ा ऊपर उठाया जैसे कि वह सगाई कर रही हो, आखा के इशारे से राजीव से पहनाने की जिद कर रही हो; "अंगूठी तुम पहेनादो !!.."

राजीव भी ऐसे खुश थे जैसे आज वे जन्मदिन मनाने के लिए नहीं बल्कि सगाई के लिए इकट्ठे हुए हों।

विशाल ने अपने इंस्टेंट कैमरे से कैमरे के लेंस से फोकस करके राजीव द्वारा चित्रा को अंगूठी पहनाने के दृश्य और 'खकक...खकक' मुस्कुराते हुए जोड़े की तस्वीर खींची।

फिर सभी ने चित्रा को एक के बाद एक उपहार दिए। विजय ने भी आख़िरकार चित्रा को उपहार दिया और पार्टी ख़त्म हुई।

11

अध्याय-11: पूर्णिमा और समय यात्रा

आज राजीव टाइम ट्रेवल को लेकर बहुत चिंतित हैं। उन्हें इस बात की भी चिंता है कि प्रयोग के दौरान कुछ बुरा हो सकता है. रात के 7 बजे हैं. राजीव कुछ ही देर में लैब के लिए निकलने वाला है। इसी बीच राजीव का फ़ोन बजा. एक अनजान नंबर से कॉल आई थी.

राजीव: 'हैलो' सामने से किसी ने कहा: 'अरे! राजीव, शुभकामनाएं'

राजीव: आप कौन हैं? ' सामने वाले ने कहा ; 'मैं! हार्दिक ।' पहेली बार हार्दिक ने राजीव को फोन किया.

हार्दिक: शुभकामनाएं. मैं भगवान से प्रार्थना करूंगा कि आज आपको सफलता मिले. बाद में मिलते है'

राजीव: धन्यवाद यार। चलो बाय..

रात के 8 बजे हैं राजीव कार में बैठा है। चलती कार को रोककर अचानक बोला, "अरे नहीं! चित्रा। मुझे चित्रासे मिलके जाना चाहिए । क्या पता अगर मैं समय यात्रा में फंस गया तो... ? कभी वापस ना आसका तो ...? ? अगर कुछ गलत हो जाता है और मैं अतीत की स्थिति में मैं फंस गया तो ...? नहीं, मुझे चित्रा के साथ जाना चाहिए।

कुछ मिनट बाद राजीव का फ़ोन फिर से रिंग कर रहा है , कॉल चित्रा का था।

चित्रा: हेलो! राजीव तुम कहाँ हो?

राजीव: बस! आपके घर के बाहर पहुंचने वाला हु, इतना ही दूर हु।

चित्रा: क्या तुम मुझसे मिलने आ रहे हो? क्या आपको आज लैब जाना है?

राजीव: हाँ! इसीलिए मैं यहां हूं.

चित्रा को इस वक्त वो बातें याद आईं जो राजीव ने उन्हें प्रोजेक्ट के बारे में बताई थीं, खासकर राजीव का ये कहना कि इस प्रोजेक्ट में जान का खतरा है.

चित्रा- कहां पहुंच ? मैं घर का मुख्य दरवाज़ाखोलती हु , तुम अन्दर आ जाओ।

राजीव: 'नहीं, चित्रा! मेरे पहुंचने और फोन करने के बाद तुम अपने घर की बालकनी में आजाना. चलो बाय।; कह कर फ़ोन काट दिया.

5 मिनट बाद राजीव चित्रा के घर से बाहरआ खड़ा है . राजीव कार से बाहर आकर,कार के बोनट पर बैठ गये। चित्रा को बुलाया; "अब आ जाओ।" 2 मिनट पहले आसपास के इलाके में बिजली कनेक्शन में खराबी के कारण लाइट चली गई है, इसलिए अंधेरा है, लेकिन पूर्णिमा होने के कारण चांद की सफेद रोशनी जमीन पर समुद्रमे पानी की सफ़ेद लेहरकी तरह फेल रही है या फिर सफ़ेद चादर की तरह फैल रही है, इस तरह से रात्रि मधुर मधुर प्रकाश से सराबोर हो जाती है।

चित्रा एक हाथ से कान पर फोन और दूसरे हाथ में जलती हुई मोमबत्ती पकड़े बालकनी में आई। चूंकि ठंड का मौसम था, चित्रा, जिसने सफेद पोशाक पहनी हुई थी और गले से कमर तक अपने शरीर को लाल दुपट्टे से ढका हुआ था, स्वर्ग की सीढ़ियों की तरह ,अपने घर की बालकनी पर खड़ी अप्सरा की तरह लग रही थी। चूँकि चित्रा अभी-अभी नहायी थी, उसके सिर पर कुछ सूखे और कुछ गीले बाल थे। आधे-सूखे बाल हल्की-हल्की हवा के साथ लहरा रहे थे, जिससे उसकी सुंदरता और भी बढ़ गई थी। जलती मोमबत्ती से प्रकाश की हल्की किरणें गीले बालों पर पड़ी पानी की बूंदों पर पड़ती हुई प्रतिबिंबित हो रही थीं। जो एक अप्सरा प्रतीत होती थी जो स्वर्ग से पृथ्वी पर आई थी और एक सीढ़ी के एक पायदान पर खड़ी थी, उसके सिर के बालों के बीच कानो मैं सोने के छोटे आभूषण लटक रहे थे।

चित्रा: हेलो .... हेलो ...राजीव?

राजीव चित्रा की सुंदरता को निहारते हुए बोला; 'हाँ! चित्रा बोलिए ! '

चित्रा: अरे! मैं मुख्य दरवाज़ा ओपन करती हु ! तू घर के अन्दर क्यों नहीं आ रहा है ? अंदर आएं।

राजीव:नहीं चित्रा । बस मुझे अपनी मोमबत्ती की इसहल्दी जैसी पीली रोशनी में और ठंडी चाँदनीमैं रहने दो। जो मजा इस प्राकृतिक हवा और रोशनी में आता है वह आपके घर की दीवारों से घिरे हॉलरूम में कहा?

चित्रा : हे कवि! तुम अब बताओ ! अभी तुम मुझसे मिलने क्यों आये? क्या प्रयोग के दौरान आपके जीवन के साथ कोई छेड़छाड़ होगी? जान का ख़तरा या कोई अन्य समस्या तो नहीं है ना?

राजीव: कोई चिंता वाली बात है ही नहीं।। क्या मैं कभी भी आपसे मिलने नहीं आ सकता?

चित्रा: 'नहीं ये पागल, ऐसा कुछ नहीं है। आप कभी भी मुझसे मिलने आ सकते हैं।' कुछ सेकंड बाद चित्रा ने मोमबत्ती स्टैंड को बालकनी की दीवाल पर रख दिया बोली लगाना;

राजीव! मुझे थोड़ी बेचैनी महसूस हो रही है.

राजीव: बेचैन? क्यों?

चित्रा: पूर्वाभास है कि कुछ अप्रत्याशित घटित होने वाला है. मानो मेरे पास खोने के लिए कुछ भी नहीं है.

राजीव: यह सब आपका भ्रम है। यह आपके ज़्यादा सोचने का नतीजा भी हो सकता है.इतना ज्यादा मत सोचा करो !! कुछ भी गलत नहीं होने वाला है।

चित्रा: ठीक है. जैसा आप कह रहे हैं वैसा ही हो ! ठीक है, प्रयोग ख़त्म करने के बाद मुझे फ़ोन करना ।

राजीव: चित्रा मैं सुबह 3 या 4 बजे लैब में हो सकता हूँ। मैं तुम्हें एक संदेश भेजूंगा, बस इतना ही!

चित्रा: नहीं. आप मुझे कॉल करेंगे. मैंने एक बार कह दियाना? बस तो फिर ,आपको मुझे कॉल करना है ! . "क्रोध से कहा.

राजीव: ठीक है. मैं अब चलता हूँ।

चित्रा: हाँ! शुभकामनाएं।

राजीव: धन्यवाद चित्रा। अलविदा।

उदाहरण के लिए: मैं तुम्हें कभी अलविदा नहीं बोलना चाहती ....

राजीव: 'हाँ..हाहा' चलो बाद में मिलते हैं।

चित्रा: हाँ.

राजीव ने कार को लैब की ओर मोड़ने के लिए घुमाया और लैब की ओर सड़क पर चलते रहे। राजीव साइड मिरर से मोमबत्ती की धीमी रोशनी में चित्रा का चेहरा देखतारहता है । राजीव ने अलविदा कहने के लिए कार की खिड़की से हाथ बाहर निकाला। चित्रा ने धीरेसे हाथ हिलाकर अलविदा कहा ; यह दृश्य ऐसा लग रहा था जैसे वह झरोखा में खड़ी रानी हो ओर युद्ध लड़ने जा रहे वीर राजासे वापस आकर मिलने का वादा मांग रही हो।

चित्रा ने राजीव की कार को तब तक दूर जाते हुए देखा जब तक वह पूरी तरह से आँखों से ओजल न हुई।

राजीव लैब में:

ठीक 9 बजे हैं और राजीव लैब में प्रवेश करता है। डॉ. राघवाचार्य राजीव के आने का इंतजार कर रहे थे।

मिस्टर ब्लू ब्रायन : राजीव! मैं समय यात्रा के लिए तैयार हूँ।. क्या आप भी तैयार हैं?

राजीवः क्या यह कोई पूछने लायक सवाल है....मैं भी तैयार हूं' कहते हुए उसने लैब की खिड़की खोली और आने वाली चांदनी को लचीले दर्पण से किण्वन टैंक की ओर मोड़ दिया।

राजीवः ब्लू ब्रेनः, आप बैक्ट्रेन को आदेश दें।

डॉ. राघवाचार्यः राजीव, आप क्वांटम अवस्था में होंगे, इसलिए उस अवस्था में समय की गति इतनी धीमी होती है कि जब आप वर्तमान में वापस आएंगे, तो उसी समय वापस आएंगे जब आप समय यात्रा की स्थिति में गए थे।

राजीवः हम्म.

मिस्टर ब्लू ब्रेनः बैकट्रेन को आदेश दिया गया है। कम्प्यूटेशनल गणना प्रगति पर है. ...टिक...टिंग...टिंग...टिक....हो गया।

किण्वन में ऊर्जा उत्पन्न होने लगी, उत्पन्न ऊर्जा मशीन में प्रवाहित होने लगी,

राजीव टाइम मशीन के केबिन में घुसने ही वाले थे कि डॉक्टर राघवाचार्य ने कहाः 'एक मिनट' राजीव के करीब आये और राजीव को गले लगाते हुए बोले;

डॉ. राघवाचार्य; मुझे तुम पर गर्व है प्रिये। हम सफल होंगे. '

राजा थोड़ा भावुक हो गये और उन्हें अपने पिता की याद आयी। राजीव ने भी डॉ. राघवाचार्य को कसकर गले लगा लिया।

राजीवः धन्यवाद सर।

मिस्टर ब्लू ब्रेनः 'राजीव हमें अब जाना चाहिए।' मशीन से चमकती रोशनी से प्रोपेलर की घरघराहट जैसी आवाज आ रही थी जैसे एक निजी हेलीकॉप्टर उड़ान भरने के लिए तैयार हो रहा हो।

राजीव और मिस्टर ब्लू ब्रेन एक संक्रमित सर्किट के माध्यम से मशीन में दाखिल हुए। डॉक्टर राघव आचार्य अंगूठा ऊपर करके ऑल द बेस्ट कह रहे थे। राजीव ने अपनी आँखें बंद कर लीं और मशीन पर लगा लाल स्टार्ट बटन दबा दिया। एक बहुत तेज़ सफ़ेद रोशनी चमकी और सब कुछ शांत हो गया।

समय यात्रा जारी है*

“राजीव! राजीव! अपनी आँखें खोलो राजीव” मिस्टर ब्लू ब्रेन की आवाज़ राजीव को सुनाई दी। राजीव ने आँखें खोलीं।

मिस्टर ब्लू ब्रेन: 'हम आपके जन्म से पहले के समय यानी बारहवीं शताब्दी में आ गए हैं' राजीव इधर-उधर देखने लगे। प्रकृति का सौन्दर्य अवर्णनीय एवं मोहक था। राजीव को 21वीं सदी में हमारी नष्ट होती धरती में सूरज की किरणों की कोमलता, साफ आसमान, हवा की स्वच्छता नजर आई।

फिलहाल राजीव और मिस्टर ब्लू ब्रेन सामने दो बड़े पहाड़ों की तलहटी में घास के मैदान पर खड़े हैं। सफेद और काले घोड़े पहाड़ियों से नीचे सरपट दौड़ते हुए देखे जा सकते हैं। विभिन्न प्रकार के पक्षी जो इक्कीसवीं सदी में विलुप्त हो गए हैं, वे सभी आकाश में चहचहाते हुए दिखाई देते हैं। ऊँचे-ऊँचे पेड़ों और पहाड़ी जंगलों से घिरी यह भूमि केवल सौंफ जैसी हरियाली से ढकी हुई है। दोनों पहाड़ों के बीच बहती नदियों की ऊंचाई से गिरते झरने नीचे चट्टानों पर गिरते हुए ऐसे लग रहे थे मानो प्रकृति दूध से शिवलिंग का अभिषेक कर रही हो। प्रकृति प्रेमी होने के नाते राजीव यह सब देखने का आनंद ले रहे थे, तभी राजीव को पीछे से तलवारों की टकराहट सुनाई दी। राजीव पलटा.

वृक्षों से घिरा हुआ एक विशाल आश्रम दिखाई दे रहा था। वेदों और अन्य धार्मिक ग्रंथों का अध्ययन करने के लिए शिष्यों के लिए लकड़ी से बनी किताबें रखने के लिए टिपाई जैसी संरचनाएं जमीन पर व्यवस्थित देखी गईं। ऋषियों की गतिविधियों और उनके घास से बने दोहों और गोबर से लीपे गए कमरों को व्यवस्थित तरीके से व्यवस्थित किया गया था जैसे कि वे वास्तुशास्त्र को ध्यान में रखकर बनाए गए हों। राजीव आती हुई तलवार की आवाज की ओर बढ़ा;

सभी शिष्यों और एक बुद्धिमान और प्रतिभाशाली योगी ब्राह्मण, जो शिष्यों के गुरु प्रतीत होते थे, को एक घेरे में और केंद्र की ओर मुख करके खड़े देखे जा रहे थे । राजीव घेरे के करीब गया और केंद्र देखकर दंग रह गया।

केंद्र में, 22 वर्षीय राजीव 25 से 30 वर्ष के दिखने वाले अन्य दसियों लोगों के साथ एक बड़ी तलवार के साथ अकेले लड़ रहे थे। एक-एक करके सभी को तलवार से कड़ी टक्कर दी, उन्होंने सभी व्यक्तियों के एक साथ हमलों का बड़ी कुशलता और ताकत से विरोध किया। जीत के बाद, 22 वर्षीय व्यक्ति अपने गुरु के पास आया और अपनी तलवार के साथ गुरु के चरणों में लेटकर झुक गया। उनके गुरु ने अपने झुके हुए शिष्य को दोनों हाथों से उठाया और कहा; "विक्रम ! आज तुम्हारी शिक्षा पूरी हो गयी। अब आप अपने साम्राज्य आदित्यवंश को संभालने के लिए पूर्णतः योग्य हैं। आप अशोक के बाद इस युग के दूसरे महान राजा बनने जा रहे हैं।

आपके कंधों पर भारत की जनता के कल्याण की जिम्मेदारी होगी।' मैं जानता हूं कि आप अपने राजधर्म और कर्त्तव्य का भली-भांति पालन करेंगे। तुम जाओ अब आपके राज्य को संभालने का समय आ गया है, आपके आश्रम की व्यवस्था आज समाप्त हो गई है इसलिए आज इस आश्रम में आपका आखिरी दिन है।

विक्रम: गुरु बद्रीदेवाचार्य! आपने गुरु-दीक्षा नहीं माँगी।

गुरु बद्रीदेवाचार्य: नहीं! आज नहीं. सही समय आने पर मैं मांगूगा । जाओ शिष्य! आपके सैनिक आपको राज्य तक ले जाने के लिए मठ के बाहर इंतजार कर रहे हैं। विक्रम ने तलवार उठाई और अपनी कमर से लटकती हुई म्यान में रख ली और बोले; "जी आज्ञा गुरुदेव" बाहर खड़े अपने सैनिकों के पास आये। सभी सैनिकों ने उन्हें प्रणाम किया। विक्रम अपने प्रिय सफेद घोड़े को सहलाते हुए बोले; हेमराज! मैंने तुम्हें बहुत याद किया" कहते हुए बड़ी तेजीसे घोड़े पर चढ़ गया। चलो हेम! ' इतना कहकर उसने लगाम खींच ली और घोड़े को धीरे- पैरसे हेमराज को छूकर चलने का निर्देश दिया। विक्रम का प्रिय घोड़ा हवा की गति से आदित्य के राज्य की ओर दौड़ने लगा।

मिस्टर ब्लू ब्रेन: वाह राजीव! आप महाराजा विक्रम थे। फिर थोड़ा हँसा और बोला कि मैंने इतिहास की सभी उपलब्ध प्रामाणिक जानकारियों का अध्ययन किया है जिनमें से कई जानकारियाँ निकाली गई हैं जो इस प्रकार हैं:

"“महान सम्राट अशोक के बाद 12वीं सदी में विक्रम नाम के एक महान राजा हुए थे. जो आप पिछले जन्म में थे. कहा जाता है कि विक्रम अत्यंत प्रतापी, शक्तिशाली और धार्मिक सहिष्णु होने के कारण सभी धर्मों की रक्षा और प्रजा के कल्याण के लिए बहुत काम करते थे। विक्रम के पिता की मृत्यु उनके बचपन में ही हो गई थी इसलिए उनकी माँ ने विक्रम की शिक्षा पूरी होने तक प्रशासन संभाला। आश्रम से आने के बाद विक्रम का राजतिलक कर उन्हें साम्राज्य की गद्दी सौंप दी गई”

ऐसी तमाम जानकारियां इतिहास में दर्ज हैं.

राजीव: हाँ यार! मैं भी हैरान हूँ? मैं एक राजा था।" वह आश्चर्य से सोचने लगा।

राजीव आगे देखता है कि रात का समय हो गया है और राजा विक्रम के राज्याभिषेक के बाद आज विक्रम पहली बार सिंहासन पर बैठा है। विक्रम एक बड़े महल के एक बहुत बड़े हॉल की विपरीत दीवार के साथ एक सिंहासन पर बैठे हैं। और बुद्धिमान मन्त्री, बड़े मन्त्री, राजदरबार के कवि दोनों ओर व्यवस्थित होकर समिति में बैठते हैं। सभी लोग महाराज विक्रम की ओर देख रहे हैं और वहां एक सन्नाटा छा जाता है जो एक छोटा सा पत्थर गिरने पर भी आवाज करता है।

विक्रम ने बोलना जारीकिया ;

विक्रम: मैं चाहता हूं कि मेरा राज्य सुखी और समृद्ध रहे। ताकि इतिहास हमें और हमारे आदित्यवंश को सम्मान की दृष्टि से देखे। भावी पेढिया हमारे साम्राज्य को सामाजिक कल्याण की अंतिम सीमा तक पोहचने के लिए आवश्यक कदम उठाने वाले साम्राज्यके रूप में देखना चाहिए। मैं आज जानना चाहता हूं कि हमारे राज्य की समस्याएं क्या हैं?

विक्रम के दरबारी प्रधानमंत्री चेतन्य खड़े होकर बोले; "महामहिम! वर्तमान समय में हमारा राज्य अनेक समस्याओं से जूझ रहा है"

विक्रम ने अपना दाहिना पैर सिंहासन से थोड़ा आगे बढ़ाया और दूसरी और के हाथ को पैर पर टिकाकर प्रधान मंत्री की बात ध्यान से सुनने के लिए थोड़ा आगे झुक गए; "समस्याए , जैसे की ??"

चेतन्य: हमारे धन और अन्न के भण्डार खाली हो रहे हैं। ऋग्वैदिक काल में समाज में महिलाओं को जो सम्मान दिया जाता था वह समय के साथ-साथ कम होता जा रहा है। महिलाओं के साथ कई तरह के अत्याचार हो रहे हैं. ऋग्वेद के समय स्त्रियों को शिक्षा-ज्ञान लेने की स्वतंत्रता से भी वंचित कर दिया गया था। हमारा विदेशी व्यापार भी बंद होने लगा है. कई पाखण्डी, नशेड़ी, चोर और जुआरी हमारे समाज को असुरक्षित बना रहे हैं।"

यह सब सुनकर विक्रम खड़े हो गये और बोले; अब एक महीने बाद इसी समय हमारी राज्यसभा की बैठक होगी. आज की बैठक ख़त्म हो गई है. सभी मंत्री राजा विक्रम की योग्यताओं की चर्चा करने लगे। धीमी आवाज में बात होने लगी कि "क्या यह राजा सही है?" क्या विक्रम में इतने बड़े साम्राज्य को संभालने की क्षमता है? एक राजा जो बैठक को बीच में ही स्थगित कर देता है ,एक महीने की लंबी अवधि के बाद मामलों पर चर्चा करने के लिए कैसे निकल सकता है?" आदि पर चर्चा होने लगी।

लेकिन प्रधानमंत्री चेतन्य बहुत बुद्धिमान और चतुर मंत्री थे। उन्होंने न केवल विक्रम के प्रधानमंत्री की भूमिका निभाई। लेकिन चेतन्य ने विक्रम के साथ अपना पितृ कर्तव्य भी निभाया। चेतन्य ने विक्रम को हथियार चलाने, भाला चलाने, कूटनीति, घुड़सवारी आदि की पर्याप्त शिक्षा देकर इसे पूरा किया। तो वे समझ गये कि विक्रम कुछ सोच रहा होगा।

विक्रम को सभासे निकलते देख राजीव भी बोला; "मैने ऐ क्या किया ? इन सभी दरबारियों की तरह, मुझे अपनी क्षमताओं (विक्रम की) पर संदेह हो रहा है।

जैसे ही चेतन्य कमरे से बाहर आता है, एक दूत ,विक्रम द्वारा भेजा गया गुप्त संदेश चेतन्य के हाथों में सौंप देता है। संदेश पढ़कर चेतन्य थोड़ा हंसे. राजीव ने भी चेतन्य को मुस्कुराते हुए देखा और राजीव ने कहा, "क्या मैंने ऐसा कोनसा संदेश भेजा है? जिसे पढ़कर चेतन्य इतना गौरवान्वित महसूस कर रहा है।"

मिस्टर ब्लू ब्रेन भी हंसने लगे और बोले; "वाह, विक्रम! बहुत खूब! राजीव. सचमुच अच्छा निर्णय. राजीव को जानने की उत्सुकता बढ़ी; " ब्लू ब्रेन ! मुझे भी बताओ विक्रम क्या करने वाला है?

मिस्टर ब्लू ब्रेन: संदेश में लिखा है, "आदरणीय पितृतुल्य, चेतन्य प्रधान मंत्री। मैं लोगों के बीच भेष बदलकर उनकी समस्याओं को महसूस करूंगा और उनका समाधान करूंगा। 28 दिन बाद हम सीधे राजसभा में मिलेंगे. लिखितन- आपका पुत्र जैसा "विक्रम" है।

ये मैसेज सुनकर राजीव ने भी खुद को बधाई दी; "बहुत खूब! राजीव "

28 दिनों तक राजा विक्रम भेष बदलकर राज्य के कई गांवों में भ्रमण करते हैं। विक्रम द्रविण समाज की उन समस्याओं की वास्तविकता का सामना करके उबर गए जिनका सामना लोग कर रहे थे। विक्रम ने देखा कि कैसे विधर्मी पंडित देवदासी प्रथा के नाम पर महिलाओं का शोषण कर रहे थे। जो महिलाएं सती नहीं होना चाहतीं, विधर्मी ब्राह्मण और क्रूर परिवार के सदस्य जो अपने पति की मृत्यु के बाद अपने पतियों को जलती हुई आग में फेंक देते हैं, वे किस तरह एक महिला से उसके मूल अधिकार को छीन रहे हैं। किस तरह छुआछूत जैसी भ्रांतियों से ग्रस्त निचली जाति के लोगों को गांव से बाहर कर दिया जाता है। कैसे एक थोड़े पिने केपानी के लिए भी ये लोग समाज के लोगों से संघर्ष कर रहे हैं. इस छुआछूत के कारण समाज को कैसी भूख, बीमारियाँ और अदृश्यता का सामना करना पड़ रहा है। इसके अलावा समाज में व्याप्त समस्याओं जैसे उच्च और निम्न वर्ग के बीच अंतर, चोरी, डकैती, बलात्कार नशीली पदार्थो का सेवन की लत आदि जैसी बुराइयों से घिरे लोगों को देखकर विक्रम को लगा कि 'जब तक मैं इन सभी को ठीक नहीं कर लेता, तब तक मैं एक अच्छा राजा नहीं कहला सकता।' , ।

28वें दिन, विक्रम राज्य लौटता है और आदेश देता है कि; "कल रात को इस प्रकार लोकसभा का आयोजन करें कि हमारे राज्य के प्रत्येक गाँव के घर से कम से कम एक व्यक्ति उपस्थित रहे" राजा का आदेश हवा की तरह पूरे राज्य में फैल गया। सभा में लाखों लोग एकत्रित हुए। शाम के सात बजे हैं राजा विक्रम आये और सिंहासन पर बैठ गये।

विक्रम: 'अब दो बड़े कड़ाहों में तेल उबालें', सैनिकों को गंभीरता से आदेश दिया। धीरे-धीरे, पैन में तेल उबलने लगा और गर्मी पकड़ ली। विक्रम के निजी सिपाही, पाखण्डी ब्राह्मण और परिवार के सदस्य जो महिलाओं को सती होने के लिए मजबूर कर रहे थे, सभी 20 व्यक्तियों को अपराधियों के रूप में बैठक में लाया गया।

विक्रम: बहुत गुस्से से बोला; "किसी को भी, यहां तक कि भगवान को भी, किसी निर्दोष व्यक्ति को मौत की सजा देने का अधिकार नहीं है। एक महिला अपने पति की गुलाम नहीं होती. पति की मृत्यु से उसकी पत्नी का जीवन नरक नहीं बनन्ना चाहिए।। आज से मेरे राज्य में किसी भी विधवा को सती होने की आवश्यकता नहीं है। यदि कोई किसी विधवा को सती होने के लिए बाध्य करेगा तो मैं उन्हें भी यही दंड दूँगा,'' विक्रम ने आदेश देते हुए कहा, ''उन दुष्टों को इस खौलते तेल में डाल दो।'' राजा की आज्ञा का पालन करते हुए सभी सैनिकने , एक के बाद २० लोगों को एक लकड़ी से बने तख्तियां से धक्का देकर खौलते तेल मैं जोंक दिया।

वे पापी खौलते तेल में अपना शरीर जलाकर चिल्लाते हुए मरने लगे। ये सब देखकर गांव के लोग हैरान रह गए. विक्रम चाहते थे कि सती प्रथा, जो समाज की जड़ है, लोगों को इतनी कठोर सज़ा देख कर, सजा के डर से ख़त्म हो जाये।

विक्रम: देवदासी की समस्या के बारे में बात करते हुए आगे बोले; "एक स्त्री ! किसी की दाशी नहीं है नहीं है. इस सृष्टि को बनाने वाले एक ईश्वर को किसी दास-दासी की आवश्यकता नहीं है। सभी पुरुष और महिलाएं ईश्वर की संतान हैं। मैं, आदित्य वंश का राजा, इस राज्य प्रशाशन के अधिकार से, सभी मंदिरों मैसे में देवदासियों को मुक्त करता हूं।

विक्रम ने चेतन्य की ओर देखते हुए कहा; "प्रधान मंत्री! आप कल प्रत्येक प्रांत में एक बड़ा आश्रम और विद्यालय स्थापित करें। और देवदासियों को उन विद्यालयों में शिक्षक के रूप में नृत्य सिखाने की अनुमति देकर महिला सशक्तिकरण का कार्य करें। उन्हें वेतन भी दिया जाएगा और उन्हें उसी आश्रम में रहने की अनुमति दी जानी चाहिए। आज से कोई भी देवदास या देवदासी जैसे शब्द का प्रयोग नहीं करेगा. जो बच्चे और महिलाएं नृत्य सीखना और उसमें पारंगत होना चाहते हैं, वे इन मंदिरों से मुक्त गुरुमाता से शिक्षा प्राप्त करने के लिए आश्रम में आ सकते हैं। इस तरह मैं मंदिर से मुक्त हुई महिलाओं को सम्मानजनक जीवन जीने का मौका दे रहा हूं।' यदि कोई भी पाखण्डी ब्राह्मण मेरी आज्ञा का उल्लंघन करेगा तो मैं उस पाखण्डी को आजीवन कारावास की सजा दूँगा।"

विक्रम एक के बाद एक नए नियम और कानून का आदेश दे रहे थे। उपस्थित दरबारी कवि और न्यायाधीश एक पंक्ति में बैठकर इन नियमों को नोट कर रहे थे।

अब छुआछूत की समस्या पर बोलते हुए विक्रम बोले; "मैंने कई घरेलू लोगों, बच्चों और बूढ़ों को छुआछूत जैसी बेकार मान्यता के कारण समाज से बहिष्कृत होते देखा है। उन्हें कुएं से पानी की एक बूंद या खाद्य भंडार से मुट्ठी भर अनाज भी छूने की अनुमति नहीं है। आज से मेरे राज्य में छुआछूत जैसी खोखली मान्यता के लिए कोई स्थान नहीं है। और इस प्रथा को समाप्त करते हुए, मैं यह निर्णय लेता हूं कि मेरे शाही परिवार, सैनिकों और शाही दरबार के प्रत्येक सदस्य के लिए, हम केवल उन व्यक्तियों द्वारा तैयार किया गया भोजन खाएंगे जिन्हें अस्पृश्यता के कारण बहिष्कृत किया गया है, जिन्हें समाज निम्न जाति के रूप में घृणा करता है। इस कार्य के लिए उन्हें रसोइया के रूप में वेतन और आवास भी उपलब्ध कराया जाएगा।

प्रत्येक तीन गांवों के बीच एक वेधशाला का निर्माण, गरीबों को भोजन देने के लिए सराय, रात में यात्रा करने वाले व्यक्तियों की सुरक्षा के लिए परिवहन मार्गों पर रात्रि सैनिकों को नियुक्त करके सुरक्षा की व्यवस्था करना। विक्रम ने प्रधान मंत्री चैतन्य को अगले चार महीनों के भीतर इन सभी परिवर्तनों को लागू करने का आदेश दिया, जिसमें विभिन्न प्रकार के नशे की लत से बंधे व्यक्तियों के लिए नशा मुक्ति केंद्रों की स्थापना करने और केंद्र के तीन महीने के बाद राज्य से सभी प्रकार की नशीली पदार्थों की लत को पूरी तरह से बंद करने का आदेश दिया गया। खोलना.

चैतन्य ने आदेश स्वीकार कर लियाः "जैसा आपक आदेश! महाराज !! .." ने आज्ञापालन का संकेत देते हुए प्रणाम किया।

विक्रम द्वारा शुरू किए गए सभी सुधारों ने कई विधर्मी और पाखंडी ब्राह्मणों, मंत्रियों और षडयंत्रकारी व्यापारियों को नाराज कर दिया। लेकिन गर्म तेल में जलकर मर गये लोगों की दर्द भरी चीखें सुनकर किसी को भी विक्रम के सुधारों के खिलाफ आवाज उठाने की हिम्मत नहीं हुई।

विक्रम: "मैं कल से ही 'लोकसंस्य प्रवणेश गृह' की स्थापना कर रहा हूँ। अग्रिहा के माध्यम से, मेरे लोग कोई भी समस्या लिखित रूप में प्रस्तुत कर सकते हैं जिसे मैं सात दिनों के भीतर हल करने का प्रयास करूंगा, इस प्रकार कई सामाजिक सुधार करके बैठक को पूरा करने की घोषणा की गई ।

रात के दस बजे हैं, विक्रम अपने कमरे में सो रहा था। इतने मैं एक सुरक्षा सैनिक कक्ष में प्रवेश करता है और कहता है; "महाराज क्षमा करे आपको रात के इस वक्त परीशान करने के लिए ,लेकिन प्रधान मंत्री चेतन्य अभी आपसे मिलना चाहते हैं और कहते हैं कि एक जरूरी मुद्दा है जिस पर अभी चर्चा करना जरूरत है। यदि आपकी आज्ञा हो तो कक्ष मैं प्रवेश करने दे ।"

विक्रम: कोई बात नहीं. उन्हें प्रवेश करने दो

चेतना: प्रवेश करके; 'प्रणाम महाराज!'

विक्रम: चेतन्य! ऐसी क्या बात है कि आप आधी रात को मुझसे मिलने आये? सब कुछ ठीक है, है ना?

चेतन्य: व्यवधान के लिए क्षमा करें महाराज! लेकिन बात ये है कि ....

विक्रम: कहिए ..

चैतन्यः महाराज! आज आपने लोकसभा में जो संशोधन किया है और जो नये नियम बनाये हैं, वे सही हैं। लेकिन मुझे लगता है कि ये सभी सुधार समय से बहुत आगे हैं।

विक्रम: मतलब?

चेतन्य: इसका मतलब है कि लोगों में अभी तक सभी सुधारों को स्वीकार करने की समझ की शक्ति विकसित नहीं हुई है। कई विधर्मियों ने आपके सुधारों का लाभ उठाया और धर्म तथा रीति-रिवाजों के बहाने लोगों को आपके विरुद्ध भड़काना शुरू कर दिया। जो आगे चलकर एक बड़े जनविद्रोह के रूप में उभर सकता है. आज आप जितने बदलाव लाएंगे उससे आपके खिलाफ कई दुश्मन खड़े हो जाएंगे।

विक्रम: प्रधानमंत्री जी! मैं आपकी बात समझता हूं लेकिन जो दर्द और पीड़ा मैंने देखी है उसे देखते हुए मैं हजारों शक्तिशाली दुश्मनों के खिलाफ खड़े होने और लड़ने के लिए तैयार हूं।

जैसे-जैसे समय बीतता गया, विक्रम का साम्राज्य बहुत विकसित होने लगा। विक्रम की राजनीतिक कुशलता के कारण मंद पड़ा देश-विदेश का व्यापार फिर चल पड़ा गया और तेजी से आगे बढ़ने लगा। विक्रम का युद्ध कौशल भी साम्राज्य विस्तार में सहायक हो रहा था। सामान्य जीवन जीने और समाज के लोगों की समस्याओं को जानने के लिए विक्रम अक्सर एक आम नागरिक के रूप में गुप्त यात्रा करते थे। इसी प्रकार एक बार विक्रम भेष बदलकर एक जंगल में घुस गये।

विक्रम की नज़र घने जंगल के बीच एक झरने पर पड़ी। झरने के पास जाकर विक्रम पानी पीने लगे और तभी विक्रम की नजर किनारे पर बैठी एक सुन्दर

ब्राह्मण कन्या पर पड़ी। उस सुन्दर ब्राह्मण कन्या ने पीतल की पायल पहन रखी थी। कलाइयों और बाजूबंदों पर रुद्राक्ष की मालाएं और कानों में पहनी पीतल की बालिया,आपस में टकराती सूर्य की रोशनीको बिखेर रही थीं और दृश्य ऐसा लग रहा था मानो बाली ही सूर्य की किरणों का स्रोत हो। वह सुन्दर स्त्री अपने कोमल हाथों से कमल के फूल को छूकर उससे बातें करती हुई प्रतीत हो रही थी और यही स्त्री आज के समय की "चित्रा" है।

चित्रा को ब्राह्मण वेश में अपने सामने बैठा देखकर राजीव बहुत खुश हुआ और आश्चर्य से बोला: “चित्रा? "और हँसे; “मतलब चित्रा और मैं पहले भी एक बार मिल चुके हैं। अब मुझे समझ आया कि मुझे चित्रा के साथ इतना गहरा जुड़ाव क्यों महसूस हुआ।”

मिस्टर ब्लू: हाँ! राजीव यह चित्रा है.

अचानक विक्रम का ध्यान उस बाघ पर पड़ता है जो सुंदर ब्राह्मण लड़की का शिकार करने के लिए आगे बढ़ रहा है। विक्रम ने अपनी छुपी हुई खंजर निकाली और तेजी से झरने को पार कर लड़की की ओर दौड़ पड़ा। विक्रम को खंजर लेकर तेजी से भागते देख लड़की ने अपने पास छुपे एक तेज चाकू जैसी संरचना को पकड़ लिया। जैसे ही विक्रम ने थोड़ी दूरी से जोरदार छलाँग लगाई, लड़की ने अपनी आँखें बंद कर लीं और अपने हाथ में लिए धारदार हथियार को पूरी ताकत से विक्रम के कंधे पर दे मारा। जब उसने अपनी आँखें खोलीं, तो उसने विक्रम को अपने ऊपर बेहोश पड़ा देखा। कन्या विक्रम को धक्का देकर खड़ी हो जाती है

जैसे ही वह खड़ी हुई और पीछे मुड़कर देखा तो हैरान रह गई। पीछे जमीन पर एक मृत बाघ पड़ा हुआ था और उसके गले पर खंजर था, जिसे विक्रम ने अपने दाहिने हाथ से पकड़ रखा था क्योंकि वह जमीन पर बेहोश पड़ा हुआ था। ब्राह्मण कन्या को अपनी गलती का एहसास हुआ और अपनी गलती पर पश्चाताप करते हुए उसकी आंखों से आंसू बहने लगे।

कन्या , किसी को बड़े आवाज देकर; “तुषार!!तुषार!”। एक सुन्दर सफेद घोड़ा तेजी से दौड़ता हुआ आया। कन्या ने अपनी शक्ति का प्रयोग करते हुए बड़ी मुश्किल से विक्रमके मजबूत शरीरको उठाया और घोड़े पर सवार होकर आश्रम की ओर दौड़ पड़ी। तीन दिन बाद विक्रम की आंख खुली तो विक्रम एक आश्रम के कक्ष में थे, उनके बगल में वही महिला थी जो जड़ी-बूटी खो रही थी।

विक्रम के कन्धों के पास आकर जड़ी लगाते हुए बोला; “थोड़ी जलन होगी ! लेकिन, इससे तुम जल्दी ठीक हो जाओगे। वह ब्राह्मण कन्या विक्रम के कंधे की ओर झुककर आयुर्वेदिक औषधि लगाने लगी। इतने में विक्रम ने उस ब्राह्मण

कन्या का सूरजमुखी-सा सौन्दर्य देखकर अपने मन की बात

मनमे कही; "आज मुझे मेरी अप्सरा मिल गई"

विक्रम: तुम्हारा नाम क्या है? विक्रम नाम जानने की उत्सुकतासे लड़की की सूरजमुखी जैसी आँखों में घूरते हुए बोला।

ब्राह्मण कन्याने सबसे पहले विक्रम की बुद्धि की परीक्षा लेते हुए कहा: "मेरा नाम दो तत्वों के मिलन से बना है। इसका एक तत्व हमें यह अहसास कराता है कि दिन ख़त्म हो गया है। और दूसरा तत्व ब्राह्मणों को प्रिय है और इसके साक्षी हुए बिना कोई पुरुष और स्त्री ब्राह्मण धर्म के अनुसार पति-पत्नी नहीं बन सकते। तो बताओ मेरा नाम क्या होगा?" कहा और मुस्कुरा कर जवाब का इंतजार करने लगी .

विक्रम: ...... आपका नाम "संध्याअग्नि" है। सही?

संध्याग्नि: प्रसन्न होकर कहती है: तुम तो चतुर व्यक्ति मालूम होते हो। सत्य यह वही नाम है.

विक्रम: मैं तुम्हें संध्या कहकर संबोधित करना पसंद करुगा ।

संध्याअग्नि: और वैसा क्यों?

विक्रम: क्योंकि आपका रूप संध्या के समान कोमल है जो आँखों को शीतलता प्रदान करता है। मुझे तुममें अग्नि के समान क्रोध का कोई तत्व नहीं दिखता। हाँ! हालाँकि, आपके अंदर अग्नि की पवित्रता है।

संध्या: जब तुम्हें मेरे हाथ से तेज हथियार के घावका एहसास हुआ तब भी तुम्हें मुझमें आग नहीं दिखी? कहा और थोड़ा हसी ।

विक्रम: हाँ! उस समय मुझे आपका रौद्र रूप कुछ अधिक तीव्र महसूस हुआ'' कह कर दोनों हंसने लगे.

संध्या: कुछ समय तुम्हें इसी आश्रम में रहना होगा. ताकि आपका इलाज हो सके. यदि संभव हो तो मुझे माफ कर देना, मुझे लगा कि तुम मुझ पर हमला करने वाले हो। डर के मारे,मेने यह कदम उठाया.

विक्रम: ये तो मुझे उसी वक्त समझ आ गया...आप कौन हैं ?

संध्या: मैं इस आश्रम में दो साल से हूं। आश्रम के मुनि देवेन्द्र चार्य मेरे पिता तुल्य हैं। पहले मैं देवदासी थी. हमारे राज्य के महान राजा विक्रम के आदेश से ही मुझे मुक्त किया गया। देवेन्द्राचार्य का निमंत्रण मैंने स्वीकार कर लिया और मैं इस आश्रम में बच्चों को नृत्य सिखाने के लिए यहीं बस गयी।

विक्रम: तुम उस दिन जंगल में क्या कर रही थी ??

संध्या: कई सालों के बाद मुझे मंदिर की चारदीवारी से आज़ादी मिली है। इसलिए मैं हर कुछ दिनों में खुले आसमान, जंगलों, पहाड़ों और झरनों के पास जाकर प्रकृति का आनंद लेने की अपनी इच्छा पूरी कर रही हूं जो जो सालोसे अधूरी है। यह सब मेरे महाराज विक्रम के कारण ही संभव हो सका। यह तो मेरी किस्मत में नहीं है, नहीं तो मैं उनके चरणों में अपनी जान दे देती क्योंकि उन्होंने मेरे जैसी कई महिलाओं की जिंदगी सुधार दी है.

विक्रम: तुम अपने राजा की इतनी तारीफ कर रही हो. क्या आपने कभी उन्हें देखा है?

संध्या: नहीं आज तक नहीं. लेकिन जिस दिन मुझे मौका मिलेगा मैं उनके पैर छूना पसंद करूंगी ।' मैंने उन्हें कभी नहीं देखा और इसके लिए मुझे खेद है।' जिस प्रकार अनेक गोपियोंका प्रेम कृष्ण के प्रति अटूट और अवर्णीय अनंत था उसी प्रकार मेरा प्रेमभी अपने राजा के प्रति अटूट है। जिस प्रकार राधा और कृष्णके प्रेम का मिलन अधूरा होते हुए भी पूर्ण है, उसी प्रकार मेरे महाराजके प्रति मेरा प्रेम राधा के समान है।

विक्रम: बस आपके मन की शांति के लिए, एक पौराणिक कथा के अनुसार राधा वही राधा थीं जिन्हें हम कृष्ण की पत्नी रुक्मणी के रूप में जानते हैं। क्या आप इस पौराणिक कथा को जानते हैं?

संध्या: नहीं. मुझें नहीं पता।

विक्रम: अगर ऐसे हालात बने कि तुम्हें राधा से रुक्मणी बनने का मौका मिले तो आप क्या करोगे ??

संध्या: मैं अपने महाराजा द्वारा किए गए सुधार से इतनी प्रभावित हूं कि अगर मुझे इस जन्म में अपने कृष्ण के समकक्ष विक्रम राजा के साथ रुक्मणी बनने का मौका मिले, तो मैं कभी नहीं सोचूंगी कि मेरा पुनर्जन्म होगा। क्योंकि महामहिम की पत्नी बनने के सौभाग्य से मेरी सारी इच्छाएँ पूरी हो जातीं।" विक्रम हँसने लगा।

कुछ दिनो बाद विक्रम ठीक हो गया और चलने-फिरने में सक्षम हो गया। विक्रम कुटिया से बाहर आये। संध्या एक पीपल वृक्ष तले बच्चों को नृत्य और मुद्राएं सिखा रही थीं..

तभी राजा विक्रम को ढूंढते हुए सैनिक आ पहुंचे। आश्रम में आये सैनिकों की हलचल देखकर देवेन्द्राचार्य प्रांगण में आये और सैनिकों से बोले; "यह सब क्या चल रहा है? संध्या देवेन्द्राचार्य के बगल में खड़ी थी। एक सिपाही ने देवेन्द्राचार्य के पास आकर सारी बात बतायी। महाराज विक्रम संध्या के सामने खड़े थे। सिपाही

की बात सुनकर संध्या मिश्रित भाव से राजा विक्रम की ओर देखने लगी।

विक्रम थोड़ा चलकर देवेन्द्राचार्य और संध्या के पास आये और बोले; "गुरुदेव, यदि आप मुझे सही समझें और आज्ञा दें तो मैं संध्या को अपनी पत्नी बनाकर अपनी राजधानी आदित्य नगर को अपने साथ ले जाना चाहता हूँ।" विक्रम ने संध्या की ओर प्यार से देखते हुए कहा;

:विक्रम :संध्या! तो क्या तुम मेरी पत्नी बनना चाहोगी? मेरी इच्छा है कि मैं तुम्हें अपना जीवनसाथी बनाऊं और जीवन भर तुम्हारे साथ सुख-दुख की घटनाएं देखूं। आप क्या चाहते हैं??

संध्या : विक्रम की ओर प्रसन्नता और प्रेम से देखते हुए धैर्यपूर्वक बोलो; "आपसे मिलना मेरा सौभाग्य है। लेकिन आप तो ! जानते हैं कि मैं देवदासी थी।"

विक्रम: देवदासी.. ?... वो क्या होता है ?.. क्या है? मुझे लगता है कि आप महामहिम का आदेश नहीं सुन रहे हैं। महाराजा विक्रम ने आदेश दिया कि इस दिन के बाद कोई भी देवदासी शब्द का प्रयोग नहीं करेगा। आप एक नृत्य शिक्षक हैं. और यदि तुम आज मेरे प्रस्ताव पर हाँ कहती हो तो तुम मेरी धर्म पत्नी हो. कहकर संध्या उत्तरके उतरकी प्रतीक्षा करने लगा।

संध्याने देवेन्दआचार्य की ओर देखकर कहा; "मेरी हाँ है, लेकिन केवल तभी जब मेरे गुरु देवेन्द्र आचार्य मुझे अनुमति दें" अब संध्या और विक्रम सकारात्मक उत्तर की आशा में देवेन्द्र आचार्य के हाँ उत्तर का बेसब्री से इंतजार कर रहे थे।

गुरुने संध्या की आँखों में देखा। फिर उन्होंने थोड़ा सोचा और "हाँ" कहा और मुस्कुराते हुए चेहरे पर अखंड सौभाग्यवती भव का आशीर्वाद देते हुए सन्ध्याग्नि को देखने लगे।

संध्या: मेरी एक शर्त ...

विक्रम: क्या?

संध्या: हम यहीं शादी करेंगे और फिर राजधानी आदित्य नगर चले जायेंगे.

विक्रम: "हाँ।" कोई बात नहीं, रानी संध्या" संध्या मुस्कुरायी।

संध्या और विक्रम की शादी बेहद सादगी से और सामान्य रीति-रिवाजों के साथ हुई। आश्रम के साधु-संतों का आशीर्वाद लेकर नवविवाहित संध्या-विक्रम अपने दांपत्य जीवन की शुरुआत करते हुए आदित्य नगर के लिए रवाना हो गए।

राजीव: "ब्लू ब्रेन, वह देखा? पिछले जन्म में मेरी शादी संध्या से हुई थी. तो सम्भावना है कि इस जन्म में भी मेरी शादी चित्रा से ही होगी" राजीव यह सब देखकर खुश हो रहा था।

मिस्टर ब्लू ब्रेन : हाँ! मैंने राजीव को देखा. विक्रम और तुम भी अब बहुत खुश लग रहे हो.

समय बीतने लगा. देवदासी से विवाह करने के कारण विक्रम की शत्रुता समाज से बढ़ गई। कुछ विद्र भी हुवे थे। लेकिन विक्रम की कुशलता से उनके सभी शत्रु परास्त हो गये। विक्रम और संध्या सुखी वैवाहिक जीवन जी रहे थे।

एक दिन विक्रम अपने कुछ सैनिकों के साथ युद्ध अध्ययन क्षेत्र के मैदान में खड़े होकर युद्ध अध्ययन पूरा करने के बाद मंत्रियों से चर्चा कर रहे थे। अचानक एक पागल हाथी विक्रम पर हमला करने आ रहा था। जैसे ही हाथी अपनी सूंड से विक्रम पर हमला करने वाला था, युद्ध के कपड़े पहने एक बहादुर सैनिक ने विक्रम को धक्का दिया और हाथी की सूंड का वार अपने ऊपर ले लिया। अब पागल हुआ हाथी विक्रम की बजाय सिपाही के पीछे पड़ जाता है. कड़ी मेहनत और हाथी से लड़ाई के बाद यह बहादुर सैनिक हाथी की आंखों में देखता है और उसे शांत होने के लिए मनाता है। ऐसा लग रहा था मानों इस सिपाही के पास जानवरों से बात करने की क्षमता है, जल्द ही हाथी शांत हो गया और बैठ गया।

राजीव: "ओह! नीला मस्तिष्क! यह ...। वो देखा... वो देखा... विजय है" यह सैनिक हमारे वर्तमान जीवन का विजय है।

ब्लू ब्रेन : हाँ! विजय है. क्या तुम कुछ समज रहे हो ? राजीव समझ आया ?

राजीव: क्या?

नीला मस्तिष्क: इसका मतलब है कि किसी व्यक्ति का जीवन किसी न किसी तरह से उन सभी व्यक्तियों से वर्तमान मैं जुड़ा होता है जिनके साथ वह वर्तमान में यहां तक कि अपने पिछले जन्मोकेभूतकाल में, संपर्क में होता है।

राजीव: हाँ! आप ठीक कह रहे हैं।

विक्रम उस सैनिक की वीरता और साहस देखकर उसके पास गये और बोले; "आपका क्या नाम है?"

सिपाही: "प्रणाम महाराज! मैं शशिधर हूं" मैं कल ही आपकी सेना में सेनापति के पद पर नियुक्त हुआ हूं।

विक्रम: क्या तुम्हें अपनी जान की परवाह नहीं थी. तुम मुझे बचाने के लिए क्यों कूदे?

शशिधर: "यह मेरा कर्तव्य है। महाराज! आपकी रक्षा करना मेरा धर्म है" उसने सिर झुका लिया।

कालान्तर में विक्रम शशिधर की वीरता और निष्ठा से बहुत प्रभावित हुए। शशिधर अब सेनापति नहीं थे बल्कि विक्रम के निजी मित्र भी बन गये थे। कई

युद्धों में मिलजुल कर नीतियाँ बनाकर साम्राज्य का और विस्तार किया गया। इसके अलावा कई युद्धों में दोनों ने एक-दूसरे की जान बचाई। विक्रम और शशिधर की दोस्ती दुर्योधन-कर्ण की तरह ही मजबूत थी और समय के साथ और मजबूत होती गई। केवल शशिधर और उनके पिता समान, प्रधान मंत्री चैतन्य को ही किसी भी समय राजमहल में जाने की अनुमति थी। शशिधर भी संध्या के बहुत अच्छे दोस्त बन गये। संध्या की यात्रा के दौरान, विक्रम संध्या कीरक्षाका नेतृत्व शशिधर को सोपता था । रक्षा के लिए केवल शशिधरही विश्वास योग्य था । राजा और रानी दोनों के अच्छे मित्र होने के नाते, शशिधर ने समय-समय पर विक्रम और संध्या के बीच उत्पन्न होने वाले मतभेदों को सुलझाने का भी काम किया।

हूण और अन्य विदेशी राष्ट्र लगातार आक्रमण करके अखंड भारत की एकता को तोड़ रहे थे। विक्रम, विदेशी राष्ट्रों द्वारा एक और आक्रमण की संभावना से अवगत थे, उन्होंने अन्य राज्यों को विदेशी प्रजातियों द्वारा भूमिका अतिक्रमण रोकने के लिए ,अपने आदित्य साम्राज्य में शामिल होकर साथ देने के लिए तथा आदित्य राजवंश के पड़ोसी राज्यों और अन्य दूर के राज्योंको एकजुट करने के लिए तैयार किया।इसतरह से भारतवर्ष को उन विदेशियों के हाथ में जाने से बचाया। इस अभियान पर जाने से पहले, विक्रम ने शशिधर को उनके सुरक्षित लौटने तक राज्य के प्रबंधन की जिम्मेदारी सौंपी। विक्रम अपने अभियान में सफल हो जाता है लेकिन जब वह वापस लौट रहा होता है तो विक्रम को रास्ते मैं खुफिया विभाग से एक गंभीर संदेश मिलता है।

गुप्तचर द्वारा लाया गया यह सन्देश विक्रम ने पढ़ा। सन्देश में लिखा था कि; "खुफिया जानकारी मिली है कि शशिधर कुछ दुष्ट मंत्रियों और व्यापारियों के साथ मिलकर महाराज विक्रम आपको और आपके परिवार को मारने की साजिश रच रहा है और पूरे राज्य पर कब्ज़ा करके खुद को राजा घोषित करना चाहता है।" यह संदेश पढ़कर विक्रम बहुत क्रोधित हुए। विक्रम का मन इस बात को सच मानने को तैयार नहीं था इसलिए विक्रम अपने बेहद भरोसेमंद जासूस "भानुगुप्त" को आदित्यनगर रवाना करते है । ;" वास्तविकता क्या है? और क्या वाकई शशिधर ऐसी कोई साजिश रच रहे हैं या नहीं? उसकी जांच करके गुप्तरूपसे वापस विक्रम के पास आने को केहता है।

इस घटना को देखकर राजीव भी गंभीर होने लगे.

मिस्टर ब्लू ब्रेन: राजीव! यह क्या है? क्या शशिधर विक्रम को मारने की साजिश रच रहा है? यह तो हो ही नहीं सकता !!

राजीव:मिस्टर ब्लू ब्रेन ! मैं भी इस बात पर यकीन करने को तैयार नहीं हूं. वर्तमान जीवन में विजय मेरा सबसे अच्छा दोस्त है। वह मेरे पिछले जन्म में मेरे साथ ऐसा कैसे कर सकता था? संभव ही नहीं।

दो दिन के बाद भानुगुप्त विक्रम के शिविर में आये और बोले; "महामहिम! क्षमा चाहता हूँ लेकिन जो जानकारी मैं आपको देने जा रहा हूं वह आपको जरूर दुखी कर देगी।

विक्रम: "भानु गुप्ता, साफ़ और स्पष्ट बोलो। आपको क्या जानकारी मिली है?" वह गुस्से में बोला.

भानु गुप्ता: कल जब आप अपने महलमें प्रवेश करेगे तब शशिधर , भोजन में अत्यंत घातक जहर मिलाकर आपको मारने की साजिश रच रहा है। और ये काम खुद शशिधर करने वाले हैं.

झटके से विक्रम के हाथ से शराब काप्याला गिर गया।

विक्रम: क्या आपने यह जानकारी किसी को दी है?

भानु गुप्ता: नहींमहाराज ! केवल आपको....

विक्रम: ठीक है. जब मैं अपनी आंखों से शशिधर को मेरी खाने की थाली में जहर मिलाते हुए देखूंगा तभी मुझे यकीन होगा कि शशिधर मेरे खिलाफ साजिश रच रहा है. यदि सचमुच ऐसा है तो वो क्षण शशिधर के जीवन का अंतिम क्षण होगा लेकिन यदि नहीं तो भानुगुप्त! वह दिन आपके जीवन का आखिरी दिन है। अब आप यहां से जा सकते हैं.

भानु गुप्ता: ठीक है महाराज!

सारी रात विक्रम रेगिस्तान में बने कैंप के बाहर रेतीली ज़मीन पर सरसराती ठंडी हवाओं के बीच खड़ा सोचता रहा। शशिधर से दोस्ती के बारे में भी बहुत सोचा । विक्रम की दोस्ती का बंधन विक्रम का दिल इस बात को मानने से इंकार कर रहा था लेकिन दिमाग से सोचते हुए, विक्रम यह सब सुनकर थोड़े संदेह से शशिधर की ओर देख रहा था। जैसे-जैसे रात बीतती गई, शशिधर, विक्रम के मन में बने संदेह के जाल में फंसता गया।

अगले दिन विक्रम रात को वापस आदित्य नगर आ गया। रात के 8 बजे हैं, विक्रम चुपचाप अपने भोजन कक्ष में घुस जाता है और छुपकर सामने रखी खाने की प्लेट को देखने लगता है। कुछ देर बाद शशिधर भोजन कक्ष में प्रवेश करता हैं। विक्रम वास्तव में शशिधर को भोजनकी थाली में मिश्रण करने का दृश्य दृश्य देखता है।

यह सब देखकर राजीव, ब्लू ब्रेन और विक्रम को बहुत दुख होने लगा। विक्रम की आँखों से आँसू गिर पड़े। उसने कभी सपने में भी नहीं सोचा था कि उसका एकमात्र अच्छा दोस्त आज उसके साथ ऐसा करेगा।

विक्रम को बहुत गुस्सा आया और अचानक छिपे हुए खंबे से निकलकर शशिघर के सामने खड़ा हो गया। विक्रम इतने क्रोधित थे कि उनकी आँखें लाल हो गईं। शशिधर अचानक विक्रम को देखकर आश्चर्यचकित रह गये।

शशिधर: "विक्रम...!! .." इतना बोलते ही विक्रम ने तलवार निकालकर शशिधर की गर्दन से घुमा दी। शशिधर का सिर धड़ से अलग हो गया था. शशिधर का शरीर और सिर विपरीत दिशाओं में बिखर गये। विक्रम के शरीर पर खून के कई छींटे उड़ गिरे। विक्रम दु:ख और क्रोध के साथ स्तब्ध अवस्था में हाथ में तलवार लेकर विक्रम के सिर की ओर ताकते हुए जमींन मैं बैठ गया।

जब चेतन्य को इस बात का पता चला तो वह भोजन कक्ष की ओर दौड़े। शशिधर का सिर और शरीर पड़ा देखकर वह चीला पड़े और बोला, "हे महाराज! आपने ए क्या किया? .. क्या हुआ?" इतना कहकर वह अपने सिर पर हाथ रखकर जोर-जोर से रोने लगा और जमीन पर बैठ गया।

विक्रम: "शशि मुझे मारना चाहता था। मैंने शशिधर को मेरी खाने की थाली में घातक जहर मिलाते हुए देखा। विक्रम बेहोशी मैं लेटे हुए शशिधर के सिर की ओर देखते हुए बातें कर रहा था।

चेतन्य: रोते हुए स्वर में बोला; "नहीं! नहीं महाराज. यह सच्च नहीं है । दरअसल, शशिधर नाटक कर रहे थे. वह तुम्हें मारना नहीं चाहता था.

विक्रम: यह सुनकर वह बेहोशी से बाहर आया और पछतावे से चेतन्य की ओर देखा;

चेतन्य: जब आप अन्य राज्यों के साथ मित्रता का प्रस्ताव लेकर चले , तो शशिधर मेरे पास आए और मुझसे कहा: "कुछ मंत्री हमारे महाराजा विक्रम और रानी संध्या को मारने की साजिश रच रहे हैं। इस षडयंत्र में कौन शामिल है, इसका पता लगाने के लिए मैं भी नाटक में शामिल होऊंगा" कुछ दिनों के बाद शशिधर वापस आये और बोले; "कल, महाराज के भोजन में जहर मिलाने की साजिश है। मैंने विक्रम की सुरक्षा के लिए यह काम अपने हाथ में ले लिया है।' कल रात को मैं भी विक्रम खाने की में मिलाने का नाटक करूँगा ताकि किसी को शक न हो"

उन्होंने पत्र देकर कहा, ''इस पत्र में उन लोगों के नाम लिखे हैं जो इस साजिश में शामिल हैं. तुम्हें यह पत्र विक्रम को देना होगा। इस पत्र को अपने पास रखना सुरक्षित नहीं है. अगर किसी कारण से मैं नहींरहा , तो भी इन दुष्ट लोगों का नाम

महाराज और मेरे प्रिय मित्र विक्रम तक जरूर पहुंचना चाहिए" उसने कहा और जल्दी से चला गया ताकि किसी को पता न चले। चेतन्य ने विक्रम को पत्र देते हुए कहा, 'इससे पहले कि मैं आपको यह जानकारी दे पाता, आपने शशिधर की हत्या कर दी।'

विक्रम आँसू भरी आँखों से नामों की सूचियाँ पढ़ते रहे; "अंतिम नाम ... 'भानुगुप्त' का ही था. अब विक्रम को सारी बात समझ में आ गई। असल में शशिधर नहीं, भानुगुप्त गद्दार था । वह समझ गया और फूट-फूट कर रोने लगा।

कुछ ही पलोमैं विक्रमके दिमाग में शशिधर के साथ बिताए अच्छे और बुरे दिन याद आ गए और अब विक्रम के पास पछतावे के अलावा कुछ नहीं बचा।

उधर राजीव की आँखों में भी यह सब देखकर आंसू आ गये और उसे ग्लानि हुई और उसने कहा; "क्या मैंने विजय को मार डाला? .... मैं इस पर विश्वास नहीं कर सकता।"

कुछ ही समय में यह घटना पूरे साम्राज्य में हवा की तरह फैल गई। विक्रम पिछले आधे घंटे से रो रहा है। तभी एक बूढ़ी औरत फूट-फूट कर रोती हुई, भोजन कक्ष के बाहर खड़ी सिपाहियों से हाथापाई करती और झगड़ती हुई अंदर आई। जमीन पर पड़े शशिधर के शवको देखती हुए... 'शशि !!...' गमगीन होकर रोने लगा।

चेतन्य: आप कौन हैं?

बुढ़िया: "मैं शशिधर की माँ हूँ" क्रोध से चिढ़ते हुए उत्तर दिया।

विक्रम को आश्चर्य हुआ क्योंकि शशिघर ने स्वयं विक्रम को बताया था कि वह एक अनाथ है। विक्रम आश्चर्य से उठ खड़ा हुआ। शशिधर की माँ भी उठ खड़ी हुई और विक्रम की आँखों में घृणा से देखकर बोली; "हे राजन! तुम मेरे बेटे के प्यार और दोस्ती के लायक नहीं हो। तुमने शशिधर की दोस्ती ही नहीं, उसका प्यार भी नहीं समझा।" आसमान में बिजली कड़कने लगी और बाहर बारिश होने लगी।

शशिधर की माँ: "हाँ! शशिधर संध्याअग्नि से प्रेम करता था ।

आकाश में वज्रपात अधिक सक्रिय होते जा रहे थे और खुलते रहस्य तेज आवाज के साथ विक्रमके जीवन में तूफान मचाते जा रहे थे।

शशिधर की माँ : जब संध्याग्नि देवदासी थी तभी से शशिधर संध्या से प्रेम करता था । जब उसने संध्या कारी को मंदिर में नाचते हुए देखा था तभी से उसे , संध्याग्निसे प्यार हो गया था लेकिन संध्या इस बात से अनजान थी। मेरा बेटा जन्म से शूद्र कुल का था और संध्या भी देवदासी थी, इसलिए समाज के बंधनों के कारण शशिधर को पता था कि उसका प्यार पूरा नहीं हो सकता.

रात में, संध्या सहित सभी देवदासियों को उस कमरे से मुक्त करने के लिए कई प्रयास किए गए जहां उन्हें रखा गया था। लेकिन उस समय शशिधर के पास ताकत और युद्ध कौशल नहीं था इसलिए वह मंदिर के बाहर खड़े होकर कई बार लाठियों से पिटने के बाद घर आ गए। फिर राजन! जब तूने देवदासी प्रथा को समाप्त कर दिया गया और सभी महिलाओं को मंदिर से मुक्ति मिली तो शशिधरको संध्याग्नि पुनः प्राप्त करने की आशा हुई। शाम को मंदिर से मुक्त होकर शशिधर भी देवेन्द्र आचार्य के आश्रम पहुंचे।

शशिधर तो आश्रम में आ गये लेकिन संध्या उस दिन आश्रम में नहीं थी। शशिघर ने स्पष्ट रूप से देवेन्द्र आचार्य के सामने अपनी भावनाएँ व्यक्त कीं और यहाँ तक प्रस्ताव रखा कि वह संध्या से शादी करना चाहते हैं। देवेन्द्र आचार्य ने शशिधर के व्यक्तित्व में एक महान प्रतिभा देखी और कहा; "शशिधर! आप मेरी पुत्री से विवाह करने के योग्य हैं परंतु उसकी रक्षा करने के योग्य नहीं। इसमें संध्या कीकोई गलती नहीं है कि वह एक देवदासी थी और अब जब वह इस रूढ़िवादी समाज में स्वतंत्र हो गई है, तो समाज में असामाजिक तत्व अभी भी उसके दुश्मन हैं। तुम जाओ, मैं तुम्हें एक साल का समय देता हूँ। आप एक वर्ष के भीतर एक महान योद्धा बनकर वापस आयें। तब मैं तुम्हें अपनी बेटी का हाथ आपको विवाह के लिए सौंप दूँगा।

शशिधर,देवेन्द्र आचार्य की आज्ञा का पालन करते हुए और उसे उचित समझते हुए योद्धा बनने के लिए निकल पड़े। युद्ध कला में निपुण गुरुओं से एक वर्ष की कड़ी मेहनत के बाद, वह युद्ध कला और कूटनीति सीखकर वापस देवेन्द्राचार्य के पास आये।

देवेन्द्राचार्य ने शशिधर से माफी मांगी क्योंकि वह अपना वादा पूरा नहीं कर सके; "शशिधर, हो सके तो मुझे माफ़ कर देना. मैंने संध्या की आँखों में महाराजा विक्रम के लिए जो प्रेम देखा वह कुछ अलग ही था। यही वह दिन है जब महाराजा विक्रम ने मुझसे संध्या से विवाह करने की इच्छा व्यक्त की थी। उस दिन जब संध्या आंखों ही आंखों में बातें कर रही थी और राजा विक्रम से शादी करने की इजाजत मांग रही थी, तो मैंने संध्या की आंखों में विक्रम के लिए जो प्यार देखावो कुछ अलग ही स्तरका था। शायद अगर मैं संध्या को तुम्हारे बारे में सब कुछ बता भी देता, तो भी उसके मन में इतना गहरा प्यार जागृत नहीं होता जितना संध्या विक्रम से करती है। ।

इसलिए मैंने संध्या के प्रति तुम्हारे प्रेम को संध्या के सामने गुप्त ही रहने दिया है। विक्रम ही वह राजा है जिसने देवदासी प्रथा को खत्म किया था आज संध्या के

प्रति उसका प्रेम विक्रम ही है। प्यारे बेटे! संध्या के मन में वो जगह आपकी नहीं है.

यह सुनकर शशिधर ने कहा; "महाराजा विक्रम वह व्यक्ति हैं जो उस महिला के जीवन में खुशियाँ लाते हैं जो मेरी प्यारी है। मैं समझता हूँ कि, अत: राजा विक्रम और रानी संध्या अब से मेरे मित्र रहेंगे। मैं अब एक योद्धा हूं. इसलिए मैं एक योद्धा के रूप में महाराजा विक्रम के जीवन में प्रवेश करूंगा और अपनी आखिरी सांस तक एक योद्धा और मित्र के रूप में विक्रम और संध्या की रक्षा करूंगा। अब मुझे जाने की आज्ञा दीजिये गुरुदेव!"

यह कहकर शशिधर आश्रम छोड़ देता है और राजन मेरा पुत्र तेरे जीवन में एक योद्धा के रूप में प्रवेश करता है।

बाहर बिजली अभी भी कड़क रही थी और मूसलाधार बारिश तेज़ हो गई थी।

शशिधर की माँ ने अपने मृत बेटे के सिर को सहलाते हुए और सिर पर एक चुम्बन देते हुए कहा; "बेटा तुम एक अच्छे बेटे, एक अच्छे दोस्त, एक सच्चे प्रेमी और एक महान योद्धा थे। मुझे आप पर हमेशा गर्व रहेगा।" शशिधर माता गुस्से से उठ खड़ी हुईं और विक्रम की ओर उंगली दिखाकर बोलीं; "अरे विक्रम! जैसे मेरे बेटे का प्यार अधूरा रह गया, वैसे ही इस और आने वाले हर जन्म में तुम्हें भी अपना प्यार पूरा नहीं मिलेगा। अगले जन्म में तुम भी अपने प्यार से अलग हो जाओगे, तुम्हारा प्यार हमेशा अधूरा रहेगा, यह एक बूढ़ी माँ के ,पुत्र के प्रति विरह का श्राप है" दुखी माता अपनी पुत्र के मस्तक और बिखरे मृत शरीर को सीने से लगा कर करुण आलाप करने लगती है। ।

दुःखी बूढ़ी माँ के श्राप के फलस्वरूप मौसम बदलने लगा, हवा की गति बढ़ गयी और बिजली और भी तेज़ हो गयी।

जैसे ही शशिधर की माँ जन्म-जन्मान्तर के लिए विक्रम को कोसती है , विक्रम संध्या को याद करकेमुश्किल से बोल उठा ; "संध्या...संध्या कहाँ है?" विक्रम आँखों में आँसू और सदमे में बहुत बड़े राजमहल के कई कक्षों से होते हुए अगले कक्ष में जा रहा था और चिल्ला रही थी "संध्या..!..संध्या..!!.।" विक्रम समझ गया कि श्राप के कारण संध्या का दूर होना निश्चित है। इस बात की बेचैनी उसे पागल किये जा रही थी. इसलिए, टकराने और कई चरणों से गुजरने के बाद, यह अपने एक कक्ष में प्रवेश करता है। विक्रम ने देखा कि संध्या कक्ष की जमींन पर मृत पड़ी है। संध्या का पूरा शरीर नीला पड़ गया। किसी ने संध्या को जहर देकर बेरहमी से हत्या कर दी थी.

विक्रम का पूरा जीवन कुछ ही घंटों में बिखर गया। पिछले कुछ घंटों में उनकी प्यारी पत्नी और दोस्त हमेशा के लिए उनसे दूर चले गए। विक्रम के दर्द

के आँसू नहीं रुके। संध्या के पार्थिव शरीर को गोद में लेकर फूट-फूटकर रोने लगा। मानसिक संतुलन खोता हुआ विक्रम,चिल्लाता हुआ रो रहा है तभी चेतन्य, विक्रमऔर संध्या की तलाश में पहुंचा। विक्रम, जो संध्या के शरीर को जमीन पर पकड़े हुए था, उसे गले लगाया और शांत करने और बिखरने से रोकने की कोशिश की। विक्रम के मन में संध्या के साथ बिताए सारे दिन झलक रहे थे। अब विक्रम के जीवन में केवल दुःख और अपने दोस्त की हत्या का पछतावे के आलावा कुछ नहीं रह गया था जो विक्रम को अंदर से तोड़ रहा था।

अगले दिन की सुबह, 108 ब्राह्मणों की उपस्थिति में, विक्रम ने हवन और अपनी पत्नी के नश्वर शरीर का अंतिम संस्कार वह स्थान पर किया जहा विक्रम ने संध्याको पहली बार नदी तट के पास देखा था । जल विक्रम ने वही बहती नदी मैं डूब कर समाधि लेने का फैसला किया था। नदी बहती नदीके जलप्रवाह मैं समाधि के माध्यम से शरीर का त्याग किया।

मिस्टर ब्लू ब्रेन: "राजीव! राजीव! आपकी हृदय गति असामान्य रूप से बढ़ रही है। यह सामान्य नहीं है" राजीव की चिंता मिस्टर ब्लू ब्रेनको बढ़ने लगी है। राजीव की आँखें बंद होने लगीं क्योंकि राजीव सदमे में था। "अब विक्रम मर चुका है ,आपका जीवन ख़तम हो चुका है। हम (वर्तमान में) अपनी टाइम लैब में वापस जा रहे हैं।"

सफ़ेद तीव्र रोशनी वापस चमकी और राजीव-मिस्टर ब्लू ब्रेन वर्तमान में वापस आ गए।

12

अध्याय-12: राजीव सदमे में

राजीव की आंखे खुली . आघात से बाहर आकर वह जोर-जोर से साँस लेने लगा। उसका पूरा शरीर पसीने से भीग गया।

डॉ. राघवाचार्य कुर्सी पर बैठे थे, राजीव को वर्तमान में आते देख तेजी से राजीव के पास आये और पूछने लगे; आपको क्या हुआ?बेटा! आप इतने हैरान क्यों हैं?' और राजीव को सामने पड़ा पानी का गिलास जल्दी से पीने देते है ।

राजीव ने अपने कापते हाथ से पानी का गिलास लिया और पीने लगा। राजीव अभी भी सदमे में था, लेकिन अब थोड़ा शांत हो गया।

डॉ. राघवाचार्य: 'मिस्टर ब्लू ब्रेन, आप मुझे बताएं कि राजीव ऐसा क्यों दिखता है? वह इतना बदला हुआ लग रहा है।'

राजीव: सर, मुझे आराम की ज़रूरत है। मैं घर जाना पसंद करूंगा, बाद में मिलते हैं? और हां! हम टाइम मशीन बनाने में सफल हो गए हैं।' लेकिन ये कहते हुए राजीव के चेहरे पर कोई खुशी नहीं थी.

डॉक्टर राघवाचार्य समझ गए कि राजीव को कोई दर्दनाक घटना का एहसास हुआ होगा, इसलिए डॉक्टर राघवाचार्य ने करुणामय चेहरे के साथ राजीव के कंधे पर हाथ रखा और कहा, 'ठीक है बेटा! आप घर जा सकते हैं आराम करो हम बाद में बात करेंगे.

मिस्टर ब्लू ब्रेन: 'हाँ राजीव! आपको घर जाना चाहिए और अपना ख्याल रखना चाहिए।' 'राजीव लैब से बाहर आता है और डॉ. राघवाचार्य को उन सभी घटनाओं के बारे में बताना शुरू करता है जो मिस्टर ब्लू ब्रेन ने देखी हैं।

राजीव कार में बैठता है और घर के लिए निकल जाता है। रात के 10 बजे हैं. राजीव के दिमाग में एक के बाद एक पिछले जीवन में घटी सभी घटनाएं याद आ रही हैं। अचानक वातावरण में परिवर्तन हुआ और बिजली कड़कने लगी। यह देख कर कि कुछ देर पहले का पूनम का चाँद आकाश में फैल रहा था और अब वज्रपात के साथ मूसलाधार बारिश होने लगी, राजीव को लगा कि शशिधर की माँ द्वारा दिये गये श्राप की शुरुआत हो रही है। कार चलाते समय राजीव ने मन मेंबोला; "शशिधर भी संध्या से प्यार करता था तो...?" अतीत को याद करते हुए जिसमें विजय ने लैब में रोती हुई चित्रा को शांत किया...विजय ने राजीव को चित्रा की पसंद की उंगली की अंगूठी दी...विजय को चित्रा की पसंद-नापसंद के बारे में जानकारी थी...आदि, राजीव को सब कुछ समझ में आने लगा। कुछ सेकंड बाद; "मतलब विजय इस जन्म में भी चित्रा से प्यार कर रहा है।" सड़क पर कार चल रही है। दूर के क्षेत्र में, बिजली जमीन पर गिरती है, प्रकाश की चमक और आवाजें आती हैं। इतनी तेज बारिश में राजीव लापरवाही से गाड़ी चला रहा है. दो कार दुर्घटनाओं से बचने के बाद हेमखेम अंततः घर पहुँच गया।

राजीव ने घर में घुसकर गुस्से और गुस्से में ऐसी ही तमाम चीजें तोड़-फोड़ शुरू कर दीं। उसने लैब बैग हवा में फेंक दिया और अपना सिर पकड़कर सोफे पर बैठ गया। कुछ मिनट बाद अचानक उठा और तेजी से फ्रिज की ओर भागा। पार्टी के दौरान विशाल के लिए रखी बीयर की बोतल खोलकर पीने लगा और बोतल पकड़कर असहनीय पीड़ा के साथ सोफे पर बेतरतीब ढंग से बैठ गया।

बारिश और तूफान के कारण घर की बिजली अचानक कट गई और घर में अंधेरा छा गया. पारदर्शी घर की खिड़कियों से राजीव तेज़ बिजली की कड़कड़ाहट देख रहा है। और बिजली की रोशनी कई पारभासी खिड़कियों में रुक-रुक कर राजीव के चेहरे पर रुक-रुक कर कमजोर हो रही है।

राजीव (अकेले में नशे में बुदबुदाते हुए): "मतलब चित्रा और मेरा प्यार अधूरा रहने वाला है, हमारा अलग होना तय है। मेरे पिछले जन्म में गुस्से में उठाए गए कदमों का नतीजा मुझे भुगतना पड़ेगा" राजीव के सवालों का जवाब बिजली हां में देती नजर आती है। 'विजय ने इस जन्म में भी अपनी दोस्ती पूरी शिद्दत से निभाई और चित्रा और मेरी खुशी के लिए वह अपने प्यार की कब्र खोदने को भी तैयार था। भले ही मैं चित्रा के सामने प्रस्ताव रखूं और मर जाऊं, शाप के कारण प्रेम की कोई परिणति नहीं होगी। विक्रम के संपर्क में आने पर शशिधर और संध्या दोनों की जान चली गई। इसका मतलब यह है कि मैं एक शापित व्यक्ति हूं जो भविष्य में चित्रा और विजय की मृत्यु का कारण भी बन सकता हूं। मुझे विजय

और चित्रा को एक साथ लाना चाहिए और दोनों के जीवन से दूर हो जाना चाहिए। हाँ! यही सबके लिए सही रहेगा। मैं विजय और चित्रा को करीब लाकर हमेशा के लिए संपर्क काट लूँगा। ।

राजीव ने अपना मोबाइल फोन निकाला और कुछ मिनट तक सोचने के बाद किसी को फोन करने लगा, फोन की घंटी बज रही थी, कुछ कॉल आने के बाद एक महिला ने फोन उठाया और बोली; 'अरे! राजीव! क्या आश्चर्य हैबात है , मुझे तो यकीं नहीं हो रहा है आज तूने मुझे कॉल लगाया । साहब !आज आपका अचानक फ़ोन आया? सब कुछ ठीक है?' राजीव ने दुःखी स्वर में रोते हुए कहा; 'नहीं, कुछ भी ठीक नहीं है, स्वेता। आपकी मदद की जरूरत हैं।'

श्वेता: 'कुछ कहने की जरूरत नहीं, मैं कल आ रही हूं' श्वेता ने पहली बार राजीव को रोते हुए सुना, तो श्वेता समझ गई कि कुछ गंभीर बात है। 'मैं कल सुबह की पहली फ्लाइट लेती हु ,मैं 10 बजे आपके घर परमिलती हु . ठीक है?

राजीव: 'ठीक है।' इतना कहकर राजीव ने फोन रख दिया।

राजीव बीयर की पूरी बोतल पी गया। राजीव सोफ़े से उठा और दूसरी बोतल खोलकर पीने लगा और नशे में सोफ़े पर गिर पड़ा। 3 बजे राजीव का फोन बजा. फोन की घंटी सुनकर नशे में धुत्त राजीव ने स्क्रीन पर देखा, फोन चित्रा का था। राजीव ने फ़ोन उठाया, राजीव ने अपनी पहली तस्वीर में प्यार से कहा "राजीव! क्या तुम घर वापस आ गए? क्या तुम प्रयोग में सफल हुए?"

राजीव: हाँ! मैं प्रयोग में सफल हो गया हूं लेकिन मैं बहुत थक गया हूं। हम बाद में बात करेंगे. चित्रा ने कुछ नहीं कहा लेकिन फोन रख दिया और राजीव फिर से बेहोश हो गई।

13

अध्याय-13: चित्रा का हृदय टूटना

सुबह के 10:00 बजे हैं. राजीव अभी भी सोफे पर बेहोश पड़े हैं. राजीव के घर की दरवाजे की घंटी बजी. दरवाजे की घंटी की आवाज सुनकर राजीव जाग गया। श्वेता बैग लेकर खड़ी देख रही थी तभी राजीव दरवाजे तक पहुंचे और दरवाजा खोला। चश्मा लगाए सफेद कुर्ती और जींस में श्वेता मॉडर्न और स्मार्ट लग रही थीं।

श्वेता: नमस्ते! राजीव को गुड मॉर्निंग कहते हुए श्वेता ने बड़ा सा काला चश्मा उतार दिया और राजीव की हालत देखकर बोलीं; "क्या तुमने उस रात शराब पी थी?" वह अंदर आई और राजीव का हाथ पकड़कर उसे सोफे पर बैठाया। मैं तुम्हारे लिए कॉफी बनाऊंगी' श्वेता रसोई में गई और राजीव और अपने लिए दो कप कॉफी बना कर ले आई । राजीव के हाथ में कप पकड़ाते हुए बोली, 'शराब पी ली है। इसका मतलब यह है कि जब तक मैं तुम्हें जानती हूं, पहली बार तुमने वह शराब उस दिन पी थी और दूसरी बार कल रात पी । क्या सही हु ?' और राजीव के जवाब का इंतज़ार करने लगी.

राजीव; हाँ।

श्वेता: मेरा मतलब है, कुछ गंभीर। चल बोल,मैं आपकी क्या मदद कर सकती हु?', कॉफी पीते हुए राजीव की ओर उत्सुकता से देखा।

राजीव: आज मेरी जिंदगी में ऐसी स्थिति पैदा हो गई है जिसके कारण मुझे अपने प्यार चित्रा से रिश्ता तोड़ना पड़ रहा है और उसकी जिंदगी से दूर जाना पड़ रहा है। इसलिए मुझे एक नाटक करना है, जिसमें मुझे आपकी मदद चाहिए. क्या आप मदद करेंगे?

श्वेता: हां, मैं करूंगी. कहो, मुझे क्या करना चाहिए?

राजीव; कुछ भी खास नहीं। जब मैं बुलाऊं तो तुम जल्दी से यहां आ जाना. वरना जरूरत पड़ने पर मेरी बातों और ड्रामे में हाँ मिला कर सहमति जता देना, बस!!

श्वेता: ठीक है.

राजीव: श्वेता के बैग की ओर देखते हुए बोले, 'तुम बैग लेकर आई हो।'

श्वेता: चिंता मत करो, मैं तुम्हारे साथ रहने नहीं आई हूं' और हंसने लगी. मेरा फ्लैट बगल में है? जब तक आपकी समस्या का समाधान नहीं हो जाता मै इस शहर में रहुगी। रहूंगा। फिर मैं वापस मुंबई के लिए उड़ान भरुँगी।' श्वेता ने दरवाजे पर पहुँचते ही कहा, "तुम फ़्रेश हो जाओ, मैं निकलती हूँ।"

राजीव: श्वेता...

श्वेता: हाँ. बोलो ...

राजीव: आप बिना कोई प्रश्न पूछे इस नाटक में भाग लेने के लिए तैयार हो गये और कोई जानकारी भी नहीं मांगी, ऐसा क्यों?

श्वेता: 'आपकी दयालुता के कारण' चेहरे पर मुस्कान के साथ जारी रही; 'आज मैं जो कुछ भी हूं आपकी मदद से हूं। उस दिन सबने मुझे छोड़ दिया. कोई भी मेरा समर्थन करने को तैयार नहीं था. लेकिन मैं यह कभी नहीं भूल सकती कि आप अकेले मेरे लिए खड़े थे। साथ ही मैं आपको बहुत अच्छी तरह से जानती हूं इसलिएआपको किसी सवाल का जवाब देने की जरूरत नहीं है।' फिर माहौल को हल्का करने के लिए उन्होंने मजाक में कहा, 'अरे,प्रिय राजीव ! मेरी जान आपके लिए हाज़िर है.

राजीव: 'तुम्हारी आँखें अभी भी बहुत हरी हैं', कहा और मुस्कुराया।

श्वेता: मैंने इसी नीली आंखों से देखकर तुमसे शादी के लिए कहा था. लेकिन तुमने मना कर दिया. बाय बाय, बाद में मिलते हैं, मुस्कुराते हुए उसने दरवाज़ा बंद किया और अपने फ्लैट में चली गयी।

कुछ मिनट बाद, राजीव को चित्रा का फोन आया:

चित्रा: गुड मॉर्निंग राजीव. क्या आप आज संस्थान जा रहे हैं या छुट्टी लेने जा रहे हैं? मेरा सुझाव है कि आप आज आराम करें।

राजीव: ! मैं नहीं जा रहा हूँ.

चित्रा- क्या हम आज शाम छह बजे आपके घर पर मिलें?

राजीव:: क्यों?

चित्रा: मैं आपसे एक जरूरी सवाल पूछना चाहती हूं.

मिलके बात करते है"' कहा और चुप हो गये. राजीव समझ गया कि चित्रा अपने प्यार का इज़हार करना चाहती है.

राजीव (मन में): यह चित्रा को मुझसे दूर करने का सही समय है। राजीव ने श्वेता को बुलाया और कहा; श्वेता! तुम छह बजे आ जाना. 'चित्राभी छह बजे रही है ।'

श्वेता: ठीक है राजीव. कोई बात नहीं।

चित्रा ने राजीव का दिया हुआ सीप का कंगन पहना, जन्मदिन पर राजीव की दी हुई सफेद साड़ी पहनी, छोटी सी लाल बिंदी लगाई और शाम को राजीव से मिलने के लिए कार में बैठ गई। रास्ते में फूल बांट रहे एक छोटे लड़के से गुलाब का फूल भी खरीदा। छह बजे चित्रा राजीव के घर पहुंचीं. अपने एक हाथ को पीछे छिपाकर, जिसमें एक गुलाब था, दरवाजा बंद नहीं था और आधा खुला था इसलिए चित्रा ने दरवाजे को धक्का दिया और घर में प्रवेश करते ही चित्रा की आंखें बड़ी और गंभीर हो गईं। तस्वीर में राजीव सोफे की ओर झुके हुए हैं और सोफे के सिरहाने पर एक महिला को चूम रहे हैं।

राजीव: हाँ श्वेता, तुम मेरा प्यार हो, अगर तुम चाहती हो के अगले महीने हमारी मांगनी हो जाए, तो ठीक है! कोई समस्या नहीं है । 'अब खुश' चित्रा ने राजीव की यह बात सुनी और आश्चर्य से धीरे से बोली 'राजीव?' राजीव पीछे मुड़ा, राजीव के चेहरे के भाव बदल गये।

राजीव गुस्से में चित्रा के पास आये और बोले; चित्रा, तुम्हें तमीज है या नहीं? क्या किसी के घर पर इस तरह से हमला किया जा सकता है? क्या व्यक्तिगत गोपनीयता जैसी कोई चीज़ है या नहीं?

'ठीक है, अब अगर तुम ऐसे हो तो बैठो।' उन्होंने चित्रा का हाथ पकड़ा और दूसरे हाथ से सोफा दिखाकर नफरत के भाव से बैठने को कहा और दिखाया कि चित्रा उन्हें पसंद नहीं आई।

चित्रा: यह महिला कौन है?

राजीव: 'यह महिला न केवल मेरी दोस्त है बल्कि मेरी बचपन की भी दोस्त है। सच कहूं तो..' कुछ सेकंड चुप रहने के बाद उसने जोर देकर कहा, 'मेरी गर्लफ्रेंड !और मेरी होने वाली पत्नी !! श्वेता है।' श्वेता अपने इस दोस्त को देख रही थी और जब उसकी नजर चित्रा पर पड़ी तो वह मुस्कुराते हुए अपना सिर हिलाकर यह साबित कर रही थी कि राजीव की बात सच है। राजीव ने बोलना जारी रखा, 'जैसे तुम और विजय एक साथ बड़े हुए हैं, वैसे ही मैं भी, मेरी प्रियतमा! हम साथ खेलकर बड़े हुए हैं. मैंने कॉलेज में अपनी प्रेमिका को प्रपोज किया था और हम इस

साल शादी करने की योजना बना रहे हैं।

चित्रा- तुमने आज तक मुझे ये बात क्यों नहीं बताई?

राजीव: 'तुम क्यों नहीं बताया , क्या मतलब है तुम्हारा? आप क्या मेरे माँ-बाप हैं ? कि मैं आपको सब कुछ बता दूँ। आप बस एक सामान्य मित्र हैं. मुझे नहीं लगता कि इस स्थिति में मुझे सब कुछ कहने की ज़रूरत है। दुराचार भाव के स्वर में कहा, "मैंने तुमसे कहा था कि गोपनीयता जैसी कोई चीज़ होती है या नहीं ?।"

चित्रा की आखोसे से पानी निकलने लगा, लेकिन हेमखेम ने खुद पर नियंत्रण रखा और रोना बंद कर दिया. पीठ के पीछे छिपे हाथ में गुलाब का फूल और राजीव के लिए प्यार यहीं पर ख़त्म हो गया, गुलाब चित्रा की पीड़ा भरी बंद मुट्ठियों के बीच दबकर बिखर गया।

राजीव: श्वेता के पास गया और उसके कपाल को चूमा और बोला: "स्वीटी, तुम अंकल को बताओ। अगले महीने सगाई की तारीख देख ले । और हम इस साल शादी भी करना चाहते हैं। हे! मैंने तुम्हें चित्रा से नहीं मिलवाया, क्षमा करें , यह चित्रा है। वह अध्ययन में एक मध्यम स्तर की छात्रा है, वह स्वयं अनुसंधान प्रयोग करने में सक्षम नहीं है, फिर उसने श्वेता से इस तरह से बात की जो चित्रा से छिपाई जा सकती थी उसने सुना, " सेक्सी नहीं...कहकर जोर-जोर से हंसने लगी...हां...हां..।"

श्वेता: चित्रा ने सुना और समझा तो चित्रा को उसका मजाक उड़ाते देख 'हां' कहा. एक मध्यम वर्गीय महिला है. हा हा.. हाँ.. देखने में भी ओल्ड लेडी जैसी है..."

चित्रा का मनोबल अब कमजोर पड़ने लगा. चित्रा अचानक उठी और घर से बाहर निकलने के लिए तेजी से मुख्य दरवाजे की ओर चली, राजीव ने पीछे मुड़कर कहा, "अरे! कहाँ जा रहे हो?" चित्रा राजीव की ओर पीठ करके खड़ी थी। चित्रा की पीड़ा आंसुओं में बदल गई थी, आंसुओं की एक बूंद राजीव के चमचमाते घर की खपरैल पर गिर रही थी। अपनी प्रेयसी का दर्द, जो प्यार के छलक कर पड़े मोती की तरह था, देख कर राजीव के पूरे शरीर में आंसू छलक पड़े.

चित्रा: चुपचाप, शोर को कम करने की कोशिश करते हुए और अपना चेहरा दरवाजे की ओर रखते हुए; "मैं बस आपसे मिलने आई हूं। मुझे लगता है कि आप अपनी भावी पत्नी के साथ कुछ गोपनीयता चाहते हैं। मैं आपसे बाद में संस्थान में मिलूगी।" वह दरवाजे के पास खड़ी थी.

राजीव ने श्वेता की ओर देखा ,चित्रा के मन में और भी गहराई तक और अधिक चोट देने के लिए और जोर से कहा ; 'देखा वह श्वेता! ये तस्वीर है. ऐसे मध्यम वर्ग के लोग ही आज समस्या हैं, पहले तो बिना दरवाजा खटखटाए अंदर घुस जाते

हैं और बाद में निजता का राग अलापते हैं।' ये सुनकर चित्रा के मन में राजीव के लिए जो थोड़ा बहुत प्यार था वो भी ख़त्म हो गया. अब चित्रा राजीव के घर में एक पल भी नहीं रुकीं और तेजी से घर से निकल गईं. रोते हुए चित्रा ने अपने हाथ में राजीव का प्यार भरा गुलाब राजीव के आलीशान घर के बगीचे में फेंक दिया। यह सब राजीव अपने घर की खिड़की का पर्दा सरका कर बहती आँखों से देख रहा था। जैसे-जैसे चित्रा की कार राजीव के घर से आगे बढ़ रही थी, चित्रा राजीव का घर और जिंदगी हमेशा के लिए छोड़ रही थी।

चित्रा: (मन में) आज तो तुम मेरे मन से मर गये हो राजीव!! मैं तुम्हारा चेहरा फिर कभी नहीं देखना चाहती.. .

शाम के 6:30 बजे हैं. राजीव अपने मन में डूबते सूरज और चित्रा के दिल में उमड़ते प्यार को देख रहा है। कुछ पक्षी उड़ते हुए आए और नियमित रूप से बाजरा और पानी पीने का क्रम करने लगे। दोनों पक्षी उड़ने ही वाले थे कि उन्होंने राजीव के आँसू बहते हुए देखा। पहलिवर पक्षी काफी देर तक गैलरी की ग्रिल पर बैठे रहे और राजीव को निहारते रहे। कुछ मिनटों के बाद पक्षी उड़े और अपने पंखों से राजीव के आँसू पोंछने की कोशिश की और राजीव की बाँहों पर बैठ गये। राजीव ने पक्षियों को सहलाया और फिर पक्षी आकाश की ओर उड़ गए, मानो राजीव ने उन्हें उड़ने की अनुमति दे दी हो।

14

अध्याय--14: राजीव और विजय का झगड़ा

राजीव और चित्रा दो दिन से संस्थान नहीं आये हैं. विजय को इस बात की जानकारी नहीं थी कि राजीव और चित्रा के बीच क्या चल रहा है क्योंकि वह पिछले दो दिनों से अपने पीएचडी के काम में व्यस्त था। काम ख़त्म करके विजय चित्रा से मिलने उसके केबिन में आया, चित्रा केबिन में नहीं थी।

विजय (मन में): शायद डॉ. राघवाचार्य-राजीव से मिलने लैब में गई हो ' यही सोचकर डॉक्टर राघवाचार्य लैब में चले जाते हैं। यहां तक कि सभी लैब में भी राजीव और चित्रा उपस्थित नहीं मिले . 'हाय !विशाल! क्या आपने राजीव या चित्रा को देखा है ??

विशाल: नहीं यार. दोनों दो दिन से संस्थान नहीं आए हैं. मैं भी आज राजीव को फोन करने का सोच रहा हूं.

विजय: ठीक है, मैं फोन करके पता करूंगा। विजय ने चित्रा को फोन किया 'गुड मॉर्निंग चित्रा'.

चित्रा: 'आप मुझसे मिलने आ सकते हैं' श्रुश्के रोने लगीं.

विजयः चित्रा! क्या हुआ क्यों रो रही हो ? ठीक है मैं तुमसे मिलने आ रहा हूं' और तेजी से चित्रा के घर पहुंच जाता है।

शाम के 6 बजे थे, चित्रा के पिता अपनी दिनचर्या के अनुसार बागवानी कर रहे थे। गेट खोलकर विजय को अन्दर आते देख वह गंभीर होकर करीब आ गया।

चित्रा के पिता: विजय! पिछले दो दिनों से चित्रा उदास दिख रही हैं. खाना पीना भी अस्तव्यस्त करके रखा हुवा है और छत पर जुलती सारादिन सोच में डूबी रहती

है। क्या आपका कोई झगड़ा हुआ है?

विजय: नहीं ना अंकल !! ऐसा कुछ नहीं है ! मुझे लगता है कि वह तनाव में होंगे क्योंकि उनकी पीएचडी अंतिम चरण में है।

चित्रा के पिता: हाँ बेटा! देखना क्या तकलीफ है उसे ? जरा तू बात करके देख ना !!

विजय छत पर आया, चित्रा दौड़कर विजय से लिपट गयी और रोने लगी; 'राजीव मुझसे नहीं, वह श्वेता से प्यार करता है' कहकर वह खूब रोई।

विजय: 'श्वेता कौन है?' आश्रयपूर्वक पूछो.

चित्रा: श्वेता! राजीव की एक बचपन की दोस्त और गर्लफ्रेंड भी है। राजीव ने ये बात हम सभी से छुपाई.

विजय (मन में): राजीव मुझे बता सकता था ना? मुझे भी नहीं बताया. ऐसा क्यों?

चित्रा: इतना ही नहीं, वह उससे शादी भी करने वाला है और अगले महीने सगाई भी करने वाला है.'

विजय से लिपटकर दर्द से रो रही थी और घर में शोर न हो इसका ख्याल रखते हुए अपने रोने पर काबू पाने की कोशिश कर रही थी।

चित्रा की परेशानी देखकर विजय राजीव पर बहुत गुस्सा हो जाता है ;

विजय: 'शांत हो जाओ' विजय ने अनुभवी को प्यार से सांत्वना देते हुए और दुलारते हुए कहा; "चित्रा! जीवन में कई परिस्थितियाँ आती हैं जब हमें खुद को टूटने से रोकना होता है और दृढ़ इच्छाशक्ति के साथ खुद को बनाना होता है। आपके जीवन में भी यही स्थिति है। तुम्हें मजबूत बनना होगा। अंकल बगीचे में मिले थे, उन्हें भी संदेह है कि कुछ हो गया है. तो अब मजबूत हो जाओ'' फिर उन्होंने चित्रा के आंसू पोंछते हुए कहा, 'समय के साथ सब ठीक हो जाएगा.'

चित्रा: "हाँ" खुद को संभालते हुए बोली।

विजय: मैं अब जा रहा हूँ. कल से तुम फिर से संस्थान आना शुरू करो, ठीक है? खुद को काम में व्यस्त रखो, जिससे आपका समय भी कट जाएगा।

चित्रा: 'हाँ. मैं कल वापस लेब जाऊगी' उसने मुस्कुराते हुए दिखाया कि वह अब ठीक है।

विजय: 'अच्छा'. विजय सीढ़ियाँ उतरकर मुख्य द्वार पर पहुँचा, चित्रा के पिता वहाँ खड़े होकर विजय का इंतज़ार कर रहे थे।

चित्रा के पिता: चित्रा ने क्या कहा? समस्या क्या है?

विजय: 'कुछ नहीं अंकल. आप जानते हैं कि स्कूल या कॉलेज में भी जब कोई टीचर, प्रोफेसर या सीनियर किसी बात पर चिढ़ जाता है तो मैडम छोटे बच्चेकी तरह रोने वाला चेहरा बनाकर बैठ जाती हैं। कहकर विजय हँसने लगा; चित्रा का लैब उपकरण टूट गया, इसलिए चित्रा की लापरवाही की सजा उसके पीएचडी गाइड ने दी और उसे दो दिनों के लिए लैब में अपना चेहरा न दिखाने के लिए कहा। ये सब उसी का नतीजा है. मैंने चित्रा को समजा दिया है है. कल से इंस्टिट्यूट भी आ रही है ' और मुस्कुराया।

चित्रा के पिता: 'अच्छा. क्या यह इतनी छोटी बात मैं ऐसा कर रही है है?

विजय: 'हां, अंकल. मैं अब जा रहा हुँ।' कहकर विजय जाने लगा।

चित्रा के पिता (मन में): घर के गेट पर पहुँचते विजय को देखकर ,कुछ सोचकर बोले ; 'कल मैं विजय के पिता से बात करके देखूंगा।'

कार में बैठते ही विजय को बहुत गुस्सा आया. कार स्टार्ट की और सामान्य गति से भी तेज गति से राजीव के घर की ओर निकल पड़ा । राजीवके घर आता है और गुस्से में कई बार दरवाजे की घंटी बजाता है। कुछ देर बाद राजीव घर का दरवाजा खोलते हैं। राजीव समझ गया कि विजय नेक्यों आया है ।

राजीव: गुस्से में बोला और अभद्र व्यवहार किया; 'आप किसके लिए दीवाने हैं? इतनी सारी घंटियाँ क्यों बज रही थीं? आपमें और चित्रा में कोई बुनियादी समझ नहीं है.' यह जानते हुए भी कि राजीव विजय से दोस्ती तोड़ने के लिए ऐसा कर रहा है।

विजय: राजीव के सवालों को नजरअंदाज करता है और राजीव को बोलने से रोकता है; "श्वेता कौन है?"

राजीव: ओह! वह पागल और सामान्य बुद्धि वाली चित्रा आपसे मिलने आई होगी। हम्म...बेवकूफ औरत..', अपना गुस्सा दिखाने के लिए टेबल पर पड़ा अखबार उठाया और वापस टेबल पर पटक दिया और सोफे पर बैठ गया।

विजय: मैंने तुमसे पूछा: श्वेता कौन है?

राजीव: गुस्से में खड़ा हो गया; 'श्वेता मेरी गर्लफ्रेंड है और अगले महीने हमारी सगाई होने वाली है' राजीव, विजय की तरफ पीठ करके खड़ा था। विजय गुस्से में राजीव के पास आता है और राजीव को अपने सामने खींचकर कहता है, 'श्वेता गर्लफ्रेंड? हम किसी को क्यों नहीं बताया, यहां तक कि मुझे भी नहीं। मुझे छोड़ो चित्राको भी यह नहीं कहा . ऐसा क्यों क्रर रहा है तू ?'' विजय बहुत गुस्से में बोल रहा था।

राजीव: वह मेरा निजी मामला है। मैं अपनी निजी कहानियाँ आप सभी के साथ क्यों साझा करूँ? मेरी मर्जी ..

विजय: आप सभी से क्यों साझा करूं? आपका क्या मतलब है? मैं समझता था की ,हम सब एक परिवार हैं. और रही बात चित्रा के साथ साझा करने की तो वो सबसे महत्वपूर्ण था क्योंकि चित्रा आपसे प्यार करती है। दो दिन पहले चित्रा तुम्हें प्रपोज़ करने आई थी. उस समय तूने न केवल उसकी भावनाओं को ठेस पहुंचाई बल्कि 'एक मध्यम वर्गीय परिवार के लोग' ....ऐसा सब बोल कर , उसे बुरा-भला कहकर उसके आत्मसम्मान को भी कम करने की कोशिश की। इन सबका क्या करें?

राजीव: चित्रा मुझसे प्यार करती है? विजय मजाक में हंसने लगते हैं और आगे बोलत है कि ;"मुझे लगता है कि चित्रा भ्रमित हैं। चित्रा मेरे टाइप की नहीं हैं. मैं सच में चित्रा के साथ ऐसी कोई भावना महसूस नहीं करता. फिर भी चित्रा कोई क्लास नहीं है. स्वेता मेरी मानक, हॉट, अमीर और सेक्सी महिला है' वह हँसे। ' चित्र! दिखने में भी मुझे सूंदर नहीं लगती। . औसत। मैं औसत तो नहीं लेकिन औसत से ऊपर हु। । हम सभी एक ही संस्थान में काम कर रहे हैं, इसलिए हमें सिर्फ दोस्त बनकर रहना होगा क्योंकि हमें एक लैब में एक साथ काम करना है, जिसका मतलब है जबरन दोस्ती। मैं इस प्रोजेक्ट को पूरा करने और इस संस्थान को छोड़ने के बाद चित्रा का चेहरा भी नहीं देखना चाहता।' यह सुनकर विजय अचानक आया और उसने राजीव की शर्ट का कॉलर पकड़कर खींच लिया और उसके गाल पर दो थप्पड़ जड़ दिए। गुस्से में राजीव विजय को मुक्का मारने के लिए अपनी मुट्ठी उठाता है, लेकिन तभी राजीव को विक्रम द्वारा शशिधर का गर्दन काटने की धटना याद आती है और वह रुक जाता है। राजीव ने खुद को रोकते हुए विजय को ही धक्का दे दिया. राजीव ने अमीरी का गौरव दिखाना शुरू कर दिया क्योंकि उसने गर्व से अपनी महंगी शर्ट की सिलवटों और सिलवटों को चिकना कर दिया। इस बीच विजय ने भी खुद को शांत करने की कोशिश की लेकिन असफल रहे. विजय ने राजीव को पीछे से कॉलर से पकड़ लिया और बोला; 'तुम चित्रा के लायक नहीं हो। आप चित्रा की प्रेम भावना की पवित्रता को नहीं समझ सके. तुम वह नहीं हो जिसे मैं जानता था। 'लगता है आप बदल गए हैं।'

राजीव ने विजय को पीछे धकेलते हुए कहा; 'मुझे चित्रा से प्यार नहीं है और मुझे चित्रा में कोई पवित्रता की गंगा बहती नहीं दिखती. और अगर तुम्हें उस औरत में गंगा का रूप दिखता है तो जाकर उस पागल से शादी कर लो।' राजीव ने ताली बजाकर आगे की ओर इशारा करते हुए विजय को धमकाते हुए कहा; "आज के

बाद मैं तुम्हारा चेहरा या चित्रा का चेहरा भी नहीं देखना चाहता। मेरे घर से निकल जाओ!!" गुस्से में ऊपरी मंजिल पर जाने के लिए सीढ़ियाँ चढ़ने लगा।

राजीव जा रहा था और विजय ने जवाब देते हुए कहा; "हाँ। हाँ! अगर चित्रा हाँ कहती है, तो मुझे चित्रा को अपनी अर्धांगिनी बनाने में कोई आपत्ति नहीं है। चित्रा के साथ यह अच्छा हुवाकी ,तू चित्रा से प्यार नहीं करता , इसलिए वह एक बुरे आदमी के साथ जुड़ने से बच गई। और याद रखना " आज के बाद मैं तुम्हारी शक्ल नहीं देखना चाहता' राजीव सीढ़ियों पर तब खड़ा था और विजय घर का मुख्य दरवाजा खटखटाकर चला गया ।

कुछ ही दिनों में इंस्टीट्यूट में विजय-चित्रा से राजीव के झगड़े और श्वेता से राजीव की सगाई की अफवाहें फैलने लगीं. डॉक्टर सतीश, श्यामा, हेतल, हेमांगी और विशाल को भी पता चला कि राजीव की विजय और चित्रा से दोस्ती टूट गई है। राजीव लैब में आते थे और डॉ. राघवाचार्य के केबिन से टाइम लैब में चले जाते थे और काम खत्म करने के बाद केबिन से वापस आकर बिना किसी से मिले घर के लिए निकल जाते थे।

एक दिन अचानक राजीव के घर की घंटी बजी। राजीव ने दरवाज़ा खोला तो सामने डॉ. सतीश, श्यामा, हेतल, हेमांगी और विशाल खड़े थे। सभी ने हल्की सी मुस्कान दी.

विशाल: 'मुझे अंदर आने के लिए कहो? ' कहा और हंसने लगे।

राजीव: 'आओ।' 'कहते हुए अभिवादन करते हुए एक मुस्कान देते बोला ।' तुम लोग बैठो, मैं सबके लिए कॉफ़ी लाता हु। ' राजीव कुछ ही मिनट में कॉफ़ी बनाकर ले आया। सब कॉफ़ी पीने लगे. इसी बीच हेतल ने विशाल से आंखों के इशारे से बात करने को कहा. विशाल ने धीरे से सिर हिलाकर हाँ कहा।

विशाल: कैसे हो राजीव?

राजीव: चेहरे पर हल्की मुस्कान के साथ 'बस ठीक हु'।

विशाल: 'कॉफी बहुत अच्छी बनी है , सच मे !!। ' वह कुछ विचार में पड़ गया। डॉक्टर सतीश समझ गए कि विशाल ठीक से बात नहीं कह पाएगा । फिर डॉ सतीश ने बात करने की कमान सम्भाल ली ...

डॉ. सतीश: 'राजीव! हम आपको अच्छी तरह से जानते हैं. हम जानते हैं कि आप कितने प्यारे और दयालु इंसान हैं।' सभी कॉफ़ी पी रहे हैं और डॉ. सतीश की बातों पर सहमति में सिर हिला रहे हैं। 'पूर्णिमा के दिन प्रयोग पूरा करके लौटने के बाद से विजय और चित्रा के साथ आपके रिश्ते खराब होने लगे हैं। हमें लगता है कि आपके प्रोजेक्ट और इस चित्रा-विजय के साथ रिश्ते के तनाव का कुछ लेना-देना

है।

विशाल: हम जानते हैं कि डॉ. राघवाचार्य के साथ आपका समझौता है कि प्रोजेक्ट के बारे में जानकारी बाहर नहीं आनी चाहिए, इसलिए हम आप पर बताने के लिए दबाव नहीं डालेंगे.

हेतल: हम आपके सबसे अच्छे दोस्त थे, हैं और हमेशा रहेंगे। आप जब चाहें अपने विचार हमारे साथ साझा कर सकते हैं। हम सब आपसे बहुत प्यार करते हैं! हम आपको किसी भी तरह से जज नहीं कर रहे हैं. हम जानते हैं आपकी मजबूरी है.

श्यामा- तो आप कृपा करें! हमारे साथ सामान्य रहें. लैब में हम सब तुम्हें याद करते हैं।' यह सब सुनकर राजीव भावुक हो गईं और रोने लगीं। अपने सभी दोस्तों का प्यार और समर्थन देखकर राजीव को हिम्मत मिली। निराश राजीव को अपनी मित्रवत छड़ी की मदद से आगे बढ़ने के लिए मना लिया गया।

हेमांगी खड़ी हुई और अपने आँसू पोंछते हुए राजीव से बोली; 'नहीं...नहीं,'' कहा और गले लगा लिया, सभी खड़े हो गए और राजीव का हौसला बढ़ाने लगे और उसे सांत्वना देने लगे।

राजीव: धन्यवाद, और मैं भी आप सभी से प्यार करता हूँ।

सब लोग वापस सोफे पर बैठ गए तो राजीव को लगा कि अभी भी कुछ बाकी है तो राजीव ने पूछा; "क्या बात.. क्या बात ? कुछ बात है क्या ?"

श्यामा: बैग से कुछ पेम्पलेट निकालकर बोली ; ''पांच दिन पहले विजय और चित्रा को पीएचडी की डिग्री मिल गयी है ।'' कहते हुए श्यामा ने निमंत्रण पत्र निकाला और बोली; "विजय और चित्रा कल कोर्ट मैरिज कर रहे हैं" और निमंत्रण कार्ड राजीव के सामने टेबल पर रख दिया।

विशाल: चित्रा आपका चेहरा दोबारा नहीं देखना चाहती, लेकिन विजय ने हमसे कहा है कि हम आपको कार्ड दें और अगर आप चाहें तो शादी के लिए कोर्ट आएं।'

हम कल सुबह 11 बजे कोर्ट जा रहे हैं. कल शादी के बाद दोनों लोग शाम 4 बजे शिमला के लिए फ्लाइट पकड़ने वाले हैं. वे हमेशा शिमला जा रहे हैं. विजय और चित्रा को विजय के पिता का व्यवसाय आगे बढ़ाना है।

राजीव: 'बहुत बढ़िया, लेकिन कोर्ट मैरिज क्यों?' उसने आश्चर्य से पूछा.

हेतल: चित्रा की इच्छा जल्दी से कोर्ट मेरेज कर के शिमला जाने की है ।

कुछ सेकंड तक कोई नहीं बोला. राजव सामने पड़े निमंत्रण पत्र को देखने लगा।

डॉ. सतीश: 'अब, हमें जाना चाहिए' सभी खड़े हो गए और राजीव की ओर देखने लगे।

राजीव: "ठीक है. लैब में मिलो..लेब मैं मिलते है .." कहन मुस्कुराया.

सभी को जवाब मिला कि राजीव कल कोर्ट नहीं आएंगे. सभी जाने लगे. विशाल ने राजीव को गले लगाते हुए कहा- अपना ख्याल रखना दोस्त।

अगले दिन:

चित्रा और विजय ने कोर्ट में शादी कर ली. श्यामा और विशाल ने गवाह के रूप में दस्तावेज़ पर हस्ताक्षर किये। देखते ही देखते दिन ख़त्म होने को आया. सभी सहकर्मी चित्रा और विजय को छोड़ने के लिए हवाई अड्डे पर खड़े हैं।

हवाई अड्डे ने शिमला के लिए उड़ान की घोषणा शुरू कर दी है कि उड़ान 30 मिनट में रवाना होने वाली है। चित्रा एयरपोर्ट से बाहर देख रही है और उसके मन के किसी कोने में राजीव को आखिरी बार देखने की चाहत उसके चेहरे पर साफ नजर आ रही है जिसे विजय भी देख सकता है.

विजय: "नहीं आएगा, राजीव! वह अब बदल गया है" विजय ने निराशा से चित्रा की ओर देखा और चित्रा के कंधे पर हाथ रखते हुए कहा: 'आवो ! चलो अब चलते हैं।' . चित्रा- विजय राजीव की जिंदगी से हमेशा के लिए उड़ चले।। .

शाम 6 बजे जब राजीव अपनी दिनचर्या के अनुसार सूर्यास्त देख रहा था तो श्वेता आई और गुस्से में बोली; "मैं आपकी मजबूरी और मुझे बताने में आपकी अनिच्छा को जानती हु , इसलिए मैं आपसे कुछ नहीं पूछ रहा हूं। लेकिन आप पिछली बार चित्रा और विजय से मिलने एयरपोर्ट जा सकते थे, है ना? लेकिन आप क्यों नहीं गए?"

राजीव मुस्कुराया और बोला: मैं तुम्हें कबीर की एक पंक्ति सुनाता हूँ, ध्यान से सुनना और समझना;

"।। प्रेम गली अति सकरी , जिसमे दो ना समाय।।

श्वेता : हम्म....समझ गई.

राजीव: बस इतना ही। आज उत्तर है. अगर मैं आज आखिरी बार मिलूं तो चित्रा समझ जाएगी कि मैं उससे प्यार करता हूं। अगर मैं आज एयरपोर्ट जाऊंगा तो चित्रा विजय से पूरी तरह नहीं जुड़ पाएगी और न ही चित्रा और मैं अलग हो पाएंगे। फिर चित्रा को जो अधूरापन महसूस होगा, उसके लिए मैं जिम्मेदार होऊंगा. मैं सिर्फ चित्रा को खुश देखना चाहता हूं. इससे कोई फर्क नहीं पड़ता कि यह मेरे साथ है या विजय के साथ।

मेरे मन में चित्रा के लिए जन्म-जन्मांतर का प्यार है. (संध्या ने पहले कही गई बात को याद करते हुए कहा) जैसे राधा और कृष्ण के प्रेम का मिलन अधूरा होते हुए भी पूरा है, वैसे ही हमारा प्यार भी अधूरा होते हुए भी पूरा है, तुम मत पूछो

क्यों?

श्वेता: के. ऐसा क्यों?

राजीव: क्योंकि मुझे लगता है कि चित्रा! मुझसे दूर नहीं गया है. वह हर जन्म में मुझे मिलेगी और उसी जन्म में फिर गायब होकर मुझे दुःख देगी और अगले जन्म में फिर प्रकट होकर खड़ी होगी। ऐसे ही चलेंगे.

श्वेता: "क्यों? क्या किसी ने तुम्हें श्राप दिया है? पागल।"

राजीव: क्या पता किसीने श्राप दिया हो या ना दिया हो। पर मेरा मानना है की , चित्रा वो चित्र है जिसमे मैं एक राजा हु ओर संध्याके समय में , दो तत्त्व - अकास ओर अग्नि से बनी संध्याअग्नि के अनुरूप चित्रा से उस राजा ने उसी दो तत्वों को साक्षी मानकर मन से विवाह किया है। जिसे कोई विरह का श्राप छू नहीं सकता। कुछ समज मैं आया ?

श्वेता: नहीं. कुछ नहीं समज आया ।

राजीव: "बस। अच्छा है। नहीं तो जान ख़तरे में पड़ जाएगी।" उसने कहा और हँस दिया।

श्वेता: उसके पास आई और उसके सिर पर हाथटपरी मार के बोली ; : "पागल! तुम अभी भी बहुत पागल हो" और हंसने लगी।

15

अध्याय-15: लैब में दुर्घटना

दिन बीतने लगे. राजीव ने खुद को लैब के काम में व्यस्त करना शुरू कर दिया। अतीत की घटनाओं को भुलाने की कोशिश में टाइम मशीन पर शोध आगे बढ़ने लगा। लेकिन भूल नहीं पाता.

डॉक्टर राघवाचार्य: राजीव! आपने एक टाइम मशीन बनाई है. अब हमें इस पर काम करना है कि हम डीएनए सैंपल के बिना भी समय यात्रा कैसे कर सकते हैं। मिस्टर ब्लू ब्रेन ने मुझे सब कुछ विस्तार से समझाया।बेटा ! यह जानकर मुझे आपके लिए दुख हो रहा है कि सब कुछ चला गया है। यह समय और नियति का खेल है. अब सब कुछ भूल जाओ और खुश रहना सीखो. जो होना है वह होना ही है। आप जानते हैं कि मेरा क्या मतलब है।

राजीव: हाँ सर।

डॉ. राघवाचार्य: अच्छा.

राजीव: डीएनए सैंपल के बिना समय यात्रा का काम मुश्किल है लेकिन पर हम ऐसा क्यों करना चाहते हैं?

डॉ. राघवाचार्य: क्योंकि हमने जो टाइम मशीन बनाई है, उसमें यह संभव नहीं है कि जो लोग जीवित नहीं हैं और जिनका डीएनए सैंपल हमारे पास नहीं है, उनके समय में पीछे जाकर उनसे जुड़ी ऐतिहासिक घटनाओं के बारे में जानकारी हासिल की जा सके। इसलिए डीएनए के बिना समय यात्रा पर शोध जरूरी है। ताकि भविष्य में नाम और जानकारी के आधार पर ही उस व्यक्ति के पिछले जन्म के बारे में जाना जा सके।

राजीव: हम्म.. समझ गया।

दिन ख़त्म हो गया. डॉक्टर राघवाचार्य घर के लिए रवाना हो गए हैं. रात 9 बजे राजीव डॉ. राघवाचार्य के केबिन से बाहर निकले। श्यामा अभी भी प्रयोगशाला में प्रयोग कर रही थी।

राजीव: श्यामा! रात के 9 बजे हैं. तुम्हें अब घर जाना चाहिए.

श्यामा : हाँ! राजीव ने 9:30 बजे सेल कल्चर के इनक्यूबेशन का समापन होने के बाद, 9:30 बजे मैं सेल कल्चर को कोल्ड स्टोरेज में रखकर निकल जाऊगी । कल मिलते हैं।

राजीव: अगर तुम कहो तो मैं रुक जाऊँगा। मैं कोल्ड स्टोरेज में छोड़ देता हूं. वह ठीक रहेगा।

श्यामा: धन्यवाद राजीव. तुम एक अच्छे इंसान हो, तुम मेरी मदद करना चाहते हो, लेकिन ऐसा करके मैं तुम पर अपना काम आप पर नहीं डाल सकती '' वह हंसने लगी। ''तुम जाओ...अभी केवल 30 मिनट ही बाकि है। ठीक है, एक काम करते हैं मैं आपको एक संदेश सेंड कर दूगी के घर पर सुरक्षित पोहच चुकी हूं, ।

राजीव: अच्छा, तुम बहुत जिद्दी हो. चल कल मिले, अलविदा.

श्यामा: अलविदा. हां कल मिलते हैं।

राजीव सीढ़ियाँ उतरकर तीसरी मंजिल पर चित्रा के केबिन में पहुँचे। रात के अँधेरे में चित्रा की लैब के बाहर का एकमात्र लैंप हमेशा की तरह जल रहा था। प्यार की याद में राजीव के कदम चित्रा की लैब के पास रुक गए. राजीव बाहर शीशे से केबिन में देखने लगा। चित्रा की खाली कुर्सी देखकर राजीव कुछ ही सेकंड में सब कुछ भूल गए. राजीव ने दर्द भरी मुस्कान दी और अपनी किस्मत पर हंराते हुए सीढ़ियों से नीचे चला गया।

राजीव को आज लैब में बहुत थकान महसूस हुई, इसलिए वह घर आया और रामुकाका द्वारा बनाया गया खाना खाया और सोने के लिए बिस्तर पर गिर गया, रात के 12 बजे हैं, राजीव गहरी नींद में है। तभी राजीव के मोबाइल की घंटी बजी. फ़ोन की आखिरी घंटी बजने से पहले राजीव फ़ोन उठा लेता है। फ़ोन एक श्यामला का है. श्यामा बहुत डर गयी.

राजीव: "हैलो!...' *(नींद में)

श्यामा : घबराकर और जल्दी-जल्दी बोलती है; "राजीव, डॉ. राघवाचार्य आपके साथ" ......बीप ..बीप (फोन कटने की आवाज) फोन कट गया है। राजीव बहुत नींद में था, उसे कुछ सुनाई नहीं दिया, राजीव को यह भी नहीं पता कि यह किसका फ़ोन है। उसने नींद में ही फोन एक तरफ रख दिया और वापस सो गया।

रात 3 बजे राजीव का फ़ोन वापस आया। अब राजीव की नींद उड़ गयी.

राजीव: विशाल ने इतनी रात को क्यों फ़ोन किया? क्या सब ठीक है?' विशाल ,सामने रोते हुए बोला; "श्यामा..." और सिसकते हुए खुद को थोड़ा बोलने के लिए प्रेरित करने की कोशिश करनेलगा ; "श्यामा अब हमारे बीच नहीं रहीं"

सुनते ही राजीव भी बिस्तर से उठ खड़ा हुआ और श्यामा को खोने के दुःख की ओर मुड़कर शरणागत भाव से बोला; "क्या...?"

विशाल: 'रात करीब 12:30 बजे लैब में ब्लास्ट हुआ है। हाइड्रोजन सिलेंडर और गैस लैब पाइप लाइन में विस्फोट होने की आशंका है. श्यामा उस समय लैब में काम कर रही थी. घटना के बाद श्यामा को इलाज के लिए अस्पताल ले जाया गया, लेकिन डॉक्टर श्यामा को बचा नहीं सके. हमें लैब से फोन आया तो पता चला. जल्दी एसटी अस्पताल आएं, पोस्टमार्टम हो रहा है तो कुछ कागजी औपचारिकताएं पूरी करनी होंगी जिसके बाद शव हमें सौंप दिया जाएगा। श्यामा का पति (वीरेंद्र) भी अपनी लड़की के साथ आ रहा है।

राजीव: 'हाँ, मैं आ रहा हूँ' रोते हुए स्वर में उत्तर दिया।

राजीव के फोन रखने के बाद उसे याद आया कि विशाल के पहले किसी का फोन आया था। तो राजीव अपने मोबाइल में कॉल लॉग चेक करने लगा.

राजीव: (मन में) श्यामा ने एक्सीडेंट से आधे घंटे पहले मुझे फोन किया था? क्यों किया होगा? याद करने के लिए दिमाग पर जोर देता है लेकिन कुछ याद नहीं करपाता फिर वह कॉल हिस्ट्री चेक करता है और कहता है: "कॉल केवल 5 सेकंड के लिए कनेक्ट हुआ था...ऐसा क्यों?" वह अपने दिमाग पर अधिक दबाव डालता है लेकिन याद नहीं करपाया। 'हम्म्...मुझे कुछ याद क्यों नहीं आ रहा?'

राजीव तेजी से कार चलाता है और अस्पताल पहुँच जाता है। सुबह के 4 बजे हैं. अस्पताल के बाहर संस्थान के वैज्ञानिकों, पोलिश कर्मचारियों और समाचार चैनल के पत्रकारों की भीड़ देखी जा रही है। राजीव को रिसेप्शन से सूचना मिलती है और वह उस कमरे में आता है जहां श्यामा का शव रखा हुआ है। कमरे के बाहर डॉ. सतीश, विशाल, हेतल और हेमांगी खड़े होकर रो रहे हैं। श्यामा के पति और उसकी छोटी बेटी बगल की बेंच पर बैठे थे। उसकी आंखों की धार रुक नहीं रही थी .

राजीव को आता देख हेतल दौड़कर राजीव के गले लग गयी और रोने लगी और बोली; "श्यामा..." फिर वह दुःख के मारे कुछ न कह सकी और फूट-फूट कर रोने लगी और पागलों की तरह रोती रही।

राजीवः मैंने अपने फोन की कॉल हिस्ट्री में देखा है कि श्यामा ने इस हादसे से पहले रात 12 बजे मुझे फोन किया था। कॉल सिर्फ 5 सेकेंड के लिए ऑन थी और फिर कट जाती है। मैं गहरी नींद मैं था इसलिए मुझे याद नहीं कि इस दौरान श्यामा ने क्या कहा था.

डॉक्टर सतीशः 'श्यामा का फ़ोन था?' आश्चर्य से पूछा.

राजीवः हाँ.

तभी एक पोलिश अधिकारी और दो अन्य पोलिश कर्मचारी राजीव के पास आकर खड़े हो गये। मुख्य पोलिश इंस्पेक्टर धर्मसिंह ने पहले सबकी ओर देखा, फिर राजीव की ओर देखा और कहाः

धर्मसिंहः डॉक्टर राजीव! इस घटना के समय आप कहां थे?' सशंकित भाव से कठोर स्वर में बोला।

राजीवः मैं उस समय घर पर था और सो रहा था

धर्म सिंहः आपने लैब कब छोड़ी? और जब आप लैब से बाहर आए तो लैब में कौन था?

राजीवः लैब में सिर्फ श्याम था। मेरे जाने से कुछ देर पहले डॉ. राघव आचार्य घर के लिए निकले। श्यामा का कुछ शोध संबंधी काम बाकी था इसलिए श्यामा ने मुझसे कहा कि वह आधे घंटे में काम ख़त्म करके लैब बंद कर देगी ओर घर के लिए निकलेगी। ।

धर्मसिंहः हमारी टीम ने दो घंटे पहले लैब में जांच की थी। लैब और संस्थान के कैमरों से भी जांच की गई। कैमरे में हम डॉक्टर राघव आचार्य को घर जाते और श्याम को लैब में काम करते हुए देखते हैं। राजीव, अजीब बात यह है कि श्यामा के साथ उसके घर जाने और संस्थान से बाहर निकलने के बारे में आपकी चर्चा कैमरे पर रिकॉर्ड नहीं की गई।' "डॉक्टर राजीव! एक और बात गौर करने लायक है. जो सिलेंडर फटा, उसे किसी धारदार हथियार और गैस लाइन के पाइप से काटा गया था। ये सारी बातें इस आशंका की ओर इशारा कर रही हैं कि श्यामा की हत्या की गई है. मुझे लगता है कि श्यामा की मौत किसी त्रासदी का नतीजा नहीं है. यह हत्या है.

धर्मसिंह के हाथ में रखे डंडे को मजबूती से पकड़ते हुए कहा; "डॉक्टर राजीव! पुलिस स्टेशन चलो !. जेल की हवा और पुलिस वाले की पिटाई के बाद तुम सच बोल पाओगे" और राजीव को थाने ले जाने लगे।

राजीवः डर और आश्चर्य के मिश्रण के साथ बोला; "महोदय! महोदय! मैंने कुछ नहीं किया. श्यामा मेरी सहेली थी. में कातिल नई हु ? लेकिन धर्मसिंह और अन्य

पुलिसकर्मियों ने तुरंत राजीव को सीढ़ियों से नीचे खींच लिया। अस्पताल के बाहर न्यूज चैनल मीडिया ने राजीव और धर्मसिंह को घेर लिया। रिपोर्टर द्वारा जारी किए गए कैमरा शॉट्स की आवाज़ और प्रकाश की चमक से राजीव की आँखें घूम गईं। राजीव और धर्मसिंह को पत्रकारों के सवालों का सामना करना पड़ रहा था जैसे; "इंस्पेक्टर! क्या जांच हो रही है? ......क्या यह त्रासदी है या हत्या?..... कौन है यह व्यक्ति? .... क्या इस व्यक्ति पर घटना में हाथ होने का संदेह है? "न्यूज चैनल के पत्रकारों और मीडिया रिपोर्टर के सवालों को नजरअंदाज करते हुए दोनों पुलिसकर्मी लाठी और बल के सहारे धर्मसिंह को पुलिस वाहन तक पहुंचाने के लिए रास्ता बनाते हुए आगे बढ़ रहे थे. राजीव को पुलिस की गाड़ी में बैठाकर थाने ले जाया गया.

अगले दिन सुबह सात बजे श्वेता अपने वकील के साथ राजीव को जेल से बाहर निकालने के लिए दौड़ीं। राजीव के वकील न्यायिक प्रक्रिया के आधार पर जमानत दिलाने की दलील देने लगे. श्वेता रोते हुए जेल में बंद राजीव के पास आईं और बोलीं, "आप टेंशन मत लीजिएगा, हम सब जानते हैं कि आप निर्दोष हैं. तुम जल्दही बेगुनाह साबित ो जावो गे। "

राजीव: "धन्यवाद श्वेता" उसने थकी हुई आवाज़ में कहा। श्वेता ने जेल की सलाखों के बीच से राजीव के आंसू पोंछे।

राजीव पर केस चला. जैसा कि अदालत ने अंततः पाया कि सबूतों की कमी थी और इसमें कोई संदेह नहीं था कि किसी भी कोण से श्यामना की मौत के पीछे राजीव का हाथ था, राजीव को राहत मिली और इस शर्त पर रिहा कर दिया गया कि वह पुलिस के साथ पूरा सहयोग करेंगे और पुलिस की अनुमति के बिना शहर नहीं छोड़ेंगे।

धर्मसिंह: (न्यायालय द्वारा दिए गए फैसले के बाद, अदालत कक्ष के गलियारे में) राजीव के पास आकर; "आप मुक्त हो गए हैं लेकिन आप मेरे संदेह के दायरे में हैं। अब मैं जांच को और गहरा करूंगा और साबित करूंगा कि आप ही दोषी हैं.' यदि आप शहर बदलते हैं या शहर से बाहर जाते हैं, तो मुझे इसके बारे में जानना होगा और जब भी मैं फोन करूंगा तो आपको पुलिस स्टेशन में उपस्थित होना होगा। समझ गया?" इतना कह कर वह गुस्से से देखने लगा.

राजीव: 'हाँ सर' थोड़ा डर और धैर्य के साथ बोला।

धर्मसिंह : हम्म, मुँह घुमाकर। ..हत्यारा...' और नफरत के साथ चला गया।

कोर्ट के फैसले से डॉ. राघवाचार्य लैब के सभी सहयोगी खुश हैं। डॉ. सतीश, हेमांगी, हेतल और विशाल राजीव के पास आए और उन्हें आश्वस्त किया कि सब

कुछ ठीक हो जाएगा।

डॉक्टर राघवाचार्य: राजीव, आपका समय ख़राब चल रहा है। धैर्य रखें। हम सब जानते हैं कि आप दोषी नहीं हैं. बेटा ! सब ठीक हो जाएगा!" कहकर राजीव को गले लगा लिया।

विशाल और हेमांगी ने भी राजीव को गले लगाया और कहा; "हम सब आपके साथ हैं. कोई तनाव नहीं है"। आख़िरकार श्वेता राजीव के करीब आई और राजीव के कंधे पर हाथ रखकर प्यार से मुस्कुराने लगी।

कोर्ट से निकलकर कार की ओर जाते समय श्यामा के पति वीरेंद्र ने राजीव का कॉलर पकड़ लिया और तीन-चार थप्पड़ मारने शुरू कर दिये. वीरेंद्र जोर से और गुस्से में बोला: "तुम हत्यारे हो। तुम मेरी पत्नी के हत्यारे हो. इसने मेरे परिवार को तोड़ दिया। "जैसे ही वह एक और मुक्का मारने वाला था, डॉक्टर सतीश ने वीरेंद्र का हाथ पकड़ लिया और उसे पीछे खींच लिया और धक्का दे दिया। वीरेंद्र जमीन पर गिर पड़े।

डॉक्टर सतीश ज़मीन पर पड़े वीरेंद्र के पास गए और गुस्से से बोले, ''राजीव ने कुछ नहीं किया है. सही में तो तुम !तुम , श्यामला के हत्यारे हो !!। तुम वह हत्यारे हो जो अपनी पत्नी की गलती को माफ नहीं कर सके। माना जा रहा था कि घर में हुए विस्फोट में श्यामा की लापरवाही थी. लेकिन श्यामा ने अपनी गलती स्वीकार कर ली और हर दिन अपने खोए हुए बेटे को याद करके खुद को अपराधी मानकर अंदर ही अंदर मर रही थी। आपको उन कठिन क्षणों में अपनी पत्नी का साथ देना चाहिए था लेकिन आप श्यामा को माफ नहीं कर सके। श्यामा को तुम्हारे सहयोग की आवश्यकता थी पर तुमने नहीं दिया। अकेली श्यामा को दुःख की आग में धकेल कर तलाक ले लिया और अलग रहने लगे । यह कहते हुए डॉक्टर सतीश ने वीरेंद्र को घृणा से पीछे धकेल दिया। अब अपनी गलती का एहसास होने पर वीरेंद्र खूब रोने लगा. श्यामा के इस दुनिया से चले जाने के बाद, वीरेंद्र के पास जीवन भर पछतावे के अलावा कुछ नहीं बचा है।

राजीव का ध्यान श्यामा की 10 साल की बेटी ट्विंकल पर गया, जो हाथ में श्यामा की तस्वीर लिए खड़ी थी. वह यह सब देख रही थी, ट्विंकल की आंखों में मां के प्यार की गर्माहट न होने से आंसू आ रहे थे और राजीव की आंखें ट्विंकल की आंखों में सूनी हो गई थीं. राजीव कार में बैठा और चला गया।

16

अध्याय-16: राजीव का संस्थान छोड़ना

संस्थान में विस्फोट से हुए नुकसान के कारण डॉ. राघव आचार्य की लैब को दोबारा काम पर लाने में लगभग चार महीने लग गए। चूंकि टाइम मशीन लैब भूमिगत थी, इसलिए टाइम लैब में कोई नुकसान नहीं हुआ। चार महीने बाद आज सभी वैज्ञानिकों को संस्थान में रिपोर्ट करना है. घटना की जांच के लिए इन चार महीनों के दौरान संस्थान को बंद कर दिया गया था। जैसे ही डॉ. राघव आचार्य ने प्रयोगशाला में प्रवेश किया, हर किसी को श्यामा का मुस्कुराता हुआ चेहरा याद आ रहा था, जो एक वैज्ञानिक थी जो नियमित रूप से काम करती थी और हर कीमत पर समय सीमा का पालन करती थी। आज सबसे पहले डॉ. राघवाचार्य लैब में आये और अपने साथ चाँदी की बनी एक प्लेट लेकर आये जिस पर नई लैब का नाम लिखा था। यह पढ़ा;

"डॉक्टर श्यामा की प्रयोगशाला - हमारा एक समर्पित वैज्ञानिक"। डॉ. राघवाचार्य ने सबसे पहला काम यह किया कि अपने पसंदीदा वैज्ञानिक छात्रों में से एक, छात्र वैज्ञानिक श्यामा की याद में लैब की नेम प्लेट को डॉ. राघव आचार्य से बदलकर "डॉक्टर श्यामा लैब" कर दिया और श्यामा का नाम दर्ज करके उन्हें श्रद्धांजलि दी। प्रयोगशाला आज से जब तक यह संस्थान बना हुआ है ये नाम रखा गया ताकि भविष्य के छात्र भी इस बात का उदाहरण बनें कि एक वैज्ञानिक को अपने काम के प्रति किस प्रकार का समर्पण होना चाहिए।

राजीव लैब में प्रवेश करता है और देखता है कि डॉक्टर सतीश, हेतल, हेमांगी और विशाल श्यामा की मेज पर इकट्ठे हुए हैं। राजीव पास आकर खड़ा हो गया।

हर कोई श्यामा के साथ बिताए समय को याद करते हुए उसकी खाली कुर्सी को घूर रहा है।

राजीव अपने पास की खाली कुर्सी पर बैठ गया और हाथ में लिया त्यागपत्र श्यामा की मेज़ पर रखकर रोने लगा। सहकर्मियों ने रोने वाले राजीव को शांत होने दिया। विशाल राजीव के पास आया और खंभे पर हाथ रखकर उसे सांत्वना दी। राजीव ने आशु की ओर देखा और कहा:

राजीव: अगर मैंने उस दिन श्यामा का, मेरे घर चले जाने का अनुरोध स्वीकार नहीं किया होता और लैब में रुककर उसके काम खत्म होने का इंतजार कर रहा होता, तो आज श्यामा हमारे साथ होती और एक बेटीने माँ नहीं खोई होती। अगर मैं श्यामा की बातों पर विश्वास न करने पर अड़ा रहता और अगर मैंने श्यामा से कहा होता कि "ठीक है, जब तक तुम अपनी कोशिकाओं को पनपने नहीं देती, तब तक कॉफी के साथ बातें करते हैं", तो आज हमें यह सब नहीं देखना पड़ता।

रात 12 बजे श्यामा ने फोन पर मुझसे क्या कहा था, यह भी मुझे याद नहीं। जे श्यामा के पास संभवतः अंतिम शब्द हैं। अब जब भी मैं बिस्तर पर लेटता हूं तो अक्सर पलक झपकते ही उठ जाता हूं और मुझे ऐसा महसूस होता है जैसे श्यामा का फोन बज रहा हो. मुझे जीवन भर इस बात का अफसोस रहेगा कि अपने आखिरी दिनों में श्यामा ने मुझे मदद के लिए बुलाया और मैं गहरी नींद में सोता रहा। मुझे खुद पर गुस्सा आने लगा है. यह सब मुझे अंदर से बीमार कर रहा है।' कल ही मैं क्लिनिक से डॉक्टर को अपनी स्वास्थ्य रिपोर्ट दिखाकर आया, हो सकता है कि इस अफ़सोस के कारण मुझे उच्च रक्तचाप और हाइपर टेंशन हो गया हो। यही कारण है कि मैंने इस विज्ञान और अनुसंधान क्षेत्र को छोड़कर शांतिपूर्ण जीवन जीने के लिए एक गाँव में रहने का फैसला किया है। आज इस संस्थान में मेरा आखिरी दिन है. कल मैंने धर्मसिंह को अपने स्थान के साथ एक आवेदन भी दिया है कि मैं यहां से अपने गांव अरयबेलपरकोंडा जा रहा हूं, अरयबेलपरकोंडा मेरा पैतृक गांव है जो कर्नाटक राज्य में जंगलों के अंत में एक छोटा सा गांव है और समुद्र के पास स्थित है। हमारे पास खेती योग्य जमीन है, अब मैं अपना अगला जीवन खेती और ध्यान करके ही बिताना चाहता हूं। सभी राजीव के करीब आते हैं और राजीव को गले लगाते हैं।

राजीव: मैंने अपने वैज्ञानिक करियर में कई शोध प्रयोगशालाओं में काम किया लेकिन मुझे सच्चे दोस्त इस लैब में मिले। सच कहूँ तो, तुम पाँचों, चित्रा-विजय और स्वेता मेरा परिवार हैं। पूरी दुनिया ने सोचा कि मैं श्यामा का हत्यारा हूं लेकिन तुम चार और स्वेता ने मेरा साथ दिया और मुझे कई बार हार मानने से रोका। आप

लोग जब भी मुझे याद करें तो मुझसे मिलने मेरे गांव आ सकते हैं लेकिन जहां तक संभव हो मैं बेंगलुरु में कदम नहीं रखना चाहता। यह कहते हुए राजीव कुर्सी से उठे और पीछे मुड़े तो सामने डॉक्टर राघवाचार्य खड़े थे ।

डॉक्टर: बेटा अब तुम जाओ. मैं आपका दर्द समझ सकता हूं. एक-एक करके आपके सारे प्यारे सितारे आपसे दूर होते जा रहे हैं' राजीव को गले लगाते हुए कहा; "मुझे पता है तुम्हारे साथ क्या हो रहा है। अब मैं भी नहीं चाहता कि तुम यहां रहकर सब कुछ सहो. बस याद रखें कि प्रोजेक्ट इप्सा केवल आपकी वजह से ही संभव हो पाया है। आप जब चाहें दोबारा जुड़ सकते हैं. राघव आचार्य ने अपने हाथ में 2 लिफाफे में पत्र राजीव को दिए और कहा कि मुझे पता था कि तुम आज आने वाले हो और सब कुछ छोड़ने की बात करोगे। इसलिए मैंने ये पत्र आपके लिए लिखे हैं।" राजीव पत्र खोलने जा रहा था.

डॉक्टर: नहीं...नहीं...अभी नहीं. जिस दिन आपको लगे कि हमारे प्रोजेक्ट इप्सा से जुड़े कई सवाल आपके मन में आ रहे हैं और जिनका जवाब मिले बिना आपको मानसिक शांति नहीं मिलेगी. प्रश्न. "पहले कभी नहीं," उसने दूसरे पत्र का लिफाफा देते हुए कहा; 'यह पत्र पीएमओ से है' इस पत्र को पढ़ने का यह सही समय भी नहीं है. जिस दिन आप पहला पत्र पढ़ें, उसी दिन यह दूसरा पत्र भी पढ़ें।

राजीव ने दोनों लिफाफे बैग में रख लिया। राजीव ने आख़िरी बार श्यामा की ख़ाली सीट पर नज़र डाली और लैब से बाहर निकलने लगा। डॉ. राघवाचार्य और लैब के अन्य सहयोगियों की पूरी टीम श्यामा की याद और अब राजीव के जाने के गम से भी सराबोर थी। राजीव ने बाहर जाने के लिए लैब का मुख्य दरवाज़ा खींचा, तब अचानक डॉ. राघवाचार्य ने पुकारा: "राजीव! (थोड़ा रुककर बोलते हैं) मुझे ऐसा लग रहा है कि यह हमारी आखिरी मुलाकात हो सकती है" और उन्होंने राजीव को गले लगाने के लिए अपनी बाहें फैला दीं।

राजीव को भी डॉ. राघवाचार्य की उम्र देखकर वैसा ही अनुभव हुआ जैसे वह आखिरी बार अपने पिता को देख रहे हों। राजीव हमेशा डॉ. राघवाचार्य में अपने पिता की छवि देखते थे इसलिए राजीव पीछे मुड़े और डॉ. राघवाचार्य को गले लगा लिया और रोने लगे . "बस! बस! बेटा। भगवान तुम्हारी सदैव रक्षा करेंगे।" उन्होंने राजीव के सिर पर हाथ रखा और कहा: "विद्यावान, धन्वन्, कीर्तिवान, यश्वन्" और कहते हुए राजीव को बिना पीछे देखे केबिन में चले गये। यह देखकर राजीव और उनके सभी दोस्तों को आज समझ आ गया कि डॉ. राघवाचार्य भावनात्मक रूप से किस हद तक राजीव से जुड़े हुए हैं।

राजीव मजबूत मन से लैब से बाहर चला गया। कुछ कदम चलने के बाद विशाल दौड़ता हुआ आया और बोला;

विशाल: एक मिनट राजीव! क्या आपको सचमुच लगता है कि गांव जाकर खेती करने से आपको शांति मिलेगी?

राजीव: हाँ! विशाल वैसा ही होगा. मैं आपको वह बात बताना चाहता हूँ जो मेरे दादाजी ने मुझसे कही थी: "मेरे दादाजी एक उच्च न्यायालय के मुख्य न्यायाधीश थे। जब वह अपनी नौकरी से सेवानिवृत्त हुए, तो वह हमारे पास मौजूद अच्छी कृषि योग्य भूमि पर फलों की खेती करने चले गए, कुछ विरासत के बाद जब मैं उनसे दोबारा मिला, तो उन्होंने मुझे समझाया कि मैंने अपने जीवन में एक न्यायाधीश के रूप में भी बहुत काम किया है कई नाम। लेकिन जब मैं सेवानिवृत्त हुआ और सभी झंझटों को छोड़कर सामान्य खेती करके शांतिपूर्ण जीवन जीने लगा, तो मुझे जो खुशी मिलती थी, वह किसी ऊंचे पद पर काम करने या अच्छी लेकिन तनावपूर्ण नौकरी करने से कभी नहीं मिल सकी। हम समझते हैं कि ऊंचा पद, बड़ी तनख्वाह, समाज में नाम, पद होना चाहिए और हम सभी इन सबको पाने के लिए दौड़ते रहते हैं लेकिन असल में ये चीजें एक मृगतृष्णा की तरह हैं जो दूर से देखने पर प्यास बुझाती दिखती हैं लेकिन एक बार वहां तक पहुंच जाने पर पता चलता है के निर्धारित पानी मिल ही नहीं रहा है. मनुष्य को वही काम करना चाहिए जिससे उसकी शांति भंग न हो। हमें नौकरी या अपना काम आजीविका के लिए और उसके लिए आवश्यक धन कमाने के लिए करना चाहिए लेकिन अगर वही काम आपको आंतरिक संतुष्टि नहीं दे रहा है और आप केवल पद या पद पाना चाहते हैं, समाज में प्रसिद्धि पाना चाहते हैं यदि आप ऐसा इसलिए कर रहे हैं तो यह सब अस्थायी और मृगतृष्णा है। हर काम अच्छा है. जो हमारी मुख्य जरूरत है. मैं आपको यह इसलिए बता रहा हूं क्योंकि मैंने कुछ लोगों को यह कहते सुना है, "क्या आप खेती करना चाहते हैं?" लेकिन वास्तव में अगर आप विश्लेषण करें और समझें तो जो लोग खेती करके अपना जीवन व्यतीत कर रहे हैं, वे अच्छा काम कर रहे हैं क्योंकि वे देश की भोजन की आवश्यकता को पूरा करते हैं। अन्य फायदा ऐ है की , कृषक मानसिक एवं शारीरिक रूप से स्वस्थ रहता है। तीसरा, किसान किसी के अधीन काम नहीं करता इसलिए उसे उस मानसिक प्रताड़ना से नहीं जूझना पड़ता जो आज के नौकरीपेशा में देखने को मिलता है। खेती करने वाले व्यक्ति को अपने परिवार, दोस्तों और रिश्तेदारों के लिए पर्याप्त समय मिलता है जो आज की नौकरी में नहीं मिलता, व्यक्ति के पास अपने लिए भी समय नहीं है। नौकरी करने वाला व्यक्ति हमेशा क्रोध, धोखाधड़ी जैसी कई बुराइयों की चपेट

में रहता है और समय के साथ बुरे अनुभवों के परिणामस्वरूप व्यक्ति वैसा ही हो जाता है। एक कृषक भूमि और खुले आसमान तथा पेड़ों के साथ काम करके प्रकृति के संपर्क में रहता है, इसलिए व्यक्ति में आध्यात्मिक गुणों का भी तेजी से विकास होता है, जबकि एक कमरे के केबिन में काम करने वाले व्यक्ति का विकास अवरुद्ध रह जाता है। सबसे महत्वपूर्ण बात यह है कि कृषक व्यक्तियों की जरूरतें बहुत कम होती हैं और वे आय के अनुसार अपनी आवश्यकताओं को पूरा करने में सक्षम होते हैं, जबकि अधिकांश उच्च पदस्थ व्यक्तियों को हमेशा लगता है कि उन्हें जितना मिलता है उससे कम है और वे आसानी से भ्रष्टाचार की ओर आकर्षित हो जाते हैं। इसलिए यदि आप कभी सब कुछ छोड़कर खेती करने के बारे में सोचें और आपके पास जमीन हो तो ऐसा करें और आपको खुशी और शांति महसूस होगी। जो आपको शहरों की भागदौड़ भरी जिंदगी में कभी नहीं मिलेगा. जीवन में एक समय ऐसा आता है जब हमें शहरी जीवन, काम में शांति की कमी महसूस होती है, उस समय हमें अपने पैतृक गांव, प्रकृति की गोद में खेती करना चाहिए और शांतिपूर्ण जीवन जीना चाहिए। और जब ऐसा लगेगा कि शहरों की चुनौतियाँ जेलनेकी ताकत वापस आ रही हैं, तब शहरी जीवन मैं वापस आया जा सकता है। "मुझे मेरे दादाजी की कही हुई ये बातें याद हैं, इसलिए मुझे लगता है कि वह सही थे। उस समय मैं इस बात को गहराई से नहीं समझ पाया था, लेकिन अब मैं इसे समझता हूं।"

17

अध्याय-17: आर्यबेलपरकोंडा में डॉ. शंकरदेव के साथ राजीव की चर्चा

राजीव को बागलोर छोड़े हुए एक साल हो गया है। अब डॉ. राजीव कोई वैज्ञानिक नहीं बल्कि बेहद सामान्य और आध्यात्मिक जीवन जीने वाले राजीव हैं। राजीव दिन में कम से कम 3 घंटे ध्यान करने लगा है । अब वह एक आध्यात्मिक ऋषि की तरह हो गये हैं. सारा ऐशो-आराम छोड़कर दो कमरों के छोटे से घर में रहना शुरू कर दिया है। डॉ. राघवाचार्य के लैब मित्र, उनके सहकर्मी और श्वेता अक्सर राजीव के सुमसन गाँव के जंगलों में राजीव से मिलने जाते थे और साथ में बगलोर लौटते थे।

डॉक्टर सतीश, हेतल, विशाल और हेमांगी बारी-बारी से राजीव का हाल जानने आते और फिर चले जाते। राजीव ने सभी इलेक्ट्रॉनिक उपकरणों और गैजेट्स, मोबाइल को त्याग दिया था और देश में होने वाली घटनाओं को समझने के लिए, मनोरंजन के लिए केवल रेडियो और आकाशवाणी पर समाचार सुनते थे। इसलिए डॉ. सतीश, हेतल, विशाल और हेमांगी अक्सर राजीव को पत्र लिखकर संपर्क में रहते थे।

शहर की भागदौड़, शहर के प्रदूषण, भीड़-भाड़ से दूर राजीव का जीवन पर्यावरण से जुड़ी दिनचर्या थी। अब राजीव सच में खुले आसमान, स्वच्छ

वातावरण, पक्षियों के उड़ने और चहचहाने की आवाज, टिमटिमाते तारों से घिरा रात का आसमान और पूनम की रात की चांदनी का आनंद लेते हुए जीवन जी रहा है।

गाँव के सभी लोगों ने सलाह के लिए राजीव की मदद ली। राजीव ने गाँव के छोटे-मोटे विवादों को भी सुलझाने के लिए अपनी कूटनीतिक कुशलता का इस्तेमाल किया। इसलिए राजीव को सभी लोग आदर और सम्मान से बुलाते थे।

एक दिन अचानक राजीव को विशाल का पत्र मिला। पत्र पढ़करघर से बाहर निकलते ही राजीव के आखो

से आंसू बहने लगे। विजय के पत्र में लिखा था कि डॉ. राघवाचार्य की मौत दिल का दौरा पड़ने से हुई है. राजीव को लैब का आखिरी दिन याद आया जहां डॉ. राघवाचार्य कह रहे थे; "शायद ये हमारी आखिरी मुलाकात होगी" और वैसा ही हुवा । कई आघातों के बाद, राजीव अब दुनिया की इन सभी प्रक्रियाओं को समझते हैं और स्वीकार कर चुके हैं कि सब कुछ नाशवान है और उन्हें समय के अनुसार अनुकूलित होना पड़ता है। इसलिए राजीव को झटके सहने की ताकत मिली.

यह दुखद समाचार मिलने के 3 दिन बाद गांव में रहने वाला राजीव का दोस्त दर्शन राजीव से मिलने आता है;

दर्शन: राजीव तुम मेरे साथ आओ मैं तुम्हें एक व्यक्ति से मिलवाना चाहता हूँ। उनके गाँव में मेरे चाचा रहते हैं जो पड़ोस के गाँव में रहते हैं। आज वह हमारे ग्राम पंचायत कार्यालय में किसी से मिलने आये हैं। वह एक वैज्ञानिक भी थे।

राजीव: 'ठीक है. लेकिन अब मैं किसी वैज्ञानिक से नहीं मिलता और अपने लिए और दर्शन के लिए चाय बनाने लगा।

दर्शन: ठीक है. आपकी जैसीइच्छा ! मिलना हो तो उस वैज्ञानिक से एकबार मिलो। आप ही की तरह, विदेश की एक मशहूर यूनिवर्सिटी... क्या नाम था?...हा, याद आया एमआईटी से ही काम किया है । नाम है "डॉक्टर शंकरदेव"।

नाम सुनकर राजीव चौंक गए. राजीव (मन में) यह नाम डॉ. सतीश के गाइड का नाम था। वह डॉक्टर राघवाचार्य के साथ मिलकर एक प्रोजेक्ट पर भी काम कर रहे थे। ओह हां! वह डॉ. राघव आचार्य के मित्र हैं। नाम सुनते ही राजीव को ये सब याद आ गया.

राजीव: चल.. चल.. मैं उससे मिलना चाहता हूँ।

दर्शन: क्या तुम अचानक तैयार हो गए?

राजीव: 'हाँ, हाँ। ये सब छोड़ो और चले ?.

दर्शन राजीव को ग्राम पंचायत कार्यालय ले आया। डॉक्टर शंकरदेव कुर्सी पर बैठे थे. शंकर देव भी डॉ. राघव आचार्य की ही शैली में धूम्रपान और सिगार पी रहे थे। ऐसा लग रहा था मानों डॉ. शंकरदेव और डॉ. राघवाचार्य भाई-भाई हों और साथ ही उनका व्यक्तित्व भी डॉ. राघवाचार्य से मिलता-जुलता हो।

दर्शन: राजीव ,डॉ. शंकर देव के सामने खड़ा हो गया और हाथों से इशारा करते हुए बोला; राजीव! ये हैं डॉक्टर शंकरदेव और डॉक्टर शंकर...।" डॉक्टर शंकरदेव ने दर्शन को बोलने से रोकने के लिए हाथ उठाया और कहा;

डॉक्टर शंकरदेव: ये राजीव हैं. 'मुझे पता है' कहते हुए उसके चेहरे पर मुस्कान फैल गई। लेकिन राजीव सदमे में थे. राजीव (मन में) डॉक्टर शंकर देव मुझे कैसे जानते हैं? वह सोचने लगा.

डॉ. शंकरदेव: सामने पड़ी कुर्सी उठाकर बैठने का इशारा करते हुए बोले; 'आइए, बैठिए' राजीव एक कुर्सी लेकर डॉक्टर शंकरदेव के बगल में बैठ गए।

राजीव: मुझे कल , डॉ. राघवाचार्य जी के निधन का समाचार मिला।

यह सुनते ही डॉ. शंकर देव की आंखें भर आईं। हाँ! मुझे पता है कल हमारे देश ने एक महान वैज्ञानिक खो दिया।

राजीव; महोदय! आप डॉ. सतीश की पीएचडी के दौरान फ्रांस में उनके सह-मार्गदर्शक थे?

डॉक्टर शंकरदेव: हाँ! सतीश भी आपकी तरह एक बुद्धिमान वैज्ञानिक हैं। सतीश ने भी देश के लिए बहुत त्याग किया है। हम जिस गुप्त परियोजना पर काम कर रहे थे, उसके परिणामस्वरूप सतीश को कई व्यक्तिगत नुकसान का सामना करना पड़ा।

राजीव: हाँ सर।

डॉ. शंकरदेव : मैं भी आपके बारे में सब कुछ जानता हूं. सप्ताह में कम से कम एक बार डॉ. राघवाचार्य से बात होती थी।

राजीव: मैं डॉ. राघवाचार्य के बारे में ज्यादा नहीं जानता। मैं उनके निजी जीवन, उनके परिवार के बारे में भी नहीं जानता कि वह कहां से हैं।

डॉक्टर शंकरदेव: थोड़ा मजाकिया; "हां..हाहा..आपको आश्चर्य होगा। मैं कॉलेज के समय से राघव के साथ हूं लेकिन आज भी मुझे उसके बारे में कई बातें नहीं पता। उसने मेरे कई सवालों पर पर्दा डाल दिया और मुझे जानकारी नहीं दी। राघव बहुत रहस्यमयी व्यक्ति है, तुम्हें पता है कि मैं उसका एकमात्र दोस्त था लेकिन मैं उसके कई रहस्य नहीं जानता" वह कुछ देर चुप रहा। अतीत को याद करते हुए, डॉ. शंकरदेव को डॉ. राघवाचार्य के बारे में पता चला और उन्होंने राजीव को बताया:

राघव से मेरी पहली मुलाकात ऑक्सफोर्ड यूनिवर्सिटी में हुई थी। हमने अपनी स्नातक की डिग्री ऑक्सफोर्ड विश्वविद्यालय से प्राप्त की। राजीव तभी से एक प्रतिभाशाली वैज्ञानिक थे। एक दिन वह मेरे पास आये और बोले, "मैं तुममें एक आदर्श वैज्ञानिक के गुण देखता हूँ। क्या तुम टाइम मशीन बनाने के लिए मेरे साथ काम करोगे?" मैं थोड़ा हंसा और मजाक में हां कह दिया. लेकिन राजीव जे के गणितीय समीकरण, स्ट्रिंग सिद्धांत, ज्योतिष में ग्रहों की स्थिति और वज्रयान संप्रदाय बौद्धों द्वारा बनाई गई समय के माध्यम से यात्रा करने की मशीन की क्षमता को सुनने के बाद, जो नालन्दा विश्वाद्यालय के समय में उत्पन्न हुआ, मुझे भी संबंध समझ में आने लगा। तत्वमीमांसा और समय यात्रा !! अब हम दोनों आश्वस्त थे कि समय यात्रा संभव है।

जैसे-जैसे समय बीतता गया, हमारी दोस्ती गहरी होती गई और हमने डिग्रियाँ हासिल कीं। वे शोध करने की अपेक्षा टाइम मशीन बनाने की सफलता के अधिक निकट पहुँच गये। तो अब हमने फंडिंग पाने के लिए अपने इस गुप्त शोध को अंतर्राष्ट्रीय वैज्ञानिक समुदाय और समिति के समक्ष रखा। मंजूरी मिलते ही हमारा टाइम मशीन बनाने का सपना आगे बढ़ने लगा।

एक दिन राघव लैब में नहीं था। मैं उसी लैब में काम कर रहा था और कुछ शोध पत्र लिख रहा था। कागज मोड़ते समय गलती से मैंने राजीव की मेज का डेस्क खोल दिया, जिसमें से मुझे अलग-अलग भौतिक आकार के तीन चिप्स मिले। चिप का डिस्प्ले कांच का बना था और तरल से भरा हुआ था। आज मुझे कुछ अलग मिला जिससे मैं अनजान था। क्योंकि ये चिप हमारे प्रोजेक्ट का हिस्सा नहीं थी. फिर भी, मुझे राघव के रहस्यमय जीवन के बारे में हमेशा संदेह रहता था। इसलिए जब मैंने माइक्रोस्कोप के नीचे चिप तरल का विश्लेषण करना शुरू किया, तो मैं आश्चर्यचकित रह गया।

राजीव: उत्सुकता से बोला "उस चिप में क्या था?"

डॉक्टर शंकरदेव कुर्सी से खड़े होकर बोले; 'चलो बाहर जाकर बात करते हैं, ये सब बातें अकेले में की जाएं तो बेहतर है।' ने पंचायत कार्यालय छोड़ दिया, सामने पहाड़ी की ओर देखा और कहा, 'क्या तुम्हें ट्रैकिंग पसंद है?'

राजीव: हाँ.

डॉक्टर शंकरदेव: 'तो चलो पहाड़ी पर चढ़ते हुए बात करते हैं।' राजीव और शंकरदेव पहाड़ी पर चढ़ने लगे।

शंकरदेव: वे तीन कक्ष मस्तिष्क द्रव से भरे हुए थे और जटिल न्यूरॉन्स कोशिकाओं से बने सर्किट का एक जाल उस द्रव में तैर रहा था।

और अजीब बात यह है कि हर 4 सेकंड में सर्किट के न्यूरॉन्स अपने कनेक्शन को रीवायर कर रहे थे जिससे पता चला कि ये न्यूरॉन्स सामान्य इंसान के नहीं थे। जब हम सोते हैं तो हमारे मस्तिष्क में न्यूरॉन्स भी रीवायरिंग कर रहे होते हैं, लेकिन इस सर्किट में यह प्रक्रिया 4 सेकंड में देखी गई।" यह सुनकर राजीव को टाइम लैब के बीच में लगी मशीन की याद आ गई।

उसी समय राघव लैब में आया। राघव ने अपनी मेज़ खुली देखकर मेरी ओर गुस्से से देखा। जैसे ही राघव ने मुझे चिप का सूक्ष्म विश्लेषण करते हुए देखा, राघव दौड़कर आया और चिप को माइक्रोस्कोप से निकालकर अपने हाथों में ले लिया। चिप को कोडेड लॉकर में डाला, डिजिटल लॉक लगाया और वापस आ गए।

शंकरदेव: (क्रोधित) राघव! ये सब क्या चल रहा है? तुम मेरी पीठ पीछे छिपकर क्या खोज रहे हो? मुझे बताओ

राघव एक कुर्सी पर बैठ गया और अपनी जेब में हमेशा रहने वाले दो सिगारों में से एक निकाला, उसे जलाया और धूम्रपान करना शुरू कर दिया और धुआं उड़ाने लगा।

राघव: बस अतीत को देखने के लिए टाइम मशीन का उपयोग करें? नहीं मैं इस कथन से सहमत नहीं हूं. मैं एक जीनियस हूं और यह मशीन मेरे दिमाग की उपज है। यह मेरा आविष्कार है जिसे मैं अपने हिसाब से चलाना चाहता हूं।' और अगर आप इसे इस तरह से देखें, तो यह मेरा अधिकार है जिसे ये गोरे लोग मुझसे छीनने की कोशिश कर रहे हैं। राघव ने यह सब गर्व से कहा।

डॉक्टर शंकरदेव: (वर्तमान में राजीव से) उस दिन पहली बार मैंने राघव में एक पागलपन देखा।

शंकरदेव: (राघव से) तुम क्या करना चाहते हो?

राघव: अंग्रेजों ने भारत पर 200 वर्षों तक शासन किया। उन्होंने हमें गुलाम बनाया और हमारे ही देश में आकर हमारा शोषण किया। भारतवर्ष, जो सोने का शहर था, लूट लिया गया और नष्ट कर दिया गया। इतना ही नहीं, विश्व युद्ध के दौरान भी अंग्रेजों ने भारत का भोजन अपनी सेना के युद्धक्षेत्र में भेज दिया और भारत के अधिकांश प्रांतों के लोगों को मरने के लिए छोड़ दिया। आज हमारे ही युद्ध में गए भारतीयों को युद्ध जीतकर भारत लौटते ही जेल में डाल दिया जाता है। उन्होंने कई लोगों, क्रांतिकारियों को अमानवीय यातनाएं देकर मार डाला। कई ऐसी घटनाएं हुईं जिनमें इन अंग्रेजों ने भारतीयों के साथ अमानवीय व्यवहार किया। जिसे तुम भूल सकते हो लेकिन मैं नहीं.

मैं समय-समय पर अतीत की यात्रा करूंगा और मुगल राजा जहांगीर से मिलूंगा। मैं जहांगीर को भविष्य में होने वाली सारी घटनाओं के बारे में यह बताकर समजाऊगा कि अंग्रेज भारत आएंगे, भारत गुलाम होगा और भारतीयों का शोषण किया जाएगा। मैं 1608 में आने वाले कैप्टन हॉकिन्स को भारत में व्यापार न करने देने के लिए मनाऊंगा। इस प्रकार हम जहांगीर की मदद से पहले अंग्रेजों को भारत आने से रोकेंगे, फिर पुर्तगाली, डच और फ्रांसीसी जैसे अन्य यूरोपीय लोगों को भारत से बाहर निकाल देंगे। हमारे देश की कंपनियाँ विकसित होगी ओर इस प्रकार अंग्रेजों को भारत में आने से रोककर इतिहास बदल देंगे।

शंकर देव: और इन बाकी दोनों चिप्स का क्या काम है?

राघव: यदि जहांगीर नहीं मानता और भविष्य को नियति पर छोड़ने की बात करने लगता है, तो जिस दिन कैप्टन हॉकिंग इन दो अन्य चिप्स में से एक की मदद से जहांगीर से मिलने आ रहे हैं, उसके एक दिन पहले से भारत की आजादी का समय मैं सन् 1947 ई. के बीच के सभी वर्ष काट दूँगा। " कहा और अहंकार से हंसने लगा।

शंकरदेव: और संवर्धित अंतिम चिप क्या करती है?

राघव: जोड़ी गई अंतिम चिप का उपयोग स्ट्रिंग सिद्धांत के अनुसार हमारे ब्रह्मांड में होने वाली घटनाओं को हमारे अपने ब्रह्मांड के समानांतर चलने वाली किसी अन्य दुनिया की घटनाओं के साथ आदान-प्रदान करने के लिए किया जा सकता है। इसका मतलब यह है कि जैसे मैं इस समय इस ब्रह्मांड में खड़ा हूं और आपसे बात कर रहा हूं, तो दूसरी दुनिया में भी राघव है। इसके साथ ही तरह-तरह की घटनाएं भी कम हो रही हैं. इस चिप की मदद से अगर मुझे अपने साथ घटी कोई घटना पसंद नहीं आती तो मैं उसे किसी दूसरे राघव की दुनिया में शिफ्ट कर दुगा और उस घटना को अपनी दुनिया में ले आऊंगी ताकि वो घटनाएं मेरे साथ घटी हुई लगें. हम नहीं जानते कि ऐसी कितनी समानांतर दुनियाएं चल रही हैं। अगर मुझे किसी दूसरी दुनिया की घटना पसंद नहीं आती तो मैं इस चिप की मदद से किसी दूसरी तीसरी दुनिया में स्विच कर सकता हूं।

शंकराचार्य: राघव तुम पागल हो गये हो। समय के साथ छेड़छाड़ करने की बात करना और समय को बदलने की चाहत रखना जो बिल्कुल भी सही नहीं है। सभी घटनाएँ भाग्य का खेल हैं और घटनाएँ आवश्यक भी हैं। हम जो कुछ भी भुगत रहे हैं वह हमारे कर्मों का परिणाम है और वे भविष्य के चक्र को चलाने के लिए ईंधन के रूप में कार्य कर रहे हैं। और जहाँ तक अंग्रेजों की बात है, उन्होंने हमारे देश को लूटा और यह अन्याय था। लेकिन अंग्रेजों का भारत आना उस समय भारतीय समाज

में मौजूद सभी बुराइयों और भ्रांतियों को दूर करने के लिए उतना ही आवश्यक था। आज हमारे देश में जो आधुनिकता दिखाई देती है और हमारा देश जिस प्रकार का लोकतंत्र बना और विकसित हुआ है वह किसी न किसी रूप में अंग्रेजों के आगमन का ही परिणाम है।

सबसे बड़ी बात यह है कि इंटरनेशनल साइंस कम्युनिटी के इस प्रोजेक्ट के नियम नंबर एक के मुताबिक टाइम मशीन बनाने के लिए हम केवल अतीत को देख सकते हैं, हमें अतीत और भविष्य के साथ कोई भी बदलाव करने की इजाजत नहीं है।

राघवः "इन यूरोपियनों को हकीकत पता चले इससे पहले मैं सब कुछ बदल दूंगा" जोर-जोर से हंसने लगा।

शंकर देव (वर्तमान): उस समय मैंने राघव में एक अलग तरह का पागल आदमी भी देखा था जो पूरी दुनिया और मानव सभ्यता के लिए खतरा साबित हो सकता था। इसलिए, मैंने अपनी सारी जानकारी अंतर्राष्ट्रीय वैज्ञानिक समुदाय और समिति को सौंप दी। अंतर्राष्ट्रीय वैज्ञानिक समुदाय और समिति द्वारा राघव के इरादों की गंभीरता को समझते हुए, परियोजना को तुरंत स्थायी रूप से बंद कर दिया गया और एक मामला चलाया गया जिसके कारण राघव की गिरफ्तारी हुई और कारावास हुआ। लेकिन अजीब बात ये है कि राघव ने क्या किया ये तो मुझे नहीं पता, लेकिन तीनों चिप्स में से कोई भी किसी के हाथ नहीं लगा.

राघव के वकीलों ने दलील दी कि ये सभी खबरें बेबुनियाद और झूठी हैं. डॉ. राघव निर्दोष हैं। उन पर लगे सभी आरोप निरर्थक हैं. कोई सबूत न मिलने के कारण राघव को रिहा कर दिया गया लेकिन अंतर्राष्ट्रीय वैज्ञानिक समुदाय और समिति ने एक गंभीर निर्णय लिया कि इस टाइम मशीन का निर्माण नहीं किया जाना चाहिए और "प्रोजेक्ट इप्सा" को बंद कर दिया गया।

राघव 2000 ई. में भारत वापस आये। राघव समझ गया कि यह मैं ही था जिसने चिप की जानकारी प्रसारित की थी। इसलिए राघव ने मुझसे दोस्ती तोड़ दी.

राजीवः “और चिप का क्या हुआ?” शंकर देव ने आश्चर्य से पूछा।

शंकरदेवः मेरा मानना है कि तीनों चिप्स राघव के पास थे और मुझे संदेह है कि वह समय काट रहा है या समानांतर दुनिया के साथ घटनाओं की अदला-बदली कर रहा है।

राजीवः कर रहा है ? आपका मतलब क्या है ?

शंकर देव: पक्के पाए से तो दवा नहीं क्र सकता पर ऐसा भी हो सकता है के राघव इस दुनिया मैं मर चूका हो लेकिन कोई दूसरी दुनियासे चिप का इस्तेमाल क्र रहा हो।। भले ही इस दुनिया में मर गयाहो लेकिन हो सकता है कि वह एक समानांतर दुनिया में चला गया हो और हो सकता है कि उसने राघव को उस दुनिया से इस दुनिया में भेज दिया हो और दिल का दौरा पड़ने से उसकी मौत हो गई हो। हमें पता नहीं। वह एक पागल वैज्ञानिक बन गया है.

शंकरदेव ने अतीत को याद किया:

शंकरदेव: राघव के भारत आने के दस साल बाद, एक दिन राघव ने मुझे फोन किया और कहा, "काफ़ी समय के बाद, मुझे लगता है कि तुम सही थे। समय के साथ छेड़छाड़ नहीं करनी चाहिए" रोने लगा फिर बोला; "मैंने सभी तीन चिप्स को नष्ट कर दिया है और वर्तमान में एक ऐसी मशीन बनाने पर काम कर रहा हूं जो भारत सरकार की एक गुप्त परियोजना, प्रोजेक्ट इप्सा के तहत केवल अतीत को देख सकती है। मैं अपने एक छात्र वैज्ञानिक डॉ. सतीश को सह-मार्गदर्शक बनाकर आपके मार्गदर्शन में कार्य कराना चाहता हूँ। क्या आप उसके सह-मार्गदर्शक बनेंगे?"

शंकरदेव: फ़्रांस की उस घटना को कई वर्ष बीत चुके थे। मुझे अपने प्रिय मित्र राघव की भी याद आ रही थी। इसलिए मैंने सतीश को एक छात्र वैज्ञानिक के रूप में स्वीकार कर लिया जिसके बाद सतीश फ्रांस आ गए।

राजीव: इसका मतलब है कि डॉ. सतीश भी प्रोजेक्ट इप्सा का हिस्सा हैं।

शंकर देव: हाँ! सिर्फ हिस्सा नहीं. आपसे पहले इसी टाइम लैब में कुछ रहस्यमय गुप्त प्रयोग कर चुके हैं, जिनकी जानकारी केवल डॉ. सतीश और राघव को ही है। राघव की एक बुरी आदत यह है कि अक्सर जब वह बात करना शुरू करता है तो इतनी बातें करता है और उसमें डूब जाता है कि भूल जाता है कि क्या कहना है और क्या गुप्त रखना है। कुछ साल पहले, जब हम ड्रिंक के बाद बात कर रहे थे, तब गलती से उसके मुंह से निकल गया कि उसने और सतीश ने भविष्य में जाने के लिए चिप भी बनाई है। लेकिन तभी वह थोड़ा नशे में धुत्त होकर उठ कर चला गया।

ये सब बातें करते-करते राजीव और शंकरदेव पहाड़ी पर चढ़ गये और वापस तलहटी में आ गये।

शंकर देव: "मुझे अब जाना चाहिए। आज से मैं हमेशा तुम्हारे संपर्क में रहूँगा" वह मुस्कुराऐ ।

तभी डॉ. शंकर देव को लेने के लिए उनका ड्राइवर आया और डॉ. शंकर देव को बैठने के लिए कार का दरवाजा खोला. जैसे ही वे कार में बैठने वाले थे, राजीव बोला; "महोदय! एक मिनट!"

शंकरदेव: हाँ! राजीव. बोलो ?

राजीव: मेरी तरह, आपने विज्ञान और अनुसंधान की दुनिया कोनसी वजह से छोड़ दी ??

शंकरदेव: थोड़ा उदास होकर मुस्कुराए और बोले: "सतीश जब फ्रांस आये और आर्टिकल से जुड़े तो शोध कार्य के दौरान मेरे साथ भी कुछ घटनाएँ घटीं, जैसी आपके साथ घटीं। घटनाओं ने मुझे अंदर से बदल दिया। इसलिए मैंने सब कुछ छोड़कर आपकी तरह गाँव आने और शांतिपूर्ण जीवन जीने का फैसला किया। डॉक्टर शंकरदेव मुस्कुरा कर चले गये.

राजीव आज सभी विचारों के साथ धीरे-धीरे साइकिल चलाकर घर जा रहा है । डॉ. राघव डॉ. शंकरदेव द्वारा बताई गई राघवाचार्य के वैज्ञानिक जीवन की उपलब्धियों के बारे में सोच रहे हैं और धीरे-धीरे घर की ओर चल रहे हैं। अचानक राजीव ने साइकिल का ब्रेक लगाया और जोर से बोला;

"तीन चिप... तीन चिप..." उसने अपनी आँखें बंद कर लीं और थोड़ी देर के लिए शांत होने की कोशिश की और अपने मस्तिष्क को उसकी याददाश्त में सब कुछ दोबारा करने के लिए मजबूर किया। सब कुछ याद करते हुए, अब राजीव को टाइम ट्रेवल डे से एक दिन पहले का दिन याद आ रहा है, जिसमें राजीव थ्री-चिप सॉकेट को देख रहे थे और डॉ. राघव आचार्य से पूछ रहे थे कि ",,,... यह थ्री-चिप सॉकेट खाली क्यों है?" डॉ. राघव आचार्य ने कहा।)..."यह भविष्य की स्थिति को देखते हुए है। "समय यात्रा की क्षमता बढ़ाने के लिए एक अतिरिक्त हिस्सा बनाया गया है।"

राजीव की आँखें चौड़ी हो गईं और अख्तर बहुत तेज़ साइकिल चलाने लगा। घर पहुँचकर उसने साइकिल खड़ी करने के बजाय झट से साइकिल से उतरकर उसे गिरा दिया और अधीरता से डॉ. राघव आचार्य द्वारा दिए गए दो पत्रों के कवर उठाकर जोर से बोला; "अर्थ! डॉ. राघव आचार्य के पास उस समय भी ये तीनों चिप मौजूद थे।" थोड़ी मेहनत के बाद दोनों कवर लेटर राजीव के हाथ लग गए. .....अब राजीव पत्र खोलने जा रहे हैं.....

अगली अधूरी बात.......इप्सा के दूसरे और अंतिम भाग में.......

18

भाग २ अध्याय 1: राजीव का बैंगलोर में पुनः प्रवेश

राघवाचार्य की कही बात को याद करते हुए राजीव डॉ. राघवाचार्य का पहला पत्र खोलते हैं।

प्रथम पत्र:

डॉ. राघवाचार्य: "राजीव, मुझे पता है कि आपके मन में कई सवाल उठ रहे हैं। हाल ही में शंकर ने जो कुछ भी आपको बताया वह सच है। हां, जो सॉकेट मैंने आपको एक अतिरिक्त हिस्से के रूप में दिखाया था वह वास्तव में उन तीन चिप्स के लिए है। यह भी सच था कि सतीश और मैं आपके लैब में शामिल होने से पहले से ही समय यात्रा पर काम कर रहे थे, और इतना ही नहीं, आपके हमारे टाइम लैब में शामिल होने से पहले ही सतीश और मैं भविष्य में होने वाली सभी क्रमबद्ध घटनाओं को जानते थे। यह पढ़कर राजीव पूरी तरह आश्चर्यचकित हो गईं।

डॉ. राघवाचार्य: सभी प्रश्नों के उत्तर पाने के लिए आपको फिर से हमारी टाइम लैब से जुड़ना होगा। आपके सभी प्रश्नों का उत्तर अभी भी अधूरा है और आपका कर्तव्य भी अधूरा है। वास्तविकता हमारी प्रयोगशाला में टाइम मशीन की स्टोर मेमोरी में दर्ज है। ब्लू ब्रेन आपको सभी वास्तविक घटनाएं दिखाएगा और अब आप सब कुछ समझ जाएंगे! अपना अधूरा कर्तव्य पूरा करने का समय आ गया है। मेरा कर्तव्य और इस जन्म का समय समाप्त हो गया है लेकिन आपका समय

और कर्तव्य अभी बाकी है। अब प्रधानमंत्री कार्यालय का दूसरा पत्र पढ़ें और फिर से लैब से जुड़ें।"

वास्तविकता को समझने के लिए राजीव जल्दी से एक और पत्र खोलता है और पढ़ना शुरू करता है।

दूसरा पत्र:

डॉ. राघवाचार्य, भारत सरकार आपके प्रयाग की सफलता से बहुत प्रभावित है और होने वाली घटनाओं के बारे में आपके द्वारा दी गई जानकारी भी सत्य है। आपने अपने दिव्य ज्योतिष ज्ञान और टाइम मशीन की सहायता से हमें सूचित किया कि आपका जीवन काल समाप्त होने वाला है। इसलिए, हमने राजीव को टाइम लैब के निदेशक के रूप में नियुक्त करने के आपके अनुरोध और सलाह पर गंभीरता से विचार किया है। राजीव के ज्ञान और कार्य कौशल को देखते हुए सरकार को उन्हें आपका उत्तराधिकारी नियुक्त करने में कोई दिक्कत नहीं है. सरकार भी इस बात से सहमत है कि टाइम मशीन के संबंध में आपको जो अंतिम निर्णय लेना है वह वह अब राजीव को लेना चाहिए।"

राजीव (मन में): टाइम मशीन का अंतिम निर्णय? मुझे अंतिम निर्णय क्या लेना होगा?" वह सोचने लगा।

राजीव समझ गए कि अब सब कुछ समझने के लिए उन्हें दोबारा वैज्ञानिक जीवन में प्रवेश करना होगा। राजीव ने सब कुछ बंद कर दिया और मन ही मन विचार करने लगा कि अब क्या करना चाहिए? राजीव को डॉ. राघवाचार्य द्वारा लिखित कुछ प्रमुख बातें याद आईं; "कार्य अभी भी अधूरा है... सारी सच्चाई जानने के लिए तुम्हें लैब में दोबारा शामिल होना होगा..." राजीव ने अंतर्मन के जवाब के बाद बैंगलोर वापस जाने का फैसला किया।

राजीव पेहला गांव से बस और फिर ट्रेन से बागलोर रेलवे स्टेशन पहुंचते हैं, स्टेशन से बाहर निकलने पर टैक्सी लेते हैं। कार बागलोर शहर के मध्य से होकर गुजरी और शहर के बाहरी इलाके में राजीव के घर की ओर चल पड़ी। राजीव को चित्रा के साथ बिताए सुनहरे रोमांटिक समय, चित्रा द्वारा कई बार देखी गई जगहें, शहर की सड़क पर उल्सूर झील, जय प्रकाश नारायण बायोडायवर्सिटी पार्क जैसे दर्शनीय स्थलों से गुजरना याद आया । कुछ मिनट बाद, जब टैक्सी राधा-कृष्ण मंदिर (इस्कॉन मंदिर) के पास से गुजर रही थी तब राजीव को समय यात्रा से कुछ दिन पहले चित्रा के साथ राधा-कृष्ण मंदिर की अपनी शाम की यात्रा याद आई।

उस दिन चित्रा के साथ हुई चर्चा को याद करके राजीव थोड़ा मुस्कुराए और उस दिन की घटनाओं को विस्तार से याद करने लगे।

इस्कॉन मंदिर (राधा-कृष्ण मंदिर) के दर्शन। :

राजीव: यदि आपअपने दोपहिया वाहन के बजाय मेरी कार से संस्थान से इतनी दूर आते तो हम जल्दी पहुँच जाते और यात्रा आसान हो जाती।

.

चित्रा: प्लॉट में एक्टिवा पार्क करते समय थोड़ी परेशानी हो रही है; "चुप रहो। जैसे तुम्हें लगता है कि 'तुम' की तुलना में 'तुम' कहना ज्यादा मजेदार है, मेरी राय में, 'कार' की तुलना में 'एक्टिवा' में ज्यादा मजा है। समझे?" कंधे पर हाथ रखते हुए बोली ।

श्रीकृष्ण-राधा के दर्शन के बाद, चित्रा राजीव को मंदिर परिसर में एक साहित्य कक्ष में ले जाती है जहाँ भक्ति पुस्तकें बेची जा रही हैं। चित्रा ने किताबों को देखते हुए और जो किताबें उसे पसंद थीं उनके विवरण पढ़ते हुए कहा; "राजीव! आप जानते हैं कि स्कंदपुराण के अनुसार, राधा भगवान कृष्ण की पवित्र आत्मा का हिस्सा थीं। राधा की रचना दुनिया को उपदेश देने के लिए की गई थी;" प्रेम और विवाह अलग-अलग चीजें हैं। प्रेम एक पवित्र और पवित्र एहसास है और विवाह एक कानूनी अनुबंध की तरह है। प्रेम में शारीरिक मिलन की कोई आवश्यकता नहीं है। भगवान कृष्ण ने ऐसी ऐसी स्थिति का निर्माण किया जिसमे कृष्ण ओर राधा का विवाह ना हो सके, जिससे यह उपदेश सिद्‌ध हो सके।

राजीव: ऐसा क्या ? ....हाहा... (राजीव हंसने लगते हैं)

चित्रा: 'हां ऐसा ही था, हसना बंध करो , मुझे पता है कि तुम नास्तिक हो, लेकिन मंदिर में ऐसा मजाक मत करो।'

ब्रह्मवैवर्त पुराण के अनुसार जब गोलक में राधा ने सुदामा को अगले जन्म में राक्षस बनने का श्राप दिया था तो बदले में सुदामा ने भी राधा को श्राप दिया था। जिसके अनुसार राधा को कृष्ण से 100 वर्ष का वियोग सहना पड़ेगा।

राजीव: हाँ. लेकिन रामचरितमानस के अनुसार, लक्ष्मीजी के स्वयंवर के दौरान, नारदमुनि ने धोखा देने पर भगवान विष्णु को तलाक का श्राप दे दिया, जिसके कारण भगवान राम को सीता हरण और कृष्ण को राधा से तलाक का सामना करना पड़ा।

चित्रा: वाह! राजीव. नास्तिक होने के बावजूद आप इस कहानी को कैसे जानते हैं?

.

राजीव: बस ऐसे ही। मेरा मानना है कि ये सभी साहित्य हमारे सांसारिक जीवन को आसान बनाने के लिए बनाये गये हैं। इसलिए जीवन में आगे बढ़ते हुए मैं पौराणिक कहानियाँ पढ़ता रहता हूँ और सोचता हूँ कि ये सभी कहानियाँ हमें कभी न कभी काम आएंगी ओर कुछना कुछ शिखाने की कोसिस कर रही है।

चित्रा: हम्म. आप ठीक कह रहे हैं।

टैक्सी ड्राइवर: "सर, हम आपकी मंजिल तक पहुँच गए हैं। क्या मैं कार को आपके घर के अंदर तक मोड़ दू ?" ड्राइवर के इतना कहते ही राजीव वर्तमान में लौट आए।

राजीव: नहीं..नहीं... धन्यवाद. मैं यहां उतरना पसंद करूंगा।

सुबह के 6 बजे हैं। राजीव अपना ट्रैकिंग बैग अपने कंधे पर रखता है और पहाड़ीस्थित घर में प्रवेश करने के लिए पहाड़ी के नीचे मुख्य दरवाजे का ताला खोलता है और पहाड़ी पर चढ़कर अपने घर की ओर जाता है। आसपास की प्रकृति, सुबह-सुबह पक्षियों की चहचहाहट और गुलाबी आकाश देखने लायक है। घर में प्रवेश करते ही राजीव अपना सामान छोड़कर तुरंत सूर्योदय देखने गैलरी में आ जाते हैं। हमेशा की तरह सूरज की किरणें चेहरे पर चमक रही हैं । राजिवने सूर्य आराधना के मध्यमा से राघवाचार्य का पत्र पढ़ने के बाद मनोमन ने उठे सवालों के समाधान के लिए प्रकृति से मदद मांगी।

राजीव अपने लॉकर से फोन निकालता है और उसे अनलॉक करता है। फोन की अनलॉक होम स्क्रीन पर राजीव द्वारा सेट की गई टाइम लैब सहयोगियों की एक समूह तस्वीर प्रदर्शित होती है, जो राजीव के चेहरे पर एक प्यारी सी मुस्कान लाती है।

कुछ मिनट बाद राजीव फोन टेबल पर रखने गया तभी राजीव का फोन बजा। फोन डॉक्टर सतीश का था। राजीव झट से फ़ोन उठाता है।

राजीव: हेलो.

डो.सतीश: राजीव! क्या आप बैंगलोर वापस आ गए हैं?

राजीव: 'हाँ।' राजीव (सोचते हुए) डो. सतीश को यह कैसे पता है ?

डो.सतीश: क्योंकि मुझे और डो. राघवाचार्य को पहले से ही सब कुछ पता था। अब आप जानते हैं, है ना?

राजीव: हाँ...लेकिन ये सब मुझसे क्यों छुपाया ?

डो..सतीश: इसके पीछे कई कारण हैं। आप मेरे घर आइए फिर हम टाइम लैब जाएंगे जहां आपके सभी सवालों के जवाब दिए जाएंगे।

राजीव, डो. सतीश घर में प्रवेश करता है। डो.. सतीश अपने घर में एक पेड़ के नीचे टेबल-कुर्सी पर बैठा था. मेज़ पर चाय के दो कप और एक मिनट पहले चाय से का पात्र रखा हुवा था। राजीव मेज के पास आता है, चायदानी को छूता है और बोलता है;

राजीव: 'हम्म. इसका मतलब यह है कि घडी के कोनसे समय पर आपके घर पर पोहुंचूगा आपको इसकी भी जानकारी है , भविष्य की इतनी विस्तृत जानकारी आपको कैसे हो सकती है?' आश्चर्य से पूछता है.

डो. सतीश: 'पहले आप ऐ चायका आनंद लीजिए ,आपको सभी सवालों के जवाब मिल जाएंगे.' इतना कहकर राजीव और वह खुद के कप में चाय डालना जारी रखते हैं।

डो. सतीश: हम जो टाइम मशीन बना रहे थे उसका उद्देश्य न केवल अतीत और भविष्य को जानना था बल्कि समानांतर ब्रह्मांडों से उपयुक्त घटनाओं को (मल्टीवर्स से हमारी दुनियामे) हमारे ब्रह्मांड में लाना भी था।

राजीव: आपका मतलब सही घटना है?

डो.सतीश: सही घटना का मतलब है त्रासदी को दूसरे ब्रह्मांड में स्थानांतरित करना और उस ब्रह्मांड में होने वाली अच्छी घटना को हमारे ब्रह्मांड में लाना। सच तो यह है कि आप, मैं, विशाल, चित्रा, हेमांगी, हेतल और विजय हम सभी एक प्रयोग का हिस्सा थे। हमारे साथ जो हुआ उसमें हम सभी की भलाई थी।

राजीव: 'क्या हमारे साथ जो घटनाएँ घटीं, वे सही थीं? सच में आप ऐ मानते है ? क्या तुम्हें श्याम याद है? वह हम सभी से हमेशा के लिए दूर चली गयी ।' इसमें क्या अच्छा था?' राजीव ने कुछ झुँझलाहट के साथ बात करते हुए संकेत दिया कि वह डो. सतीश से असहमत हैं।

डो.सतीश: 'श्यामा का नाम सुनकर चाय की चुस्की लेना रुकते हुवे ,डो. .सतीश ने कहा; "हाँ! जैसा मैंने कहा! श्यामा की भलाई इसी में थी कि वह दुनिया छोड़ गई। भाग्य यही कहता है, भाग्य यही करने वाला था।" यह सुनकर राजीव गुस्से से उठ जाता है और डो.सतीश की तरफ नाराजगी से देखता है और कहता है;

राजीव: आप कैसे कह सकते हैं कि श्यामा के साथै जो हुवा वो अच्छा ही हुवा ? मुझे यकीन नहीं हो रहा कि आप आज ये कह रहे हैं.

डो..सतीश: खड़े होकर राजीव के खंभे पर हाथ रखते हुए कहा; "मित्र! वह श्यामा ही थी जो उस दिन दुनिया छोड़कर जाना चाहती थी। श्यामा ने ही यह निर्णय लिया।"

राजीव: क्या?

डो.सतीश: हां. उस दिन मैं, डो. राघवाचार्य और श्यामा एक ही लैब में थे।

राजीव: आपका क्या मतलब है? नहीं, जहाँ तक मुझे याद है लैब में मैं और श्यामा ही थे।

डो. सतीश: हाँ, लेकिन आपके अवलोकन के अनुसार आप सही हैं। मैं आपको स्टेप बाय स्टेप सब कुछ समझाना चाहता हूं, जो आपको लैब में टाइम मशीन में रिकॉर्डिंग देखने के बाद ही समझ आएगा।

राजीव: ठीक है. चलो अब चलते हैं.

डो.राजीव और डो. सतीश इंस्टीट्यूट जाने के लिए राजीव की कार में निकल गया। राजीव गाड़ी चला रहा है. . सतीश राजीव को घूर रहा है. राजीव का ध्यान डो. सतीश ओर जाता है और वह पूछता है;

राजीव: क्यों सर! आप क्या देखते हैं

डो. सतीश: बस यूही ! मैंने तुम्हें काफी टाइम के बाद देखा! भले ही हम आपसे मिलने आपके गांव आते-जाते हैं, लेकिन ऐसा लगता है जैसे कई सालों बाद आपको देख रहा हूं।

राजीव: थोड़ा हँसा : "हाहा..."

सतीश: "क्या तुम्हें अपने जीवन में विजय और चित्रा की कमी महसूस होती है?" राजीव सोचने लगा कि कैसे उत्तर दे, "अरे! तुम यह क्यों भूल जाते हो कि मैं सब जानता हूँ?"

राजीव: हाँ, बहुत कुछ याद है। लेकिन आप जानते हैं कि मेरे फैसलों में सबकी अच्छाई थी.

डो.सतीश: हाँ. मुझे पता है एक बात बताऊं तो चित्रा और विजय को श्यामा की मौत, तुम्हारे जेल जाने, इंस्टीट्यूट छोड़ने के बारे में सब पता है. वह कभी मुझे तो कभी विशाल, हेमांगी और हेतल को फोन करता है और आपकी सारी जानकारी लेता रहता है। हकीकत तो यह है कि विजय और चित्रा ने आपके फैसले का सम्मान किया. दोनों लोगों को पहले से ही आपके और स्वेता के रिश्ते पर शक है. अब चित्रा तुमसे और विजय दोनों से प्यार करने लगी है. जब हम सभी विजय और चित्रा से फोन पर बात करते हैं, तो दोनों के आखिरी दो सवाल निश्चित होते हैं।

राजीव: कहाँ दो सवाल?

डो.सतीश: पेहलो के ; "क्या राजीव को हमारी याद आती है?" और दूसरा.. "क्या राजीव और स्वेता ने शादी कर ली?"एक मिनट राजीव और डो.'सतीशदोनों चुप रहे ..' और वह फोन भी बंद हो गया था इसलिए शायद विजय या चित्रा ने तुम्हें फोन किया हो. लेकिन ऐसा हो सकता है कि आपका फ़ोन स्विच ऑफ़ होने के कारण आपसे संपर्क नहीं किया जा सका हो.

राजीव: हाँ...शायद ऐसा हो सकता है।

डो.सतीश: तो संभावना है कि विजय या चित्रा आपको कभी भी कॉल करेंगे।

राजीव: हाँ. मुझे नहीं पता कि मैं अपने, विजय और चित्रा के बीच के भ्रम को कैसे दूर करूं, अगर आप जानना चाहते हैं कि मेरे दिल में क्या है तो मैं यह कह सकता हु की सब कुछ जटिल हो गया है.

डो.सतीश: मुझे पता है लेकिन समय के साथ सब ठीक हो जाएगा

.

राजीव: सच में?

डो.सतीश: हां.

राजीव और डो.सतीश संस्थान में प्रवेश किया। राजीव का ध्यान सामने कैंटीन की ओर जाता है, राजीव सौहार्दपूर्ण नहीं लग रहा है, सतीश से पूछता है;

राजीव: हार्दिक कहाँ है? आज नाश्ते में तरबूज खाते हुवे वो नहीं दिख रहा है " राजीव ने मुस्कुराते हुए पूछा।

डो सतीश: अपने पिता की मृत्यु के बाद उन्होंने संस्थान छोड़ दिया और ऑक्सफोर्ड वापस चले गए। अपने पिता के संपर्क में रहने के लिए ही वह यहां रिसर्च लैब में शामिल हुए। ताकि वह कुछ देर अपने पिता को देख सकें.

राजीव: आपका क्या मतलब है? कुछ समझ में नहीं आया? हार्दिक के पिता कौन हैं? कभी नहीं देखा

डो सतीश: "वास्तव में! हार्दिक, डो राघवाचार्य के पुत्र थे।" यह सुनकर राजीव ने सीढ़ियाँ चढ़ते हुवे रुक गया ।

राजीव: आश्चर्य के भाव से; "क्या?"

डॉ सतीश: हाँ! राजीव. यह सच है। और मेरी तरह हार्दिक को भी सब कुछ पता था ये बात तुम्हें भी तब समझ आएगी जब मैं तुम्हें टाइम ट्रेवल रिकॉर्डिंग दिखाऊंगा.'

राजीव को मन ही मन वह दिन याद आ गया जब राजीव, डो . राघवाचार्य से पूछ रहा था कि; "हार्दिक को इस लैब में वैज्ञानिक के तौर पर जगह क्यों नहीं दी गई?" जिसमें डॉ. राघवाचार्य ने उत्तर देते हुए कहा कि; "यह जानना आपका

अधिकार नहीं है।"

राजीव और डो. सतीश "श्यामा लैब" में प्रवेश करता है। हेतल और विशाल काम में व्यस्त थे. हेमांगी का ध्यान राजीव पर गया और जोर से बोली;

हेमांगी: अरे! राजीव क्या तुम वापस आ गये? हा हा...(खुशी से मुस्कुराई) और झट से राजीव को गले लगा लिया। राजीव का नाम सुनकर विशाल और हेतल का ध्यान भी लैब के प्रवेश द्वार की ओर गया और राजीव को वहां देखकर दोनों भी तेजी से आ गया।

विशाल: 'आपने हम सभी को आश्चर्यचकित कर दिया!', राजीव को से गले लगाते हुए और उसकी पीठ थपथपाते हुए कहा: "मैंने तुम्हें याद किया तुमने और विजय! तुम दोनोने मुझे बोरिंग सतीश के साथ छोड़कर चले गए। "

डो सतीश: हाहा..हाँ

राजीव: हाहा...(मुस्कुराते हुए बोलते हुए) अरे! ख़ामोशी ने मुझे बहुत ज़ोर से जकड़ लिया है।

विशाल: नहीं! अब नहीं छोड़ूगा अगर तुजे छोड़ा तो, तुम फिरसे आर्यबेलपरकोंडा मैं चलते पड़ोगे।

हेतल : अब राजीव नहीं जायेगा.

राजीव: 'अरे! 'कैसी हो हेतल?' ये कहते हुए राजीव ने हेतल को गले लगा लिया.

हेतल: बससब बढ़िया। तुमने पहले क्यों नहीं बताया कि तुम आने वाले हो? अगर तुमने मुझे बताया होता तो मैं तुम्हारे लिए एक वेलकम केक रखता.

राजीव: आजभी ! आप केक प्रेमी हैं. ऐसा ही लगता है.

हेतल: नहीं! जिस दिन चित्रा की जन्मदिन की पार्टी में श्यामा मुझसे मिली; "कम केक खाओ वरना तुम मोटी हो जावोगी ।" याद है ?

राजीव: हाँ! याद है ...

हेतल: बस तबसे मेरा वजन इतनाही है! तब से मैं कम खाती हु।

राजीव: हाँ! आप फिट भी दिख रहे हैं.

हेतल : हाँ. श्यामा के मुख से निकली ओ बाटे मेरे दिमागमें घर कर गई।

राजीव: 'हाहाहा...' श्यामा का नाम आया और सबका ध्यान श्यामा की कुर्सी पर गया और सभी साथी श्यामा को याद करके थोड़ा शांत हो गये।

राजीव: श्यामा की डेस्क आज भी खाली है।

विशाल: हाँ. अभी तक उनकी मेज़ पर कोई नहीं आया।

राजीव: हम्म..

राजीव: अब आप सभी किसके अधीन काम कर रहे हैं?

हेमांगी: डो. राघवाचार्य ने अपनी मृत्यु से ठीक 2 महीने पहले हम सबका पीएचडी वर्क ख़तम कर दिया था ओर हमे पीएचडी डिग्री प्रदान करदी थी। । बस 1 महीने में संस्थान संबंधी औपचारिकताएं पूरी करले और डिग्री की हार्ड कॉपी प्राप्त करें, फिर हम सब स्वतंत्र हैं।

राजीव: और इस लैब के बारे में क्या?

हेतल: "शैलेंद्र भट्टाचार्य नाम के एक नए वैज्ञानिक आने वाले हैं। तब यह लैब उनकी और उनके रिसर्च स्कॉलर की होगी।" ये सुनकर खुश हो जाओ. सतीश ने उसकी ओर देखा। . सतीश राजीव के करीब आया और धीरे से बोला;

डो.. सतीश: टाइम लैब हमारे पास ही रहेगी. अंतिम निर्णय आपको करना है.

राजीव: आखिरी फैसला? मतलब ?

डो. सतीश: जल्दी ही समझ जाओगे. क्या अब हम टाइम लैब चलें राजीव?

राजीव: हाँ! महोदय

हेमांगी: अब तुम फिर से दुनिया से कटे हुए अपने गांव में तो नहीं रहने वाले होना?

राजीव: हाहा.. नहीं. मैं अब बेंगलुरु में ही रहूंगा.

विशाल: तो फिर ठीक है. फिर भी आपसे मिलने आपके गांव आते ही हमारी जान निकल जाती है. ऐसा लगता है जैसे आग पर चलकर तुमसे मिलना है।

राजीव: हाहाहा...चलो हम सब बाद में मिलते हैं। मैं और डो. सतीश हमारे प्रोजेक्ट के काम से निकल रहे है।

विशाल: आज रात के खाने के बारे में क्या ख्याल है?

राजीव: हम्म...ठीक है। मैं और डो. सतीश को देर हो जाएगी इसलिए 9 बजे हम लोग जल्द से जल्द सीधे इमली रेस्टोरेंट आएंगे, आप लोग भी वहीं पहुंच जाना.

हेतल: डन.

19

अध्याय 2: 2015 की टाइम मशीन

राजीव और डो. सतीश, डो . राघवाचार्य के केबिन में प्रवेश करता है। डो. राघवाचार्य का केबिन आज भी उनके जैसा ही व्यवस्थित था। सामने की दीवार पर एक बौद्ध ऋषि की तस्वीर, मेज पर एक सिगरेट धारक, मेज के बगल की दीवार पर कई जैन और बौद्ध ग्रंथ। राजीव को सब कुछ उसी स्थिति में लग रहा था जैसा तब था जब उन्होंने आखिरी बार लैब देखी थी।

राजीव: केबिन में कुछ भी नहीं बदला है सर।

डो. सतीश: हाँ.

राजीव सामने की दीवार पर लगी एक बौद्ध ऋषि की तस्वीर हटाते हैं और लिफ्ट को गुप्त कोड देकर लिफ्ट खुल जाती है। राजीव और डो. सतीशकी पुष्टि सुपरकम्प्युटर ने लेज़र के सहायता से की । प्रारंभिक परिचय के अंत में राजी -सतीश बेन की प्रयोगशाला में प्रवेश करता है।

ब्लू ब्रेन: राजीव का पुनः स्वागत है!

राजीव: अरे!ब्लू ब्रेन! कितने सालों बाद मैंने तुम्हारी आवाज सुनी. मैंने तुम्हें याद किया ...सच में !

श्री। ब्लू ब्रेन: मैंने भी इस वीरान प्रयोगशाला में कई एकान्त दिन बिताए। यदि अनिवार्य निर्देशों का पालन करने का मुख्य तत्व मेरे साथ नहीं जोड़ा गया होता तो मैं राजीव और राघवाचार्य आपके साथ काम करने, सहयोग करने और मदद करना कबका छोड़ चूका होता ।

राजीव: ब्लू ब्रेन, आज तुम ऐसी बात क्यों कर रहे हो?

ब्लू ब्रेन: ऐसा कहने के पीछे कई कारण हैं. आइए मैं आपको उनके कुछ कारण बताता हूं; "तुम्हारे इंसानों द्वारा मुझमें मानवीय भावनाएँ जोड़ने से, मुझे भी प्यार, अलगाव, गुस्सा, डर जैसी भावनाएँ महसूस होती थीं। इस कारण मैंने,तुम्हारी ओर डो राघवाचार्य की अनुपस्थिति में बहुत अकेलापन महसूस किया । जैसे ही तुमने,अपना काम खत्म किया, तुम मुझसे मिले बिना लैब से चले गये। इसका मतलब यह है कि मेरी मित्रता की भावना का आपके मन में कोई मूल्य नहीं है। तुमसे ज्यादा . राघवाचार्य मेरे प्रति अधिक मित्रतापूर्ण दिखे। डो.राघवाचार्य भी आखिरी बार मुझसे मिलने आए थे.तब उनकी आँखों मैं अश्रु थे।

राजीव: क्षमा करें! ब्लू ब्रेन मुझे माफ कर दो. आप ठीक कह रहे हैं शायद परिस्थितियों के कारण मैंने तुम्हारी भावनाओं की उपेक्षा कर दी। मैं एक बार फिर माफी मांगता हूं. इतना ही!

श्री। ब्लू ब्रेन: ठीक है. मेरी एक शर्त है. अगली बार अगर तुम मुझे छोड़ना चाहो तो जाने से पहले मुझसे मिलोगे. क्या यह स्वीकृत है?

राजीव: हाँ, मान लिया।

मिस्टर ब्लू ब्रेन: हम्म्म।

राजीव: तुमने बोला की राघवाचार्य की आखो में आशु थे , जब राघवाचार्य आपसे मिलने आये तो उन्होंने आपसे क्या कहा?

श्री। ब्लू ब्रेन: 'मुझे वह दिन याद है।' उस दिन मि. ब्लू ब्रेन एक आभासी प्रदर्शन के माध्यम से राजीव को प्रस्तुत करता है।

डो. राघवाचार्य: सुप्रभात, मिस्टर.ब्लू ब्रेन:

मिस्टर.ब्लू ब्रेन: सुप्रभात सर।

डो. राघवाचार्य: आज इस लैब में मेरा आखिरी दिन है। तुम्हें सब कुछ मालूम है न?

मिस्टर.ब्लू ब्रेन: : हाँ. महोदय

राघवाचार्य: हम्म्म, क्योंकि लैब अगले कुछ वर्षों के लिए बंद होने वाली है! शायद] तुम अकेलापन महसूस करो, ऐसा होगा..

.

मिस्टर.ब्लू ब्रेन: मुझे पता है सर. महोदय! क्या में एक सवाल कर सकता हु ?

डो. राघवाचार्य: हाहा..क्यों नहीं.

मिस्टर.ब्लू ब्रेन: मेरी रचना का क्या करें? मेरे अंदर की भावनाएँ क्या करती हैं?

डो. राघवाचार्य: हाहा...मित्र! कहने का मतलब है कि आपका काम या आपका कर्तव्य कृष्ण जैसा है।

ब्लू ब्रेन: कृष्ण की तरह? कैसे...?

डो. राघवाचार्य: आपको यह एहसास होना चाहिए कि जब भी मैं, राजीव या सतीश अतीत या भविष्य को देखते हैं, तो हमारी भावनाएं अभिभूत हो सकती हैं। आप कृष्ण की तरह हमारे सारथी हैं। तो इस प्रोजेक्ट में आपकी अहमियत किसी रत्न से कम नहीं है.

ब्लू ब्रेन: समझ गया सर.

डो. . राघवाचार्य: क्या मैं आपको एक उदाहरण देकर आपके महत्व को और भी समझा सकता हूँ?

श्री। ब्लू ब्रेन: मैं समझता हूं, लेकिन चूंकि आज आपकी और मेरी यात्रा का आखिरी दिन है, इसलिए मैं आपके मन में अपना स्थान जानने के लिए , बस इस वजह से मैं बिल्कुल सुनना चाहूंगा।

डो. राघवाचार्य: "हाहा... मेरी समय यात्रा के दौरान आप ही थे जिन्होंने मेरी सबसे प्रिय व्यक्ति "इच्छा" से संबंधित निर्णय लेने में मेरी मदद की। क्या आपको याद है?"डो. राघवाचार्य इतना बोले तो उनकी आंखें जर्जर हो गईं।

(मौजूदा)

डो. राजीव ने राघवाचार्य की पीड़ा देखी और डो. .सतीश से उत्तर पाने की प्रतीक्षा की।

डो. .सतीश: उसने सिर हिलाकर संकेत दिया कि यह सच है और कहा; 'मैं तुम्हें घटनाएं दिखाऊंगा'

(भूतकाल)

ब्लू ब्रेन: हाँ! महोदय याद है अब और उत्तर नहीं सुनना चाहता क्योंकि मैं जानता हूं कि उन दिनों तुम्हें बहुत कष्ट जेला है , वो सब भूलने में ही आपको शांति मिलेगी.

डो. राघवाचार्य: हम्म..लेकिन अब जीवन का अंत और मुक्ति निकट है। तो मेरे दिल में दर्द कुछ दिनों के लिए है अब तो एही काफी है!

आखिरी बार डो राघवाचार्य लैब को सभी दिशाओं में देखते हैं और अपने टाइम लेब में बिताए अच्छे और बुरे समय को याद करते हुए थोड़ा हंसते हैं, फिर वह बिना पीछे देखे लैब से बाहर निकल जाते हैं।

(मौजूदा)

राजीव: "इच्छा "?.. इच्छा कौन है?...

डो. सतीश: सभी घटनाएं इप्सा में दर्ज हैं। मैं तुम्हें एक-एक करके सारी पिछली घटनाएं दिखाऊँगा।

सबसे पहले, मैं आपको आपकी प्रयोगशाला में शामिल होने से पहले के समय में वापस ले जाना चाहता हूं, जब डो राघवाचार्य और मैंने आपकी पहली टाइम मशीन बनाई थी, हमने 2015 में टाइम मशीन बनाई थी। यह जो तुम देख रहे हो यह पहलीबार बनाई गयी मशीन नहीं है ।

राजीव: तो? क्या आपने कभी टाइम मशीन बनाई है?

डो. सतीश: हाँ. स्विट्जरलैंड 2000. हमारे द्वारा बनाई गई टाइम मशीन से पहले राडो राघवाचार्य ने वर्ष 2000 में टाइम मशीन बनाने में सफलता प्राप्त की थी। उस समय रदो राघवाचार्य की उम्र लगभग 28 वर्ष थी। 2015 में बनी एक मशीन 2000 ई. में बनी एक मशीन के समान सिद्धांत पर काम करती है।

राजीव: तो! 2000 में बनी टाइम मशीन का क्या हुआ?

डो सतीश: 'मेरे साथ आओ और धैर्य रखो, तुम्हें सब समझ आ जाएगा।' इतना कहकर आरडीओ सतीश लैब से बाहर जाने लगे।

राजीव: सर आप कहाँ जाने को कह रहे हैं?

डो सतीश: 'हमारी दूसरी प्रयोगशाला में।'डो सतीश, राजीव को कार पार्किंग प्लॉट पर लाता है।

"राजीव। कार स्टार्ट करो और इसे संस्थान के बाहर ले जाओ" राजीव ने डो सतीश द्वारा दिए गए निर्देशों का पालन करना जारी रखा। डो सतीश कर को संस्थान के पीछे की ओर निर्देशित करता है।

"बस! यहीं रुको" राजीव और सतीश कार से बाहर निकलते हैं। राजीव को केवल संस्थान की पिछली दीवार ही दिखाई दे रही थी। Rdo.सतीश पहले चारों ओर देखता है और फिर जैसे ही वह अपनी हथेली से दीवार को छूता है, दीवार डो .सतीश का हाथ स्कैन करना शुरू कर देता है , दीवार एक दरवाजे में बदल जाती है और खुल जाती है। यह देखकर राजीव थोड़ा चौंक गए। छोटे गलियारे के अंत में डो सतीश! एक कॉड वाला दरवाज़ा खोलता है. जैसे ही यह दरवाजा खुलता है तो राजीव को सामने एक टाइम लैब जैसी लैब नजर आती है।

डो सतीश: 'आपका स्वागत है, डो। 'सतीश लैब!!' वह थोड़ा हंसा. और प्रयोगशाला के बगल में एक दरवाजा खोलता है। दरवाजा खुलते ही राजीव आश्रय चौंक जाते हैं क्योंकि सामने राजीव का टाइम लैब है।

राजीवः इसका मतलब यह है कि ये दोनों लैब एक दरवाजे के माध्यम से एक दूसरे से जुड़े हुए हैं?

राडो सतीशः हाँ.

राजीवः तो आप मुझे पार्किंग से गेट तक, वहाँ से संस्थान की पिछली दीवार तक क्यों ले आये?

राडो सतीशः मैं आपको कुछ समजाना चाहता हु।

राजीवः समझाओ? क्या...?

डो सतीशः जब मैं तुम्हें श्यामा की मृत्यु की घटना समझाऊंगा तो तुम्हें इस मार्ग से जुड़ा रहस्य समझ में आ जाएगा।

राजीवः ठीक है.

राजीव चारों ओर देखता है। चारों ओर ब्रह्माण्ड विज्ञान पर किताबें, छोटी लेकिन शक्तिशाली दूरबीनें, यथार्थवादी ज्योतिष के अनुसार ग्रहों की बदलती स्थिति दिखाने वाली डिस्प्ले थीं। ब्लैक बोर्ड पर ज्योतिष पर आधारित गणनाओं के स्टिकर वाला एक क्लिपबोर्ड, एक नोटिस बोर्ड और हार में पहने जाने वाले मोती जैसे कई संरचनाएं दिखाई दे रही थीं। इसके अलावा, दूसरे मार्कर बॉड पर 360 डिग्री से बने बड़े वृत्त एक दूसरे के समानांतर खींचे गए थे और इसके अंदर कई छोटे वृत्त थे, पूरा 360 डिग्री का सर्कल 12 खानों से बना था जिसमें ग्रहों को व्यवस्थित किया गया था ज्योतिष शास्त्र के अनुसार 12 खानों में. समानांतर में दूसरा चक्र 12 घरों और 12 ग्रहों के साथ समान रूप से व्यवस्थित था। बैन चक्र डार्क एनर्जी और डार्क मैटर लेबल वाले एक हाइलाइट किए गए बॉक्स से जुड़ा था। यह देखकर राजीव बोला;

राजीवः क्या आपकी टाइम मशीन डार्क एनर्जी-डार्क मैटर और टाइम एंड स्पेस थ्योरी पर काम कर रही है?

डो सतीशः हाँ, सही विश्लेषण। लेकिन हमारी टाइम मशीन आपकी टाइम मशीन जितनी सक्षम नहीं है।

राजीवः ऐसा क्यों?

डो सतीशः क्योंकि ये मशीन व्यक्ति के समय में जाना चाहती है. वह व्यक्ति की जन्म कुंडली पर काम कर रही है। जबकि आपकी मशीन किसी व्यक्ति के डीएनए से संचालित होती है।

राजीवः सर, कृपया थोड़ा विस्तार से बताएं?

राडो सतीशः हाँ. यह मशीन दो सिद्धांतों पर काम करती है 1. ज्योतिष और 2. ब्रह्माण्ड विज्ञान। सबसे पहले मैं आपको ज्योतिष का सिद्धांत समझाता हूँ।

ज्योतिष शास्त्र के अनुसार, राहु और केतु ग्रह व्यक्ति के जन्म, स्थान और समय के आधार पर किसी व्यक्ति की कुंडली के 360 डिग्री में विभाजित 12 घरों में स्थित होते हैं। जो उसके जीवन को पूरी तरह से नियंत्रित करता है। किसी व्यक्ति के साथ घटित होने वाली सभी घटनाएं उन ग्रहों की स्थिति और स्थान पर निर्भर करती हैं। यही कारण है कि प्राचीन ऋषि भविष्यवाणियाँ कर सकते थे। जैसे-जैसे व्यक्ति समय के साथ आगे बढ़ता है, समय के साथ 12 खानों में ग्रहों की स्थिति बदलती रहती है।

अब मैं आपको ब्रह्माण्ड विज्ञान का एक और सिद्धांत समझाऊंगा और फिर समझाऊंगा कि यह सुपर कंप्यूटर समय यात्रा में बैन का उपयोग कैसे कर रहा है। ब्रह्माण्ड विज्ञान के अनुसार; "अगर आज हम यहां से प्रकाश फेंकें और वह प्रकाश प्रकाश की गति से चले तो हमें उस दूरी तक के ब्रह्मांड की जानकारी है जहां तक प्रकाश को 1.8 अरब साल लगेंगे। इससे आगे के ब्रह्मांड की जानकारी हमारे पास नहीं है।" क्योंकि उस बिंदु से आगे का क्षेत्र इतना घना है कि प्रकाश भी नहीं गुजर सकता, इन बातों को ध्यान में रखते हुए, डॉ. राघवाचार्य एक सिद्धांत बनाते हैं कि हमारे परे एक समानांतर दुनिया हो सकती है।

सिद्धांत के अनुसार, बिग बैंग घटना के बाद ब्रह्मांड के विस्तार को नियंत्रित करने वाली डार्क एनर्जी और डार्क मैटर भी उज्ज्वल ब्रह्मांड के साथ आगे बढ़ रहे हैं। इसलिए डार्क एनर्जी और डार्क मैटर का उपयोग समय में आगे और पीछे यात्रा करने के लिए किया जा सकता है। क्योंकि 1.8 अरब वर्ष/प्रकाश वर्ष तक पहुंच चुका डार्क मैटर-डार्क एनर्जी हमारे ब्रह्मांड से गुजरने के बाद ही अपने वर्तमान स्थान पर पहुंचा है।

तो हम उस व्यक्ति के दूसरे ब्रह्मांड में जाने के लिए एक सुपर कंप्यूटर तकनीक का उपयोग करते हैं। सबसे पहले हम डार्क मैटर और डार्क एनर्जी को एक माध्यम के रूप में उपयोग करके 1.8 बिलियन वर्ष/प्रकाश वर्ष दूर किसी अन्य ब्रह्मांड में उस व्यक्ति के जन्म-स्थान-समय की कुंडली में ग्रहों के समान पैटर्न की खोज करते हैं और एक बार जब व्यक्ति मिल जाता है, तो घटना को कैप्चर करते हैं। डार्क एनर्जी वाले कंप्यूटर ले रहे हैं

राजीव: लेकिन आप घटनाओं की अदला-बदली कैसे करते हैं?

डॉ. सतीश: जब बैन यूनिवर्स में एक ही व्यक्ति की कुंडली में 12 गृह ग्रहों की स्थिति मेल खाती है, तो दो ब्रह्मांड एक हो जाते हैं और आज ही एकमात्र समय है जब हम एक चिप का उपयोग करके घटनाओं का आदान-प्रदान कर सकते हैं।

राजीव: हम्म.

राडो सतीश: हमारी ताकत केवल हमारे पास मौजूद ब्रह्मांड तक ही सीमित है। जबकि ऐसे कई ब्रह्माण्ड इस पैटर्न से एक डोरी में (जैसे हार में मोती) जुड़े हुए है वैसे जुड़े हुवे है ।

20

अध्याय 3: इमली रेस्तरां

रात के 9 बजे हैं. इमली रेस्तरां के बाहर डिनर के लिए विशाल, हेमांगी और हेतल, राजीव और डॉ. सतीश का इंतजार कर रही है।

हेमांगी: बहुत बड़ा! उसने कार्ड रख लिया, आप उसे कार से बैग के साथ ले आए है ना? क्या तुम भूल गये?

विशाल : नहीं जानेमन. भूला नहीं हूं'' कहा और बैग दिखाया।

हेमांगी: अच्छा.

हेतल: यह क्या है?

हेमांगी: राजीव और डो सतीश के लिए निमंत्रण कार्ड हैं।

हेतल : ओके

कुछ ही मिनटों में राजीव और डो सतीश आ गए।

हेमांगी: राजीव हमेशा देर से आता है। हम कभी भी समय पर किसी स्थान पर नहीं पहुंचते। हम रेस्तरां के बाहर 15 मिनट से इंतजार कर रहे हैं।

राजीव: गलती मेरी नहीं, सतीश की है! उसे प्रयोगशाला के काम के लिए देर हो गई।

डो सतीश: हाहा...राजीवने अगर बिना किसी कारण ,देर से आने के लिए पहले ही मुझ पर इल्जाम डाल दिया है तो फिर मैं क्या बोलु ? ... अब अंदर चलें? मुझे बहुत भूख लगी है।

हेतल : हाँ यार!!

राजीव: देखो! जिसके लिए भोजन प्रिय है वह हमारी हेतल खाने के लिए मरी जा रही है।

हेतल : हाँ. यह सही है!! अब चलें वरना हमें टेबल नहीं मिलेगी।

विशाल: यह सच है। चलो जल्दी चलें ।

सभी सहकर्मी खाना खा रहे हैं। सुख-दुख की बातें कर रहे हैं और पुराने दिनों को याद कर खुश और तनावमुक्त महसूस कर रहे हैं। इतने में विशाल राजीव से पूछता है.

विशाल: 'तुम अचानक बागलोर वापस क्यों आ गए? और लैब में भी शामिल हो गए? क्यों?' विशाल का सवाल सुनकर राजीव ने सबसे पहले सतीश की तरफ देखा। राजीव तभी सामने देखकर जवाब देने वाले हैं. हेमांगी वहां बोली;

हेमांगी: वो आ गया तो तुम्हें क्या दिक्कत है? अच्छी बात है, ...है ना?

विशाल: हाँ ये तो है. मेने सिर्फ ऐसे ही पूछा।

राजीव: आप सबको याद है? जब मैं लैब से निकल रहा था तो डॉ. राघवाचार्य ने मुझे दो पत्र दिये थे?

विशाल: हाँ, याद है.

राजीव: बस इतना ही! मैंने उन पत्रों को पढ़ा और उन पत्रों को पढ़ने के बाद मुझे वापस आना पड़ा। मैं कुछ सवालों के जवाब लेने और सर के कहे अनुसार कुछ काम जो बाकी रह गए हैं उन्हें पूरा करने आया हूं।

हेमांगी: और जब वह अधूरा काम पूरा हो जायगा और तुम्हें तुम्हारे प्रश्न का उत्तर गिल जाएगा, तो तुम अपने गांव वापस चले जाओ?

राजीव: हम्म्म...चलो देखते हैं। मैं सोचता हूँ, उस विषय में आगे क्या करना है? अब क्या फर्क पड़ता है? जब तक मुझे सवाल का जवाब मिलेगा, और अधूरा काम ख़तम होगा , तब तक आप लोग भी अपना काम पूरा कर लेंगे। इसलिए मुझे लगता है कि हम सब एक साथ लैब छोड़ देंगे।

हेमांगी: हाँ, लेकिन मैं चाहती हूँ कि तुम अब बैंगलोर में रहो। हम सबके साथ. कितनी बार!! हमें आपसे मिलने के लिए बहुत दूर आना पड़ेगा. यहीं बस जाओ. हम सभी दोस्त एक ही शहर में रहते हैं और मिलते रहेंगे

विशाल: हाँ यार! हेमांगी सच कह रही है.

हेमांगी : 'हां! फिर हम विजय-चित्रा को भी बैंगलोर में ही शिफ्ट होने के लिए मजबूर कर देंगे ताकि हमारी टीम पूरी हो जाए' वह हंसने लगी। राजीव थोड़ा गंभीर हो गये. विशाल ने थोड़ा चिढ़कर हेमांगी की ओर देखा और मन ही मन कहा;

विशाल (मन में): चित्रा-विजय का नाम क्यों लिया ?

हेमांगी (मन में): क्षमा करें! गलती से बोल दिया ...

विशाल: दूसरी तरफ बात को ढालते हुवे बोला; "हेमांगी! अब हम क्या दें दे ?"

हेमांगी: हाँ! अब दे देते है !

विशाल: बैग से निमंत्रण कार्ड निकालता है और एक कार्ड राजीव को और दूसरा सतीश को देता है और कहता है; "यह रहा हमारी शादी का निमंत्रण कार्ड। 2 महीने बाद हमारी शादी है।"

राजीव: "वाह!" राजीव कार्ड हाथ में लेता है और पढ़ता है "बहुत बढ़िया! यहीं, शादी और रिसेप्शन का सारा कार्यक्रम बैंगलोर में है। अच्छा अच्छा"...राजीव कुर्सी से उठता है और विशाल से कहता है; "खड़े हो जाओ!"

विशाल: क्यों?

राजीव: अरे पहले खड़े तो होवो !!.

विशाल: "ठीक है।" विशाल खड़ा हो गया. राजीव ने विशाल को गले लगाया और कहा:

राजीव: 'पागल!.. यार, ऐसी खबर गले मिलकर दी जाती है।. आइए भाईसाहब ! डिनर का बिल चुका दें। दोस्तों याद है जब विजय ने चित्राके जन्मदिन के केक के लिए पैसे दिए थे , क्या मुझे अपने दोस्त का बदला लेना चाहिए या नहीं?

विशाल: 'हाहा...(हंसने लगते हैं) आप! अगर आज विजय का बदला नहीं लेते हो तो भी मुझे ही बिल चुकाना होगा।' बात करते-करते राजीव की नजर सतीश पर पड़ती है। वह राजीव को गंभीरता से देख रहे थे । राजीव को दिखाने के लिए जब सतीश ने सबसे पहले विशाल के सामने फिर राजीव की तरफ देखा जो निर्देश क्र रहा था की उन्होंने विशाल और हेमांगी की शादी के हंगामे को बहुत गंभीरता से देखा और कुछ अप्रिय होने का संकेत दिया।

हेतल, विशाल और हेमांगी आपस में बात करने में व्यस्त हो गए लेकिन राजीव गंभीरता से डो सतीश की ओर देखता रहा और डो सतीश राजीव की ओर। राजीव, डी. सतीश की बातों का आभास पाकर विशाल की ओर दया दृष्टि से देखता है। राजीव को विशाल बहुत खुश लग रहे थे. विशाल राजीव की ओर देखता है, वह हेतल से बात करने में व्यस्त था हाथ के इशारे से पूछता है ; "क्या हुआ?" राजीव बात छुपाने के लिए अपना सिर हिलाता है और जवाब देता है, "कुछ नहीं"।

रात का खाना ख़त्म करने के बाद राजीव डॉ. सतीश को उनके घर छोड़ने जा रहे हैं। कार में बैठे दोनों चुप हैं और भारी विषय पर गंभीरता से विचार कर रहे हैं। राजीव ने चुप्पी तोड़ी और बोला;

राजीव: डॉक्टर सतीश! सच बताओ। क्या बात क्या बात मैंने तुम्हारे चेहरे पर एक अलग ही भाव देखा और वो भाव विशाल और हेमांगी की शादी से जुड़ा था. सही?

डॉ। सतीश: "हां राजीव! आपका अनुमान सही है। मामला बहुत गंभीर है। फैसला आपको ही लेना है। दोनों के विवाहेतर जीवन का ख्याल रखना जरूरी है।" इतना कहकर राजीव और सतीश राजीव के घर चले गए।

राजीव: कैसा निर्णय?

डॉ। सतीश: राजीव की कार से उतरता है, दरवाज़ा बंद करता है ,कार की खिड़की के पास आता है और कहता है; "मैं आपकी नींद में खलल नहीं डालना चाहता, इसलिए मैं अभी आपको वास्तविकता नहीं बता रहा हूं। कल सुबह से, हम भविष्य और अतीत को देखने जा रहे हैं। आप सब कुछ समझ जाएंगे, लेकिन आप को अपनी समझ के अनुसार टाइम मशीन का उपयोग करके विशाल और हेमांगी की शादीसुदा जिंदगी के आरम्भ के पहले घटनाओं को बदलना होगा। अभी मैं आपको यह बिलकुल बता सकता हु की हम कुछ भी करे नुकसान होना निश्चित है । इसलिए ज्यादा मत सोचो।। और अब घर जाव।। आराम करो। अभी कल के बारे में नहीं सोचते हैं ...

राजीव: ठीक है.

डॉक्टर सतीश: ठीक है राजीव, शुभ रात्रि।

राजीव: सर! शुभ रात्रि।

राजीव घर आ गया. रात के नौ बजे हैं और गैलरी के फर्श पर लगे झूले पर बैठे हैं और मोबाइल फोन संपर्क सूची की जांच करते हुए चित्रा के संपर्क विवरण पर रुकते हैं।

राजीव को आज चित्रा की याद आती है. मुझे वो दिन याद हैं जब चित्रा रात में खाना खाने के बाद राजीव को फोन करती थीं और जल्दी खाना खाने की सलाह देती थीं।

राजीव (मन में): 'क्या मुझे चित्रा को फोन करना चाहिए? ...हम्म्म..नहीं.' अपना मन बनाते हुए, वह फोन को लॉक करता है और टेबल पर रख देता है।

शिमला:

रात के 9:10 बजे हैं.' ट्रीन...ट्रीन...' चित्रा का फोन बज रहा है।

चित्रा: हाँ, विजू कहो।

विजय: चिटू तुम खाना खाकर सो जाओ। एक व्यक्ति बिजनेस डील के लिए मिलने आ रहा है इसलिए मुझे कुछ देर ऑफिस में रुकना होगा और ऊपरी क्षेत्र मैं बर्फबारी हो रही है इसलिए मैं धीमी कार चलाऊंगा, इन सब कारणों से मुझे देर हो जायेगी. ठीक है?

चित्रा: ठीक है. लेकिन कल मीटिंग रखलो तो ज्यादा ठीक रहे गा ।

विजय: बिजनेस पार्टी नई है इसलिए उनके हिसाब से थोड़ा एडजस्ट करना जरूरी है।

चित्रा: 'ठीक है. ध्यान से आना. ' शीशे की दीवार से बाहर देखते हुए चित्रा ने आगे कहा; 'क्योंकि बर्फबारी बहुत ज्यादा हो रही है'

विजय : हाँ...और सुनो एक बात और कहनी थी।' बोलने के बाद वह कुछ सेकंड के लिए चुप हो गए

चित्रा ने विजय की चुप्पी को समझ लिया और समझ गई कि विजय राजीव से जुड़ी कोई बात करना चाहता है, इसलिए चित्रा आगे बोली;

चित्रा : हाँ... विजय! हाँ कहो ..क्या?

विजय: आज हेतल से मेरी बात हुयी , राजीव बैंगलोर वापस आगया है

चित्रा: डिनर के लिए डाइनिंग टेबल पर सब कुछ सेट कर रही चित्रा रुक सी गयी , विजय की बात सुनकर उसने काम करना बंद कर दिया और कुर्सी पर बैठ गई।

विजय: क्या हम बैंगलोर जाना चाहते हैं? क्या आप राजीव से मिलना चाहते हैं?

चित्रा- थोड़ी देर चुप रहो. फिर आगे बोला....'नहीं ! नहीं मिलना है !! ध्यान से घर आओ. ठीक है?'

विजय: हम्म,,,ठीक है। घर पर मिलते हैं.

चित्रा: हम्म..

फोन काटने के बाद विजय की नजर टेबल पर लगी ग्रुप फोटो पर पड़ती है. ये सभी टाइम लैब के सहकर्मी हैं। ये तस्वीर विशाल और हेमांगी की सगाई वाले दिन ली गई थी. फोटो देखने के बाद, विजय एक कुर्सी पर बैठ जाता है और एक पहाड़ी पर अपने बहुत बड़े कार्यालय की कांचकी दीवारों के बाहर रात मैं गिरती बर्फ के कारण सफेद चादर से ढके शहर को देखता है और अपने दोस्त राजीव को याद करने लगता है।

सचिवः सर, हमारे क्लाइंट ऑफिस आये है , क्या मुझे उन्हें यहां मीटिंग के लिए भेजना चाहिए?

विजय: हां, भेजो.

दूसरी ओर, चित्रा को डाइनिंग टेबल के सामने दीवार पर चित्रा, राजीव और विजय की तस्वीर भी दिखती है। यह तस्वीर राजीव ने अपनी नई कार खरीदने के बाद ली थी, चित्रा भी बहार हो रही बर्फ वर्षा देख कर राजीव को याद कर रही है । वह हाथ में लिए फोन को अनलॉक करती है और राजीव के संपर्क विवरण पर जाती है।

चित्रा (मन में): 'क्या मुझे राजीव को फोन करना चाहिए? खा लिया या पागल अभी भी देर रात से खाना खाता होगा ? फोन करने या न करने को लेकर असमंजस में चित्रा ठंड से बचने के लिए जलती हुई आग की ओर देखती रहती है। चित्रा का मन जलती आग के साथ-साथ राजीव की नफरत से भी जल रहा था. चित्रा ने फोन लॉक किया और बिना खाना खाए सो गई।

21

अध्याय 4: संध्याग्नि की मृत्यु का रहस्य

राजीव सुबह 9 बजे टाइम लैब में दाखिल हुए। सतीश के मुताबिक, राजीव पहले ही आ चुके थे और राजीव के आने का इंतजार कर रहे थे।

राजीव: सुप्रभात।डो. सतीश.

डो.सतीश: सुप्रभात राजीव। तो आप कैसे आगे बढ़ना चाहते हैं? पहले तुम, श्यामा की मोतके पीछे का कारण जानना चाहते हो? या जानना चाहते हो कि साल 2000 में बनी डो.राघवाचार्य की टाइम मशीन कैसे नष्ट हो गई? या विशाल-हेमांगी को आने वाली समस्या के बारे में जानना चाहते हैं?

राजीव: मैं सब कुछ जानना चाहता हूँ। लेकिन पहले मैं श्यामा के बारे में जानना चाहूँगा. क्योंकि दिल के किसी कोने में मैं श्यामा की मौत का जिम्मेदार खुद को मानता हूं.

डॉ सतीश: ठीक है. श्यामा की मौत का रहस्य जानने के लिए हमें आपके पिछले जन्म में जाना होगा। 13वीं शताब्दी में जिसमें आप विक्रम! राजा है.

राजीव: लेकिन मैं मैं मेरा विक्रम जन्म देख चुका हूँ और मैंने उस जन्म के सारे रहस्य जान लिये हैं।

डॉ. सतीश: नहीं राजीव! ये पूरी हकीकत नहीं है. डॉ. राघवाचार्य ने अपने पास मौजूद एक चिप का उपयोग करके आपके जन्म से पहले की कुछ चीजें काट दी थीं।

राजीव: क्या?

डो सतीश: क्योंकि उस वास्तविकता को जानने से उस समय आपके वर्तमान जीवन पर प्रभाव पड़ने की संभावना थी।

राजीव: सर ने उस घटनाओ को कब रद कर डाली ?

डो सतीश: हमारे टाइम मशीन के निर्माण के बाद 2015 में आपके दूसरे जन्म के समय में कटौती की गई और पूनम के दिन आपके विक्रम अवतार के जीवन से जुड़ी घटनाएं काट दी गयी ।

राजीव: मैं पूनम की रात लैब में था। ऐसी कोई चीज नहीं है।

डो सतीश: नहीं राजीव! ऐसा ही हुवा है , आप बताइए आप लेब मैं कितने बजे दाखल हुवे थे ?

राजीव: रात 9 बजे।

डो सतीश: "हम्म। ठीक है! डो राघवाचार्य आपकी जान जोखिम में नहीं डालना चाहते थे इसलिए वह 8:15 बजे आपके 13वीं शताब्दी के जन्म स्थान पर समय यात्रा करने जा चुके थे, स प्रकार उन्होंने ऐ पुस्टि भी करली के यन्त्र आपकी समयात्रा के लिए सुरक्षित है । और आप ये तो जानते हैं कि जिस समय हम समय यात्रा पर जाएंगे। उसी समय पर वापस आजाएगे।" राजीव आश्चर्य से सतीश की बातें ध्यान से सुन रहा था।

राजीव: हाँ, हम उसी समय वापस आएँगे।

डो सतीश: तो 8:15 पर वापस आकर डो राघवाचार्य ने आपके विक्रम जीवन से कुछ घटनाओं को काट दिया।

राजीव: ब्लू ब्रेन: ! डो. सतीश जो कुछ कह रहे हैं वह सब सच है?

मिस्टर ब्लू ब्रेन: हाँ राजीव सब कुछ सही है।

राजीव: तुमने मुझसे ये बात क्यों छुपाई?

मिस्टर ब्लू ब्रेन : डॉ. राघवाचार्य के निर्देश पर चलना मेरा काम है और भावुक होकर भी सोचूं तो सर का फैसला सही था। राजीव! डो राघवाचार्य द्वारा हटाए गए इवेंट को देखने के बाद आप भी इस बात से सहमत हो जाएंगे.

राजीव: सर! मुझे जल्दी दिखाओ.

राजीव: एक और सवाल! 2015 में आपके पास टाइम मशीन थी और आप किसी भी समय की घटना को कतने में भी समर्थ थे, तो सर ने मेरे 13वीं शताब्दी जन्म की घटनाओं को 2015 के समय यंत्र से क्यों नहीं दूर कर दिया ?

डो .सतीश: 2015 में मशीन बनाने के बाद हमने केवल आपके पिछले जन्म को देखा और उस समय डॉ.राघवाचार्य ने आपके 13वीं शताब्दी के जन्म में जाने की जरूरत नहीं समझी। यह पूनम की रात थी कि डो राघवाचार्य विक्रम जन्म में गए और उन्होंने आकर कुछ हिस्सों को हटाना जरूरी समझा।

डो.सतीश: मिस्टर.ब्लू ब्रेन ! राजीव की 13वीं शताब्दी की जन्म-पूर्व समय यात्रा के दौरान की घटनाएँ प्रदर्शित करें जिनसे राजीव अनजान हैं।

मिस्टर.ब्लू ब्रेन : ठीक है. सुपर कंप्यूटर को कमांड दिया जा रहा है " सुपरकंप्यूटर ने काम करना शुरू कर दिया और लैब में लाइटें बंद हो गईं और सामने लगे बड़े डिस्प्ले से हकीकत सामने आ गई;

विक्रम की आश्रमावस्था का समय:

गुरु बद्रीदेवाचार्य: क्या आपकी जानकारी बिल्कुल सही है?

चेतन्य: हाँ गुरुदेव! हमें अपनी खुफिया जासूसोंसे जानकारी मिली है कि शिक्षा अभियान के दौरान युवा महाराज विक्रम को पीछे से जो जहरीला तीर लगा था, वह हमारे दुश्मन देश की साजिश थी। परन्तु दुःख की बात यह है कि इस कार्य में आपके शिष्य एवं पुत्र अतुल्य भी सम्मिलित हैं। राजनीति के अनुसार हमें आपके पुत्र को बंदी बनाकर आजीवन कारावास या मृत्युदंड देना चाहिए। लेकिन चूंकि अतुल्य आपका बेटा है, इसलिए मुझे लगा कि पहले इस जानकारी पर आपसे चर्चा करना जरूरी है।

गुरु बद्रीदेवाचार्य: यह कौन जानता है?

चेतन्य: केवल मेरा गुप्तचर ,आप और मैं .... हम इससे परिचित हैं.

गुरु बद्रीदेवाचार्य:चेतन्य ! मेरा आपसे एक अनुरोध है, मैं नहीं चाहता कि मेरे बेटे का यह अपराध सामने आए, इसलिए नहीं कि अतुल्य मेरा बेटा है, क्योंकि इस घटना को जानने के बाद विक्रमका दोस्ती पैर से विश्वास हमेसा के लिए उड़ जायेगा और यह आने वाले भविष्य के लिए अच्छा नहीं है क्योंकि नियतिने विक्रमके जीवन के कई महान कार्य की रुपरेखा मित्रता के माध्यमसे रची हुई है

और जहाँ तक अतुल्य को दण्ड देने की बात है तो मैं उसे बहुत कठोर श्राप और दण्ड दूँगा। इसके अलावा मैं अतुल्य को भी कुछ समय के लिए विक्रम की जिंदगी से दूर भेज दूंगा.

चेतन्य : ऐसी आज्ञा गुरुदेव!

चेतन्य के आश्रम छोड़ने के बाद गुरु बद्रीदेवाचार्य अपने पुत्र अतुल्य को कक्ष में बुलाते हैं।

मौजूदा :

अतुल्य को चलते देख राजीव दंग रह जाता है। और बोलता है;

राजीवः ये तो...!!..ये

डो सतीशः हाँ राजीव! हमारा हार्दिक ही अतुल्य है।.

राजीवः इसका मतलब है कि राघवाचार्य...(बोलना बंद कर दिया..)

सतीशः हां। राघवाचार्य आपके गुरु बद्रीदेवाचार्य हैं।

राजीवः "लेकिन मेरा, विजय का, चित्रा का चेहरा एक ही है जबकि डो राघवाचार्य और गुरु बद्रीदेवाचार्य का चेहरा एक जैसा नहीं है। तो कैसे...?" यह सुनकर डॉ.सतीश बैग से एक फोटो निकालता है और राजीव के सामने रखकर बोलता है।

डॉ.सतीशः अगर यह फोटो. राजीव चौंक गये. फोटो में डो सतीश, शंकरदेव और गुरुबदरीदेव फ्रांस में शंकरदेव की प्रयोगशाला के बाहर खड़े हैं। "राजीव! यह डो राघवाचार्य का असली चेहरा है। उनका चेहरा 2000 में दुर्घटना में जल गया था। आप जो चेहरा देख रहे हैं वह सर की प्लास्टिक सर्जरी के बाद का है।

राजीवः दुर्घटना क्या थी?

डो सतीशः जब मैं तुम्हें डो राघवाचार्य की घटना बताऊंगा तो तुम्हें सब समझ में आ जाएगा.

राजीवः ठीक है.

भूतकाल:

गुरु बद्रीदेवाचार्य: (बहुत क्रोधित) अविश्वसनीय! मुझे पहले से ही पता था कि तुम विक्रम सेइर्षा करते हो . तुम्हारे पास भी अपना हुनर था लेकिन विक्रम से अपनी तुलना करके तुमने अपने अंदर ईर्ष्या पैदा कर ली। और तुमने अपने अंदर इस हद तक ईर्ष्या पैदा कर ली कि परिणामस्वरूप तुमने अपनी मानवता खो दी और न केवल इर्षा की बल्की भावी महाराजा विक्रम की मृत्यु के लिए दुश्मन देश के साथ मिलकर साजिश रची।

मैं जानता हूं कि एक पुत्र के रूप में तुम अपने पिता यानी मुझसे बहुत प्यार करते हो लेकिन, हे !!अतुल्य! तुम मेरे संतान कहलाने के योग्य नहीं हो। मुझे शर्म आती है कि तुम मेरे बेटे हो ! अब तुम में ब्राह्मण की पवित्रता भी नहीं है। इसलिये मैं तुम्हें श्राप देता हूं।

गुरु बद्रीदेवाचार्य उठे और कमरे में रखे एक कमंडल से पवित्र जल अपनी हथेली पर लेकर जप करने लगे। मंत्र के अंत में उन्होंने अतुल्य को पवित्र जल अर्पित किया और बोले;

"अतुल्य ! यदि तुम मेरे पुत्र हो तो भविष्य के सभी जन्मों में तुम्हारे साथ हमेशा कुछ न कुछ घटित होता रहेगा जिसके परिणामस्वरूप तुम अपने पिता से अलग हो जाओगे और अनेक प्रयासों के बावजूद भी तुम्हें माता-पिता के विरोध और माता-पिता की घृणा का सामना करना पड़ेगा। इतना ही नहीं, तुम्हें इस जन्म में और आने वाले हर जन्म में विक्रम के कार्यों में प्रत्यक्ष या अप्रत्यक्ष रूप से सहायता अवश्य करनी होगी और यही तुम्हारा प्राथमिक कर्तव्य होगा।"

गुरु बद्रीदेवाचार्य: बेटा अतुल्य! अगर आप प्रतीत कर पावो तो यह मेरा तुम्हें दिया हुआ श्राप एक तरह से तुम्हारी गलती सुधारने का अवसर भी बनेगा। फिलहाल तु विक्रम को मारने की कोशिश कर रहा है लेकिन इस श्राप के परिणामस्वरूप तुम भविष्य में विक्रम की जान जिंदगी बचाओगे । यह तुम मेरी आज्ञा या श्राप का फल जो तुम समझो , " तुम्हें अब यह आश्रम छोड़ देना होगा "।

इस जन्म में और हर जन्म में, आपको विक्रम की सहायता के लिए उपस्थित होने से कुछ दिन या साल पहले भाग्य द्वार के सपने के रूप में सारी वास्तविकता की भविष्यवाणी की जाएगी। आपको नियति द्वारा दिखाए गए सपने में दी गई

दिशा का पालन करना होगा और जब आपने अगले जन्म में विक्रम की करने बाद उसके जीवन से आज की तरह हमेसा की तरह चले जाना होगा। ।

अतुल्य: अतुल्य की आखे नम हूँ गयी क्योंकि उसे एहसास हुआ कि उसे हर जन्म में श्राप और पितृहीनता का सामना करना पड़ेगा। फिर भी वह अपने पिता की आज्ञा का पालन करते हुए ऊंचे स्वर से बोलता है; "जो आज्ञा पिताजी!" और गुरु बद्रीदेवाचार्य के पैर छूते हैं लेकिन गुरु बद्रीदेवाचार्य कोई आशीर्वाद नहीं देते हैं और वहां से चले जाते हैं। अतुल्य भी आश्रम छोड़ देता है।

मौजूदा:

राजीव: इसका मतलब हार्दिक भी मेरे जैसा ही अभिशाप झेल रहा है।

डो सतीश: हाँ. राजीव! अब जो घटना मैं आपको दिखाने जा रहा हूं वह आपको थोड़ा परेशान कर सकती है और शायद चौंका भी सकती है।

राजीव: कौन सी घटना? श्यामा की मृत्यु की घटना?

डो सतीश: नहीं.

राजीव: तो?

डो सतीश: संध्याग्नि की मृत्यु घटना। ऐसे में आप नहीं जानते कि उनकी मौत कैसे हुई.

राजीव: हाँ मुझसे बहुत बड़ी गलती हुई होगी जो मैंने आज तक कभी नहीं सोचा कि संध्या की मौत के पीछे किसका हाथ होगा? मैंने हमेशा यह माना है कि विक्रम के शाही दरबार में नहीं बल्कि किसी धोखेबाज ने साजिश रची थी।

डो सतीश: हाँ, संध्या की मोत एक साजिश के बदौलत हुई थी और और मोत संध्या को एक बदले के रूप मैं मिली। बदला लेने वाली प्रिय सखी थी जैसे विक्रम को ससिधर प्रिय था वैसेही ओ सखी संध्या को प्रिय थी ।

राजीव: संध्या की प्रिय सखी भी थी ? ?

डो सतीश: हाँ. लेकिन विक्रम ने संध्या की सखी को कभी नहीं देखा था।

राजीव: ऐसा क्यों?

डो सतीश: "आप समझ जाएंगे कि आगे क्या हुआ। लेकिन पहले मैं आपको बता दूं। अपना दिमाग मजबूत रखें क्योंकि आपको चोट लगेगी" राडो सतीश ने राजीव की ओर बहुत गंभीरता से देखा और राजीव ने जवाब में अपना सिर हिलाया।

अतीत: शशिधर की मृत्यु से कुछ घंटे पहले समय:

संध्याअग्नि की महिला अंगरक्षक: रानी संध्या! प्रणाम! आपकी सखी माधवी आपसे मिलने देवनगढ़ से आयी है। क्या आप उन्हें अपने कमरे में आने की इजाजत देते हैं?

संध्या: क्या, माधवी !! आई है ?. मैंने बहुत दिनों से अपनी प्रिय सखी को नहीं देखा, वह कहाँ है?

संध्याग्नि की अंगरक्षक: महल के प्रतीक्षा कक्ष में है।' यह सुनकर संध्या प्रतीक्षा कक्षकी ओर दौड़ती है और उसके पीछे महिला अंगरक्षक भी महारानी की रक्षा के लिए तेजी से आती है और कहती है कि रानी रुकिए ...! लेकिन संध्या सखी-प्रेम में माधवी के पास भागी चली आती है ।

संध्या: जैसे ही वह प्रतीक्षा कक्ष में प्रवेश करती है, वह मधिवा को आवाज देती है, जो अपनी पीठ के बल इंतजार कर रही थी; "सखी! मेरी प्रिय सखी माधवी!!" माधवी संध्या की आवाज सुनती है और संध्या की ओर मुड़ती है।

मौजूदा :

राजीव माधवी का चेहरा देखकर आश्चर्य से बोल पड़ता है ;

राजीव: क्या...? ....नहीं...श्यामा....?

डो सतीश: राजीव को समझाने के लिए सिर हिलाते हुए कहते हैं, "हां....माधवी हमारी श्यामा है"।

राजीव: मतलब; "संध्या की मृत्यु का कारण श्यामा थी ?...नहीं....नहीं...मैं यह स्वीकार करने के लिए तैयार नहीं हूं..." वह मेज पर हाथ पटकते हुए खड़ा हो जाता है। राजीव थोड़ा उदास हो चला ..। सांत्वना देने के लिए सतीश राजीव के पीढ़ को छूटे हुवे खुलकर बोलते है ; "सब कुछ समय का खेल है। यह सब बीत चुका है। आपको इसे स्वीकार करना होगा क्योंकि, यही सच्चाई है।"

राजीव: श्यामाने ऐसा क्यों किया?

डो सतीश: एक कारण है. आगे बढ़ेंगे तो समझ में आएगा.

अतीत:

संध्या: माधवी को गले लगाते हुए कहती है; "माधवी! आओ! मेरे कमरे में। आराम से बैठेंगे और बात करेंगे।"

महिला अंगरक्षक: महारानी संध्या! क्षमा करें, लेकिन पहले हमें अपने अतिथि से पूछताछ करनी होगी। मैं वह कार्रवाई किए बिना अतिथि को आपके साथ जाने की अनुमति नहीं दे सकती ।

संध्या: सखीरक्षक ! कोई जरूरत नहीं है. आज मेरी जिंदगी का एक हिस्सा मुझसे मिलने आया है. और आप जानते हैं कि हम दोनों मंदिर में देवदासियों के रूप में एक साथ बड़े हुए थे, माधवी न केवल मेरी सखी है बल्कि मेरी बहन की तरह है। मैं अपनी छोटी बहन की जांच करने इजाज़त कैसे दे दू ?..अपनों से केसा खतरा ?.. कोई जरूरत नहीं है.

महिला अंगरक्षक: ठीक है. संध्या रानी! जैसा आप उचित समझें, महिला अंगरक्षक झुक कर चली गई ...

माधवी खूंटी पर लटकी हुई कपड़े की खलेची और कुछ सामान लेकर संध्या के कमरे में प्रवेश करती है।

संध्या: मुझे आज भी याद है जब महाराज प्रताप! हमारा मंदिर देव दर्शन करने आये थे. तुम मन्दिर की सीढ़ियों से गिरकर रोई , 15 साल की माधवी को रोते हुए देखकर उनका दिल भर आया, जिसके बाद महाराजा प्रताप ने उन्हें अपनी बेटी के रूप में तुम्हे स्वीकार कर लिया।

संध्या: पूज्य पिताजी, महाराज प्रताप ! का स्वास्थ्य कैसा है?

माधवी: वे अब इस दुनिया में नहीं हैं. उनका स्वर्गवास हो गया ...

संध्या: ‘कैसे?

माधवी: ’एक घटना घटी और सब कुछ बदल गया‘ कहने के बाद माधवी को गम में डूबती देखकर, संध्या माधवी का हाथ पकड़कर उसे सांत्वना देने की कोशिश करती है और माधवी का ध्यान भटकाने के लिए, संध्या विक्रम द्वारा लाई गई बहुत महंगी, हीरे से जड़ी माला दिखाने के लिए उठती है; "क्या आपको याद है; ‘जब हम छोटे थे, तो हम गुरुमाता के सामने कांसे के झांजर पहनने के लिए लड़ते थे और पूछते थे कि यह एक जोड़ी झांजर पहले कौन पेहने गा ? उस समय गुरुमाता मुझसे कहती थीं, ’तुम संध्या बड़ी हो तो तुम पहले पहनोगी और एक घंटे

बाद माधवी।"

माधवी: हाँ. और जिसे देखकर मैं और जोर से रोने लगती थी फिर आप पहले मुझे अपनी झांजर पहनने देते थे ..

संध्या: हाँ. लेकिन अब, भले ही मेरे पास यह हीरे जड़ित माला है, लेकिन मुझे वह खुशी महसूस नहीं होती जो मुझे गुरुमाता की कांस्य झांजर पहनने में मिलती थी।

माधवी:मुझे पता था के आपको आज भी झांजरसे उतना ही लगाव होगा इसलिए मैं तेरे लिए सूंदर झांजर उपहार के रूप में साथ लाई हु।

संध्या: ऐसा ? तो फिर मेरा उपहार मुझे दो।।। " उत्सुकता से हाथ लम्बा करते हुवे संध्या बोली :

माधवी : नहीं। ऐसे नहीं।। तू अपनी आंखे बंध कर के इस बाजोट पर स्थान ग्रहण कर। मैं अपनी बड़ी बहन के पेरो को ,अपने हाथो से झांजर पहना के सुशोभित करूगी।

संध्या: ठीक है. संध्या आंखे बंद कर देती है और बाजोट पर बैठ के पैर को आगे की तरफ झांजर के लिए लम्बित करती है।

माधवी: मौके का फायदा उठाते हुए, वह अपने कपड़े की बांह से बंधे खलेची (थैले) से एक अत्यधिक जहरीला सांप निकालती है और उसे चेहरे से पकड़ लेती है और संध्या के पैरों के पास लाती है, और उसे काटने के लिए उकसाती है। सांप के काटते ही संध्या का पूरा शरीर लाल हो जाता है। बाजोटसे सदमे, दर्द और बहन समान सखी माधवी द्वारा विश्वासघात की भावना के साथ जमीन पर गिर जाता है। चूंकि सांप बहुत जहरीला होता है, इसलिए संध्या का शरीर तेजी से हरा हो जाता है।

संध्या दुःख और दर्द से तड़पती हुई धीमी आवाज में माधवी से पूछती है, "क्यों...? ऐसा क्यूँ किया.. ??" माधवी का दिल भी रो रहा है क्योंकि वह संध्या को अपनी बहन की तरह प्यार करती है, संध्या के प्रति उसका प्रेम अधिक है लेकिन विक्रम के प्रति बदले की भावना और भी अधिक थी ।

माधवी रोते हुए बोली, "मुझे माफ़ कर दो संध्या! लेकिन मैं विक्रम को तुम्हारे बिना उसी तरह पीड़ित देखना चाहती हूँ जैसे मैं दिवाकर की मृत्यु के बाद प्यार से पीड़ित हूँ। दिवाकर विक्रम का सामंत था। दिवाकर राजधानी की चोरी और विक्रम के प्रिय कवि की हत्या के लिए जिम्मेदार था। मेरा मानना है दिवाकर एक अपराधी था लेकिन भरी सभा में विक्रमने न केवल दिवाकर के शरीर को मस्तक से अलग कर दिया , उसदिन उसने मेरे प्यार ओर मेरा पारिवारिक जीवन भी अस्त व्यस्त

कर दिया ।। हम शादी करने वाले थे। सभी राज्यों में शादी के निमंत्रण भेजे गए, लेकिन इस घटना के बाद मेरे पिता के पास कोई नहीं आया, सब हमसे नाता तोड़ने लगे। इस बात से वह बहुत आहत हुए और हमें, सदमे में छोड़कर हमेशा के लिए दुनिया छोड़ गए।'

यह सुन कर संध्या की आँखों में आंसू आ गये। संध्या को रोता देख माधवी अपने आँसू नहीं रोक पा रही थी और गहरे दर्द में डूब रही थी।

मौजूदा :

संध्या और माधवी को तड़पता देख राजीव ने अपना सिर हाथों से पकड़ लिया और जोर-जोर से रोने लगा। संध्या की मृत्यु, चाहे विक्रम कहो या राजीव की आत्मा, दोनों को पीड़ा दे रही थी, यह जानकर कि विक्रम ही श्यामा के जन्मपूर्व दर्द का कारण था, यह दर्द दोगुना हो गया था। अपने प्रियजन को पीड़ा में नहीं देख पाने के कारण, राजीव रोते हुए लैब के बाहर भागता है।

ब्लू ब्रेन: भावुक आवाज़ में: "राजीव! रुक मित्र, राजीव!...राजीव!..." लेकिन राजीव नहीं रुकते। स्थिति को समझते हुए श्रीमान. ब्लू ब्रेन, अगली घटना को घटित होने से रोकता है।

Rdo. सतीश राजीव को आश्वस्त करने के लिए वापस चला गया। वह राजीव के खंभे पर हाथ रखते हुए राजीव से कहता है, ''इन्हीं कारणों से डो राघवाचार्य ने घटना को अंजाम दिया था.

राजीव: हम्म्म..क्या हत्या के बाद माधवी के मन को शांति मिली?

डॉ . सतीश: नहीं. राजीव. ऐसा नहीं हुआ. माधवी केवल प्रतिशोध की आग में जल रही थी। संध्या की हत्या के बाद वह पछतावेमें थी। लैब में जाओ।'' डॉ सतीश एक दोस्त की भूमिका निभाते हुए खंभे पर हाथ रखकर राजीव को वापस लैब में लाता है।

ब्लू ब्रेन: राजीव! क्या आप ठीक हैं क्या मैं अगली पिछली घटना प्रदर्शित करूँ?

राजीव: हाँ ब्लू ब्रेन , मुझे पता होना चाहिए कि बाद क्या हुआ।

अतीतः

साथ लाए गए सामान का उपयोग करके, माधवी खुद को एक महिला अंगरक्षक के रूप में प्रस्तुत करती है। दूसरी ओर, विक्रम संध्या अग्नि को खोजने के लिए महल की ओर भाग रहा है, जो विक्रम द्वारा दिए गए श्राप के परिणामस्वरूप है, जब वह भागता है, तो विक्रम माधवी के पास आता है जो आंगन में अंगरक्षक की आड़ में खड़ी होती है महल और विक्रम पूछता है; "हे अंग रक्षक! क्या तुम संध्या को देखा है ?? संध्या! मुझे नहीं मिल रही।" विक्रम की आँखों से आँसू बह रहे थे। यह देखकर माधवी के मन में क्षण भर के लिए बदले की भावना पूर्ण हुई, लेकिन कुछ ही क्षणों में यह भावना खत्म हो गई और इसके बाद माधवी को विक्रम को पीड़ा में देखकर कोई खुशी महसूस नहीं हुई, बल्कि अपने द्वारा किए गए अपराध के लिए पश्चाताप की भावना इतनी बढ़ गई कि वह अब महल में ही रहकर अपने प्रिय सखी के सब को देखने की हिम्मत नहीं कर पा रही थी । महल से बाहर आकर माधवी एक ऊंचे पहाड़ से कूदकर अपनी जान दे देती है। इस प्रकार यह स्वयं को दण्डित करती है ।

डो सतीशः राजीव! इतना ही! हम अगली घटनाओ को कल देखेंगे।

राजीवः हाँ! सर, आज मुझमें भी और सदमा सहने की ताकत नहीं है. देखिए कल होने वाली घटनाएं.

रात के 10 बजे हैं. चित्रा एक किताब पढ़ रही है जब अचानक चित्रा को उसके फोन पर एक संदेश मिलता है, चित्रा किताब एक तरफ रख देती है और खुशी और आश्चर्य के मिश्रण के साथ संदेश पढ़ना शुरू कर देती है। मैसेज राजीव का था.

राजीवः क्या तुम्हें श्यामा की याद आती है? क्या आपको श्यामला की याद आती है?

चित्राः श्यामा का नाम सुनकर चित्रा थोड़ी उदास हो गई और सोचने लगी कि जवाब दूं या नहीं?

दिसंबर का महीना है और थोड़ी ठंडी हवा राजीव के चेहरे को ठंडक दे रही है! श्यामा और चित्रा को याद करते हुए पुराने दिन याद आ रहे हैं। करीब 15 मिनट बाद राजीव के मोबाइल फोन पर एक मैसेज आता है. राजीव फोन लेता है. मैसेज चित्रा का था.

चित्रा: हाँ. मुझे बहुत कुछ याद है. मुझे अक्सर ऐसा महसूस होता है जैसे मैंने अपनी दोस्त नहीं बल्कि अपनी छोटी बहन खो दी है। आज तुम्हें श्यामा की याद क्यों आयी? और वो भी इतने सालों बाद? क्या कुछ हुआ है?

चित्रा राजीव के जवाब का इंतजार कर रही है लेकिन राजीव कोई जवाब नहीं देता है. आधे घंटे बाद चित्रा फिर से अपने फोन की तरफ देखती है कि राजीव की तरफ से कोई जवाब आता है या नहीं? आखिरकार चित्रा को एहसास हुआ कि राजीव कोई जवाब नहीं देगा।

22

अध्याय 5: स्वेता - राजीव का जीवन और एक रहस्य

चित्रा ! रेलवे स्टेशन पर खड़ी है. शाम के 5 बजे हैं. चित्रा ! विजयसे फोन पे बात कर रही है . आज ,मैं हमारे बिजनेस डीलर से मिली हूं। अब हमारी बायोमास ईंटें चंडीगढ़ में भी वितरित की जा सकेंगी। अभी मैं कालका (स्थान) पर हूं. कुछ ही मिनटों में ट्रेन आ जाएगी, इसलिए मैं शिमला के लिए निकल रही हु। .

विजय: ठीक है. चित्र! पहुंचें और मुझे कॉल करें. मेरी भोपाल में मीटिंग है और मैं भी आज शिमला के लिए निकलूंगा.

चित्रा: हाँ. ठीक है..

चित्रा (मन में): वाटर बैग से पानी की बोतल निकालती है लेकिन पानी की बोतल खाली है.. 'अरे! हाँ! बोतल मीटिंग रूम में ही खाली थी' चित्रा इधर-उधर देखती है। चित्रा पानी भरने के लिए कमरे में प्रवेश करती है क्योंकि चित्रा को एक पानी परब बोर्ड दिखाई देता है जिस पर पानी की एक बड़ी बोतल चित्रित लिखी हुई है। चित्रा पानी भरकर जाने ही वाली थी कि तभी चित्रा को परब के एक छोटे से कमरे से माइक्रोफोन में किसी के साथ बात करने और बंदूक लोड होने की आवाज सुनाई दी, इसलिए चित्रा अपने पर्स से वह गिलास निकालती है जो हमेशा अपने साथ रखती है और उसे उस दीवाल पर टिका देती है। अब चित्रा ने जैसे ही अपना कान शीशे के करीब लाया तो उसे किसी महिला की धीमी आवाज में बोलने की

आवाज साफ-साफ सुनाई दे रही थी।

महिला (माइक्रोफ़ोन में): लक्ष्य स्पष्ट है। वह ट्रेन का इंतजार करते हुए एक बेंच पर बैठा है। 360 डिग्री के कोण पर, मैंने दूरबीन से चारों ओर जांच की है कि आसपास कोई नहीं है। केवल पुष्टि की आवश्यकता है.

एक संक्षिप्त माइक्रोफ़ोन वार्ता के अंत में;

स्त्री : 'डन.' बंदूक लॉक होने की आवाज चित्रा के पास वापस आई और यह सुनकर चित्राकी आँखे बड़ी हो गई। महिला ने एक आवाज रहित बंदूक का उपयोग करके लक्षित व्यक्ति को मार डाला। "काम पूरा हो गया है। मैं जा जा रही हूं। मैं शिमला जा जा रही हु । कुछ दिनों के बाद मुख्यालय को रिपोर्ट करुँगी ।" इतना कहकर वह महिला जल्दी से सब कुछ समेटने लगती है, यह सुनकर चित्रा दरवाजे के पीछे सतर्क हो जाती है और चित्रा को उस महिला द्वारा पकड़े जाने का डर सताने लगता है, वह तेजी से बाहर की ओर दरवाजा खोलती है और बिना पीछे देखे कमरे से बाहर निकल जाती है। कमरे को भी खुली स्थिति में छोड़ देंकर निकली . इसी वजह से दरवाजे के पीछे छिपी चित्रा उस महिला को नजर नहीं आती है.

भागते समय वह हत्यारी महिला का चित्रा पीछा करती है । महिला के ट्रैकिंग बैग के साथ यह तेजी से बढ़ रही है। उसके पीछे चित्रा भी चलती है. महिला निर्धारित समय पर पहुंची कालका-शिमला ट्रेन में चढ़ गई। बैक-टू-बैक चित्रा चित्रा भी शामिल हैं। प्रवेश करते हुए, चित्रा महिला के पास आती है और वह अपना ट्रैकिंग बैग अपनी सीट के पीछे स्वतंत्र रूप से घुमाती है। चित्रा पीछे खड़ी हैं.

चित्रा महिला को देखकर दंग रह जाती है और महिला चित्रा को देखकर कुछ देर के लिए अवाक हो जाती है। ट्रेन शिमला के लिए रवाना हो गई है.

चित्राः स्वेता...तुम...?

श्वेताः चित्रा! क्या आप यहां हैं??

चित्राः मुझे पता है! तुम हत्यारे हो! हां ! कहते हुए वह अपना फोन निकालकर पुलिस को बुलाने के लिए नंबर डायल करने लगती है ।

स्वेताः फोन पकड़ लेती है; "रुको! चित्रा! मैं तुम्हें सारे तथ्य बताऊगी । कृपया! पुलिस को मत बुलाओ। चलो एक सौदा करते हैं; पहले मैं तुम्हें सारे तथ्य बताऊगी और फिर तुम सोचना और अंतिम निर्णय लेना कि तुम क्या करना चाहती हो ,...मुझे जाने दो या पुलिस को सौंप दो...।"

चित्राः कुछ देर सोचने के बाद.. "हम्म.. ठीक है. लेकिन मेरे साथ कोई गेम खेलने की कोशिश नहीं करोगी. तुम और राजीव मुझे पहले भी बेवकूफ बना चुके हैं."

स्वेता : हाँ..चित्रा..अब जो मैं तुम्हें बताने जा रही हूँ उसमें कुछ भी ग़लत नहीं कहूँगी। यह मेरा आपसे वादा है!

चित्रा: "ठीक है।" कालका से शिमला तक 95 किमी और 5 घंटे की टोई ट्रेन यात्रा के दौरान, स्वेता चित्रा को सारी बातें बताने लगती है।

श्वेता की कहानी:

श्वेता: बात 1 जनवरी 2010 को देहरादून की है। उस दिन मैं साइंस सब्जेक्ट में बैचलर करने के लिए एक कॉलेज में इंटरव्यू देने जा रही थी...' चित्रा गुस्से में हाथ उठाकर श्वेता को टोकती हुई कहती है।

चित्रा: एक मिनट! मैं आपकी कॉलेज लाइफ की कहानी नहीं सुनना चाहती . सीधे-सीधे तुम मुझे बताओ; वह! उस व्यक्ति की हत्या तुमने क्यों की ? ?

श्वेता: हाँ. मैं आपको सीधे तौर पर बता सकती हूं, लेकिन पूरी कहानी जाने बिना आप मेरी बात पर यकीन नहीं करेंगे और फिर भी क्या आप राजीव के बारे में सच नहीं जानना चाहते?

चित्रा : यह सुनकर चित्रा ने कहा; "राजीव का सच?"

श्वेता : हां...राजीव और मेरे बीच एक राज़ है। हम कभी शादी नहीं करने वाले थे.

चित्राः हाँ! मुझे पता है कि। इतने सालों बाद भी तुम दोनों ने शादी नहीं की है, ये जानकर मुझे और विजय को लगा कि राजीव और तुमने हमारे साथ कोई नाटक किया है.

श्वेताः हाँ. चित्रा एक नाटक था. लेकिन वो तो सिर्फ राजीव ही जनता है के यह नाटक उसने क्यों मुझसे करवाया , मैं नहीं जानती ।

चित्रा- कैसी औरत हो तुम? हमारी और आपकी कोई दुश्मनी नहीं थी फिर भी उसने मेरी आत्मा से खिलवाड़ किया? क्यों? राजीव ने आपसे नाटक करने को कहा था और आपने किया !

श्वेताः हाँ चित्रा! मैंने राजीव से बिना पूछे यह नाटक किया क्योंकि मुझे राजीव पर पूरा भरोसा था कि इस नाटक के पीछे राजीव की कोई दुर्भावना नहीं होगी।

चित्राः राजीव पर आपकी इतनी गहरी आस्था क्यों है? कि इस नाटक के पीछे उनकी कोई दुर्भावना तो नहीं होगी?

श्वेताः क्योंकि मैं भी राजीव से प्यार करती हूँ। मैंने राजीव के साथ काफी समय बिताया है।' मेरे लिए राजीव का बलिदान और मेरे प्रति उनका उपकार उनके अच्छे चरित्र को दर्शाता है। मैं आपको यह समझाने जा रही हूं। इसके लिए मुझे आपको हमारे कॉलेज के दिनों में घटी घटनाओं के बारे में बताना होगा।

चित्राः 'ठीक है.'

श्वेता आगे बोलती है.

अतीतः

रास्ते में स्वेता एक छोटी लड़की को दो बड़ी लकड़ियों से बंधी रस्सी पर चलते, नाचते और करतब दिखाते हुए देखती है। तो स्वेता एक्टिवा से उतरकर उस जगह के पास चली गई. पास जाकर स्वेता ने देखा कि लोग वहां से गुजर रहे थे लेकिन कोई भी उसकी कला पर ध्यान नहीं दे रहा था। रस्सी पर चलते छोटे बच्चे की आंखों से उसके पेट की भूख साफ झलक रही थी। छोटी बच्ची की मां ढोल बजाकर राहगीरों को कला देखने के लिए आकर्षित करने की कोशिश कर रही थी लेकिन सभी राहगीर, महिला के मैले-कुचैले कपड़ों और खराब शक्ल से निराश होकर उसे नजरअंदाज कर रहे थे।

यह सब देखकर स्वेता को दया आती है। इस बीच, स्वेता देखती है कि एक युवक उसकी तरह यह सब देख रहा है, जो हाथो को मोड़के अनुशासन से खड़ा दिख

रहा था। युवक आगे बढ़ता है और मनोरंजन के अंत में दर्शकों से रुपये प्राप्त करने के लिए रखे गए पात्र में 500 रुपये का नोट डाल देता है, इस दान के अंत में युवक के चेहरे पर खुशी की मुस्कान भी आ जाती है रस्सी पर चलती बच्ची ,ढोल बजाती महिला ओर स्वेता का चेहरा ये नजारा देख मंत्रमुग्ध हो जाता है.

स्वेता: बगल में खड़े उसी युवक से कहती है; "क्या आपको नहीं लगता कि 500 रुपये बहुत ज़्यादा हैं?

युवक: नहीं.

श्वेता: ऐसा क्यों?' युवक सामने कैफे की ओर इशारा करते हुए कहता है; "जब मैं सामने वाले कैफे में अपने दोस्तों के साथ था, तो मैंने 1500 रुपये का खाना खा लिए, हालांकि मुझे भूख नहीं थी, सिर्फ दोस्तों के साथ समय बिताने और नाश्ता करने के लिए। कुछ दिन पहले, मैंने सत्यम में अपने दोस्तों के साथ बातचीत करते हुए 2 आइसक्रीम खाईं सामनेवाली आइसक्रीम पार्लर मैं। मैंने इसके लिए 600 रुपये का बिल दिया। आज युवाओं को यहां से गुजरते और आसपास की दुकानों में जाते देखकर मुझे एहसास हुआ कि हमारे पास बर्बाद करने के लिए आमतौर पर हजारों रुपये होते हैं, लेकिन दान मैं देने के लिए 100 रुपये भी बहुत मुश्किल लगते हैं। किसी ऐसे व्यक्ति की मदद करें जिसे खराब किस्मत के कारण पर्याप्त भोजन नहीं मिल पाता है, हां, 500 रुपये अधिक हैं, लेकिन कभी कभी सिनेमा के पैसे की बचत अगर हम इन गरीबो पर लुटाए तो उनका पेट खाली नहीं रहेगा। मैं ये पैसा मूवी देखनेमें उड़ाने वाला था लेकिन अभी मुझे एहि करना सही लगा।

श्वेता: हाँ.

युवक: सिनेमा हॉल के बहार , ५० रुपये निर्जीव बाइक की सलामती की पार्किंग फीस भी भरने वाला था तो फिर हमें इन जीवित इन्शानो द्वारा की गई कलात्मकता की कीमत तो चुकानी ही पड़ेगी, है ना? इतना ही! जिन लोगों ने यहां मनोरंजन का लुत्फ उठाया, लेकिन बड़े दिल से फीस नहीं चुकाई, उनकी रकम तो मैंने चुका दी। कहते हुए वह एक बड़ी सी मुस्कान देते हैं और अपनी बाइक पर बैठ जाते हैं।

श्वेता: तुम्हारा नाम क्या है?' हेलमेट सर पर लगाते हुवे युवक कहता है "राजीव" !!.. मेरा नाम 'राजीव' है!

राजीव के जाने के बाद स्वेता भी मुस्कुराते हुए और राजीव के जवाब से प्रभावित होकर 500 रुपये का नोट छोड़कर इंटरव्यू के लिए निकल जाती है।

साक्षात्कार:

स्वेता: स्वेता साक्षात्कार के लिए कॉलेज के प्रतीक्षा कक्ष में प्रवेश करती है।

प्रशासनिक कर्मचारी: श्वेता ! क्या आपको साक्षात्कार के लिए देर हो गई है? आप निर्धारित समय सीमा से 15 मिनट देर से हैं।

श्वेता: प्लीज मैडम! मेरा सपना इस कॉलेज में प्रवेश लेने का है. मुझे साक्षात्कार करने दीजिए. मेरी गाड़ी ख़राब हो गयी. इसलिए मुझे देर हो गई.

प्रशासनिक कर्मचारी: ठीक है. आप बैठिये. क्रमानुसार साक्षात्कार के लिए बुलाया जायेगा।

श्वेता: धन्यवाद.

श्वेता की तरह बैठती है. उसके बगल में बैठा व्यक्ति बोलता है; "नमस्ते!" स्वेता उस व्यक्ति को देख रही है; "राजीव..?..यहाँ? मैं! कोई मेरे बगल में बैठा है। मैंने उसे नहीं देखा।"

राजीव: हाँ. मैं भी एक विद्यार्थी हूं. मैं बैचलर डिग्री के लिए इंटरव्यू देने आया हूं. आपका क्या नाम है?

स्वेता: स्वेता! मैं श्वेता हूं.

राजीव: श्वेता! मतलब पवित्र'...'...हाहा..' कहकर हंसे।

श्वेता: हाँ. और राजीव नाम का मतलब कमल का फूल होता है।

राजीव: हाँ. राजीव नाम के कई अर्थ हैं; राजा के स्वामी की तरह, मराठी में राजीव नाम का अर्थ है नीला कमल (नीला कमल)...आदि,,,आदि..

श्वेता: हाहा..

राजीव: स्वेता को पसीना आता देख राजीव कहते हैं; "तनाव मत करो स्वेता! तुम्हारा इंटरव्यू अच्छा जाएगा"

श्वेता: मुझे ऐसी आशा तो है लेकिन मैं हमेशा साक्षात्कारों से डरती हूं।

राजीव: इंटरव्यू से मत डरो। आप जितना अधिक असहज होंगे, साक्षात्कार में उत्तीर्ण होने की संभावना उतनी ही कम होगी।

एक प्रोफेसर आते हैं और प्रशासनिक कर्मचारियों से पूछते हैं;

प्रोफ़ेसर: कितने लोगों का इंटरव्यू बाकी है?

प्रशासनिक कर्मचारी महिला: सर अभी कई सदस्यों का साक्षात्कार होना बाकी है।

प्रोफ़ेसर: ठीक है एक काम करो दो लोगों को एक साथ भेज दो। ठीक है?

कर्मचारी: ठीक है.

कर्मचारी: राजीव और श्वेता! विपरीत कमरे में जाएँ जहाँ से आपको साक्षात्कार के लिए सम्मेलन कक्ष में बुलाया जाएगा।

राजीव और श्वेता दूसरे कमरे में प्रवेश करते हैं। वहां पहुंचने पर स्टाफ की एक महिला राजीव और श्वेता के लिए टेबल पर जालीदार टोपी जैसी संरचना रखते हुए कहती है; "यह टोपी देखो!!"

राजीव: पहले स्वेता को देखता है और फिर स्टाफ को देखकर पूछता है; "क्या हमें यह टोपी अपने सिर पर पहननी होगी?

कर्मचारी: नहीं! सिर पर नहीं. कॉन्फ्रेंस हॉल में प्रवेश करने से पहले अपने जूतों को इस टोपी से ढक लें।

श्वेता: क्यों?

कर्मचारी: यह एक सैन्य विज्ञान महाविद्यालय है और चूँकि यहाँ माइक्रोबियल प्रयोगशालाएँ हैं इसलिए रोगाणुहीन वातावरण बनाए रखना आवश्यक है।

.

राजीव: ठीक है.

मौजूदा :

श्वेता: आगे जो हुआ वो बहुत दिलचस्त है.

चित्रा: क्या? एक सामान्य साक्षात्कार हुआ होगा , और क्या...?

श्वेता: नहीं. आम नहीं था.

अतीत :

कॉन्फ्रेंस हॉल के कांच के दरवाज़ों के बाहर, राजीव और स्वेता साक्षात्कार के लिए हाथ में टोपी लेकर बैठे हैं।

राजीव शीशे के दरवाज़े से साक्षात्कार पैनल के सदस्यों के चरणों की ओर देखते हैं और कहते हैं:

राजीव: ये तो अन्याय है.

श्वेता: क्या?

राजीव: क्या इंटरव्यू पैनल लैब में बैक्टीरिया नहीं लाएगा, जैसे हम बैक्टीरिया संदूषण लाते हैं?

श्वेता: आपका क्या मतलब है?

राजीव: 'अगर कांच से? इंटरव्यू पैनल के किसी भी सदस्य ने लेग कैप नहीं पहनी थी.' यह देखकर राजीव टोपी अपने सिर पर रख लेते हैं।

श्वेता: राजीव! यह टोपी पैरों में पहननी होती है।

राजीव: अब आप देखिये! मज्जा आ जायेगा. नियम सबके लिए समान होने चाहिए. साक्षात्कार पैनल के सदस्यों के लिए भी।

साक्षात्कार:

राजीव और स्वेता साक्षात्कार के लिए कॉन्फ्रेंस हॉल में प्रवेश करते हैं। इंटरव्यू पैनल में 5 प्रोफेसर थे.

प्रोफ़ेसर: राजीव तुम! यह टोपी सिर पर ? ... क्यों..?

राजीव: क्या ये टोपी सर पर नहीं पहननी है?

प्रोफ़ेसर: नहीं. जूते पर लगानी है।

राजीव: ठीक है. लेकिन मैंने आप सभी प्रोफेसरों के पैरों में इस टोपी का अभाव देखा तो मैंने सोचा कि इस टोपी से सिर ढक लिया जाए। क्योंकि यदि गुरु ही नियमों का पालन नहीं करेगा तो उसके शिष्यों में अनुशासन कैसे आयेगा?

मौजूदा:

श्वेता: ये सुनने के बाद मुझे लगा कि राजीव को अब इंटरव्यू भी नहीं दिया जाएगा, लेकिन ऐसा नहीं हुआ.

चित्रा: राजीव को पैनल से कुछ नाराजगी का सामना करना पड़ा होगा। सही?

श्वेता: नहीं.हुवा तो कुछ ओर ही !!.

अतीत:

राजीव का जवाब सुनकर सभी प्रोफेसर एक दूसरे की तरफ देखने लगे और हल्के से हंस पड़े.

प्रोफ़ेसर: अच्छा राजीव!

प्रोफ़ेसर: राजीव और श्वेता! हम आपको साक्षात्कार से पहले कुछ निर्देश देना चाहते हैं जो भविष्य में आपकी दृष्टि और बुद्धि की परीक्षा होगी। यह एक सैन्य कॉलेज है इसलिए हमारा मुख्य ध्यान राष्ट्रीय रक्षा पर है। यदि आज आप एक छात्र के रूप में चयनित हो जाते हैं, तो आपको संस्थान से प्रत्यक्ष या अप्रत्यक्ष रूप से गतिविधियों में शामिल होने का अवसर दिया जाएगा जो आपको भविष्य में उसी क्षेत्र में करियर बनाने में मदद करेगा।

श्वेता: ठीक है सर.

प्रोफ़ेसर: "चलो शुरू करें।" राजीव हाथ उठाकर कुछ कहने की इजाजत मांगते हैं?

प्रोफ़ेसर: हाँ राजीव! आप कुछ कहना चाहता हूँ?

राजीवः हाँ. महोदय।

प्रोफ़ेसरः कृपया

राजीवः क्या मैं अपना इंटरव्यू हिंदी में दे सकता हूँ?

प्रोफ़ेसरः आप हिंदी में इंटरव्यू क्यों देना चाहेंगे?

રાજીવઃ क्योंकि मेरी अंग्रेजी कमजोर है 1

प्रोफ़ेसरः ठीक है, तुम इंटरव्यू हिंदी में दे सकती हो, पहला सवाल, स्वेता! आपका पसंदीदा भारतीय वैज्ञानिक कौन है?

स्वेताः स्वेता बहुत कम सोचती और बोलती है; "हम्म. ..सर! होमीभाभा और विकम साराभाई।" श्वेता झूठ बोल रही थी. 'श्वेता को इन वैज्ञानिकों के बारे में ज्यादा जानकारी नहीं थी।' प्रोफेसर समझ गये कि स्वेता झूठ बोल रही है।

प्रोफ़ेसरः ठीक है. तो आप कहें कि विज्ञान के इतिहास में सबसे पहले किसका काल आया? होमीभाभा या विक्रमसाराभाई...?

स्वेताः स्वेता (मन में) चेहरे से होमिभाभा की उम्र हमेशा अधिक प्रासंगिक होती है। हाँ! स्वेता!...होमिभाभा को प्रथम होना चाहिए। स्वेता अति आत्मविश्वास से बोली; "सर! साराभाई का जन्म होमीभाभा से पहले और उनकी मृत्यु के बाद हुआ था।" प्रोफ़ेसर एक-दूसरे की ओर देखते हैं और थोड़ी आत्म-हीनता भरी हँसी उड़ाते हैं।

राजीव (मन में): अरे नहीं! श्वेता! आपका उत्तर ग़लत है.

प्रोफ़ेसरः राजीव, बताओ, तुम्हारा पसंदीदा वैज्ञानिक कौन है? और उसका क्या कारण है?

राजीवः सर! मेरे पसंदीदा वैज्ञानिक रामानुज हैं। क्योंकि उनकी आध्यात्मिक उपलब्धियों ने उन्हें महान वैज्ञानिक बनाया। उन्होंने ब्रह्मांड की महाशक्तियों के साथ बातचीत करने की शक्ति हासिल की, भले ही उनके पास कोई सुविधा नहीं थी फिरभी रामानुजन् जटिल समीकरण तैयार किए जो आज तक पूरी तरह से हल नहीं हो सके। उन्हें सिद्ध किया कि विज्ञान को समझने का एक तरीका आध्यात्मिक उपलब्धि भी हो सकता है।

प्रोफ़ेसरः अच्छा श्वेता! आप इस मिलिट्री कॉलेज में क्या करना चाहते हैं?

क्योंकि सर. मुझे कहीं भी शांति नहीं मिल रही है लेकिन जब मैं किसी की मदद करता हूं तो मुझे दिल के किसी कोने में बहुत खुशी महसूस होती है इसलिए मुझे लगता है कि मुझे जनहित के काम करने चाहिए। और एक मिलिट्री कॉलेज होने के नाते मुझे यहां के लोगों के लिए काम करने का मौका मिल सकता है।

प्रोफ़ेसर: "तो क्या आप इस समय कोई ऐसा काम कर रहे हैं जिसे आप जनकल्याण का काम कह सकें?

श्वेता: हाँ सर! वर्तमान में मैं एक एनजीओ चला रही हूं जो प्राकृतिक या मानव निर्मित स्थितियों में लोगों को राहत, खाद्य आपूर्ति और चिकित्सा सुविधाएं प्रदान करने के लिए काम करता है।"

प्रोफ़ेसर: ठीक है. श्वेता! आप जा सकते हैं साक्षात्कार का परिणाम शाम को नोटिस बोर्ड पर लगा दिया जाएगा।

श्वेता: ठीक है, धन्यवाद सर" और चली गई।

प्रोफेसर: अब भी आपके लिए एक सवाल है?.

प्रोफेसर: क्या आपको लगता है कि भारत ने बहुत प्रगति की है लेकिन आपका देश अभी भी नवाचार और अनुसंधान में बहुत पीछे है। इसके लिए आप किन कारणों को जिम्मेदार मानते हैं?.

राजीव: सर, विज्ञान के क्षेत्र में मेरा कोई अनुभव नहीं है, लेकिन अनुसंधान के क्षेत्र में बहुत अच्छी प्रयोगशालाओं में काम कर रहे अपने वरिष्ठों से चर्चा करने के बाद, मैंने महसूस किया कि कुछ कमियाँ हैं जैसे कि भारत में काम करने वाले वैज्ञानिकों को उनकी फेलोशिप नहीं मिलती है। समय में यह वैज्ञानिक के मन में असंतोष और अलगाव को जन्म देता है। वैज्ञानिकों को धन की कमी महसूस होती है। शिक्षा और अनुसंधान के लिए धन का अधिकांश हिस्सा बड़े संस्थानों में जाता है, जिसमें कम संख्या में वर्ग के वैज्ञानिक होते हैं, जबकि शेष विश्वविद्यालय में काम करने वाले छात्र 75% या उससे अधिक होते हैं। हमारी शिक्षा प्रणाली छात्रों में नवीन विचारों की कमी और छात्रों को कल्पना करना सिखाने में विफल होने के लिए जिम्मेदार है। भारतीय प्रयोगशालाओं में काम करने वाले वैज्ञानिकों को एक टीम के रूप में काम करने की स्वतंत्रता नहीं है, स्वतंत्रता की कमी है । विज्ञान के क्षेत्र में भारत की प्रगति में बाधक अनेक कारण हैं।

प्रोफ़ेसर : आख़िरी सवाल। क्या आपकी अंग्रेजी वाकई खराब है? क्या इसलिए आपने हिंदी में इंटरव्यू दिया?

राजीव: नहीं सर l मेरी अंग्रेजी वास्तव में अच्छी है। अब हम अपनी राष्ट्रभाषा का सम्मान भी नहीं कर रहे हैं। इस संबंध में हमें जापान और चीन से बहुत कुछ सीखना है। यह पता चला है कि जापान और चीन देश के नागरिकों के मन में अपने राष्ट्र की भाषा के लिए हमारे मुकाबले कई गुना अधिक सम्मान है। इसलिए मैं राष्ट्र के प्रति अपने प्रेम के कारण हिंदी में अपना साक्षात्कार देना चुनता हूं।

प्रोफ़ेसर: ठीक है. साक्षात्कार यहीं समाप्त हो गया है. राजीव! हम आपको एक बात बताना चाहेंगे. हमारी योजना शुरू से ही थी कि इन छात्रों के पैरों में टोपी पहनाई जाए और हमारे द्वारा इस्तेमाल न की जाए, जिससे हम छात्र में "सच्चाई" के लिए आवाज उठाने की क्षमता को जांच सके ? विद्यार्थी में बोलने का कितना साहस है? इसकी जांच करना चाहते थे। . कई छात्र आए और सभी ने देखा कि हमने केप नहीं पहनी थी लेकिन वे सभी प्रवेश खोने के डर से सच बताने से डरते थे लेकिन आप एकमात्र छात्र हैं जिसने अपनी हानि के डर के बिना सच बोला। अच्छा!

राजीव: धन्यवाद सर।

राजीव: सर! मुझे कुछ कहना है ?।। क्या मैं बोल सकता हु ?

प्रोफ़ेसर: हाँ... हाँ... बोलिये .!

राजीव: सर! मैं जानता हूं कि राष्ट्रीय रक्षा से संबंधित संगठनों में साक्षात्कार के दौरान किसी उम्मीदवार द्वारा बोला गया एक भी झूठ उस व्यक्ति के चयनित होने की संभावना को बहुत कम कर देता है। स्वेता द्वारा दिया गया गलत उत्तर केवल चुने जाने की सीख के कारण था। दरअसल, श्वेता में मूल्य और नैतिकता बहुत ऊंचे हैं। जिसे मैं आज सुबह जो हुआ उसके आधार पर आपको समझा सकता हूं," राजीव छोटे, छोटे बच्चे की डोरी के साथ सुबह की घटना के बारे में विस्तार से बताते हैं, लेकिन खुद को स्वेता की जगह रखते हैं और स्वेता को अपना किरदार बनाते हैं और आगे कहते हैं, "तो महोदय! मुझे लगता है कि आपको अस्वीकृति या चयन के निर्णय में स्वेता की अच्छी गुणवत्ता पर भी विचार करना चाहिए। "इस तरह राजीव ने स्वेता को साक्षात्कार में अस्वीकार होने से रोकने की कोशिश की।

प्रोफ़ेसर: हम्म...ज़रूर, हम इस पर भी विचार करेंगे।

राजीव! बाहर आते ही स्वेता राजीव का हाथ पकड़कर उसे साइड में खींचती है और चिढ़ाते हुए कहती है;

श्वेता : तुम्हें कुछ नहीं पता.

राजीव: क्यों?

श्वेता: जिस पैनल में आप इंटरव्यू देने आई हैं, उसी पैनल में बैठे प्रोफेसर को अगर आप न्याय और अन्याय का पाठ पढ़ाने लगें तो क्या सिलेक्शन हो जाएगा? ऐसा नहीं होता. सोरी राजीव ! मुझे खेद है, लेकिन मुझे लगता है कि अब आपका चयन नहीं किया जाएगा।

राजीव: हाँ हाँ...

श्वेता: आप मुस्कुरा रहे हैं? आपका चयन ख़तरे में है.

राजीव: नहीं. ऐसा कुछ नहीं होगा.

राजीव: क्या सच में वाहन का टायर पंक्चर हो गया था?

श्वेता: नहीं. साक्षात्कार को बचाने के लिए वह मेरा प्रतिरोध था। दरअसल, मुझे घर से निकलने में देर हो गई थी.

राजीव और स्वेता कैंटीन में बैठे हैं और परिणाम का इंतजार कर रहे हैं। राजीव को कुछ मिनट तक घूरते देखते देख स्वेता पूछती है; आप! तुम कुछ मिनटों से मेरा चेहरा क्यों घूर रहे हो?

राजीव: तुम्हारी आँखे नीली है।

स्वेता:" हाँ "..कहती है और हंसती है। क्या तुम मेरे साथ फ़्लर्ट कर रहे हो?

राजीव: नहीं..नहीं..मुझे लगता है के तुम मेरी बेस्टी बनोगी। मैं आपके साथ फ़्लर्ट कैसे कर सकता हूँ? तुम मेरी दोस्त हो... मैं अपनी गर्लफ्रेंड से फ़्लर्ट करूंगा.

मौजूदा:

ट्रेन सुरंग से गुजर रही है. थोड़ा अंधेरा और गुजरती ट्रेन की खिड़की से सुरंग के बल्ब की रोशनी चित्रा और श्वेता के चेहरे पर अंदर की ओर बिखरी हुई है।

चित्रा- आपके आँखोंकी भी तारीफ की? यानी राजीव! जिस महिला से मिलता है वह उस महिला की संपूर्णता की सराहना करने लगती है।

श्वेता: नहीं. एसा नही है। एक महिला जिसका राजीव के दिल में ऊंचा स्थान है, राजीव उस पर गहराई से ध्यान देते हैं। अगर राजीव आपकी तारीफ करते हैं ,तो समझ लीजिए कि आप उनके दिल में बहुत अहम हैं।अगर राजीव तुम्हारी आँखों की तारीफ़ करे तो समज लो के राजीव के दिल मैं तुम्हारे लिए गेहरा स्थान है।

अतीत:

शाम के 6 बजे हैं और परिणाम नोटिस बोर्ड पर चस्पा है। शॉर्टलिस्ट किए गए 200 लोगों की सूची देखने के लिए नोटिस बोर्ड पर लोगों की भीड़ उमड़ पड़ी है। स्वेता भीड़ के बीच से होते हुए नोटिस बोर्ड तक पहुंचती है, कुछ मिनटों के बाद वह दौड़ती हुई आती है और राजीव को गले लगाती है और खुशी से कहती है; "हाँ! हाँ! हम दोनों के नाम वहाँ हैं। हमारा प्रवेश पक्का है।"

मौजूदा:

श्वेता: दिन बीतते गए और हमारी दोस्ती मजबूत होती गई। हम देहरादून में एक साथ बहुत घूमे। कई अच्छे और बुरे अनुभवों के साथ कई ट्रैकिंग कैंप, जंगल की सैर आदि और रिवर राफ्टिंग भी साथ की। कॉलेज के अंतिम वर्ष के अंतिम दिनों में एक दिन नोटिस बोर्ड पर एक नोटिस लगाया जाता है। जिसने हमारी जिंदगी बदल दी.

चित्रा: एक मिनट मेरा एक सवाल है?जहातक मुझे जो पता है , राजिवने तो एमआईटी, यूएसए से मास्टर, बैचलर और पीएचडी की है ... सही?

श्वेता: हाँ सच है, लेकिन हमारे कॉलेज के पूरा होने के 2 साल के भीतर एक घटना के बाद, वो यूएसए गए और दोहरे डिग्री पाठ्यक्रम के माध्यम से सभी डिग्रियाँ जल्दी से प्राप्त कर लीं।

अतीत:

पार्किंग में राजीव अपनी बाइक स्टार्ट करने ही वाला होता है तभी पीछे से स्वेता आवाज लगाती है, स्वेता तेजी से चलते हुए राजीव का हाथ पकड़ती है और कहती है; 'मेरे साथ आइए।'

राजीव: कहाँ जाना है?

श्वेता : नोटिस बोर्ड के पास.

राजीव: ठीक है. चलो कलदेख लेगे। .

श्वेता: नहीं. 'आज!' कहकर स्वेता राजीव को जबरदस्ती नोटिस बोर्ड पर लाती है और कहती है; 'यह नोटिस! पढ़ना....

.

राजीव: नोटिस पढ़ता है; संगठन द्वारा एक ट्रैकिंग शिविर का आयोजन किया गया है। जो उम्मीदवार इस शिविर में भाग लेना चाहते हैं उन्हें 21 दिनों तक साइकिल चलाना, घुड़सवारी और चढ़ाई, नदी क्राफ्टिंग जैसी गतिविधियां करनी होंगी। इस शिविर के अंत में, कोई वित्तीय लाभ नहीं दिया जाएगा और मोबाइल फोन का उपयोग प्रतिबंधित होगा , शामिल होने के पहले दिन से इसका उपयोग बंद कर दिया जाएगा।" हम्म..हाँ तो?

श्वेता: तुम्हें क्या कुछभी समझ नहीं आ रहा?

राजीव: आपका क्या मतलब है?

श्वेता: यदि नोटिस के हेडर फूट में देखोगे तो पता चलेगा के प्रायोजक संस्था का नाम जानबूझकर दिया गया है ।

राजीव : "राजीव ! नोटिस बोर्ड के पास जाकर पढ़ता है; " DRDO ....IB .....RAW .... " हम्म ...समझ गया।"

श्वेता: हाँ.. हमारे साक्षात्कार के पहले दिन को याद करो ,जहाँ हमें प्रत्यक्ष या अप्रत्यक्ष रूप से प्रोफेसर द्वारा बताए गया था के आपके अवलोकन को परखा जाएगा। मुझे लगता है यह वही परीक्षा है. यदि संभव हो तो इस शिविर में चलें। ये आपके लिए सुनहरा मौका हो सकता है.

राजीव: मुझे लगता है आपका अनुमान भी सही है।...ठीक है...। चलो...

मौजूदा:

श्वेता: हमारे कॉलेज के केवल मैंने और राजीव ने ही इन संकेतों को डिकोड किया। बाकी दोस्तों ने ये सोचकर कैंप में जाने के बारे में सोचा भी नहीं कि वो फोन का इस्तेमाल नहीं कर पाएंगे. जैसे ही हम उस शिविर में गए जहां हमारे जैसे अन्य संस्थानों के छात्र थे, हमारा अनुमान सच हो गया कि हमें एक सरकार के गुप्त एजेंट के रूप में नौकरी की पेशकश की गई थी। जिसके तहत हमें भारत या विदेश के किसी भी हिस्से में जासूसी करने का काम सौंपा गया था। और जिन अपराधियों की यातना सरकार के लिए असहनीय हो जाती है उन्हें मारने का काम भी हम करते हैं ताकि सामाजिक संतुलन बना रहे. हमारी पहचान हमेशा गोपनीय रखी जाती है. आज तुमने जो देखा वह आज के काम का हिस्सा था। आज जिस व्यक्ति को तुमने मरते हुए देखा वह कई वर्षों से नशीली दवाओं के कारोबार और उग्रवाद गतिविधियों में शामिल था। आपके द्वारा मुझे पुलिस को सौंपने से मेरी नौकरी ख़तरे में पड़ जायेगी। आपको तय करना है कि आप क्या करना चाहते हैं?

चित्रा: इसका मतलब राजीव! क्या एक गुप्त एजेंट हैं?

श्वेता: नहीं. अब और नहीं। उस दिन की घटना ने सब कुछ बदल दिया और राजीव सब कुछ छोड़कर वैज्ञानिक बन गये।

चित्रा: क्या हुआ था वो हादसा?

स्वेता, अब मैं तुम्हें वही घटना बताने जा रही हूँ। कठोर प्रशिक्षण के अंत में हमें एक वर्ष तक बंदूक चलाना, भेष बदलना, लोगों के भावों का विश्लेषण करना और अवलोकन विधियों को मजबूत करना, दिशा के लिए घड़ियों का उपयोग करना

आदि सिखाया गया। 10-10 लोगों के टीम ग्रुप बनाए गए. राजीव और मैं एक ही टीम में तैनात थे। हम 10 लोगों ने मिलकर पहले लक्ष्य को आसानी से ढेर कर दिया. लेकिन दूसरे अपराधी को मारते समय मुझसे बहुत बड़ी गलती हो गयी.

हमें चेन्नई का लक्ष्य दिया गया था. करीब 200 लोगों के बीच टारगेट अपराधी भी अपने परिवार के साथ खुले मैदान में था. परिवार में उनकी छोटी बेटी, उनकी पत्नी और उनका भाई भी थे।

हमारे पास लक्ष्य के बारे में सारी जानकारी है. हमें एहसास हुआ कि लक्षित अपराधी की पत्नी निर्दोष है और अपने पति के काले कामों से अनजान है। इसलिए हमें इस बात का ध्यान रखना था कि लक्ष्य की पत्नी को कोई हानि या नुकसान न हो। राजीव इस मिशन का नेतृत्व कर रहे थे, हम 10 अलग-अलग स्थानों से लक्ष्य पर नजर रख रहे थे।

अतीत:

राजीव कुछ दूरी पर बैठता है लेकिन लक्ष्य के ठीक सामने एक बेंच पर अखबार पढ़ने का नाटक करता है। टीम का नेतृत्व करना और अखबार के पीछे से माइक्रोफोन के जरिए निर्देश देना राजीव का काम था।

राजीव: श्वेता! कहां पहुंच गये

श्वेता: मैं टारगेट के ठीक सामने एक इमारत की दसवीं मंजिल पर हूं और टारगेट मेरे ठीक सामने है।

राजीव: टिम बी और टिम सी आपकी स्थिति क्या है?

टीम बी: सर! मैं लक्ष्य के बाईं ओर की इमारत पर हूं।

.

टीम सी: सर! मैं लक्ष्य के दाहिनी ओर की इमारत में हूँ।

राजीव: ठीक है. टीम बी और सी, जो स्वेता! यदि किसी कारण से पहला लक्ष्य विफल हो जाता है तो टीम सी दाहिनी ओर निशाना लगाएगी और यदि यह बायीं ओर लगता है तो टीम बी कार्यभार संभालेगी और काम पूरा करेगी। ठीक है ?

टिम बी और सी: हाँ सर!

राजीव: श्वेता! जब मैं तुमसे कहूं तो तुम गोली मार देना.

श्वेता: आज बिल्कुल सही समय है.

राजीव: नहीं. अभी नहीं, उसकी पत्नी बहुत करीब है, उसे थोड़ा आगे जाने दो (टारगेट और उसकी पत्नी खड़े होकर बात कर रहे हैं)। कुछ ही देर में राजीव बोलता है; ''उनकी पत्नी की शारीरिक भाषा से पता चलता है कि वह पीछे मुड़कर आगे बढ़ने वाली है। श्वेता! आप सतर्क रहें. मैं उलटा नंबर गिनूंगा. मेरे कहने के बाद सीधे गोली मार देना, ताकि कोई चूक न रह जाए। ठीक है ?

श्वेता: ठीक है.

राजीव: पांच...चार...तीन...दो...लक्ष्य की पत्नी पलटकर घूमती है ...एक...शून्य।

मौजूदा:

चित्रा: क्या तुमने निशाना साधा?

श्वेता: नहीं. अचानक हम लोगो पर एक बड़ी अप्रत्याशित विपत्ति आ पड़ी। क्योंकि एक साथ दो घटनाएं घटी जिसने हमें मुसीबत में डाल दिया.

अतीत:

राजीव के 'जीरो' कहते ही लक्ष्य की पत्नी अचानक अपने पति को गले लगाने के लिए फिर से पीछे मूड गयी जो कुछ ही क्षण पेहले आगे निकल चुकी थी है और उसी समय स्वेता का फोन बजता है। जैसे ही फोन की घंटी बजी, स्वेता ने पलकें झपकाईं और ट्रिगर दबा दिया। स्वेता की राइफल से निकली गोली उसकी मासूम पत्नी के सिर पर लगती है और उसकी तुरंत मौत हो जाती है। अपने ही हाथों मर गई मासूम को जमीन पर पड़ा देख स्वेता गभराई हुई और सदमे में थी।

लक्ष्य तेज़ी से दाहिनी ओर बढ़ता है और राजीव टिम बी को तैयार होने का निर्देश देता है। और लक्ष्य बी द्वारा लक्ष्य को निशाने पर लेकर उसे मार दिया जाता है।

राजीव: "श्वेता...! श्वेता?" गुस्से से सवाल करता है..श्वेता कोई जवाब नहीं देती। राजीव को एहसास हुआ कि स्वेता हैरान है।

राजीव: कोड भाषा में "गो होम" कहकर टीम को सुरक्षित स्थान पर जाने की सलाह देता है। गोली की दिशा को समझते हुए, टारगेट क्रिमिनल के लोग स्वेता को पकड़ने के लिए इमारत में प्रवेश करते हैं।

राजीव: स्वेता...श्वेता..क्या तुम मुझे सुन सकती हो? "...एक बार फिर से पूछता है लेकिन स्वेता जवाब नहीं देती है। राजीव जल्दी से स्वेता के स्थानकी ओर भागता है। इमारत में प्रवेश करने वाले तीन लोग बेखबर स्वेता को गोली मारने ही वाले होते हैं, तभी राजीव पीछे से आकर , एक-एक करके तीनों घुसपैठियों को गोली मार देता है और स्वेता को बचा लेता है।

राजीव भागते-भगाते ,स्वेता को बुक किए गए होटल के कमरे में वापस ले आता है। अब स्वेता थोड़ा होश में आई। राजीव ने स्वेता को समझाया और उसका मानसिक संतुलन बिगड़ने से रोकने के लिए कहा;

राजीव: श्वेता! यह आपकी गलती नहीं है. जो होना था हो गया. मेरी गलती, मुझे तुम्हें लक्ष्य की पत्नी के जाने के बाद सूट का ऑर्डर करते हुए देखना चाहिए था। मैंने ही जल्दी की थी.

श्वेता: नहीं राजीव! तुमने ट्रेनिंग के दौरान मुझे फोन बंद रखने के लिए भी समझाया थाऔर यह भी ध्यान रखने की सलाह दी कि ऐसा दोबारा न हो. तूने ,मेरी आदत का नतीजा दिखाते हुए कहा था कि; 'तुम्हारी यह फोन बंद न करने की आदत एक दिन हमें मार डालेगी' लेकिन मैंनेऔर लापरवाही बरती। मेरा पूरा करियर बर्बाद हो जाएगा। मैं लोगों का भला करने के लिए इस क्षेत्र में आई थी, लेकिन आज मैं एक निर्दोष की हत्यारी बन गई हूं।' इतना कहकर राजीव गले लग के गले लग कर आक्रन्द से रोने लगती है।

राजीव: मैं आपके करियर और लोगों के लिए काम करने के सपनों को कुछ नहीं होने दूंगा!! मैं संभाल लुगा।

मौजूदा:

श्वेता: फिर राजीव मुझे होटल से सीधे एयरपोर्ट ले जाता है और टिकट थमाकर कहता है; "आप! 10 दिनों के बाद मुख्यालय को रिपोर्ट करें। मैं वरिष्ठ से बात करूंगा और सब कुछ सुलझा लूंगा। आपको आराम की जरूरत है।" फिर मैं अपने घर मुंबई आ गयी। .

चित्रा- फिर क्या हुआ?

श्वेता: जब मैं 10 दिन बाद हेडक्वार्टर गई तो राजीव ने सारा घटनाक्रम पलट दिया और मुझे पूछताछ से बाहर निकाल दिया. और मेरी गलती की सज़ा राजीव को खुद भुगतनी पड़ी.

चित्रा : आपका मतलब..? यानि राजीव ने कैसे....क्या किया..?

अतीत:

दिन 11: राजीव के घर पर - बैंगलोर:

श्वेता राजीव के घर आती है। जैसे ही राजीव ने दरवाजा खोला, स्वेता ने राजीव को जोर से थप्पड़ मारा। और फिर गुस्से में बोलता है; "यह तुम्हारा सब कुछ वैसा ही करने का तरीका है! अगर मुझे पहले पता होता तो मैं तुम्हें चेन्नई में अकेला नहीं छोड़ती ।" कहकर एक और थप्पड़ मारा और गले लगा लिया; "क्षमा मांगना...।"

राजीव: हँसते हुए "हाहाहा...कोई बात नहीं। लेकिन यह सचमुच एक जोरदार तमाचा है.." और जवाब में हँसने लगा।

श्वेता: तुमने क्या किया?

राजीव: यही रास्ता था। अन्यथा! आपकी नौकरी तो जानी ही थी. . और अगर ऐसा हुआ तो देश को नुकसान होगा.

श्वेता: देश को नुकसान? कैसे?

राजीव: यदि आपको उस दिन निलंबित कर दिया जाता है, तो कोई और आपकी जगह ले लेगा और संभावना है कि वे सत्ता का दुरुपयोग करेंगे। आपको उस मासूम को मारने की गलती का एहसास हुआ क्योंकि आप संवेदनशील हैं। आपके अंदर का यही जज्बा आपको एक अच्छा अधिकारी बनाता है और लोगों के लिए काम करने की ताकत भी देता है। आज तुम गलतियाँ करते हो लेकिन तुम्हारे पास मुझसे बेहतर कौशल है। हममें से एक को नौकरी छोड़नी ही पड़ती आपकी शैली देखकर मुझे यही निर्णय लेना उचित लगा। मैं साबित कर सकता हूं कि आप मुझसे आगे हैं.

श्वेता: कैसे?

राजीव: हमारे कॉलेज साक्षात्कार में अपना उत्तर याद रखो, जहां आपने कहा था कि आपको लगता है कि लोगों के लिए काम करके ही आपको शांति मिलेगी। जबकि मैंने ऐसा कोई जवाब नहीं दिया था. और दूसरी बात, आप! पेहले से ही एनजीओ चलाकर लोगों के लिए काम भी कर रहे थे। जब की मैंने कभी एनजीओ शुरू करने के बारे में सोचा भी नहीं था. ए एजेंट वाला काम मैंने इसलिए किया क्योकि उस दिन मुझे कैंप के बहाने ए काम करने का मौका मिल गया। सच यही है के मैं ए काम ढूंढ नहीं रहा था ,जब की तुम इस फील्ड में आने के लिए जागृत होकर तलाश कर रही थी।

श्वेता : तो अब क्या करोगे?

राजीव: मैं एमआईटी जाऊंगा और विज्ञान में अपना करियर बनाऊंगा।

श्वेता: आप! अपना कार्यक्षेत्र तो बदल लोगे , लेकिन व्यक्तित्व बदलना अब बहुत कठिन होगा।

राजीव: तुम्हें पता है? अशोक ने अपने पूरे जीवन में लगभग सात या आठ बार अपना व्यक्तित्व बदला। मुझे केवल एक बार बदलना है.

स्वेता: हाहा..".. राजीव ने बड़ी सी मुस्कान दी।

मौजूदा:

चित्रा: मुझे समझ नहीं आया? पूछताछ के समय राजिवने ऐसा क्या कहा कि आप जांच के दायरे से बाहर आ गयी ?

श्वेता: जैसा कि उन्होंने कॉलेज साक्षात्कार के दौरान और जांच के दौरान किया था; "मुझे उनकी जगह पर रखा और मेरी नौकरी बचाने के लिए समिति को घटना के बारे में बताया। इस तरह यह दिखाकर स्थिति बदल दी कि राजीव ने यह गलती की है और मिशनमे मैं उसका मार्गदर्शन कर रही थी ।" इस तरह किरदार बदल कर मुझे बचाते हुए खुद की नौकरी से हाथ धो बैठा।।

चित्रा: हम्म..समझ गई.

अतीत:

राजीव स्वेता को मुंबई जाने के लिए एयरपोर्ट पर छोड़ने आते हैं। एयरपोर्ट के बाहर स्वेता राजीव के पास आती है और कहती है;

श्वेता: राजीव! मैं बहुत दिनों से तुम्हें एक महत्वपूर्ण बात बताना चाहती हु । मुझे नहीं पता कि इसे कैसे कहूँ; ...कहकर राजीव के करीब आती हैं और जब श्वेता बोलने ही वाले होते हैं तो राजीव बोलते हैं;

राजीव: 'मुझे पता है! 'आप क्या कहना चाह रहे हैं' वह हंसते हुए कहते हैं... 'हाहाहा...'

श्वेता: आगे बोलती है; "मैं तुमसे प्यार करती हु , क्या तुम मुझसे शादी करोगे?"

राजीवः 'मुझे पता था कि तुम ऐसा कहोगी', स्वेता के सिर को चूमता है और बोलना जारी रखता है अगर कोई व्यक्ति यह नहीं समझ पाता कि उसके प्रेमी और मित्र के मन में क्या चल रहा है तो वह प्यार और दोस्ती कच्ची कही जाती है। और हमारी दोस्ती कच्ची नहीं है. मैं अपने कॉलेज के दिनों से जानता था कि तुम्हारे मन में क्या है। "मैं तुमसे प्यार करता हूँ लेकिन सबसे अच्छे दोस्त के रूप में"। हर रिश्ते की अपनी भूमिका होती है, मेरे दिल में आप मेरे आजीवन दोस्त !, मेरे सबसे अच्छे दोस्त हैं !! और आपके दिल में मैं आपका आजीवन प्यार हूं। और मुझे इससे कोई दिक्कत नहीं है.

स्वेताः मुस्कुराते हुए और ताली बजाते हुए बोली; "ठीक है। इस जीवन में मैं दोस्त बनुगी और तुम मेरा एक तरफा प्यार । बस इतना ही!"

राजीवः "हाँ..." और मुस्कुराया।

पांच घंटे का सफर ख़त्म हो गया. और चित्रा और स्वेता शिमला पहुंच गए हैं.

श्वेताः अब शिमला आ गया है और आपके लिए निर्णय लेने का समय आ गया है। क्या आप मुझे मुक्त करेंगे या पुलिस को सौंप देंगे?

चित्राःबस एक आखिरी सवाल का जवाब मुझे तुमसे चाहिए।। .

श्वेताः पूछो?

चित्राः राजीव! क्या! मुझे प्यार करता है ?

स्वेताः "कुछ मिनटों के लिए मौन, सोच रही हूँ कि क्या उत्तर दूँ?" चित्रा और श्वेता एक दूसरे को देख रही हैं और रेलवे स्टेशन पर ट्रेन के इंजन की आवाज़ सुनाई देती है। श्वेता ने चुप्पी तोड़ते हुए कहा "हाँ!! हाँ। राजीव तुमसे प्यार करता है। उस दिन उसने मुझसे कहा कि कुछ ऐसी स्थिति आ गई है कि मुझे अपने प्यार से दूर जाना पड़ रहा है। और मुझे एक नाटक करने के लिए आपकी मदद की ज़रूरत है।" चित्रा के आँसुओं की एक बूँद बह निकली।

स्वेता खड़ी हुई और ट्रैकिंग बैग लिया और चित्रा के कंधे पर अपना हाथ रखा और कहा; "लेकिन अब तुम्हें उदास नहीं होना चाहिए। राजीव तुम्हें खुश देखना चाहता है, इसलिए राजीव को यह नाटक करना ज़रूरी लगा।"

चित्रा- अगर तुम चाहो तो तुम मेरे घर पर रुक सकती हो? तुम अब कहाँ जा रही हो ?

श्वेताः मैं आज! शिमला में मेरी एक दोस्त है, उससे मिलूंगी और कल मुंबई के लिए रवाना हो जाऊंगी।"

चित्रा- क्या आप और मैं दोस्त नहीं बन सकते?

श्वेता: हाँ. हम दोस्ती कर सकते हैं लेकिन इसके लिए आपको मुझे शिमला के दर्शनीय स्थलों पर ले जाना होगा। क्या तुम शिमला घूमावोगी ? ?

चित्रा: हाँ.

चित्रा श्वेता को शिमला पर्यटन करवाती है । शिमला की पांच दिवसीय यात्रा के अंत में, चित्रा और स्वेता अच्छे दोस्त बन जाते हैं और स्वेता शिमला से मुंबई के लिए निकल जाती है।

23

अध्याय 6: विक्रम और टाइम मशीन

राजीव लैब में आता है। हमेशा की तरह, डो सतीश पहले आए और राजीव का इंतजार कर रहे हैं।

राजीव: सुप्रभात!! सतीश.

डो सतीश: सुप्रभात राजीव, आज हम आपके जल समाधि के समय की घटना से अतीत पर नजर डालना शुरू करेंगे।

राजीव: उसके बाद क्या बचा? मैं यानि विक्रम मर गया।

डो सतीश: नहीं! राजीव! आपकी मृत्यु उस दिन नहीं हुई, कई वर्षों बाद हुई।

राजीव: इसका मतलब है कि उन घटनाओं को भी डो राघवाचार्य ने काटा है।

डो सतीश: हाँ. श्री। ब्लू ब्रेन ! राजीव को अगली घटना दिखाओ.

ब्लू ब्रेन: ठीक है. डो. सतीश.

अतीत:

विक्रम जल समाधि लेने के लिए नदी में कूद जाता है। अपने पिता के श्राप के परिणामस्वरूप बन्नी घटना के बारे में पहले से ही जानते हुए, अतुल्य एक नदी के किनारे जंगल में एक पेड़ पर छिपा हुआ था। विक्रम को पानी में डूबता देख अतुल्य भी पानी में कूद जाता है और विक्रम को बेहोशी की हालत में पानी से बाहर निकाल लेता है। विक्रम जैसे ही बेहोशी से बाहर आता है तो सामने अतुल्य को देखता है।

विक्रम: अविश्वसनीय! क्या आप यहां हैं और मैं यहाँ कैसे? मैंने जल समाधि ले ली और मैं, तुम! ...मुझे,किसकी अनुमति से बहते पानी से बाहर लाया गया?; राजा विक्रम आश्चर्य से प्रश्न पूछते हैं।

अतुल्य: महाराजा और मेरे मित्र विक्रम! तुम्हारे मरने का समय अभी नहीं आया है। अत: स्वप्न में मुझे यह नियति द्‌वारा संदेश दिया गया कि आपको डूबने से बचा लिया जाए और तुम्हें बहते हुए जल से बाहर निकालना मेरा कर्तव्य था ।

विक्रम: मतलब?

अतुल्य: पिताजी से मुझे श्राप मिला है परिणामस्वरूप मुझे तुम्हारी जान बचानी पड़ी।' ऐसा कहते हुए, अतुल्य ने बताया कि कैसे इस अतुल्यको गुरु बद्री देवाचार्य ने श्राप दिया था। उसी समय गुरु बद्री देवाचार्य और चेतन्य आते हैं। अपने पिता को आता देख अतुल्य वहाँ से चला जाता है।

गुरु बद्री देवाचार्य: एक राजा का जीवन केवल उसके परिवार से नहीं जुड़ा होता है, सारी प्रजा उसकी संतान होती है। महाराजा अशोक! अपने लोगों को अपने बच्चे मानते थे। एक राजा जीवनमैं केवल उसका परिवार ही उसका परिवार नहीं है बल्कि उसकी प्रजा भी उसका पहला परिवार होती है।

क्या तुमने इस बात पर विचार कियाकि आपकी मृत्यु के बाद इस राज्य को आप जैसा महान शासक मिलेगा या नहीं? आपके कार्यकाल में यह साम्राज्य हर क्षेत्र में तेजी से प्रगति कर रहा है। आज का दिन इस साम्राज्य के लिए स्वर्ण युग है। आपकी बुद्‌धिमत्ता और समय से आगे सोचने की क्षमता पूरे साम्राज्य के लोगों को खुश कर रही है। मृत्यु का मार्ग छोड़ो और जीवन की ओर लौट आओ। यह आपके मालिक 'ईश्वर' का आदेश है. मेरे पास आपके मन की शांति के लिए एक रास्ता है। एक वर्ष तक वन में रहकर कठोर तपस्या और ध्यान करो ! जिसके अंत में आपके लिए सही निर्णय लेना आसान हो जाएगा।

गुरु की आज्ञा मानकर विक्रम जंगल में चले जाते हैं। कठोर तपस्या और ध्यान समाधि में विलीन हो जाते हैं। इस बीच राज्य का प्रबंधन चेतन्य द्‌वारा किया जाता है और राजा के निर्वासन से लौटने की प्रतीक्षा की जाती है।

विक्रम एक वर्ष से बरगद के पेड़ के नीचे बैठकर समाधि की अवस्था में हैं। विक्रम की तपस्या की शुरुआत के वर्ष के अंत में, विक्रम का शरीर त्याग के बिंदु पर पहुंच गया, जब एक जहरीले सांप ने राजीव को काट लिया, लेकिन राजीव पर कोई प्रभाव नहीं पड़ा। विक्रम अपनी ध्यानमग्न अवस्था में लीन हैं। तभी उसी समय एक दिव्य रोशनी चमकती है और एक दिव्य आवाज विक्रम के कानों पर पड़ती है;

पुत्र! विक्रम समाधि से बाहर आओ. मैं आपकी ध्यान और समाधि के प्रति समर्पण से प्रभावित हूं। मांग पुत्र!आपको क्या वरदान चाहिए ? " भगवान शिव पूरे विक्रम के सामने अवतरित हुए थे।

विक्रम समाधी अवस्था से बहार आता है और पूरी भक्तिभरी दृष्टि से देखते सिर झुकाकर ,दोनों हाथों से साष्टांग प्रणाम करने से पहले बोलता है; "हे सृष्टि के स्वामी, मैं आपको मानवरूप में देखकर धन्य हो गया हूं। मेरी प्यारी पत्नी की मृत्यु मेरे कारण हुई। मैं उनकी आत्मा से माफी मांगना चाहता हूं और एक मां द्वारा दिए गए जन्मोके अभिशाप से मुक्ति का रास्ता भी चाहता हूं।" बेटे को खोने के कारण.

भगवान शिव: हे राजन! आपकी गलती के कारण दो निर्दोष लोगों की जान चली गई, इसलिए आपके अगले दो जन्मों के अंत में आप अपने पाप और अभिशाप से मुक्त हो जाएंगे और आपको जन्मों-जन्मों में प्यार के डर का सामना नहीं करना पड़ेगा। इस जन्म में तुम्हें स्वप्न के रूप में संध्याग्नि मिलेगी। अब राजन तुम्हें अपने राज्य में जाकर लोक कल्याण के कार्य करते हुए अपना जीवन व्यतीत करना होगा। आपका आध्यात्मिक वन राज्य यहीं समाप्त होता है।

मौजूदा:

यह देखकर राजीव बहुत खुश हुए. इसका मतलब है कि मुझे इसी जन्म के बाद इस श्राप से छुटकारा मिलेगा ।

डो सतीश: हॉ, राजीव। यह जन्म आखिरी जन्म होगा जिसमें आपको अपनी प्रिय संध्या अग्नि या चित्राको खोने का एहसास होगा। नियति अगले जन्म से आपके और चित्रा के मिलन की परिणति में हस्तक्षेप नहीं करेगी।

राजीव: ये तो अच्छी बात है. तो डो. राघवाचार्य द्वारा इन घटनाओं को क्यों काट दिया गया?

डो सतीश: दो कारण थे. पहला कारण, ताकि विक्रम के साथ आगे क्या होता है यह देखकर आपको दुख न हो और दूसरा कारण यह कि आपको चित्रा के प्रेम अपूर्णता से दर्द महसूस हो, जिसके परिणामस्वरूप आपके व्यक्तित्व में अच्छे गुणों का संचार होगा। सर का इरादा तुम्हें प्यार और गम की आग में जलाकर तुम्हारी शख्सियत को ढालना था.

राजीव: विक्रम के साथ ऐसा क्या हुआ? जिसे देखकर दुखी हो सकता हूं?

डो सतीश : विक्रम की मौत का कारण!!

अतीतः

योगी भेष से बाहर आ रहे विक्रम! राज्य में लौट आता है और अपना कर्तव्य पूरा करना प्रारंभ करता है। एक दिन विक्रम ने अपने मंत्रियों की बैठक बुलाई ;

विक्रमः हमने मिलकर एक खुशहाल और समृद्ध राष्ट्र बनाया है। लेकिन हम अभी भी विज्ञान के क्षेत्र में अच्छा विकास नहीं कर पाए हैं। मैं चाहता हूं कि हमारे देश के बुद्धिजीवी, विज्ञान के क्षेत्र में असाधारण खोजें करें जो अतीत में कभी किसी ने नहीं कीं हो और भविष्य में विज्ञान के क्षेत्र में ऐसा इतिहास रचे के लोग हमारी प्रगति और भागीदारी को याद रखें। इसलिए आज हमारे सभी राज्यों में ऋषि-मुनियों, शिष्यों, धार्मिक गुरुओं, दार्शनिकों तथा अन्य ज्ञानियों, जो विभिन्न विद्याओं में पारंगत हों उनको सभा मैं आमंत्रित करें तथा वार्षिक सभा का आयोजन करें।

विज्ञान बैठकः

दूर-दूर के राज्यों को निमंत्रण भेजे गए, परिणामस्वरूप, कई विद्वान बैठक में शामिल हुए और राजा ने विज्ञान के क्षेत्र में अनुसंधान के लिए कई प्रस्तावों पर सहमति व्यक्त की, जिसमें राज्य करों से बहुत सारा धन दान दिया गया।

चेतन्यः महाराज! आज की महासभा में सभी प्रस्ताव पारित हो गए हैं. अब केवल एक ही सामूहिक प्रस्ताव सुनना बाकी है.

विक्रमः हम्म..तो! समूह को इस बैठक में प्रस्ताव रखने की अनुमति दी गयी है. समस्या क्या है?

चेतन्यः महाराज! प्रस्ताव बेहद रहस्यमय और खास है. प्रस्ताव लाने वाले समूह से निजी तौर पर चर्चा की जाए तो बेहतर है।

विक्रमः चेतन्य! यदि आप उस पर विश्वास करते है तो ठीक ही होगा।" एक गुप्त कमरे में चेतन्य, गुरु बद्रीदेव और विक्रम की उपस्थिति में समूह को बड़े सम्मान के साथ कमरे में लाया जाता है।

बहसः

मुनि जीतेन्द्रसिहरीः "प्रणाम ! राजन।" लगभग 40 अनुयायियों के साथ, मुनि जीतेंद्रसिहरी धाराप्रवाह बोलते हैं। ऋषि के सिर के पीछे प्राप्त आध्यात्मिक उपलब्धियों से उत्पन्न दिव्य आभा को देखकर विक्रम शाही सिंहासन से उतरकर ऋषि जीतेंद्रसिहरी के चरण छूते हैं और कहते हैं; "हे बुद्धिमान मुनिजितेंद्रसिह! आपको प्रतीक्षा खंड मैं इंतजार करना पड़ा इसलिए मैं क्षमा अर्चना करता हु" बोलने के बाद वह मुनि जितेंद्र सिह के चरणों में बैठ जाता है।

मुनि जीतेन्द्रसिहरीः अरे! राजन! मैं और मेरे शिष्य आपकी योग्यता को समझते हुए आपके राज्य आदित्य नगर में एक प्रस्ताव लेकर आये हैं। हम सभी 8वीं शताब्दी के महान शैवधर्मी अभिनव गुप्त और 5वीं शताब्दी के महान कवि और भिक्षु भर्तृहरि के अनुयायी हैं। हम अभिनव गुप्त दवारा द्वारा दी गई "त्रिक-कोला विधि" और भर्तृहरि की पुस्तक "वाकपदीय" में वर्णित समय और स्थान के विवरण का उपयोग करके एक "समय यंत्र" बनाना चाहते हैं।

विक्रमः यह सुनकर गुरु बद्रीदेव और राजा विक्रम खड़े हो गये। विक्रम अपने गुरु बद्रीदेव की ओर देखकर पूछते हैं; "क्या यह संभव है? और यदि संभव है, तो क्या यह मशीन बनाने लायक है? मानव सभ्यता को नुकसान पहुंचाए बिना ,क्या ऐसा किया जा सकता है ??

गुरु बद्रीदेवः विक्रम! ये संभव है. यह "मंत्र- तंत्र विज्ञान" एवं "अंतरिक्ष-समय" विज्ञान के आधार पर संभव है। लेकिन टाइम मशीन बनाने के बाद जो घटनाएं घटती हैं वे भयावह हो सकती हैं। क्योंकि टाइम मशीन बनाना समय और प्रकृति के नियम के विरुद्ध होगा और की गई गलती और कर्म का परिणाम व्यक्ति को भुगतना पड़ेगा। मुझे! इस काम में बहुत जोखिम और बुरे परिणाम दिख रहे हैं.

विक्रमः हम्म. गुरुदेव! आप ही तो मुझसे कहते थे, "शिष्य! कभी-कभी किसी महान कार्य को प्राप्त करने के लिए जोखिम उठाना पड़ता है। मुझे लगता है कि यह जोखिम एक नए विज्ञान को जन्म देगा।" "मैं सम्राट विक्रम! मैं आपको “समय यंत्र” बनाने की अनुमति देता हूं। लेकिन यह बहुत जरूरी है कि यह मशीन सुरक्षित रहे।"

मुनि जीतेन्द्रसिहरीः जी महाराज! इसीलिए हम इस यंत्र की रक्षा तंत्रिका तंत्र से करेंगे और तंत्र मंत्र से इसकी रक्षा करेंगे। इसके लिए एक बुद्धिमान व्यक्ति और ध्यान-समाधि से सिद्ध और पवित्र हो चुके व्यक्ति की आवश्यकता होती है। और वह व्यक्ति आप हैं.

विक्रमः आपका क्या मतलब है?

मुनि जीतेन्द्रसिहरी: हम आपके ही मस्तिष्क के तंत्रिका तंतुओं की सहायता से यह यंत्र बनाएंगे। और इस यंत्र को सिर्फ आप ही छू सकते हैं. आप इस यंत्र को किसी भी समय नष्ट भी कर सकते हैं. ताकि आप इस यंत्र का गलत इस्तेमाल रोक सकें. यह यंत्र हमेशा उसी स्थान पर स्थापित रहेगा जहां इसे बनाया गया है और केवल आप ही इसे हटा या स्थानांतरित कर सकते हैं।

विक्रम: गुरुदेव, अब मुझे इस यंत्र को बनाने में कोई समस्या नहीं दिख रही है। अगर कोई दिक्कत हुई तो हम इस यंत्र को नष्ट कर देंगे.

गुरु बद्रीदेव: हे राजन! राज्य आपका है लेकिन अंतिम निर्णय आपको ही लेना है। परंतु आप मेरे द्वारा सिखाए गए अनेकांतवाद की उपेक्षा कर रहे हैं। विज्ञान भी अनेकांतवाद का अनुसरण करते हुए अनेक संभावनाओं से घिरा हुआ है। जिस मामले में आज हमें नुकसान की कोई संभावना नजर नहीं आती, संभव है कि हम किसी दिशा में संभावनाओं पर विचार करने में असफल रहे हों।

विक्रम: हम्म. गुरुदेव, यदि यंत्र से संबंधित कोई समस्या हो तो ऐसे ऋषि-मुनि हैं जो मशीन बनाकर उसका समाधान कर सकते हैं। बुद्धिमान संत इसका समाधान खोजने में मदद करेंगे। "विक्रम अंतिम निर्णय लेता है और यंत्र बनाने की अनुमति देता है।

ऋषियों द्वारा विक्रम के सिर से तंत्रिका तंत्र और तंत्रिकाओं के कुछ छोटे हिस्से निकालकर 2 वर्षों में यह यंत्र बनाया गया । आज समय यंत्र बन गया है। विक्रम, गुरु बद्रीदेव और चेतन्य यंत्र के सामने खड़े हैं। रात का समय है.

विक्रम: गुरुदेव! चूंकि 2 दिन बाद का मूरत शुभ है, इसलिए हम पहले इसी यंत्र का प्रयोग कर परीक्षण करेंगे.

रात का सपना:

विक्रम गहरी नींद में है. आज भगवान शिव द्वारा दिया गया संध्याग्नि से मिलन का वरदान फलीभूत होता है।

विक्रम, संध्याग्नि को उसी झरने के पास बैठा देखता है जहाँ विक्रम पहली बार संध्याग्नि से मिला था। संध्याग्नि, विक्रम को देखकर बड़ी मुस्कुराती है। विक्रम पास जाता है और अपना सिर संध्याअग्नि की गोद में रखकर आँखों की पलके को सुला देता है। संध्याअग्नि विक्रम के सिर को प्यार से छू रही है और विक्रम को प्यार की गर्माहट दे रही है। विक्रम के दर्द के आँसू को पोंछते हुए संध्याअग्नि

बोलती है;

संध्याग्नि: महाराज! आपकी आँखों मैं आँसू? क्यों?

विक्रम: मेरी गलतियों के कारण ही तुम हमेशा के लिए चली गई और तुम्हारी जान भी चली गई।

संध्याग्नि: नहीं महाराज! तुम्हारे साथ कुछ भी गलत नहीं हुआ। वह सिर पर चुंबन देते हुए कहते हैं कि सब कुछ नियति का खेल है। भविष्य हमारा इंतजार कर रहा है. आने वाले जन्मों में हमारा फिर मिलना निश्चित है।

विक्रम: हाँ.

संध्याग्नि: क्या मैं एक प्रश्न पूछ सकता हूँ?

विक्रम : हाँ...हाँ..पूछो.

संध्या: क्या आप सचमुच सोचते हैं कि आपको समय यंत्र बनाना चाहिए ?

विक्रम: हाँ. यदि टाइम मशीन होगी तो भविष्य में होने वाली घटनाओं का आभास पहले ही हो जाएगा जिससे लोगों के कल्याण के लिए आवश्यक निर्णय वर्तमान में ही लिए जा सकेंगे।

संध्याअग्नि: नहीं. मनुष्य को वर्तमान में जीना चाहिए। भविष्य जानने से व्यक्ति चिंतित हो जाता है, जिसके परिणामस्वरूप वह अपना वर्तमान खराब कर लेता है। मैं आज आपको बता सकता हूं कि कल आप मरने वाले हो , तो क्या आप ,आज अच्छी नींद ले सकते हैं?

विक्रम: नहीं. इसलिए हमें भविष्य की ओर नहीं देखना चाहिए. हो सकता है कि आपने गुरु बद्रीदेवाचार्य की सलाह को नजरअंदाज कर दिया हो और यह आपकी गलती है। तुम्हें इसका परिणाम भुगतना पड़ेगा. लेकिन आख़िर में सब ठीक हो जाएगा.

विक्रम: हम्म. अरे थोड़े क्षणों पेहले तुमने कहा !; "मैं कल और हमारी मुलाकात के तुरंत बाद मरने वाला हूँ? क्या इसका मतलब यह है कि मेरी मृत्यु निकट है?"

संध्याग्नि: देखो मैं आपको यह समजाना चाहती हु ; भविष्य जानने से व्यक्ति को बेचैनी ही होती है। मैंने इसे साबित भी किया है. मनुष्य को इस यंत्रकी कोई आवश्यकता नहीं है. अगर इंसान वर्तमान में खुश और शांत रहकर वर्तमान में जीना सीख ले तो भी बहुत कुछ हासिल कर लिया है। आप इस विश्वास के साथ जाएं कि सब कुछ ठीक हो जाएगा और सब कुछ भाग्य पर छोड़ दें। जल्द ही आपसे फिर मुलाकात होगी।

विक्रम आंखे पूरी खुल गयी. विक्रम को यह बात भी समझ आ गई कि संध्या अग्नि ने समझाया कि मृत्यु निकट है और साथ ही यह भी समझ गया कि इस

धरती पर इंसान को समय यंत्रकी कोई आवश्यकता नहीं है, विक्रम सुबह तक सोचता है कि उसे समय यंत्रका क्या करना चाहिए। अंत में, विक्रमने समय यंत्र को नष्ट करने का फैसला किया। लेकिन अचानक, समय यंत्र पाने के प्रलोभन में पड़ोसी साम्राज्य द्‌वारा और क्रूर राज्यों की संयुक्त सेना द्‌वारा हमला किया जाता है। विक्रम बिना समय बर्बाद किए समय यंत्रके गुप्त स्थान पर आता है क्योंकि यह ज्ञात होता है कि विक्रम की पराजय निश्चित है और अंत निकट है। गुरु बद्रीदेव! विक्रम के आने का पहले से ही इंतजार कर रहे थे .

गुरु बद्रीदेव: जिसका मुझे डर था वही हुआ, विक्रम! किसी ने समय यंत्र की गुप्त जानकारी दुश्मन से साझा कर दी है. अब आपके लिए इस समय यंत्रको नष्ट करने का समय आ गया है। लेकिन पहले मुझे मेरी गुरुदक्षिणा दो।" वह जहर का प्याला अपने सामने रखता है और कहता है: "तुम्हारा तंत्रिका तंत्र शत्रु राज्य के हाथों में नहीं पड़ना चाहिए।" तो अब आपकी मृत्यु और इस समय यंत्र का विनाश ही एकमात्र समाधान है"

विक्रम: हाँ गुरुदेव! यदि आपने यह गुरुदक्षिणा की मांग न भी की होती तो भी मैं आज यह कदम उठा लेता।' यह कहते हुए कि वह पहले जहर का प्याला पीता है और जैसे ही विक्रम ने यंत्र की नसों को नष्ट करने के लिए अपना हाथ बढ़ाया, दो तीर गुरु बद्रीदेव की पीठ में लगे और फिर एक के बाद एक चार तीर विक्रम की पीठको चिरके आरपार निकल आती है । पीठके बल से विक्रम जमीन पर गिर पड़ता है और पीठ पर लगा बाण आगे की ओर आ जाता है। विक्रम का शव तीरों से बने सैया पर पड़ा हुआ है। हत्यारा एक बूढ़ी औरत के साथ विक्रम के सामने आता है। ये बुढ़िया शशिधर की मां है.

विक्रम: अरे माँ! मुझे श्राप देकर क्या करें?

शशिधर की माँ: "हे विक्रम! वह मेरा बदला था और यह "शशिधर के भाई" का बदला है। जब आप टाइम मशीन बनाने के लिए एक गुप्त समिति का गठन कर रहे थे, तो मेरा दूसरा बेटा आपकी सेना में शामिल होने और आपको मारने की साजिश रच रहा था। यह युद्ध के भागदौड़ मैं, हमें तुम्हें मारने का उचित अवसर मिल गया है। तुम्हारी इस समय यंत्र से हमारा कोई लेना-देना नहीं है। शरीर में लगे तीर और शरीर में फैल रहे जहर ने विक्रम की जान ले ली। विक्रम की आँखें हमेशा के लिए बंद हो गईं।

मौजूदा:

विक्रम को मोत के घाट उतारने वाले को देखकर राजीव आश्चर्य से बोलता है;

राजीवः "विशाल...! विशाल.? शशिधर का भाई था !!... विशाल?"

डो सतीशः हाँ. यही कारण भी है कि डॉ. राघवाचार्य को इन घटनाओं को छिपाना या मिटाना जरूरी लगा।

अतीतः

युद्ध के दौरान, मुनि जीतेंद्रसिहरी और अन्य ऋषि दुश्मनों द्वारा मारे गए। आक्रमणकारी शत्रु समय यंत्र प्राप्त करने के लिए कई प्रयास करते हैं। लेकिन जैसे ही समया यंत्र को छुआ, यंत्र गायब हो जाता था और कुछ समय बाद उसी स्थान पर फिर से प्रकट हो जाता था। अंततः दुश्मन हार मान लेते हैं और चले जाते हैं लेकिन विक्रम का सिर काट कर साथ ले जाते है । कपाल तंत्रिका तंत्र से समय यात्रा के लिए एक चिप जैसी संरचना उन राज्यों के बुद्धिमान तांत्रिको द्वारा बनाई गई है। जो समय के साथ चलने वाले डॉ. राघवाचार्य के हाथ में लगता है।

मौजूदाः

कुछ देर बाद राजीव बोलते हैं.

राजीवः तो यही वह जगह है जहाँ विक्रम की मृत्यु हुई थी? और इस मशीन में मौजूद न्यूरॉन्स मेरे दिमाग की ही उपज हैं।

डो सतीश : हां.

राजीवः हम्म. अब मुझे भी समझ में आ गया कि इस मशीन के संबंध में मुझे क्या अंतिम निर्णय लेना है। इस मशीन को नष्ट करके ही मेरा कर्तव्य पूरा होगा। सही?

डो सतीशः हाँ राजीव. आपने सही समझा.

राजीव उठता है और लैब से बाहर जाने लगता है। वहां सतीश राजीव को रोकते हैं और कहते हैं;

डो सतीश : राजीव एक मिनट! आप अपने मन में विशाल के प्रति कोई दुर्भावना नहीं रखेंगे.

राजीवः नहीं सर. विक्रम रूप में भी मैं विशाल से नाराज नहीं हूं. यह विशाल क़दम अपने भाई के प्रति उसके प्रेम का परिणाम था। और विशाल इस जन्म में मेरा दोस्त है और हमेशा रहेगा।

राडो सतीश : हां. मैं भी आपसे यह उत्तर की आशा कर रहा था. मैं आपको अगली घटना कल दिखाऊंगा.

राजीवः ठीक है.

24

अध्याय 7: श्यामा की मृत्यु

डो सतीश: तो राजीव! क्या आप श्यामा का सच जानना चाहते हैं? मैं जानता हूं कि श्यामा तुम्हारी प्रिय मित्र थी इसलिए मैंने तुम्हें पहले ही बता दिया था। उस दिन की घटना आपके मन पर भी असर करेगी. इसलिए अपने मन को मजबूत रखें.

श्यामला की त्रासदी का दिन:

रात 9 बजे राजीव की लैब से निकलकर घर जाने के लिए।

श्यामा (मन में) 'सोचती है कॉफ़ी पीनी है। श्यामा कॉफ़ी लेने के लिए डॉक्टर राघवाचार्य की दर्शन प्रयोगशाला के बगल वाली कॉफ़ी मशीन पर गयी। इसी दौरान डॉ. राघव आचार्य की आवाज श्यामा के कानों पर पड़ती है।

डॉक्टर राघवाचार्य:सतीश! आप नहीं समझे. अब राजीव को वो सारी वास्तविक घटनाएँ दिखाने की कोई ज़रूरत नहीं है जिन्हें हमने छिपाया है। अगर हम ऐसा करेंगे तो हो सकता है कि राजीव के रिश्ते खराब होने लगें.

यह सुनकर श्यामा राजीव को फोन मिलाती है और कहती है; "राजीव! आपसे डॉक्टर राघव आचार्य...।" ठीक वहीं डॉ. सतीश को शक हुआ कि लैब के बाहर कोई खड़ा है और वह तेजी से बाहर आ गए। जैसे ही वह लैब से बाहर आता है तो सामने खड़ी महिला को फोन पर बात करते देख वह फोन छीन लेता है और फोन कट कर देता है।

श्यामा: डॉक्टर सतीश! मुझे अपना फ़ोन वापस चाहिए ! सब कुछ जो मैंने सुना है! मैं राजीव को बतादूगी । मुझे पता चला है कि आप और डॉ. राघव आचार्य राजीव से कुछ छिपा रहे हैं।" राघवाचार्य भी लैब से बाहर निकल जाते हैं।

डॉक्टर राघवाचार्य: श्यामा! पहले आप शांत हो जाइये. आप सारे तथ्य नहीं जानते. हम किसी को धोखा नहीं दे रहे हैं. आप आधी कहानी सुनकर ही गुस्सा हो रहे हो. और अब समय आ गया है आपको वास्तविकता से परिचितकरा दिया जाए ...

श्यामा-तुम्हारा मतलब क्या है? मुझे कुछ समझ नहीं आया.

डॉक्टर सतीश: कृपया! तुम पहले बैठो, यह कहते हुए वह किनारे पड़ी रोलिंग कुर्सी खींच लेता है और श्यामला को उस पर बैठा देता है। 'श्यामा! अब जो मैं आपको बताने जा रहा हूँ. सुनकर आपको आघात लग सकता है , लेकिन ये हकीकत है. हमें पहले से ही पता था कि ये सब होने वाला है.

श्यामा: तो तुम्हें पहले से पता था कि मैं राजीव को फोन कर दूंगी ?

डॉ. सतीश: हाँ.

श्यामला: कैसे?

डॉ. राघवाचार्य: क्योंकि हमने 2015 में ही एक "टाइम मशीन" बना ली थी। इसलिए हर किसी के जीवन से जुड़े कई रहस्य हम जानते हैं। डॉ. राघव आचार्य श्यामा को हमारे साथ चलने को कहकर टाइम लैब में ले जाते हैं। और घटित सभी घटनाओं को दर्शाता है। यह देखकर श्यामा रोने लगती है और बोलती है।

श्यामा: इसका मतलब यह है कि मैं एक हत्यारी थी ? मैंने अपनी ही वर्तमान चित्रा या फिर संध्या अग्नि को मार डाला? इतना कहकर वह जमीन पर बैठ जाती है , कराहने लगती है और अपने हाथों से खुद को मारने लगती है। डॉ. सतीश पश्चाताप करते हुए श्यामा के पास आते हैं, उसे खड़ा करते हैं और सांत्वना देते हुए गले लगाते हुए कहते हैं; "श्यामा! अपना ख्याल रखें। ये सब बीत चुका है. और हम पर भरोसा रखें क्योंकि हम भविष्य जानते हैं, मैं आपको बताऊंगा कि आगे क्या है। राजीव जब यह घटना देखेंगे तो उन्हें एक पल के लिए आप पर गुस्सा आएगा। लेकिन उसके बाद उसे आपके प्रति कोई नाराजगी नहीं होगी और जहां तक चित्रा की बात है तो यह बात चित्रा को कभी पता नहीं चलेगी. लेकिन उनको आपकी कमी खलेगी, आपको बहुत याद करेगा और आपकी दोस्ती की कमी महसूस करेगी । राजीव और चित्रा दोनों आपको जीवन भर याद करेंगे।

श्यामा: "मुझे याद करेंगे !! क्या, मेरे जीवन का अंत होने वाला है? यह सुनकर डॉक्टर सतीश डॉक्टर राघवाचार्य की ओर देखते हैं।

डॉक्टर राघवाचार्य: श्यामा! हम तीनों ऐसे समय की धारा मैं खड़े हैं जब हमें बहुत कठिन निर्णय लेना है।

श्यामा: डॉक्टर राघव आचार्य! मैं समझ गई हूँ कि कुछ गंभीर बात है. इसलिए मेरा आपसे अनुरोध है कि आप मुझे सीधे बताएं।

डॉक्टर राघवाचार्य: श्यामा! सुनो, हमने तुम्हारा भविष्य देख लिया है। जो बहुत ही दयनीय है. यदि आप हमें अनुमति दें तो हम इस ब्रह्माण्ड से घटना को काटकर दूसरे ब्रह्माण्ड में भेज सकते हैं और उस ब्रह्माण्ड से घटना को इस ब्रह्माण्ड में ला सकते हैं। लेकिन दुख की बात यह है कि उस ब्रह्मांड से लाई गई घटना के अनुसार आज आपकी मृत्यु हो जाएगी। और आपके पास केवल एक ही उपाय है. क्योंकि इस ब्रह्माण्ड में आपके साथ जो होने वाला है वह बहुत ही दयनीय है। इसलिए मैं आपको दूसरे ब्रह्मांड की घटना को स्वीकार करने की सलाह दूंगा।

श्यामा-अगर मैं आज मर जाऊं, आप मुझसे उस घटना को स्वीकार करने को कह रहे हैं. इसलिए मैं जानना चाहती हूं कि अगर मैं आज हमारे ही ब्रह्मांड की घटना को स्वीकार कर लूं तो मेरे साथ क्या होने वाला है? डॉक्टर सतीश, श्री. ब्लू ब्रेन से रिकॉर्डिंग चलाने के लिए कहता है।

भविष्य:

(श्यामा भविष्य देखती है) भविष्य में श्यामा अपनी बेटी की कस्टडी का केस हार जाती है। इसलिए उनकी बेटी को भी पालन-पोषण के लिए उसके पिता के पास भेज दिया जाता है। इससे श्यामा को बहुत सदमा लगता है और धीरे-धीरे श्यामा को जीवन में अकेलापन महसूस होने लगता है। समय के साथ श्यामा की भूलने की बीमारी बढ़ती गई। श्यामा के ध्यान की कमी के परिणामस्वरूप एक कार दुर्घटना हो जाती है। एक कार दुर्घटना के कारण श्यामा का आधा शरीर लकवाग्रस्त हो जाता है और काम करना बंद कर देता है। जिसके चलते वह लैब में आकर काम नहीं कर पाती और उनका शोध कार्य भी रुक जाता है। इस दयनीय स्थिति में उसका पति भी उसकी सुध लेने नहीं आता। इसके कारण श्यामा को जीवन के आघात अधिक तीव्रता से महसूस होने लगते हैं और वह मानसिक संतुलन खो बैठती है। उसके सहकर्मी (राजीव और अन्य सभी दोस्त) उसे घर पर एक साथ रखते हैं और उपचार और दोस्ती की गर्माहट प्रदान करते हैं और श्यामा को सामान्य बनाने के लिए कड़ी मेहनत करते हैं लेकिन सभी विफल हो जाते हैं। एक रात, श्यामा ने हेमांगी के घर की छत से कूदकर आत्महत्या कर ली, यह देखकर

कि उसके सहकर्मियों को उसकी देखभाल करने में परेशानी हो रही थी।

मौजूदा:

श्यामा-इसका मतलब यह है कि मैं अपने दोस्तों पर बोज ...?

राडो सतीश: ऐसा नहीं है. लेकिन आपको लगेगा कि आप हम सब पर बोझ बन गए हैं और तब आप आत्महत्या करने की गलती करेंगे।

श्यामा: दूसरे ब्रह्मांड की स्थिति में क्या होने वाला है?

डो सतीश: दूसरी घटना में हम आपको बेहोश कर देंगे जिसके परिणामस्वरूप आपको मृत्यु का अनुभव नहीं होगा। फिर हम प्रयोगशाला में गैस पाइपलाइनों को लीक कर देंगे और उनमें आग लगाकर विस्फोट कर देंगे जो जनता को एक प्रयोगशाला आपदा के रूप में दिखाई देगी।

डो सतीश: इस मामले पर प्रधानमंत्री कार्यालय तक चर्चा हो चुकी है. आपकी स्थिति को ध्यान में रखते हुए, हमने पूरी घटना को विस्तार से बताते हुए एक आवेदन बनाया है। पीएमओ की इस बात को समझते हुए कि दयनीय स्थिति में पड़ने से बेहतर है कि आप मरना चाहें, अगर आप सहमत हैं तो हमें आपको इच्छामृत्यु देने की इजाजत दे दी गई है। कुछ समय के लिए सरकार द्वारा जांच का दिखावा किया जाएगा और अंततः राजीव को मामले से मुक्त कर दिया जाएगा।

श्यामा : श्यामा ने गहरी सास ली और बोली : "हाँ! आज का दिन मेरे लिए और सबके लिए अच्छा है। और शायद यह सब उस क्रूरता की सजा हो सकती है जिसके साथ मैंने अपनी सखी को मार डाला।" डॉक्टर सतीश ने श्यामा का हाथ पकड़कर उसे सांत्वना दी। श्यामा भी डॉ. सतीश का हाथ कसकर पकड़कर रोती है और सिसकती आवाज में बोलती है;

श्यामा: "डॉक्टर सतीश! हर चीज़ के लिए धन्यवाद"

डॉ.सतीश: आप सदैव हमारे दिलों में जीवित रहेंगे। यह कहते हुए डॉक्टर सतीश भी रो पड़ते हैं और श्यामा के सिर को चूमकर कहते हैं, "क्या मैं तुम्हें एक मजेदार बात बताऊं?"

श्यामा : हाँ.

डॉ. सतीश: हम सब अगले जन्म में एक बार फिर दोस्त के रूप में मिलने वाले हैं। और सबसे अच्छी बात यह है कि उस जन्म में आपका जीवन बहुत सुखी होता है। कर्म काटने के लिए यह जन्म ही काफी था।

श्यामा : बस! यह सुनकर मेरा मन यहीं से शीघ्र स्वर्ग जाने का कर रहा है। क्या मुझे स्वर्ग मिलेगा? मेरे पति ने मुझे इस धरती पर शांति नहीं दी, बस! मैं स्वर्ग जाकर गंधर्व से विवाह करूंगा और पुनर्जन्म होने तक मस्ती करुँगी...'' वह हंसने लगा।

डॉ. सतीश: हाँ! तुम्हें स्वर्ग मिलेगा. आज आपके कर्म शुद्ध होंगे और आपको स्वर्ग की प्राप्ति होगी।

श्यामा: डॉ. सतीश श्यामा को बेहोश करने के लिए हाथ में इंजेक्शन लेकर खड़े हैं।'' डॉ. सतीश! इंजेक्शन लगा दो बिंदास, बिना हिचकिचाए ...।

डॉ.सतीश: श्यामा! क्या आपकी कोई अंतिम इच्छा है? मैं कैसे पूरा करूं?

श्यामा : हाँ. मैं चाहता हूं कि आप सभी दोस्त जीवन भर मेरी बेटी के संपर्क में रहें और इस बात का ध्यान रखें कि उसे मेरी कमी महसूस न हो।

डॉ. सतीश: यह मेरा वादा है कि हम सब ट्विंकल के साथ हमेशा संपर्क में रहेंगे और कभी आपकी कम्मी महसूस नहीं होने देंगे। हम उनकी जरूरतों का भी ख्याल रखेंगे.

श्यामा: अलविदा. "एक नए जन्म में मिलो ... " वह मुस्कुराती है।

डॉ. सतीश: नम आँखों से, सहमति में अपना सिर हिलाते हैं और कठिनाई से "अलविदा" कहते हैं। श्याम चुप है ओर अपनी आँखों को आराम दे देती है। डॉ. सतीश श्याम की बांह में इंजेक्शन लगाता है। श्यामा बेहोश हो गयी. इस बीच, राघवाचार्य ने सभी कैमरों से डेटा हटा दिया। और फिर डॉ. सतीश गैस पाइपलाइन को लीक करने के लिए मुख्य रबर पाइपलाइन को तेज आरी से काट देते हैं। जल्द ही लैब में आग लग जाती है। डॉ. सतीश दारा आग फैलाते हैं और हाइड्रोजन सिलेंडर श्याम के शरीर के पास रखा जाता है , तो सिलेंडर को इस तरह रखा जाता है कि वह फट जाए। कुछ ही समय में लैब में निर्धारित तरीके से घटना घटती है और श्यामा की मौत हो जाती है।

मौजूदा:

राजीवनी और डॉ. सतीश रो रहे हैं।

ब्लू ब्रेन दुःखद ! रहा..।

ब्लू ब्रेन : कराहती आवाज में बोलता है; "इस दिन मैंने मानवीय भावनाओं को बहुत गहराई से महसूस किया" अब मैं भी आज आगे काम करने में असमर्थ महसूस कर रहा हूं। अन्य घटनाए कल पर छोड़ें?

राजीव: हाँ. इतना कहकर वह लैब से बाहर चला जाता है।

25

अध्याय 8: राघव और इच्छा का जीवन

डॉ. सतीश: आज मैं आपको साल 2000 में घटी एक घटना दिखाऊंगा. परिणामस्वरूप, डो राघवचार्य की बुद्धिमत्ता की बदौलत पहली टाइम मशीन बनाने में सफल हो जाता है, लेकिन उसकी यही बुद्धिमत्ता वैश्विक स्तर पर दुश्मन पैदा करती है और उसके पारिवारिक रिश्तों को भी तोड़ देती है।

डॉ.सतीश:मिस्टर ब्लू ब्रेन! समय में पीछे जाकर डो राघवाचार्य के डीएनए का उपयोग करके उनके समय की पुष्टि करें।

मिस्टर ब्लू ब्रेन : सुपर कंप्यूटर को कमांड करता है।

अतीत:

तमिलनाडु- नीलगिरि- ऊटी:

राघव सुबह 7 बजे नीलगिरि पहाड़ियों और आसपास की तलहटी में साइकिल चलाकर लैब जाते थे, उसके बाद लैब के पास सिल्वरटिप कैफे में कॉफी पीते थे, यही उनकी दिनचर्या थी। रेसिंग साइकिल पर सवार एक 28 वर्षीय युवक कॉफी के लिए एक कैफे में तेजी से रुकता है और प्रवेश करता है। जब राघव एक कैफे में अपनी रेसिंग साइकिल पार्क करता है तो उसका फोन बजता है।

डो महेश्वर (राघव के प्रोफेसर और मार्गदर्शक) : (फोन पर) राघव! आपका सिद्धांत सही है लेकिन अभी भी कई प्रश्न हैं जिनका समाधान हमारे पास नहीं है, जैसे की, चिप के न्यूरॉन्स की चेतना समय के माध्यम से कैसे यात्रा करेगी? और ब्रह्माण्ड कब एक होगा? वगैरह...

राघव: 'हाँ सर! 'मैं इस पर काम कर रहा हूं' वह कैफे में एक कुर्सी पर बैठकर कहते हैं।

राडो महेश्वर: ठीक है.

राघव: टेबल पर रखे अखबार को हाथ से इशारा करते हुए कैफे में काम करने वाले दिनेश को कॉफी लाने के लिए कहता है।

दिनेश: सुप्रभात सर! आज आप दिनचर्या के अनुसार अपने आगमन समय से 10 मिनट पहले आ गये। वरना आपको, मुझे कॉफी लाने के लिए कहने की ज़रूरत नहीं पड़ेगी, मैं कॉफ़ी लेकर आ ही जाता ।

राघव: 'सुप्रभात! दिनेश. हां, मुझे पता है आप भी मेरी तरह परफेक्ट टाइमिंग फॉलो करते हैं।' 'हाहा..' कहकर थोड़ा हंसे.

राघव अभी भी अखबार पढ़ रहा है और कॉफी मेज पर पड़ी है। कुछ ही देर में राघव को एक 25 साल की लड़की आवाज सुनाई दी, जो थोड़ा गुस्से में बोल रही थी.

महिला: तो क्या यह निश्चित है कि दर्शनशास्त्र और मनोविज्ञान में सहायक प्रोफेसर की नौकरी करने के लिए मुझे केवल 5000 रुपये प्रति माह का भुगतान किया जाएगा?

सामने बैठा व्यक्ति : हाँ ..

महिला: ठीक है.' पास से गुजर रहे एक कैफे स्टाफ को रुकने को कहती है ओर बोलती है ; "सुनो! मुझे यह कॉफ़ी नहीं चाहिए । कृपया! इसे ले जाओ ! क्योंकि मुझे बहुत गर्म तरल पदार्थ की आवश्यकता है। तुम एक काम करो, एक बहुत गर्म चाय लाओ और यह बहुत गर्म होनी चाहिए।"

राघव को वो लड़की बहुत खूबसूरत लगी । वह थोड़ी गुस्से में लग रही थीं. महिला सफेद शर्ट और सीमेंट कलर की जींस पहने हुई थी। वह बहुत ही समझदार और आधुनिक सोच वाली महिला लग रही थी. हाल के गुस्से से उसकी गोरी त्वचा थोड़ी लाल हो गई थी। आंखो में काजल लगा हुआ था, जिसका गहरा काला रंग उसकी सुंदरता को बढ़ा रही थी ।

दिनेश: मैडम! आपकी चाय...

स्त्री : ओह ! भैया !! ! क्या यह बहुत गर्म है?

दिनेश: हाँ. मैडम.' महिला कप के ढक्कन को छूती है और तापमान का अनुमान लगाती है और कहती है, "हम्म! बिल्कुल सही! त्वचा लाल हो जाएगी!"

लड़का: "क्या? मतलब ?" महिला चाय का कप उठाती है और लड़के के चेहरे पर फेंक देती है। यह देखकर आसपास के लोग खड़े हो जाते हैं. त्वचा जलते ही व्यक्ति

उठकर मेज पर पड़े रुमाल से चेहरा पोंछ लेता है; "यह क्या है? तुम क्या पागल हो ?"

महिला: हाँ? आप इंतजार करें वे मेज पर पड़े स्टील के चम्मच और कांटे उस पर फेंकना शुरू कर देती है हैं और उसे यहीं रुकने के लिए कहती हैं। यह देखकर शख्स कैफे के बाहर भागता है और कहता है; "पागल हो !!... जाओ! मैं देखूंगा कि तुम्हें कौन काम पर रखता है ?।"

महिला: जाओ! जाना! ल निकल यहाँ से ! वर ना अब तु मेरी जूती खाकर घर जायेगा !! "मैंने तुम्हारे जैसे कई लोगों को देखा है," अभी भी गुस्से में है, मेज पर टोस्ट का टुकड़ा दरवाजे की और उसे मारने के लिए फेकती है और महिला राघव के पास आती है ।राघव महिला को शांत करता है और अपना हाथ दिखाते हुए कहता है।

राघव: "शांत !! देवी शांत बनो !!..अब मन शांत हुवा ।' कहकर हंसते हैं और आगे मजाक करते हुए कहते हैं; "चाय! ठीक है, उसके चेहरे पर लगी, लेकिन अंत में आपने जो टोस्ट का टुकड़ा फेंका था वह उसे नहीं लगा। आपने इसे बहुत देर से फेंका,आपका निशाना चूक गया," वह हंसने लगा।

महिला : अब क्या कहूँ दोस्त आपको ?

राघव: दोस्त?

महिला:अब मैं आपको भाई तो नहीं बोल सकती ?तो तो दोस्त बोलन ही ठीक है ना ? ? " इतना कह कर वो गुस्से से देखने लगी.

राघव: नहीं..नहीं..कहा जा सकता है. तुम जैसी खूबसूरत औरत अगर भैया कह दे तो दुख होगा. इससे बेहतर है कि आप मुझे "दोस्त" बना ले'' वह बैठने के लिए कुर्सी को सरका कर महिला से बैठने के लिए कहता है। महिला बैठती है 'अब बताओ! समस्या क्या थी?"

महिला: दोस्त! हुआ यूं कि मैंने हाल ही में मनोविज्ञान में पीएचडी की है और दो दिन पहले मैंने समाचार पत्र में सहायक प्रोफेसर पद के लिए एक विज्ञापन देखा तो मैं आज अपने भाई की सगाई छोड़कर आज इस साक्षात्कार के लिए आ गई । सामने बैठा व्यक्ति उस कॉलेज का हेड था. उन्होंने मुझे सिर्फ 5000 रुपये की नौकरी ऑफर की. तुम बताओ! क्या सैलरी इतनी कम होनी चाहिए?

राघव: नहीं ! बिलकुल नहीं । बहुत कम वेतन है ..हम्म्..

महिला: तभी महिला ने मेज पर अपना हाथ पटकते हुए कहा, "इसलिए मैंने उसका चेहरा चाय से रंग दिया।"

राघव: हाहा...हाहा...तो अब क्या?

महिला: मैं देखती हूं। कोई ओर जॉब की तलाश करुँगी...

राघव: अपने बटुए से एक कार्ड निकालता है और महिला के सामने रखकर कहता है; "यह मेरे दोस्त का क्लीनिक है, वह एक मनोवैज्ञानिक है। अगर आप मेरे दोस्त की देखरेख में इंटर्नशिप या प्रैक्टिस करना चाहते हैं तो देख लें। आपको अच्छी फेलोशिप भी मिल जाएगी। वह फिलहाल एक असिस्टेंट की तलाश कर रहे है।"

महिला: हम्म्म..ठीक है. मैं कल जाऊगी..

राघव: हाँ. और साथ ही यदि आपअपना इलाज करवाना चाहे तो अवश्य करें।

महिला: फालतू मजाक किया तो मैं अब चली जाऊंगी'' महिला ने कहा और जाने लगी।

राघव: एक मिनट ...जाने से पहले अपना शुभ नाम तो बताइए ?

महिला: मेरा नाम "इच्छा" है.

राघव: इच्छा! आपका फोन नंबर?

इच्छा: हम अभी तक इतने अच्छे दोस्त नहीं बन पाए हैं.

राघव: अरे! अगर तुम्हें मेरे दोस्त से नौकरी मिल जाये तो क्या होगा? आप कैसे धन्यवाद कहेगे ? फोन नंबर के बिना कैसे ???

इच्छा: अगर मुझे नौकरी मिल गई तो मैं तुम्हारे दोस्त से तुम्हें फोनके जरिए शुक्रिया कहूंगी। ''कहकर इच्छा बैग लेकर जाने लगी।

राघव: मित्र! क्या आप स्मार्ट हैं !!... सोच लो ओर एकबार मेरे जैसा दोस्त आपको इस दुनिया मे तो नहीं ही मिले गा !!

चाहत: हां, मैं स्मार्ट हूं.

कुछ दिनों के बाद;

शॉपिंग मॉल में खरीदारी करने के बाद, राघव तेजी से मॉल से बाहर आया और लैब में जाने के लिए पार्किंग में कार को रिवर्स मोड़ रहा है। अचानक! जोर से आवाज आती है। एक महिला कार के पिछले हिस्से से टकराकर गिर जाती है और राघव ब्रेक लगाता है।

राघव: 'अरे नहीं !..' कार से बाहर निकला, महिला के पास आया और कहा, "माफ करना!" क्षमा करे! मुझे नहीं पता था कि कोई पीछे से गुजर रहा है।" महिला की ओर देखते हुए। "काश! आप?"

राघव! आप ? तुम ? बच गए। आपकी जगह कोई और होता तो उसके दिन सुधर जाते.

इच्छा :अब भाई! आप मुझे देखना बंद करो और मुझे खड़े होने मैं मदद करो , पहले ये दोपहिया वाहन मेरे पास से हटाओ.

राघव: भाई?

इच्छा : प्यारे दोस्त ! अब ठीक है ? , अब तो इस स्कूटी को मेरे ऊपर सेहटाओ ??

राघव: हाँ. अब तुम्हारी मदद की जा सकती है जा सकता है।" राघव इच्छा को पार्किंग मैं ही कार में बैठता है और हाथो के घाव पर मरहम लगाता है। इसी बीच इच्छा राघव को प्यार से घाव साफ करते हुए देखती है। प्यार की भावना पैदा हो रही थी, राघव कहता है, "मुझे नहीं पता था कि जिस महिला को मैंने गुस्सेमें ही देखा है , वह मुझे इतने प्यार से भी देख सकती है।" क्या अब मुझे आपका फ़ोन नंबर मिल सकता है?"

इच्छा राघव को फोन नंबर देती है। समय बीतने लगता है. उनकी दोस्ती प्यार में बदल गई।

ऊटी में घूमने लायक कई जगहें हैं जैसे पायकारा फॉल, ऊपरी भवानी झील, रोज़ गार्डन, नीलिगिर माउंटेन रेलवे यात्रा आदि स्थानों की मौज-मस्ती और प्रकृति का आनंद लेते राघव -इच्छा अपनी दोस्तीको एकसाथ वक्त बिताकर और मजबूत ओर गेहरी बना रहे थे।

शाम को, राघव और इच्छा पायकारा झील के किनारे बैठे गुलाबी आकाश और उड़ते पक्षियों को देखने की खुशी और शांति का आनंद ले रहे थे।

राघव थोड़ा उदास दिखने पर राघव से सवाल करती है । क्यों! आप!खुश नहीं दिख रहे हो ? आप आमतौर पर बहुत बातूनी होते हैं लेकिन आज आप बहुत शांत और गहरे विचारों में डूबे नजर आ रहे हैं।

राघव: तुम्हें पता है! मैं एक टाइम मशीन बना रहा हूं। हमारी टीम सफलता के बहुत करीब है लेकिन मेरे कुछ सहकर्मी मेरे सिद्धांत से सहमत नहीं हैं और इतना ही नहीं वे अक्सर मेरे सिद्धांत का मजाक भी उड़ाते हैं। कई सहकर्मी मेरी पीठ पीछे मुझे इस संगठन से बाहर निकालने की कोशिश भी कर रहे हैं.

मौजूदा :

राजीव: एक मिनट! . मिस्टर ब्लू ब्रेन ...घटनाओं को रोकने दें।

राजीव: सतीश! मतलब उस वक्त इच्छा को पता था कि डो राघवाचार्य एक टाइम मशीन बना रहे हैं. क्या उस समय गोपनीयता के कोई प्रावधान नहीं थे?

डो सतीश: नहीं राजीव. प्रावधान थे. लेकिन डो राघवाचार्य इच्छा में विश्वास करते थे। इसलिए श्रीमान ने कुछ भी नहीं छिपाया। हाँ, आज आपके और मेरे शरीर में सरने जो नैनो रोबोट डाले गए हैं वो सर के शरीर में नहीं हैं. उस समय टेक्नोलॉजी के विकास की गति धीमी थी इसलिए ये रोबोट बनाये ही नहीं गए।

राजीव: मतलब सर.का सौभाग्य रहा है कि वह अपने काम से जुड़ी सारी जानकारी अपनी गर्लफ्रेंड से साझा कर सका जबकि मैं से चित्रा और आप आरती से अपने काम के बारे में बात नहीं कर सके।

डो सतीश: नहीं. राजीव. नहीं! साहब, भाग्यशाली नहीं थे.

राजीव: क्यों?

डो सतीश: जैसे-जैसे आप अतीत की ओर देखेंगे, आपको समझ आ जाएगा। मिस्टर ब्लू ब्रेन! अगला इवेंट दिखाएँ.

अतीत:

इच्छा: क्या आप बहुत प्रसिद्ध दार्शनिक फ्रेडरिक नीत्शे के जीवन और कार्य के बारे में जानते हैं?

राघव: फ्रेडरिक नीत्शे?....हम्म्..नहीं. मुझे थोड़ी ही जानकारी है।

चाहत: फ्रेडरिक नीत्शे ने दर्शनशास्त्र के क्षेत्र में बहुत काम किया है। लेकिन जब उन्होंने अपने सिद्धांत बनाए, तब तक वह मशहूर होने की बजाय बदनाम होने लगे। उसके दोस्तों ने भी उसका साथ छोड़ दिया, यहाँ तक कि उसकी अपनी बहन भी उसका साथ देने की बजाय उसे काम बंद करने की सलाह लोगोको देने लगी। लेकिन आज वह दर्शनशास्त्र के क्षेत्र में सबसे प्रसिद्ध व्यक्ति हैं। आपकी तरह, फ्रेडरिक नीत्शे को भी आत्म-संदेह था। क्योंकि उनके काम को कम ही लोग समझते थे. फ्रेडरिक नीत्शे को जीवन भर इसका कष्ट झेलना पड़ा और उनकी मानसिक स्थिति ख़राब होने के कारण उनकी मृत्यु भी अत्यंत दयनीय स्थिति में हुई। उनका दर्शन अपने समय से बहुत आगे था।" इच्छा ने राघव का हाथ पकड़ लिया। और उत्साहपूर्वक कहती है, "आपका काम भी समय और आपके सहयोगियों से बहुत आगे है। सफल होने पर एक दिन आपको भी सफलता और सहकर्मियों का सहयोग मिलेगा। और मुझे विश्वास है कि वह दिन जल्द ही आएगा।"

राघव: अब कब तक किराये के माकन मैं अकेली रहो गी?। मैं बहुत खुले विचारों वाला व्यक्ति हूं. तुम मेरे घर में रहने आ जाओ. कुछ देर मेरे साथ रहो और अगर अगर तुम्हें मेरे साथ रहना पसंद है तो मैं तुमसे शादी कर लूंगा.

इच्छा: क्या आप मुझे शादी के लिए प्रपोज कर रहे हैं या लिविंग रिलेशनशिप के लिए?

राघव: मैं दोनों मांग रहा हूं।

इच्छा: हाँ, मैं कल से तुम्हारे घर पर कब्ज़ा करने आ रही हूँ।

राघव: मुझे कोई समस्या नहीं है।

समय बीतने लगा. राघव कई लैब कार्य और मशीन डिज़ाइन दस्तावेज़ भी घर ले जाने लगा। अक्सर इच्छा अपनी नौकरी से काम खत्म करने के बाद राघव की लैब में आ जाती थी और लैब में ही रुककर राघव के काम खत्म होने का इंतजार करती थी। फिर वे एक साथ घर के लिए निकलते।

1 वर्ष के बाद:

रात 9 बजे लैब में राघव को इच्छा मिलने आती है। राघव अपने काम में व्यस्त था। इच्छा अपने मन की बात राघव से कहना चाहती थी। इसलिए इच्छा बोलती है;

इच्छा: "अब मैं आज़ाद हूं" इतना कहकर रुक जाती है.

राघव: क्या? क्या आपने कुछ कहा?..

इच्छा: कुछ नहीं. अब हम शादी करेंगे?

राघव: क्या?क्या कहा तुमने " शादी"...? कहते हुए राघव के चेहरे पर बड़ी सी मुस्कान फैल जाती है..

इच्छा: हाँ में सिर हिलाते और मुस्कुराते हुए "हाँ" कहती है।

राघव: मैंने तो १ साल पेहले भी कहा था, लेकिन आप तो मना कर रहे थे.

इच्छा: अब सही समय है.

अगले दिन राघव और इच्छा ने कोर्ट मैरिज कर ली। दिन बीतने लगे। राघव और इच्छा एक सुखी वैवाहिक जीवन जी रहे हैं। एक दिन, राघव अनुसंधान प्रयोगशाला के लिए कार चला रहा है और राघव का मोबाइल फोन बजता है। फ़ोन

एक इच्छा है.

इच्छा : राघव! एक अच्छी खबर है.

राघव: क्या खबर है ? ...क्या मतलब है?

चाहत: समझो.

राघव: ठीक है. समझ गया। खुशी से .. 'हाहाहा..., मैं घर वापसआते समय मिठाईया लेकर आवुगा ।'

चाहत: हाँ।

उसी दिन, राघव एक टाइम मशीन बनाने में सफल हो जाता है। और वह भविष्य देखता है. ये खुशखबरी राघव इच्छा को बताने के लिए फिर फोन मिलता है . लेकिन भविष्य में घटना देखक ,रइच्छा ने उठाया हुवा फोन फोन काट देता है.

रात 9 बजे:

राघव के घर की घंटी बजती है। इच्छा द्वार खोलती है। जब हम फोन पर बात कर रहे थे तुमने अचानक से फोन कट क्यों किया ? सामने बहुत थका हुआ और सोच में खोया हुआ राघव खड़ा है।

इच्छा: क्या हुआ? तुमने कुछ बोल रहे थे फिर अचानक से तुमने फोन रख दिया" इच्छा बोलती है लेकिन राघव अभी भी विचारों में खोया हुआ है।

इच्छा: मिठाई! कहाँ ?

राघव: कुछ छुपाते हुए कहता है; "आज बहुत काम था इसलिए लैब से आते समय मैं इसे अपने साथ लाना भूल गया।"

इच्छा: कोई समस्या नहीं. चलो खाते हैं। मैं आपके मित्र (मनोवैज्ञानिक) को भी ये खबर देकर आई हु।

राघव: "अच्छा।" इच्छा ,राघव के पास प्यार से आती है और सिर पर एक चुम्बन देती है।

सारी रात राघव! नींद नहीं आ रही है और शीशे की खिड़की से बाहर गिरती हुई बारिश को देख रहा हूँ और कुछ विचारों में खोया हुआ हूँ।

राघव को पूरी घटना याद आ रही है;

राघव - आज की घटना याद आ रही है :

डो महेश्वर: बधाई हो, राघव! आख़िरकार यह समय यंत्र बन गया...

राघव: हाँ सर. आज मेरे लिए दो ख़ुशी की ख़बरें एक साथ आई हैं।

डो महेश्वर: मतलब.

राघव: एक तो यह मशीन बन गई और दूसरा मेरी पत्नी इच्छा गर्भवती है।

रोडो महेश्वर: तो! अब तुम्हें आज मुझे एक पार्टी देनी होगी।

राघव: बिल्कुल.

डो महेश्वर: क्या हम कल इस मशीन का उपयोग करेंगे?

राघव: नहीं! महोदय! कल का क्या इंतज़ार करना ? आज ही.

डो महेश्वर: ठीक है.

राघव: मैं इच्छा को यह खुशखबरी दे देता हूं।

डो महेश्वर: हाँ! मैं आपके रहते हुए मशीन चालू करता हूँ। हम पेहले किसका भविष्य देखेंगे?आप क्या चाहते हैं?... आपका देखे ?

राघव: हाँ! मैं भी अपना भविष्य देखना चाहता हूं। हां, मेरा भविष्य देखते है ।

राघव! जैसे ही इच्छा को फोन करना शुरू करता है, राघव को भविष्य दिखाई देता है ; "जहां राघव एक जेल बार के सामने खड़ा है और इच्छा जेल की कोठरी में एक कैदी है। यह देखकर राघव फोन कट कर देता देता है"...

डो महेश्वर: राघव यह क्या है?

राघव: 'मुझे भी कुछ समझ नहीं आ रहा?' "यह घटना आज से 1 महीने बाद की है" कहकर समय और तारीख की पुष्टि करता है। घटना को समझने के लिए राघव समय में पीछे जाता है और वास्तविकता को समझने की कोशिश करता है। पूरी घटना सामने पारदर्शी दीवार पर घटित होती है।

लैब में काम कर रहा है राघव, अचानक डॉ. महेश्वर ,घबराहट और चिंता के साथ प्रयोगशाला में प्रवेश करते है।

डॉ.महेश्वर: रो और आईबी अधिकारी आए हैं और आपसे मिलना चाहते हैं, गंभीर आरोप लगाया जा रहा है.

राघव:आरोप मेरे पर लगाए जा रहे है ?...

डो महेश्वर: "नहीं.." कुछ सेकंड की चुप्पी के बाद.. "इच्छा" पर।

अधिकारियों के साथ बातचीत:

अधिकारी: आप इच्छाको कितने समय से जानते हैं?

राघव:: हम कई सालों से साथ हैं। अब इच्छा मेरी पत्नी है. हम पहली बार एक कैफे में मिले थे. आखिर बात क्या है ?

अधिकारी: नहीं राघव:! आपका इच्छा से मिलना कोई सयोंग नहीं था. यह एक पूर्व-योजना प्रक्रिया थी, बस आपको आकर्षित करने के लिए पर्याप्त थी। . वास्तविकता तो यह है; इच्छा कुछ साल पहले अमेरिका के लिए जासूस के रूप में काम कर रही थी और आपके और डॉक्टर महेश्वर द्वारा बनाई जा रही टाइम मशीन के बारे में अमेरिका को जानकारी भेज रही थी। इच्छा के पास आपकी सारी जानकारी होती थी। आप कहाँ और किस समय जा रहे हैं? प्यार का झांसा देकर इच्छा आपके घर और लैब में आती रही और सूचनाएं अमेरिका भेजती रही. ये सब अभी हमारे संज्ञान में आया है. हालांकि अब इच्छा ने ये काम छोड़ दिया है. हमारे पास जो जानकारी है उसके मुताबिक आप दोनों की शादी के बाद से इच्छा ने जासूसी का काम छोड़ दिया है. लेकिन संभावना है, इच्छा! हमारे देश के बारे में बहुत सारी जानकारी अमेरिका तक पहले ही पोहचा चुकी होगी , इसलिए हमारे लिए इच्छा पर तैक़ीक़ात करना जरुरी बनता है । इच्छा पर गंभीर देशद्रोह का मामला है. अपने घर चलो....

जांच में पता चला कि इच्छा ने बहुत सारी जानकारी दूसरे देश में भेजी है और इच्छा को कोर्ट ने उम्रकैद की सजा सुनाई ...

राघव: इच्छा! यह सब क्या किया? तुमने हमारे प्यार ओर लग्न जीवन को बर्बाद कर दिया ।

इच्छा:; 'समाज के बुरे लोगों ने मजबूर किया गया था! मेरे पिता की मृत्यु के बाद हम तीन बहनें और मेरी माँ, जो दर्द और अत्याचारसे गुज़रे ,जो हमने सहे! यदि आप सुनें तो आप! देशद्रोह के इस आरोप को भी माफ करने को तैयार हो जाएंगे।‘ कई कोशिशों के बावजूद तीनों बहनों को अच्छी नौकरी नहीं मिल रही थी. घर चलाना मुश्किल हो गया. एक दिन हमें एक अनजान शख्स ने इस तरह के काम का ऑफर दिया और इस काम के लिए बड़ी रकम भी दी गई. ऐसा करके एक-एक करके हम विदेशी संगठनों के लिए जासूसी करने लगे। मैं बस आपको धोखा देने और उस मशीन का डिज़ाइन लेकर आपकी जिंदगी से निकल जाने वाली थी , लेकिन मुझे आपसे प्यार हो गया। शुरुआत में मैंने कुछ सूचनाएं अमेरिका भेजीं लेकिन दिल से आपके प्यार को महसूस करने के बाद मैंने मशीन के लिए जरूरी मुख्य सूचनाएं नहीं भेजीं.

वर्तमान में प्रयोगशाला में:

यह देखकर राघव रो रहा है। डो महेश्वर राघव को सांत्वना देते हुए कहते हैं।

डो महेश्वर: आपके पास अभी भी विकल्प है, इस विपत्ति को दूर करने के लिए.

राघव: क्या?

डो महेश्वर: आप दूसरे ब्रह्मांड में तलाश करे ,क्या घटना कम दर्दनाक है ? यदि है, तो उस घटना को इस ब्रह्मांड से बदल दे ।

राघव: "हाँ। आप सही कह रहे हैं!!" राघव, दूसरे ब्रह्मांड की घटना को शीघ्रता से देखने के लिएब्लू ब्रेन को प्रतिक्रिया करने का निर्देश देता है।

घटना सामने आती है. (एक और समानांतर विश्व घटना)

घटना तब तक वैसी ही है जब तक अधिकारी राघव से मिलने आते और पूरी सच्चाई बताते है :

तब:

राघव किसी को फोन करता है और सब कुछ समझाते हुवे मदद मांगता है ;

राघव: सर! आज तक आपने मुझ पर बहुत उपकार किये हैं। बस आखिरीबार ! मदद की ज़रूरत है। क्योंकि आज मेरी पत्नी की जान का सवाल है और वह गर्भवती भी है. अच्छा होता अगर ये एहसान आखिरी बार मुझ पर कर दिया जाए। . और जहां तक इच्छा की बात है तो मैं भी मानता हूं इच्छाने गलती की है और सजा के तौर पर मैं इच्छाको हमेशा के लिए अपने देश से दूर किसी दूसरे देश में भेज दूंगा. इस तरह इच्छाको सज़ा भी मिलेगी और माफ़ी भी.

विपरीत व्यक्ति: हम्म. ठीक है फ़ोन अपने सामने वाले अधिकारी को दे दीजिये.

अधिकारी: जय हिंद! सर ..

व्यक्ति: जय हिंद. आपके सामने जो व्यक्ति खड़ा है वह कोई साधारण इंसान नहीं है. उनका बलिदान हमारे देश के लिए महान है। हमारी ओर से उनकी पत्नी द्वारा की गई गलती माफ कर दी जाए तो बेहतर है।' राघव एक बहुत ही न्यायप्रिय व्यक्ति है इसलिए जब सजा की बात आएगी तो राघव अपनी पत्नी को सजा देगा। इच्छा की वर्तमान स्थितियाँ क्या हैं? क्या वह अब किसी जासूसी कांड में शामिल है?

अधिकारी: नहीं सर. अब सामान्य जीवन जी रहे हैं.

व्यक्ति: और जानकारी की स्थिति क्या है?

अधिकारी: इच्छाने -स्वेच्छा से! अंतिम समय में कोई भी महत्वपूर्ण जानकारी देने के बजाय हवाई अड्डे पर ही गुप्त सूचना डिब्बे जला दिया , जिस से सूचना जारी होने से बच गई। हमारी जांच में ये खुलासा हुआ है.

व्यक्ति: तो चलो मामले को यहीं दबा देते हैं, अब पति-पत्नी दोनोंको आपस मे ही निपट लेने देते है।

अधिकारी: ठीक है सर.जय हिंद.

व्यक्ति: जय हिंद.

राघव बहुत गुस्से में घर आता है। इस तथ्य से अनजान, इच्छा को ,राघव भी ऑफिस से घर पहुंचने के लिए कहता है।

राघव घर पर गुस्से में है। इच्छा के घर आते ही पास में पड़ा पानी का गिलास उठाकर इच्छा के पास जाकर खड़ा हो जाता है। अपनी नाराजगी व्यक्त करते हुए लाल हुई आँखे आशुओ से भीगी हुई राघव का दर्द बया कर रही है। स्से मे काचका पानीका ग्लॉस दूर फेकते हुवे, टूटते काच की आवाज के साथ बोलता है ;

राघव: ये सब क्यों... ? इतना कहते हुए इच्छा को एहसास होता है कि राघव को उसकी हकीकत पता चल गई है। और रोते हुए आवाज में बोलती है।

इच्छा: मुझे पता था. आज नहीं तो कल तुम्हें हकीकत पता चल जाएगी. आप मुझे जो भी सज़ा देना चाहते हैं मुझे स्वीकार है।" राघव खुद को शांत करने की कोशिश कर रहा है। इच्छा का हाथ पकड़कर उसे पास के सोफे पर बैठाता है और पूछता है;

राघव: "तो तुम्हारा प्यार तुम्हारे लिए एक नाटक था.?" इच्छा अब जोर से रोती है और कहती है;

चाहत: जिस दिन मैंने तुमसे लैब में मुझसे शादी करने के लिए कहा था, वही दिन था जब मैं तुम्हें सब कुछ बताना चाहती थी। लेकिन मैंने तुम्हें खोने के डर से तुम्हें सच नहीं बताया। क्योंकि मुझे तुमसे प्यार है, हां, पहले तो मैंने सिर्फ तुम्हें धोखा देने का नाटक किया लेकिन फिर मुझे तुमसे प्यार हो गया।"

राघव: गुस्से में आकर इच्छा का हाथ पकड़ लेता है और कहता है लेकिन मुझे अभी तक मेरे सवाल का जवाब नहीं मिला है; "ऐसा क्यू किया??" राघव पूरी तरह से शरमा रहा था।

इच्छा: "मैं मजबूर थी। मुझे अपने पिता की मृत्यु के बाद अपनी, अपनी माँ और दो अन्य बहनों की स्थिति सुधारने के लिए यह जासूसी का काम करना पड़ा।" राघव अब थोड़ा शांत हुआ।

राघव: कारण जो भी हो? लेकिन तुमने देशद्रोह किया है.' इसलिए हम अब साथ नहीं रहेंगे.' मैंने आपके लिए टिकट बुक कर दिया है, आप हमेशा फ्रांस में ही रहेंगे और आज के बाद कभी मेरा चेहरा नहीं देखेंगे। हमारे बच्चे आपके साथ रहेंगे. क्योंकि बच्चे को पिता से ज्यादा मां की जरूरत होती है। मेरा बच्चा कभी भी मुझसे मिलने आ सकता है लेकिन आप कभी नहीं।" इच्छा के हाथ में पासपोर्ट और फ्रांस का टिकट पकड़ा कर, इच्छा को पहले से पैक किए गए सामान के साथ घर से बाहर धकेल देता है। ।

प्रयोगशाला में:

डॉक्टर महेश्वर: यह घटना पहली घटना से बेहतर है. इच्छा और आप अलग हो जाते हैं लेकिन इच्छा जेल जाने से तो बच जाएगी ।

राघव: रोती हुई आँखें; "हाँ सर! लेकिन सभी घटनाएँ परसो घटित होने वाली हैं, इसलिए आज मैं घटना को बदलना नहीं चाहता। आज आखिरी बार मैं अपनी पत्नी के साथ सामान्य जीवन जीना चाहता हूँ।

डॉ. महेश्वर: हाँ. राघव मैं समझ सकता हूँ. इतना कहते हुए डॉक्टर महेश्वर राघव के कंधे पर हाथ रख देते हैं।

राघव वर्तमान में कुर्सी पर बैठे:

आज घटी इस घटना को याद करने के बाद ; राघव , कमरे में सो रही इच्छा के पास बैठे हुए है और पूरी र सो रही इच्छा के चेहरे को आखिरी बार देखते रहते है ।

सुबह राघव इस ब्रह्मांड की घटना को दूसरे ब्रह्मांड में भेजने के लिए घर के बाहर, लैब जाने के लिए कार में पहुंचता है।मैं दाखिल होने वाला होता है तभी इच्छा घरकी बालकनी से पुकारती है ;

इच्छा: "राघव! क्या हम आज रात खानेके लिए बाहर चलें?" लेकिन राघव को पता था कि लैब में प्रवेश करते ही सब कुछ बदल जाएगा। तो कहता है:

राघव: इच्छा,अंगारा रेस्तरां में चली जाना , जो हम दोनों को प्रिय है। आजकल लैब में बहुत काम है इसलिए मैं पहुंचने की कोशिश करूंगा लेकिन अगर किसी परिस्थिति में ,मैं नहीं आ सका और अगर आपको रात को अकेले खाना खाना पड़े तो खा लेना । सोच लेना कि मैं दिल से हमेशा तुम्हारे साथ हूं. तो तुम्हे अकेलापन महसूस नहीं होगा.

इचा: ओह! ! वाह ! क्या बात है !! आज आप कवि बनने का प्रयास कर रहे है ?... ऐसा क्यों है?" अवाजे मुस्कुराते हुए पूछते हैं

राघव: बस युही ! .

राघव लैब में आता है और घटनाओं में भारी बदलाव करता है और सब कुछ योजना के अनुसार होता है।

रात के 10 बजे. इच्छा! घर के बाहर सड़क पर खड़ी है . फ्रांस की फ्लाइट का समय रात 1 बजे है. इच्छा के पास एक टैक्सी रुकती है और ड्राइवर पूछता है; "मैडम! आप कहाँ जाना चाहेंगी?"

इच्छा: "अंगारा रेस्तरां और फिर हवाई अड्डा" इच्छा रेस्तरां में खाने की मेज पर आंखों में आंसू लिए हुए है। इच्छा! राघव का कल रात चिंतित होना और सुभाह को होटल मैं अकेले ही खाना खाने की बात को याद करते हुवे सब कुछ समझ जाती है के , राघवने घटनाओं की समान्तर दुनिया से फेरबदल कर दी है।। अंत में इच्छा फ्रांस चली जाती है।

1 वर्ष के बाद:

दिन बीतने लगे. एक साल बाद, राघव को रात में फोन आता है;

राघव: नमस्ते! क्या आप राघव हैं? हम फ्रांस स्थित भारतीय दूतावास से बोल रहे हैं. कुछ महीने पहले एक भारतीय महिला की कार दुर्घटना में मौत हो गई थी. जांच करते समय स्थानीय अधिकारी को पता चला कि वह बहुत अकेलापन महसूस कर रही हैं और अकेली रह रही हैं। महिला शराब के नशे में थी और कार एक्सीडेंट के दौरान उसकी कार सड़क किनारे खाई में जा गिरी. चूँकि महिला एक भारतीय हिंदू है, इसलिए उसका अंतिम संस्कार हिंदू परंपरा के अनुसार किया गया है। इस घटना के बाद कुछ सामान हमे हमें सौंप दी गई. जाँच करते समय हमें आपका नंबर मिला और हमने आपको कार्यालय से अस्थियाँ लेने के लिए कॉल किया है।

यह सुनकर राघव अस्थिर हो जाता है। राघव को एहसास होता है कि मशीन पूरी तरह से सही भविष्य नहीं दिखा रही है। इससे पहले कि राघव को सब कुछ समझ आता, राघव के पास उसके गाइड डॉक्टर महेश्वर का फोन आ जाता है।

डॉक्टर महेश्वर: राघव! तुम जल्दी लैब में आओ. हमने बहुत बड़ी गलती की है. जिन लोगों ने हमें मशीन की पूर्णता की जांच करने के लिए अपना भविष्य बताया है, वे सभी मुझे फोन कर रहे हैं और कह रहे हैं कि आपने जो भविष्य की घटनाओं

की भविष्यवाणी की है, वे शुरुआत में बिल्कुल वैसी ही हैं लेकिन अंत में घटनाएं पूरी तरह से अलग हो जाती हैं। मुझे डर है कि कहीं इच्छाके साथ कोई अप्रत्याशित घटना न घट जाए. हेलो... हेलो...राघव, क्या आप मुझे सुन रहे हैं?

राघव: हाँ. सर !! ..मेरी वजह से इच्छा मर गयी.

डो महेश्वर: क्या?... मैं आ रहा हूं... आपके घर पर...आ रहा हु।

राघव: नहीं. महोदय मैं लैब में आ रहा हूं.

अब राघव पूरी तरह टूट चुका है। राघव को एहसास हुआ कि इच्छाके भविष्य को बचाने की कोशिश, प्रयोग ने ही इच्छाकी जान ले ली।

राघव तेजी से गाड़ी चलाता है और टाइम लैब में आता है। आरडीओ महेश्वर लैब में राघव का इंतजार कर रहे थे। राघव के आते ही डॉक्टर महेश्वर का हाथ पकड़कर उसे लैब से बाहर ले आता है। फिर जल्द ही टाइम लैब में घुस जाता है और लैब को अंदर से बंद कर लेता है। डॉ. महेश्वर को एहसास हुआ कि राघव संतुलन में नहीं है।

डॉक्टर महेश्वर: "राघव! दरवाज़ा खोलो।" डॉ. महेश्वर लैब के कांच के दरवाजे से सब कुछ देख सकते हैं। राघव एक-एक करके मशीन के हिस्सों को तोड़ना शुरू कर देता है। "राघव! यह पागलपन है! रुको!" कई बार समझाने के बाद भी राघव नहीं रुकता और आख़िरकार राघव! गैस लाइन कटती देख डॉ. महेश्वर को एहसास हुआ कि राघव आत्महत्या करने जा रहा है। इसलिए वह प्रयोगशाला की दूसरी चाबी लेने के लिए जल्दी से भूतल पर भागता है। इसी बीच राजीव भी हाइड्रोजन गैस का सिलेंडर लीक कर देता है और अपने बैग से लाइटर निकालता है और कहता है;

राघव: "माफ करना! इच्छा। हो सके तो मुझे माफ कर देना।" बोलते हुए, लाइटर क्लिक करता है और साथ ही पूरी लैब मैं विस्फ़ोर्ट होता है।

राघव को अस्पताल में स्थानांतरित कर दिया गया है। चूंकि हादसे में राघव का चेहरा पूरी तरह जल गया है, इसलिए प्लास्टिक सर्जरी की गई है। धीरे-धीरे समय के साथ, राघव के मार्गदर्शक, डॉक्टर महेश्वर, एक मित्र की भूमिका निभाते हुए, राघव को आध्यात्मिकता के मार्ग के माध्यम से एक राघव से राघवाचार्य में बदल देते हैं और उसे टाइम मशीन बनाने के लिए फिर से प्रेरित करते हैं।

ठीक होने के बाद, राघवाचार्य ने अपने पुराने दोस्त शंकर को फोन किया और अपनीगलती पर अफसोस जताते हुए कहा, "आप सही थे। समय के साथ छेड़छाड़ नहीं की जानी चाहिए।"

बेंगलुरु में एक बार फिर नई लैब स्थापित हुई . नतीजा यह हुआ कि 2015 में डॉ. सतीश के साथ राघवाचार्य भी सफल हो गये। राघवाचार्य ने नव निर्मित टू-टाइम मशीन का नाम अपने प्रेमी, मित्र और पत्नी के नाम पर "इप्सा (इप्सा)" रखा ।

मौजूदा:

राजीव: सरकी असल जिंदगी बहुत दुखों से भरी है। सर का दर्द मेरी चित्रा से बिछड़ने के दर्द से बहुत बड़ा है. मैं बहुत भाग्यशाली हूं कि जिससे मैं प्यार करता हूं वह इस दुनिया में है। आज मुझे लगता है कि मैंने चित्रा के साथ जो भी समय बिताया वह मेरे लिए स्वर्णिम था। और इस बात का संतोष भी है कि चित्रा आज अच्छी स्थिति में हैं, जबकि राघवाचार्य की किस्मत ऐसी नहीं थी. जिस राघवाचार्य को हम जानते थे उनका व्यवहार और व्यक्तित्व राघव से बहुत अलग है।

डो सतीश: इसीलिए तो कहा जाता है कि;

"मैं आज जो व्यक्ति हूं वह उस व्यक्ति से बहुत अलग है जिसे आप कभी जानते हैं।" वह हंसते हुए कहते हैं,..हाहाहाहा.

.

राजीव: हाँ. मनुष्य का मन, आचरण और व्यवहार समय और परिस्थिति के अनुसार बदलता रहता है।

26

अध्याय 9: डॉक्टर शंकर और सतीश का प्रयोग

राजीव: जब डॉ. राघव आचार्य ने डॉ. शंकर को फोन किया तो घटना खुल गई, तो मुझे डॉ. शंकर से हुई बातचीत याद आ गई। उस बातचीत के दौरान उन्होंने मुझे बताया कि उनके साथ कुछ ऐसा हुआ था जिसके परिणामस्वरूप उन्हें विज्ञान का क्षेत्र पूरी तरह से छोड़ना पड़ा, डॉ. सतीश! मैं जानना चाहता हूं कि वह घटना क्या थी?

डॉ. सतीश: आप जानना चाहते हैं वो घटना?

राजीव: हाँ.

डॉ. सतीश: ठीक है. श्री। नीला मस्तिष्क! मेरे डीएनए का उपयोग करते हुए, यह हमें उस घटना के समय में वापस ले जाता है जो अतीत में घटी थी।

राजीव: हमारे पास उस घटना की रिकॉर्डिंग नहीं है?

डॉक्टर सतीश: "नहीं राजीव! उस घटना का आपसे कोई संबंध नहीं है. इसी वजह से इसे रिकॉर्ड नहीं किया गया है।"

राजीव ,डॉ. सतीश टाइम मशीन से समय में पीछे चले जाते हैं।

डॉ. सतीश- फ्रांस में डॉ. शंकर की प्रयोगशाला में:

2013 समय:

डॉ. शंकर: डॉ. सतीश द्वारा लिखित सिद्धांत प्रस्ताव पत्र को मेज पर फेंकते हैं और कहते हैं;

"सतीश यह सब क्या है? तुम यहाँ क्या करने आये हो? डार्क एनर्जी और डार्क मैटर पर शोध करने सही?

डॉ. सतीश: हाँ सर.

डॉक्टर शंकर: तो फिर इस थ्योरी पर क्या रिसर्च करें? आप अपना काम अच्छे से कर रहे हैं. तुम्हारा! डार्क मैटर-एनर्जी पर शोध बिल्कुल सही चल रहा है। फिर इस काम के लिए अलग से समय निकालने का क्या फायदा?" प्रस्ताव पत्र हाथ में लेकर वह सिद्धांत का शीर्षक उच्ची आवाज से पढ़ता है; "सामूहिक चेतना और जैव भूमिति के बीच संबंध"। मुझे शीर्षक भी पसंद नहीं है. सोरी !! हम ऐसे विषय के लिए संगठन से फंडिंग नहीं मांग सकते। यदि तुम्हें यह प्रयोग करना है तो तुम्हें अपनी फ़ेलोशिपमें से खर्च करना होगा और इस प्रकार सबको एकत्रित करके अपने प्रयोग में मेरे मार्गदर्शन का नाम लेना बंद करना होगा, बेहतर होगा कि तुम फ्रांस में इस प्रकार के प्रयोग करके मुझे बदनाम करना बंद करो। "गुस्से में केबिन छोड़कर चले जाते है"

सूक्ष्म शरीर और क्वांटम अवस्था में रहे राजीव डॉ. सतीश से पूछते हैं;

राजीव: सर! यह कौन सी घटना है?

डॉ. सतीश: यह एक प्रयोग है. मेरे साथ आइए इसे समझने के लिए हमें मेरी इस यूनिवर्सिटी में जाना होगा. डॉ. सतीश राजीव को मुख्य द्वार पर लाते हैं। राजीव को गेट के पास तीन नोटिस बोर्ड दिखे।

राजीव: आप इस बोर्ड में! अगर के छोटे चौकोर टुकड़ों का उपयोग करके एक "श्री यंत्र" संरचना बनाई और प्रत्येक टुकड़े को सभी दिशाओं से सेंसर से जोड़ा है। जो इलेक्ट्रोमैग्नेटिक सिग्नल या किसी अन्य तरंग को समझ लेगा। सही?

डॉ. सतीश: हां, बिल्कुल सही.

राजीव: और इस यंत्र के साथ आप क्या करना चाहते थे ?... कि मुख्य यन्त्र को अन्य सुक्ष्म यंत्रो के साथ १०८ डिग्री से कनेक्ट किये हुवे दिख रहे है ? मुझे कुछ समझ नहीं आ रहा.

डॉक्टर सतीश:आइए मैं आपको समझाता हूं. मेरा मानना है कि मनुष्य के उद्‌भव से लेकर आज तक हम रोगाणुओं के संपर्क में रहे हैं। तो यह संभव है कि हम किसी तरह विचार के माध्यम से रोगाणुओं के साथ संवाद कर रहे हों और हमें इसके बारे में पता भी न हो। इतना ही नहीं, रोगाणु भी केवल रासायनिक

संचार (कोरम सेंसिंग) ही करते हैं! मुझे ऐसा नहीं लगता। मेरा मानना है कि हमारे सामूहिक विचार बैक्टीरिया के विकास, मृत्यु और संचार को भी प्रभावित कर रहे हैं। कार्ल जंग नामक एक प्रसिद्ध दार्शनिक ने एक सिद्धांत दिया जिसका नाम है " सामूहिक चेतना सिद्धांत" कहा जाता है। इस सिद्धांत के अनुसार, जैसे-जैसे किसी भी चीज़ पर विश्वास करने वाले लोगों की संख्या बढ़ती है, लोगों की बढ़ती संख्या ब्रह्मांड में जाने लगती है और वास्तविकता बन जाती है।

राजीव: हम्म..समझ गया.,,,लेकिन फिर भी मुझे ज्यादा समझ नहीं आ रहा है।

डॉ. सतीश: इस अगर के प्रत्येक टुकड़े में रोगाणुओं की एक टीकाकृत कॉलोनी होती है। और यह सूक्ष्म जीव एक कोरम सेंसिंग नॉकआउट स्ट्रेन (कोरम सेंसिंग में असमर्थ) है, इस गेट से एक दिन में 5000 लोग गुजरते हैं। मैं राहगीरों को इस मशीन के सामने खड़ा करूंगा और उन्हें अपने पूरे दिल से सोचने के लिए कहूंगा कि सिर्फ विचार के माध्यम से, वे रोगाणुओं को एक-दूसरे के साथ बातचीत करने के लिए प्रेरित करे..।"

राजीव: हम्म !अब समझ आया. और आप इस सेंसर के माध्यम से जांचते हैं कि क्या कोरम सेंसिंग के अलावा संचार का कोई अन्य साधन है? जिससे हम अनजान हैं. लेकिन इस यंत्र आकृति और 108 डिग्री का क्या महत्व है।

डॉ. सतीश: मैं बायोजियोमेट्री का प्रभाव देखना चाहता था। इसलिए मैंने इस आकृति को प्राथमिकता दी है। मैं समझता हूं कि तंत्र विद्या में ऊर्जा के साथ-साथ यंत्र का भी बहुत महत्व है। और ब्रह्मांड में नंबर 108 हमारे साथ कई तरह से जुड़ा हुआ है। इसलिए मैंने संचार को बढ़ाने के लिए यंत्र और 108 नंबर का उपयोग किया है।

राजीव: रिजल्ट ,क्या मिला? फिर क्या हुआ?

डॉ.सतीश: फिर क्या हुआ ...आप समझ जायेंगे.

ये प्रयोग डॉक्टर सतीश कर रहे हैं. वह गेट पास से गुजरने वाले सभी लोगों से अपने विचारों के माध्यम से यह संदेश भेजने के लिए कह रहे हैं। डॉ. शंकर गेट से गुजरते हैं क्योंकि पहले नोटिस बोड में माइक्रोबियलमल्टिप्लिकेशन ,दूसरे बोड में स्पोर फार्मेशनऔर तीसरे बोड में बैक्टीरियल डेथ के लिए विचार के माध्यम से संदेश भेजे जा रहे हैं।

डॉ. शंकर: "क्या आप अभी तक नहीं समझे?" डॉ. सतीश चिढ़ते हुए कहते हैं, "आओ! मेरे केबिन में" डॉ. सतीश केबिन में प्रवेश करते हैं।

डॉ. शंकर अपनी डेस्क से डॉ. सतीश के सामने अपनी 22 वर्षीय बेटी की तस्वीर पकड़कर बोलते हैं। यह मेरी बेटी है और मैं उससे बहुत प्यार करता हूं।' मैं अपनी बेटी की फोटो आपकी मशीन के नोटिस बोर्ड पर लगाके आपके ही प्रयोग को गलत साबित करुगा। तभी आप मुझ पर विश्वास करेंगे कि यह एक व्यर्थ प्रयोग है। इतना कहकर डो शंकर नोटिस बोर्ड की ओर चलने लगते हैं। डो के पीछे सतीश दौड़ते हैं और समझाते हैं कि यह प्रयोग नहीं करना चाहिए लेकिन डॉ. शंकर सुनने को तैयार नहीं हैं। वह मशीन के स्ट्रक्चर में अपनी बेटी की फोटो सजाते हैं। वह राहगीर और विद्यार्थी पकड़ लेते हैं कहते हैं, ''मेरे इस पागल विद्यार्थी का भ्रम दूर करना आवश्यक है। कृपया! आप इस फोटो को देखिए और मन में सोचिए कि इस महिला का एक्सीडेंट हो जाएगा'' यह बात कहने में राहगीरों को भी शर्म आ रही थी लेकिन चूंकि डॉ. शंकर यूनिवर्सिटी में बहुत सख्त थे, इसलिए हर राहगीर ने डॉ. का यह संदेश भेजा , एक प्रयोग के भाग के रूप में.

कुछ दिन बाद डॉ. सतीश और डॉ. शंकर चैंबर में बैठे हैं। सतीशका एक दोस्त सतीशको ढूढ़ते हुवे चेम्बर मैं प्रवेश करता है ;

हितेश (डॉ. सतीश का दोस्त): सर, क्या मैं प्रवेश कर सकता हूँ? सतीश का काम है....

डॉ. शंकर: हाँ.

हितेश: “बधाई हो दोस्त! आपका प्रयोग सफल रहा है. यह देखो परिणाम ! सेंसर परिणाम ! उन्होंने सेंसर की रिपोर्ट मेज पर रखते हुए कहा, "आज ही रिपोर्ट मिली।। डॉ. सतीश और डॉ. शंकर एक-दूसरे को गंभीरता से देखते हैं। रिपोर्ट की जांच करने पर, सेंसर अंदर रोगाणुओं के बीच विभिन्न ऊर्जा तरंगों के संचार को दिखाता है।" ऐसा लगता है कि रोगाणुओं और प्रयोग में भाग लेने वाले लोगों के बीच कोई विषिशट तरह का कम्युनिकेटिव वेव्स उत्पन हुई है।डॉ. शंकर असहज महसूस कर रहे थे, कुछ ही मिनटों में डॉ. शंकर उनकी पत्नीका फोन आता है , डॉक्टर शंकर की पत्नी दर्द भरी आवाज से बोलती है : " आप जल्दी से हेल्थ प्लस टू हार्ट हॉस्पिटल पोहोचीए, हमारी बेटी का कॉलेज से आते वक्त ,एक्ससीडेंट हो गया है और वो कोमा मैं है ।

डॉक्टर शंकर: रोते हुए कहते हैं; वह रोते हुए कहते हैं, "मैंने एक प्रयोग में गलती से अपनी बेटी को चूहे की तरह इस्तेमाल कर लिया। मैं इस जगह के लायक नहीं हूं।"

डॉ. सतीश: घटना के बाद, फ्रांस में मेरा काम खत्म होने पर, डॉ. शंकर मेरे साथ स्थायी रूप से भारत वापस आ गए।

डॉ. सतीश: क्या हम वर्तमान में लौटें?

राजीव: हाँ.

27

अध्याय 10: विशाल और हेमांगी का भविष्य

शाम के 6:15 बजे हैं और राजीव घर पर सूर्यास्त देख रहे हैं। स्वेता का कॉल आता है.

श्वेता (फोन पर): लक्ष्य पूरा करते समय चित्रा ने मुझे देख लिया था इसलिए मुझे सब कुछ बताना पड़ा। अब चित्रा को सब समझ आ गया. कोई भी दोस्त आपको कभी भी कॉल कर सकता है. मानसिक रूप से, क्या बताना है ओह विचार करे ? इसके बारे में सोचो.

राजीव: तुम हमेशा! टारगेट पूरा करते वक्त गड़बड़ी करती हो .

श्वेता: हाँ, मुझे ऐसा लगता है। इसकी आदत हो गई है" हाहाहा..(हँसने लगते हैं।)

राजीव: हाहा...

श्वेता: मैं तुम्हें यह सलाह दे रही हु की अब चित्रा से कुछ भी मत छुपाओ...सच बताओ!

राजीव: हाँ.

कुछ ही मिनटों में चित्रा का फोन बजता है.

चित्रा: आप सूर्यास्त को देख रहे हैं ना?

राजीव: हाँ.

चित्रा: मैं भी " रिच रोड " पर हूं और डूबते सूरज को देख रही हूं। अब तुम्हारी आँखों के परदे गिरा दो। .

राजीव: क्यों?

चित्रा: बस इतना ही! करो ....मेरे लिए , ऐसा करो । । ।

राजीव: हम्म्म...मैंने किया।

चित्रा: मेरी आँखें भी बंद हैं और सूरज की किरणें मुझ पर पड़ रही हैं, तो क्या , केसरियो! रंग आँखों को छू रहा है ???

राजीव: हाँ.

चित्रा: हाँ. मैं भी, बंध आँखों से भगवे रंग मैं घिरी हुई हु।

राजीव: लेकिन तुम क्या?...क्या दिखाना चाहती हो ?

चित्रा: मैं बस इतना कहना चाहती हूं कि अभी हम दोनों की स्थिति एक जैसी है. क्या छिपाना है?

मैं तुमसे पहले भी प्यार करती थी थे और तुम भी मुझसे प्यारकरते हो . अब, मैं सब मुझे सबकुछ समझ आ गया है।। ।

राजीव: अब तुम मुझसे और विजय दोनों से प्यार करने लगी हो। क्या आप यह जानते हैं?

चित्रा: हाँ. इसमें गलत क्या है?

राजीव: नहीं, प्यार करने में कोई बुराई नहीं है। मेरा भी यही मानना है. लेकिन...

चित्रा: अगर! तुमने मुझे पहले ही बता दिया होता कि, मैं! मैं तुमसे प्यार करता हूँ लेकिन मैं तुमसे शादी नहीं करना चाहता फिर भी, मैं तुम्हारी जिंदगी में तुम्हारी दोस्त बनकर विजय से शादी करके शिमला आ जाना पसंद करती। इस सब नाटक की क्या जरूरत थी?

राजीव: इतना वक्त बीत गया इसलिए तुम ऐसा कह रही हो। अगर मैंने यह बात पहले ही स्पष्ट कर दी होती तो शायद तुम मुझे छोड़कर विजय से शादी करने को तैयार नहीं होती। अगर श्वेता और मैं उस दिन तुमसे न मिले होते तो तुम्हारा मुझसे नफ़रत करना संभव नहीं होता और मैं तुम्हें जिंदगी में आगे बढ़ने से रोक देता। बस यही कारण हैं.

चित्रा: विजय और मेरे बीच लंबी चर्चा हुई और आखिरकार हम इस नतीजे पर पहुंचे कि यह सब उस पूर्णिमा के दिन के बाद ही शुरू हुआ था। इसका मतलब है कि प्रयोग के अंत में आपने कुछ सीखा और ये सभी निर्णय लिए। सही? बस मुझे इशारा करो.मैं समज जाऊगी।। .

राजीव: हम्म..

चित्रा: ठीक है. मैं सब कुछ समझ हु। .

राजीव: हम कब मिलेंगे?

चित्रा: मैं और विजय! विशाल की शादी के पैहले बेंगलुरु आने वाले है ,फिर हम मिलते हैं।

राजीव: हाँ, हम तब मिलते है।

चित्रा: हाँ.

चित्रा: मैं तुमसे एक सवाल पूछती हूँ? पहले ए बताओके तुम्हारी आंखें अभी भी बंद ही है ना ?

राजीव: हाँ बंद है।

चित्रा: हम्म... मामला खत्म होने तक इसे बंद रखो. मेरीभी बंद है.

चित्रा- स्वेता भी तुमसे प्यार करती थी इसलिए तुमने स्वेता को दोस्ती की जगह दी और जिंदगी भरउसका दोस्त बनकर रहे, लेकिन तुम मेरे दोस्त क्यों नहीं बनना चाहते थे? तुम मुझसे एयरपोर्ट पर मिलने भी नहीं आये?.. क्यों?

राजीव: चित्रा! आप भावुक हैं. जबकि स्वेता एक अधिकारी हैं और स्वभाव से मजबूत हैं. जब तुम स्वभाव से एक कोमल फूल की तरह हो . उस समय, पुष्प रूपी आपका दिल -मन वास्तविकता जानकर मुर्जा जाता इस वजह से आखरीबार मिलने नहीं आया।। लेकिन अब हम आजीवन प्यार की जंजीर से बंधे दोस्त हैं।

चित्रा: हाँ. अगर प्यार है तो हम पक्के दोस्त हैं. वरना मैं दोबारा तुम्हारी शक्ल नहीं देखना चाहूंगी।.

राजीव: हाहाहा...... अलविदा।

उदाहरण : मैं तुम्हें कभी अलविदा नहीं कहना चाहती .

राजीव: यहाँ भी वैसा ही है।

प्रयोगशाला में:

डॉ.सतीश: राजीव! अब बिना समय बर्बाद किए मैं आपको विशाल का भविष्य दिखाना चाहता हूं ताकि हम उसके भविष्य के बारे में एक महत्वपूर्ण निर्णय ले सकें।

राजीवः हाँ. सर, मैं आज आपसे यही पूछने वाला था,राजीव ! हाथ में कॉफी का कप लिए राजीव ने पूछा, इसमें कौन सी गंभीर घटना शामिल है?

डॉ. सतीशः विशाल की मौत की घटना?'' यह सुनकर राजीव के हाथ से कॉफी कप छूट जाता है।

डॉ. सतीशः हाँ, राजीव। विशाल की मृत्यु निकट है. और हमें हेमांगी को बचाने के लिए एक गंभीर निर्णय लेना होगा

.

राजीवः आपका क्या मतलब है?

डॉ. सतीशः "हमारे और अन्य ब्रह्मांडों की घटनाओं को देखें। आप समझ जाएंगे।" डॉ. सतीश , ब्लू ब्रेन को यह कहकर पहले इस ब्रह्मांड के भविष्य में टाइम मशीन-प्रवेश करने का आदेश देते हैं;

विशाल का भविष्य - 5 वर्ष बाद की घटनाः

विशाल और हेमांगी कार में हैं और किसी पार्टी या समारोह से घर लौट रहे हैं।

हेमांगी : तुम्हें मेरे बॉस से ऐसे बात नहीं करनी चाहिए और थप्पड़ मारने की क्या जरूरत थी? इससे मेरी नौकरी भी ख़तरे में पड़ गई है.

विशाल :तुम्हे मेरा पक्ष लेना चाहिए था, लेकिन आप तो उससे प्यार करते हैं ना? आप मेरा पक्ष कैसे लेते ? मैं समझता हूँ

हेमांगी : कार रॉक.

विशालः क्या?

हेमांगीः मैंने तुमसे कहा! गाड़ी यहीं रोको.

विशालः गुस्से में आकर जोर से ब्रेक मार कर गाड़ी रोक देता है, गाड़ी के बाहर सड़क पर तेज बारिश हो रही है.

हेमांगी : "बाहर आओ।" कहते हुए हेमांगी तेजी से कार से बाहर निकल जाती है। जैसे ही विशाल कार से बाहर निकलता है, हेमांगी विशाल को जोरदार थप्पड़ मारती है। भारी बारिश में लड़ाई जारी है. हेमांगी आगे बोलती है; "वीरेंद्र! केवल! वह मेरा दोस्त है, बस इतना ही! कॉलेज के दौरान वह भी मुझे पसंद करता था। बस इतना ही है । वीरेंद्र की मदद से ही आज हमारा घर चल रहा है। वीरेंद्र ने ही तुम्हारे उस कांड के बाद भी मुझे नौकरी दी थी।" ऐसा लगता है कि आप भूल गए

हैं। वीरेंद्र ने आपके करियर को बेहतर बनाने के लिए ही हैदराबाद सुरक्षा अनुसंधान प्रयोगशाला में वैज्ञानिक की रिक्ति के लिए आपका नाम समिति को भेजा है।

विशाल: बेंगलुरु में एक बिहेवियर रिसर्च लैब भी है. वीरेंद्र अपने अधिकार का इस्तेमाल करके मुझे बैंगलोर में भी पोस्ट करवा सकता था लेकिन उस दुष्ट ने जानबूझकर मेरा नाम बदलकर हैदराबाद ट्रांसफर कर दिया। ताकि हम अलग हो सकें और वीरेंद्र तुम्हारे पास आ सके.

हेमांगी: अगर ऐसा है तो भी आप कल हमारे ऑफिस में बात कर सकते थे, है ना? वीरेंद्र से लड़ने की क्या जरूरत थी? और सबसे बड़ी गलती तो ए है के , तूने उसको थप्पड़ मारा !... क्यों मारा ? . आप चल रही पार्टी में मुझ पर चिल्लाए, "मैंने वीरेंद्र से आपका नाम हैदराबाद भेजने के लिए कहा था?" तू यही पूछ रहा था. तुम्हारी आवाज इतनी तेज थी कि हर कोई हमें घूर रहा था और तुम पार्टी का मज़ा बर्बाद कर रहे थे इसलिए वीरेंद्र तुम्हें समझाने आया और तूने उसे थप्पड़ जड़ दिया । आपके गुस्सैल स्वभाव के कारण हमारी पहली नौकरी बर्बाद हो सकती है।जे कुछ समझ मैं क्यों नहीं आ रहा है ??

विशाल: पहले जॉब स्कैंडल में मेरी कोई गलती नहीं थी. तुम्हारा वो बॉस तुम्हारे साथ छेड़छाड़ कर रहा था तो मुझे गुस्सा आ गया और मैंने उसे थप्पड़ मार दिया. इसमें क्या गलत किया?

हेमांगी: वह घटना तो समझ में आती है. माना की ,वो तो कार्यस्थल पर अपमानजनक स्थिति के कारण था। लेकिन आज तुमने जो झगड़ा किया वह तुम्हारी बुरी सोच का ही नतीजा है। वह पास से गुजर रहे एक ऑटो रिक्शा को रोककर उसमें बैठ जाती है और विशाल की ओर देखकर कहता है; "संदेह की कोई दवा नहीं है, विशाल! मेरे बारे में तुम्हारा संदेह हमारे विवाहेतर जीवन को बर्बाद कर देगा। मैं तुम्हारे साथ तुम्हारी कार में नहीं रहना चाहती।"

कुछ दिनों के बाद:

विशाल के घर से सामान टूटने की आवाज आ रही है. राजीव और डॉ. सतीश घर में प्रवेश करते हैं (सूक्ष्म शरीर के माध्यम से - समय यात्रा)। हेमांगी! चीज़ों

को इधर-उधर फेंकना और हर चीज़ को तोड़-फोड़ देना जारी रखती है। विशाल को गुस्सा आ गया! हेमांगी को थप्पड़ मारा गया.

विशाल: तुम! पागल हो गई हो.

हेमांगी : ये थप्पड़ ही काफी है हमारे टूटते रिश्ते को पूरी तरह खत्म करने के लिए. अब! हम साथ नहीं रहेंगे. मैंने अपनी कमाई से एक फ्लैट खरीदा है। अब मैं वहीं रहूगी ! आप और मैं सीधे कोर्ट में मिलेंगे.'' नतीजन, हेमांगी विशाल का घर छोड़कर अलग रहने चली जाती है.

कुछ ही महीने बाद:

एक दिन रात को अचानक विशाल का फोन बजता है, फोन हेमांगी का है। विशाल ने फोन उठाया. हेमांगी बहुत डरी हुई है.

हेमांगी: कृपया शीघ्र मेरे घर आएँ। मुझे ऐसा लग रहा है कि मेरी जान ख़तरे में है.

विशाल: क्यों? हेमांगी! क्या हुआ ??

हेमांगी: मुझे लगता है कि वीरेंद्र मुझे मार डालेगा।

विशाल: मुझे कुछ समझ नहीं आ रहा. आपका क्या मतलब है ? मैं आ रहा हूं, मैं तुम्हारे घर आ रहा हूं। फोन कट मत करना '' कहकर वह तेजी से कार में बैठ जाता है और हेमांगी के घर की ओर जाने लगता है। हेमांगी! चलती कार में वह विशाल को सारी बातें बताती है। :

हेमांगी -सुबह ऑफिस की घटना :

वीरेंद्र (फोन पर): वीरेंद्र अपने कार्यालय की दीवार में खिड़की से बाहर घूर रहा है और कह रहा है "हाँ! हेमांगी और विशाल जिस चिप पर काम कर रहे थे वह तैयार हो गई है। नहीं...नहीं..! बिल्कुल भी 10 करोड़ रुपये से कम में नहीं । नहीं, यह एक गुप्त परियोजना है। यह चिप भारतीय सैनिकों के सिर में प्रत्यारोपित करने के लिए डिज़ाइन की गई है। अगर मैं पकड़ा गया, तो मुझे आजीवन कारावास की सजा हो सकती है। इसलिए जब मैं आपको यह चिप डिज़ाइन दे रहा हूं तो "इतनी रकम चिपकी कीमत के सामने कुछ भी नहीं है।" ....हेमांगी पीछे खड़ी थी,...

विपरीत दिशा मैं घूमते हुवे बोला ;. "हेमांगी! तुम कब आई...?,...मैं तुम्हें बाद में फोन करूंगा" और फोन रख दिया।

"क्या तुमने कुछ सुना?"

हेमांगी: नहीं. मैं यह फ़ाइल देनेआई थी " ऐसा दिखाते हुए जैसे कुछ भी नहीं सुना है

"वह किसका फोन था?"

वीरेंद्रः "कोई खास नहीं" लेकिन हेमांगी के हाव-भाव और बहते पसीने को देखकर वीरेंद्र को एहसास हुआ कि हेमांगी ने सब कुछ सुन लिया है।

हेमांगी (विशाल को फोन पर): उसके बाद, मैं जल्दी से चली गई। मैंने पुलिस को भी बुलाया है. पुलिस भी आएगी. मैं सारी जानकारी पुलिस को दे दूंगी. कृपया! तुम जल्दी आओ"' और रोने लगती है।

विशालः हाँ, मैं रास्ते में हूँ। तुम्हें डरने की जरुरत नहीं है , मैं आ रहा हु... मैं जल्द आ रहा हूं। तुम फोन ऑन रखो"' कार की स्पीड बढ़ाते हुए वह हाइवे से हेमांगी के घर की ओर तेजी से बढ़ रहा है।

कुछ देर बाद हेमांगी के घर की घंटी बजती है।

हेमांगी: बहुत बड़ा! लगता है कोई आया है.

विशाल: जब तक तुम यह पुष्टि नहीं कर लेती कि यह कौन है, दरवाजा मत खोलना ।

हेमांगी: कौन?

व्यक्ति: मेडम ! मैं पुलिस स्टेशन से सब इंस्पेक्टर माधवन हूं। क्या आपने पुलिस को फोन किया ?

हेमांगी : पुलिस है !।। मैं डोर खोल रही हु " कहे कर तेजी से आगे बढ़ती है।

विशालः "नहीं! नहीं! रुको..." उसके इतना कहते ही हेमांगी दरवाजा खोल देती है। सामने खड़ा शख्स वीरेंद्र निकला. यह देखकर हेमांगी की आंखें बड़ी हो जाती हैं, वीरेंद्र! वह हाथ में बंदूक लेकर खड़ा था. मौका देखकर वीरेंद्र अपने दोस्त (गण) को हेमांगी का सिर घूरकर देखता है; "हेमांगी! तुम्हारा जीवित रहना मेरे लिए परेशानी का कारण बनेगा। हो सके तो मुझे माफ़ करना !! !" बोल के बंदूक का ट्रिगर दबा दिया। हेमांगी की मौत हो गई.

यह सोचकर कि बंदूक चलने की आवाज से हेमांगी मर गई है, विशाल घबरा जाता है। तभी तेज रफ्तार कार के अचानक ब्रेक लगाने से तेज रफ्तार ट्रक गलती से विशाल की कार से टकरा जाता है. इससे गंभीर दुर्घटना होती है.

कुछ ही मिनटों के बादः

विशाल दुर्घटनाग्रस्त कार से बाहर निकलता है और लहूलुहान अवस्था में गिरता-पड़ता हेमांगी के घर की ओर भागता है, हेमांगी के घर पहुंचकर वह अपनी लहूलुहान और मृत पत्नी का सिर गोद में लेता है और करुण क्रंदन करता है। कुछ मिनट बाद वीरेंद्र एक कमरे से बाहर आता है। और कहता है, "मैं जानता था कि हेमांगी ने तुम्हें सब कुछ बता दिया होगा। और तुम अपनी जान जोखिम में डालकर अपनी पत्नी के पास आओगे।" इतना कहकर वीरेंद्र ने विशाल के सिर में गोली मारकर उसकी हत्या कर दी।

वर्तमान :(भविष्य से वर्तमान पर वापस आते हुए)

राजीव: सर. नहीं...नहीं...विशाल और हेमांगी के साथ, हम अपने दोस्तों के साथ ये सब कैसे होने दे सकते हैं? कोई रास्ता अवश्य होना चाहिए। दूसरे ब्रह्मांड में क्या है?

डॉ. सतीश: हाँ. राजीव. ऐसे में हम सिर्फ हेमांगी की जान ही बचा पाएंगे.

राजीव: आपका क्या मतलब है? क्या विशाल का मरना निश्चित है?

डॉक्टर सतीश: मिस्टर ब्लू ब्रेन! दूसरे ब्रह्माण्ड की वह घटना दिखाओ।

ब्रह्मांड की एक और घटना:

आज विशाल और हेमांगी की शादी है जिसमें विशाल शेरवानी पहने नजर आ रहे हैं.

विशाल: "अलविदा, राजीव।" कहता है और फोन रख देता है। एक तेज़ रफ़्तार कार को पीछे से एक ट्रक ने टक्कर मार दी और कार खाई में गिर गई। विशाल की मौत हो गई.

हेमांगी! विशाल की याद में बिखर गई। चित्रा, राजीव, विजय, डॉ. सतीश की दोस्ती की गर्मजोशी और सहयोग के कारण, 2 साल बाद हेमांगी मानसिक आघात से उबर जाती है और सब कुछ भूलकर पोस्ट-डॉक्टरेट के लिए विदेश चली जाती है।

मौजूदा :

राजीव: क्या हम हेमांगी को तभी बचा सकते हैं जब दूसरे ब्रह्मांड की घटना घटित हो? यह हमारे लिए बहुत कठिन निर्णय है. मैं ये फैसला नहीं ले सकता.

इतना कहते हुए, नम आंखों के साथ, समय प्रयोगशाला से बाहर निकलने लगता है। बाद में डॉक्टर सतीश आते हैं और राजीव को रोकते हैं और कहते हैं;

डॉक्टर सतीशः "रुको! राजीव! तुम्हें यह निर्णय लेना होगा। तभी राजीव का फोन बजता है। फोन विशाल का है।"

विशालः चित्रा और विजय कल सुबह मेरे घर आएंगे. मैंने अपनी शादी से पहले एक बार फिर हमारे पसंदीदा पर्यटन स्थल "केल्शी द्वीप" जाने की योजना बनाई है। आप, डॉ. सतीश सीधे

मेरे घर आओ यहाँ से हम द्वीप जायेंगे। कृपया! मन्ना मत करना , मैं चाहता हु की हम फिर से वो दिनों को जिन्दा करे ।

राजीवः हाँ दोस्त! अगर आपका दिल चाहे तो हम चलेंगे.

विशालः क्या बात है. इतनी जल्दी 'हां' कर दी और तू तो !! ऐसे बोल रहा है , मानो जाने मैं मरने वाला हु और तू मेरी आखिरी ख्वाहिश को पूरा कर रहा हो !!

राजीवः नहीं. यार ऐसा मत बोल '' राजीवकी आंखे भीग रही है ।

फ़ोन - के बादः

राजीवः मैं एक बार अप्रत्यक्ष रूप से विशाल से इस बारे में पूछूंगा। विशाल! उत्तर क्या है उसके आधार पर हम निर्णय लेंगे।

कलशी द्वीपः

विजय, हेतल, हेमांगी और चित्रा सभी तंबू लगाने और फायर कैंप पर काम करने में व्यस्त हैं। राजीव और डॉक्टर सतीश समुद्र तट पर बैठे हैं। शाम का समय है और सूरज डूब रहा है राजीव और डॉ. सतीश समुद्र की उठती और गिरती लहरों को देख रहे हैं। चुप्पी तोड़ते हुए डॉक्टर सतीश बोलते हैं;

डॉ. सतीशः आज सही समय है, विशाल से पूछो !!

राजीव अपना हाथ उठाता है और विशाल को आने के लिए कहता है। विशाल बीयर की एक बोतल और कॉकके दो डिब्बे लेकर आता है।

विशालः अरे ! राजीव! .....यह ले कॉक का केन जरा ऐ भी , सतीश को पास करदे !!

राजीवः "ऐ सब छोड़ , मुझे तुजसे जरूरी बात कहनी है" और विशाल को अपने पास बिठाते हैं।

विशालः हाँ..हाँ..बोल...!!.

राजीवः कल मैंने एक सपना देखा। मैं स्वप्न विज्ञान में विश्वास करता हूं, इसलिए मैं अपने सपनों का विश्लेषण करना चाहता हूं। चूँकि आप टेलीपैथी के क्षेत्र

में काम कर रहे हैं, मुझे विश्वास है कि आप विश्लेषण में मेरी मदद कर सकते हैं।

विशाल: हम्म.. ! ... क्या सपना देखा।

राजीव: मैंने सपने में देखा था कि; "एक व्यक्ति है। उसके हाथ में एक चिराग आता है, वह उसे रगड़ता है। जैसे ही वह चिरागको रगड़ता है, उनमें से एक जिन्न बाहर आता है। जो जिन्न बाहर आता है वह अपने मालिक से उसकी इच्छा पूछता है। फिर मालिक जिन्न से पूछता है कि उसकी क्या इच्छा है कोनसा भविष्य घटित हो ? जिन्न मालिक को निकट भविष्य की दो संभावनाएं दिखाता है और कहता है कि आप जो भी पसंद करेंगे मैं उसे वास्तविकता में बदल दूंगा, मालिक!

विशाल: हम्म. संभावनाएँ क्या थीं?

राजीव: जिन की पहली भविष्यवाणी इस प्रकार है;

जिन के जादू के कारण मालिक की शादी उसकी प्रेमिका से हो जाती है, लेकिन कुछ साल बाद उसकी शादीशुदा जिंदगी में खटास आ जाती है और एक घटना में दोनों की मौत हो जाती है। और एक अन्य संभावना में केवल व्यक्ति ही मरता है और अपनी प्रेमिका की जान बचाता है, प्रेमिका कुछ वर्षों तक दुःख सहती है और अंततः प्रेमिका एक लंबा और सुखी जीवन जीती है।"

राजीव: सपनों का मतलब तो छोड़ो अब तुम ही बताओ; "यदि आप उस व्यक्ति की जगह होते, तो आप क्या निर्णय लेते?" जवाब सुनने के लिए राजीवका गंभीर चेहरा देखकर विशाल को एहसास हुआ कि वह व्यक्ति "विशाल" खुद ही है।।

विशाल थोड़ा उदास हो जाता है और हेमांगी को काम में व्यस्त देखता है। गहरी साँस लेता है और बोलता है;

"दूसरी स्थिति तय करो" कहकर वह थोड़ा उदास होकर मुस्कुराते हुए उठता है और दौड़कर हेमांगी को पीछे से गले लगा लेता है।

हेमांगी: अरे! क्या हुआ ? अचानक इतना आसक्त क्यों हो गया हूँ? सब देख रहे हैं.

विशाल: देखने दे ! कोई नहीं !... क्या पता कल मैं ना रहा तो... ?

हेमांगी: "सिर पर थप्पड़ मारती है, और कहती है; "पागल हो!"

शादी का दिन:

विशाल के पिता: "! चलो ! जल्दी से तैयार हो जाव ! विशाल। हमें मेरेज हॉल में टाइम पर पोहोचना होगा । पंडित भी आ गया होगा । शादी की रस्म में देर हो जाएगी।" विशाल के कमरे का दरवाजा बंद है. विशाल शीशे के सामने खड़ा है. और खुद पर गंभीरता से नजर रख रहा है. चित्रा, विजय और हेतल मंडप में हैं और

हेमांगी शादी के लिए तैयार हो रही है।

अचानक विशाल कमरे का दरवाज़ा खोलता है।

विशाल के पिता: चलें?

विशाल: नहीं.

विशाल के पिता: क्यों?

विशाल: मैं हेमांगी के लिए एक घड़ी का उपहार लेना चाहता हूँ! मैं लेकर आता हु , तुम और माँ चले जाओ.

विशाल के पिता: अभी??इतने दिनों तक तुजे ऐ ख्याल नहीं आया ? आज जाकर तुजे ये सब याद आ रहा है ? ठीक है लेकिन जल्दी करो. "कहते हुए आगे बढ़ जाते हैं। पीछे से विशाल बोलता है; "एक मिनट पापा!" विशाल के पिता खड़े हो जाते हैं।

विशाल के पिता: हाँ! बोलो।" विशाल ने उसे गले लगाते हुए कहा;

विशाल: "आई लव यू"

विशाल के पापा: मैं भी तुमसे प्यार करता हूँ बेटा! अभी जाओ, जल्दी करो !!

एक कार में:

विशाल ने राजीव को फोन किया। राजीव ने फोन उठाया.

विशाल: मुझे पहले से ही पता था कि तुम्हारे पास टाइम मशीन है. पूर्णिमा के बाद तुम्हारे बदले हुए व्यवहार से मैंने तुम्हारे मन को पढ़ना शुरू किया। फिर मैं हकीकत जानने के लिए डॉ. राघवाचार्य के घर गया। डॉ. राघवाचार्य ने मुझ पर विश्वास किया और टाइम मशीन का तथ्य उजागर किया। टापू पर तुम्हारे और डॉ. सतीश के गंभीर चेहरे देखकर मुझे पता चल गया कि सपने में मरने वाला व्यक्ति मैं ही था । सही?

राजीव: रोते हुए; "हाँ"

विशाल: अरे! राजीव. इसमें रोना क्या, यार! एक दिन हम मरने ही वाले हैं. आज का दिन मेरे लिए इतना ही है!

राजीव:मुझे माफ़ कर देना ! ! कोई अन्य रास्ता ही नहीं है ।

विशाल: . माफ़ कर दू ? क्यू ? तू ऐसा क्यू बोल रहा है ? मुझे तो तुजे धन्यवाद कहना है ; मैं सचमुच आपको धन्यवाद देना चाहता हूं. तुम्हारी वजह से हमारी

हेमांगी की जान बच जायेगी. मुझे जीवन से कोई असंतोष नहीं है. मैं वैसे ही जीया जैसे जिन्दगीको खुल के जिया और खुशी से जिया। आप सब मेरे माता-पिता और हेमांगी की देखभाल करने के लिए हैं, इसलिए अगर मैं अब इस दुनिया को छोड़ भी दूं, तो भी मुझे कोई दुख नहीं होगा। मुझे खुशी है कि मुझे इस जीवन में तुम्हारे जैसा अच्छा दोस्त मिला। मुझे लगता है कि आपके जन्म से पहले भी हम इतने अच्छे दोस्त रहे होंगे? आप क्या सोचते हैं?

राजीव: विशाल का मन रखने के लिए झूठ बोलता है और कहता है "हाँ! विशाल मैंने अपना अतीत भी देखा है। तुम और मैं 13वीं सदी में पुराने दोस्त थे।"

विशाल: हंसने लगते हैं और कहते हैं; "तुम सच में एक अच्छे दोस्त हो। मुझे पता है कि मैंने तुम्हें (विक्रम) मार डाला था । डॉ. राघवाचार्य ने मुझे पूरी सच्चाई बताई। आज मैंने अपनी गलती के लिए माफी मांगने के लिए फोन किया था। मुझे माफ कर दो।"

राजीव: तुम मेरे दोस्त हो और हमेशा रहोगे और हम भविष्य में भी दोस्त के रूप में मिलेंगे।

विशाल: हाँ यार! अलविदा जाने का समय हो गया है.

राजीव: अलविदा

विशाल ने "अलविदा" कहकर फोन रख दिया और घटना नियति के चक्र के अनुसार घटित हुई।

28

अध्याय 11: राजीव की क्रांतिकारी समय यात्रा

विशाल की मौत के 2 महीने बाद. प्रयोगशाला में:

राजीव: संध्या! वह ठीक ही कह रही थी कि अतीत और भविष्य जानने से ही मनुष्य चिंतित होता है। वर्तमान ही वास्तविक जीवन है. सर! इस मशीन को अब नष्ट कर देना चाहिए.

डॉक्टर सतीश: हाँ राजीव! मैंने भविष्य देखा है इसलिए मैं जानता हूं कि आज तुम इस टाइम मशीन को नष्ट कर दोगे। लेकिन उससे पहले मैं वो घटना दिखाना चाहता हूं जिसे डॉ. राघवाचार्य ने 2015 में बनी टाइम मशीन से काटा था.

राजीव: हाँ. सर मैं आपसे अपने उस जन्म के बारे में पूछना भूल गया। उस जन्म के समय सर ने मुझसे कौन सा काम छुपाया?

डॉ. सतीश: मेरी वजह से...

राजीव: क्या मतलब है?

डॉ.सतीश: उस जन्म में आप सभी देश के लिए काम कर रहे थे। हमारे सभी मित्र क्रांतिकारी थे।

राजीव: क्या? क्या हम सब क्रांतिकारी थे?

डॉ. सतीश: हम सब लोग नहीं ? आप सभी लोग. जिसमें मैं भागीदार नहीं हूं.

राजीव: आपका क्या मतलब है?

डॉ.सतीश: एक बार आप उस हकीकत को देख लें तो आपको सबकुछ समझ आ जाएगा. मिस्टर ब्लू ब्रेन! राजीव के उस जन्म की रिकॉर्डिंग जारी करें.

मिस्टर ब्लू ब्रेन: ठीक है! डॉ. सतीश.

स्विट्जरलैंड 1893, इंग्लैंड:

अरविन्द घोष:, ब्रिटिश साम्राज्य के लिए नहीं बल्कि मुझे अपने राष्ट्र के लिए काम करना चाहिए?

महाराजा सयाजीराव: आप वडोदरा आएँ। हमारे देश को आप जैसे प्रभावशाली आईसीएस उत्तीर्ण व्यक्ति की आवश्यकता है। मैं उतना ऊँचा वेतन तो नहीं दे सकता जितना आप ब्रिटिश सरकार के लिए काम करके पाओगे, लेकिन मैं आपको वडोदरा राज्यकी प्रशासनिक जिम्मेदारी और हमारी मातृभूमि में पैदा हुए छात्र को आपके ज्ञान की छाया देने का अवसर सौंप सकता हूँ। ।

अरविंद घोष: मैं इस अवसर का लाभ उठाने के लिए पूरी तरह तैयार हूं। मेरी अंतरात्मा की आवाज मुझे वडोदरा आकर आपके विश्वविद्यालय में शिक्षण और प्रशासनिक कार्य करने के लिए प्रेरित कर रही है।

महाराजा सयाजीराव: हाँ. अपने मन की बात मानें। वडोदरा की भूमि और एक गौरवशाली भविष्य आपका इंतजार कर रहा है।

1893 में, अरविंद घोष 23 वर्ष की आयु में भारत लौट आए। यह भारत के समृद्ध इतिहास और संस्कृति को समझने लगते है । वडोदरा में रहते हुए अरविंद घोष ने मराठी, गुजराती, संस्कृत और अन्य भाषाएँ सीखीं। महाराजा सयाजीराव के प्रशासनिक कार्यों में भी कार्यरत हैं और विद्यालय मे प्रोफेसर के रूप में भी, अरविंद घोष बहुभाषी हैं, संस्कृत में ग्रंथ पढ़ते हैं और उनका अंग्रेजी और अन्य भाषाओं में अनुवाद करते हैं।

एक दिन और रात: (इस्विसन, 1905)

अरविन्द घोष ने केरोसिन का दीपक जलाया। अरविन्द घोष आज रात के अँधेरे में जलते दीपक की रोशनी में भर्तृहरि की पुस्तक "वाकपदीय" पढ़ रहे हैं और उसका अनुवाद कर रहे हैं। किताब पढ़ते हुए अचानक चेयर से बेथखड़े होते है ," अध्यात्म और विज्ञान के मेल से टाइम मशीन बनाई जा सकती है"।

अगली सुबह विद्यालय के पुस्तकालय में आये और सोमपुरा विश्वविद्यालय, विक्रमशीला विद्यालय और पालवंश की आदि पुस्तकें पढ़ने लगे। अंततः अरविन्द घोष की टाइम मशीन बनाने की धारणा और अधिक गहरी हो गई।

एक दिन एक शिक्षक के रूप में एक स्कूल में छात्रों को पढ़ाते समय, वह भारतीय दर्शन और विज्ञान में टाइम मशीन बनाने की समानता के बारे में बात करते हैं। एक छात्र उत्सुकता से सुनता है और कहता है:

विद्यार्थी: "क्या आचार्य? क्या सचमुच विज्ञान और दर्शन को मिलाकर टाइम मशीन बनाना संभव है?" अरविन्द घोष उस छात्र के पास जाते हैं और उसके सिर पर हाथ रखकर कहते हैं:

अरविंद घोष: संपूर्ण ब्रह्मांड हमारे भीतर समाहित है। सभी वास्तविक परिणाम हमारे भीतर विश्वास का परिणाम हैं। यदि बेटा! आप मानते हैं कि यदि आप टाइम मशीन का आविष्कार कर सकते है तो आप इसे बनाएंगे। पूरा खेल आपके आत्मविश्वास का है.'' यह सुनकर छात्र के बगल में बैठा दूसरा छात्र बोलता है.

दूसरा छात्र: हाँ. आचार्य! मैं भी खुद पर विश्वास रखूंगा और इस क्षेत्र में काम करूंगा।'

पहला छात्र: हाँ. आचार्य हम मित्र बनेंगे, "टाइम मशीन" बनाकर अंग्रेजों को भारत में नहीं घुसने देंगे और आजाद हो जायेंगे" यह सुनकर श्री अरविन्द घोष कुछ सोच में डूब जाते हैं और कहते हैं;

अरविंद घोष: प्रिय छात्रों, आपका नाम क्या है?

पहला छात्र: मैं "आदित्य" हूं।

दूसरा छात्र: और मैं "उदय हूँ"।

अरविन्द घोष: छात्र! आज का अध्याय यहीं समाप्त होता है" कुछ गंभीरता से विचार करते हुवे कमरे से निकल आते है ।

मौजूदा :

राजीव: ये छात्र मैं और विजय हैं। मतलब मेरा नाम "आदित्य" और विजय का नाम "उदय" था और हम उस जन्म में भी अच्छे दोस्त थे।

डो सतीश : हां.

भूतकाल:

दूसरा दिन:- सयाजी राव महल:

महाराजा सयाजी राव: हम्म. अरविन्द जी, आप क्या मानते हैं?

अरविन्द घोष: हाँ! महामहिम टाइम मशीन बनाना संभव है. इससे छात्र आदित्य और उदय को गुप्त रूप से यह काम करने की प्रेरणा मिलनी चाहिए।

महाराजा सयाजी राव: मैं समझता हूँ। लेकिन मेरे पास एक प्रश्न है। यह काम आप स्वयं क्यों नहीं करना चाहते?

अरविन्द घोष: महामहिम! मुझे ऐसी आत्मिक अनुभूति है कि मेरी राह अलग है. मुझे लगता है कि मेरा भविष्य का काम अध्यात्म के क्षेत्र में होगा. इसलिए मैं चाहता हूं कि यह काम सबसे प्रभावी छात्रों द्वारा किया जाए। जो विज्ञान के माध्यम से हमारे देश को अंग्रेजों के जाल से बाहर निकालने का एक अवसर हो सकता है।

महाराजा सयाजी राव: ठीक है ! हम इन प्रभावशाली छात्रों से गुप्त रूप से यह शोध करवाते है ।

अरविंद घोष: नहीं सर. ये छात्र अभी भी पत्थर हैं, इन्हें पहले घिसकर हीरे में बदलना होगा।

महाराजा सयाजी राव : मतलब?

अरविंद घोष: मतलब, पहले आप उन्हें आधुनिक विज्ञान की शिक्षा प्राप्त करने के लिए कैम्ब्रिज विश्वविद्यालय भेजें। अपनी पढ़ाई के दौरान वह विज्ञान को समझेगा, फिर भारत आकर भारतीय तत्व का ज्ञान प्राप्त करेगा और अंततः वह एक टाइम मशीन बनाने में सक्षम होंगे ।

महाराजा सयाजी राव: ठीक है. मैं सभी वित्तीय और अन्य सहायता प्रदान करूंगा। यह प्रक्रिया अंग्रेजों से सदैव गुप्त रखी जायेगी। हम इस गुप्त शोध की चर्चा गुप्त कोड नाम "अभिलाषा अभियान" के तहत करेंगे ताकि लोगों को वास्तविकता का अंदाजा न हो सके।

समय बीतने लगा. कैंब्रिज विश्वविद्यालय से शिक्षा प्राप्त करने के बाद आदित्य और उदय भारत लौट आए। इसके बाद उन्होंने स्वामी विवेकानन्द द्वारा 1897 में स्थापित रामकृष्ण आश्रम से आध्यात्मिक एवं तात्विक ज्ञान प्राप्त किया।

1910 ई. में आदित्य और उदय ने "अभिलाषा" नामक संस्था की स्थापना की। उन लोगों को देखते हुए जो सिर्फ पैम्फलेट और मैगजीन छापने का काम कर रहे हैं. लेकिन गुप्त रूप से टाइम मशीन बनाने और अभियान के दौरान अन्य क्रांतिकारियों को रसद, हथियार पहुंचाने का काम कर रहे थे। अभिलाषा के सदस्य विदेशों में भारत की आजादी के लिए काम करने वाले अन्य संगठनों जैसे गदर पार्टी, अमेरिका और इंटरनेशनल प्रो इंडियन पार्टी, बर्लिन के साथ क्रांतिकारी

गतिविधियों में भी शामिल हैं।

अभिलाषा न्यूज एजेंसी में काम करने वाला हर व्यक्ति किसी न किसी तरह से क्रांतिकारी गतिविधियों में शामिल है। अंग्रेजों की नजर में वे स्वयं को संपादक, मैनेजर तथा अन्य पदों पर छिपाकर क्रांतिकारी गतिविधियाँ कर रहे थे। अभिनव, ईशा, योगिता, सरस्वती और विद्या सभी विज्ञान विशेषज्ञ हैं। रामकृष्ण आश्रम में सभी व्यक्तियों की आदित्य-उदय से मुलाकात हुई। जहां से वे संगठन बनाकर एक दूसरे के साथ काम कर रहे हैं.

मौजूदा :

राजीवः मतलब, उस जन्म की "विद्या" इस जन्म में मेरी पसंदीदा "चित्रा" है। श्यामा "सरस्वती" थी, हेमांगी "योगिता" थी। हमारी हेतल "ईशा" थी और मेरा प्रिय मित्र विशाल "अभिनव" था?

डो सतीशः हाँ. राजीव. उस जन्म में भी तुम सब बहुत अच्छे मित्र थे

भूतकाल:

स्विट्ज़रलैंड 1914:

रात के 7 बजे हैं. आदित्य अखबार के कार्यालय का मुख्य दरवाजा बंद कर देता है और पीछे के छोटे से दरवाजे से एक कमरे में प्रवेश करता है। सभी सहकर्मी कमरे में आदित्य का इंतजार कर रहे थे।

उदयः क्या तुमने बाहर देखा है? क्या आसपास कोई है?

आदित्यः नहीं. कोई नहीं है !

हमारे साथी क्रांतिकारियों द्वारा हथियारों की मांग की गई है। आज ही हिंदुस्तान सोशलिस्ट रिपब्लिक एसोसिएशन के एक सदस्य ने मुझे सांकेतिक भाषा में एक पत्र भेजा। उनके पत्र के अनुसार, उत्तर भारत में सक्रिय हमारे कर्नाटकियों के लिए हथियारों की आवश्यकता को पूरा करने के लिए राजस्थान क्षेत्र के एक व्यक्ति से कुछ हथियार खरीदे जाने हैं। विद्या, सरस्वती और योगिता ये काम आप पहले भी कर चुके हैं. तो आप ये काम करोगे.

सरस्वतीः हाँ. हम आज चले जायेंगे. और हम काम ख़त्म करके वापस यहीं मिलेंगे.

योगिताः हाँ.

आदित्यः ठीक है.

आदित्य : जर्मनी और ब्रिटेन आपस में युद्ध की स्थिति में हैं। यह हमारे लिए अच्छा अवसर है। दूसरा पत्र बाघा जतिन का है। जुगांतर कमेटी के क्रांतिकारी बाघा जतिन 5 दिन बाद जर्मन क्राउन प्रिंस से मिलने वाले हैं. उन्होंने मुझसे हमारे महत्वाकांक्षी अध्ययन के लिए वित्तीय और अन्य तकनीकी सहायता प्राप्त करने के लिए इस बैठक में आने के लिए कहा है। इसलिए मैं आज इस बैठक के लिए निकल रहा हूं.' और अभिनव तुम उत्तर भारत चले जाओ. क्योंकि उत्तर भारत में सक्रिय युगान्तर पार्टी के प्रमुख सदस्य रासबिहारी बोस को आपकी सहायता की आवश्यकता है। ईशा! कश्मीर से लेकर अफगानिस्तान तक आपको एक से एक पठान मिल जाएंगे. इस पत्र को संभाल कर रखें, इस पत्र में उस पठान से संपर्क करने की प्रक्रिया लिखी हुई है। तुम्हें उस पठान से रूस से एक औज़ार की तस्करी करानी है. हम टाइम मशीन शुरू करने के लिए इस टूल का उपयोग करने जा रहे हैं।

अब हम सब अपना दिया हुआ काम पूरा करके दो महीने बाद यहीं मिलते हैं?

बैठक के अंत में सभी लोग तितर-बितर हो जाते हैं। लेकिन विद्या कायम हैं.

आदित्य: हाँ! विद्या बोल, तुम कुछ कहना चाहती हो?

विद्या: हाँ. आप जानते हैं कि मेरा क्या मतलब है। मत खेलो.'' यह सुनकर आदित्य हंसते हुए कहते हैं

आदित्य :: हाँ! मुझे पता है आप कहना क्या चाहते हैं? एक बार! टाइम मशीन बन जाये फिर शादी कर लेंगे ! ठीक है ?

विधा: हंसती-बोलती है; "हाँ। काम के बाद फिर मिलेंगे।" कहकर कमरे से बाहर जाने लगती है तभी आदित्य बोलता है;

आदित्य: "एक मिनट! विद्या..." आकर विद्या का हाथ पकड़ता है और कहता है, "हमारा काम देश को आज़ाद कराना है। हो सकता है कि भविष्य में हमारा मिलना संभव न हो। क्या आप जानते हैं कि कौन सी अंग्रेज़ की गोली मेरी जान ले लेगी?" "अगर मैं नहीं रहूँगा तो तुम जिंदगी में आगे बढ़ जाओगे।" इतना बोलते ही विद्या आदित्य को थप्पड़ मारती है और कहती है;

विद्या:आदित्य ! मैं तीन साल से इंतजार कर रहा हूं. अगर मैं शादी करुँगी तो सिर्फ तुमसे और नहीं तो जिंदगी भर के लिए नहीं।

आदित्य: तुम पागल हो! कहते हुए "सिर को छूता है।"

विद्या-अब मेरी ओर मत देखो, नहीं तो मैं शस्त्र चलाने के लिए तुमसे दूर नहीं जा पाऊँगी।

आदित्य : हाहा...जाओ..बाद में मिलते हैं।

विद्या: ज़रूर.

आदित्य और उदय. बाघा जतिन के साथ जर्मन क्राउन प्रिंस से मिलता है। और जर्मन राजकुमार टाइम मशीन के लिए वित्तीय सहायता प्रदान करने के लिए सहमत हैं क्योंकि ब्रिटेन और जर्मनी प्रथम विश्व युद्ध में एक दूसरे से लड़ रहे हैं। कुछ दिनों बाद, आदित्य को बर्लिन से इंटरनेशनल प्रो इंडिया पार्टी, बर्लिन के सदस्य वीरेंद्र चट्टोपाध्याय का एक पत्र मिलता है। जिसमें प्रतीकात्मक रूप से अफगानिस्तान के माध्यम से वित्तीय सहायता प्राप्त करने की प्रक्रिया लिखी हुई है।

दो महीने के अंत में अभिलाषा के सदस्यों द्वारा सभी लक्ष्य सफलतापूर्वक प्राप्त कर लिए गए। इसी तरह समय बीतता है. क्रांतिकारी गतिविधियां करते हुए और टाइम मशीन एक धीमी गति से मशीन बन जाती है, विद्या और आदित्य ने अपनी जान के खतरे के कारण अभी तक शादी नहीं की है।

31 दिसंबर, 1929:

आदित्य: इतने सालों के बाद हम टाइम मशीन बनाने में सफल हुए हैं। यह हमारे साथी क्रांतिकारियों द्वारा हमें सौंपा गया हथियार संभालने का आखिरी काम होगा। यदि हम 10 दिन बाद 11वीं पूनम के दिन घड़ी को चलाने में सफल हो गए तो हम इतिहास रचते हुवे अंग्रेजों के भारत आने से पहले के समय में जाकर अंग्रेजों को भारत में प्रवेश करने से रोक देंगे। इसके लिए हम सभी का 11 तारीख को यहां मौजूद रहना जरूरी है.' ज्योतिष के जिन सिद्धांतों पर आधारित समय गणना के आधार पर हमने यह मशीन बनाई है, उसके अनुसार 11 तारीख को ही इस टाइम मशीन को चालू करके यात्रा करना संभव है। अतः हम लोग 11 जनवरी 1930 को पूनम के दिन ही यात्रा करेंगे।

विद्या, सरस्वती और ईशा आप त्रिमूर्ति दुर्गा देवी के पास जाएंगे, उनको हथियारों की आवश्यकता है। दुर्गादेवी गवर्नर हेली को मारने की योजना बना रही है। अभिनव और योगिता! ! तुम बम बनाने वाले भगवती चरण वोहरा के पास जाओ और जितना हो सके उतने विस्फोटक ले आओ। यदि टाइम मशीन चलते समय अंग्रेज आये तो हम इस बम से टाइम मशीन को नष्ट करके शहीद हो जायेंगे। भागवतचरण वोहरा आपको रावी नदी के किनारे मिलेंगे। मैं आखिरी बार हमारे गुरु महर्षि अरविंद से मिलने जा रहा हूं.' महर्षि अरबिंदो के आशीर्वाद से इस यंत्र को शुरू करने के लिए हम 11 तारीख को एकत्रित होंगे।

वायसराय हाउस - लॉर्ड इर्विन:

लॉर्ड इर्विन सामने बैठे किसी व्यक्ति से बात कर रहे हैं। लंबे कोर्ट और कैप में लड़का अंग्रेज़ जैसा दिखता है। अपने असली रूप को छिपाने के लिए कृत्रिम रूप से लंबी दाढ़ी और नंबर वाला चश्मा पहने हुए, लॉर्ड इरविन को ध्यान से सुन रहा है।

इरविन: "आज! हमने आपको उस काम के लिए यहाँ पे बुलाया है जिसके लिए तुम्हे लिए प्रशिक्षित किया गया है । अनुराग! हम आपको तभी काम सौंपते हैं जब हमें लगता है कि स्थिति बहुत गंभीर है। चूंकि आप एक भारतीय हैं, इसलिए किसी को भी आप पर संदेह नहीं है कि आप यह काम कर रहे हैं।" अनुराग के सामने टेबल पर संगठन में काम करने वाले सभी लोग की तस्वीरें और इन्फॉर्मेशन रखते हुए आगे कहते हैं, "हमारा जासूस हमें सूचित करता है कि ये लोग समय से आगे की सोच रहे हैं और टाइम मशीन बनाकर समय में पीछे जाना चाहते हैं और ब्रिटिश राज को प्रवेश करने से रोकना चाहते हैं।" ब्रिटिसर्स के लिए इसलिए इस समस्या को जल्द से जल्द हल करना सबसे अच्छा है।

अनुराग: मुझे क्या करना होगा?

इरविन: अपने कौशल का उपयोग करें और दूर से ही सभी रिक्त बिंदुओं को साफ़ करें। उन्होंने कई बार हमारे लिए ऐसा किया है.' पहले की तरह, मैंने इस बार भी सबके सिर में गोली मार दी होगी।

अनुराग: अनुराग! सिर पर रखी बड़ी टोपी के ज़रिए चेहरे को छुपाने वाली टोपी को सिर से उतारकर मेज पर रख दिया जाता है। अब! अनुराग का चेहरा साफ देखा जा सकता है.

अनुराग: हो जायेगा.

मौजूदा:

राजीव को, अनुराग का चेहरा देखना एक दुखद अनुभव का एहसास करता है . और दुख की दृष्टि से सतीश की ओर देखते हुवे कहता है:

राजीव: आप... ?

डो सतीश: क्षमा करें! राजीव. यह सच्चाई है। अनुराग! वो मैं ही था और मैंने ही तुम्हें और अन्य दोस्तों को मार डाला। इस कारण डो राघवाचार्य ने इस समय को काट दिया और इन घटनाओं को आपसे छिपा दिया। यह सोचकर के आपके मन मैं मेरे प्रति अलगाव की भावना उत्पन्न होगी।

राजीव: नहीं. महोदय! ..मैंने भी पिछले जन्म में गलतियाँ की थीं। मैं समझता हूँ मैं भी कातिल ठहरा. मैं तुम्हें कभी भी हत्यारे के रूप में नहीं देखूंगा, मैं तुम्हें इस जीवन में सबसे अच्छे और बुद्धिमान व्यक्ति के रूप में देखूंगा। और दुनिया के लिए इन जादुई घटनाओं का रहस्य हमेशा एक रहस्य ही बना रहेगा।

डो सतीश: धन्यवाद! राजीव! मैं आपसे इसी उत्तर की आशा कर रहा था.

अतीत:

पांडिचेरी

महर्षि अरविन्द की आध्यात्मिक शक्ति बहुत ऊंचे स्तर पर पहुँच गयी थी। महर्षि अरविन्द आश्रम में ध्यान कर रहे हैं। अचानक महर्षि अरविन्दके सामने सारे रहश्य खुल गए , प्राप्त आध्यात्मिक शक्ति के कारण महर्षि अरविन्द को अतीत की सभी घटनाओं और भविष्य की सभी घटनाओं का ज्ञान हो जाता है।

आदित्य: महर्षि अरविंद के पैर छूते हैं। प्रणाम! महर्षि!

महर्षि अरविन्द: आओ ! पुत्र !... मैं जानता हूं कि तुम आखिरी बार मुझसे मिलने आये हो.

आदित्य : यह सुनकर आदित्य! यह समझा जाता है कि; "आदित्य का अंत निकट है"

हे मेरे गुरुदेव एवं दिव्यात्मा! मैं आपका संकेत समझता हूं, मैं सिर्फ यह जानना चाहता हूं कि स्वतंत्र भारत कैसा होना चाहिए? क्या मैं आपके पांच सपनों की कल्पना करके उन्हें सच होते देख सकता हूं?

महर्षि अरविन्द : बेटा! आप आज़ाद भारत में तो होंगे लेकिन आज़ादी के समय नहीं!

आदित्य: आदित्य को अब सब कुछ स्पष्ट रूप से समझ में आ रहा है "मैं समझता हूँ।"

महर्षि अरविन्द : बेटा! कोई फर्क नहीं पड़ता कि जीवन का भौतिक लक्ष्य प्राप्त हुवा या नहीं हुवा !। जीवन का लक्ष्य कहता है कि अंतिम मार्ग "मोक्ष" है। आपने पिछले जन्म में भी अच्छी भूमिका निभाई, इस जन्म में भी तुमने सही कर्म किये और अगले आने वाले जन्म में भी! एक अच्छी भूमिका निभानी है.

आदित्य ने आखिरी बार महर्षि अरविंद के चरण को छुआ। तब महर्षि अरबिंदो आशीर्वाद देते हुए कहते हैं यशस्वी भव, उसी समय आदित्य को वह समय याद आता है जब वह कैम्ब्रिज यूनिवर्सिटी में पढ़ने गए थे, जिसमें आदित्य महर्षि अरबिंदो के पैर छू रहे हैं. महर्षि अरविन्द आदित्य के सिर पर हाथ रखकर बोलते हैं; "विद्यावान, यशवान और आयुष्मान भव"। अब आदित्य को मृत्यु का पाठ

अधिक स्पष्ट हो गया।

विद्‌या, सरस्वती और ईशा-दुर्गा देवी से सवांद ::

दुर्गा देवी: आपकी संस्था "अभिलाषा" बहुत अच्छा काम कर रही है। हमारे क्रांतिकारी भाइयों और बहनों की गतिविधियाँ आपके समर्थन के बिना संभव नहीं होंगी।

विद्‌या: आपका बलिदान हमसे कहीं अधिक है। हम केवल हथियारों का सौदा कर रहे हैं लेकिन आपने अपनी संपत्ति वितरित की है और कई क्रांतिकारियों को भोजन और क्रांतिकारी गतिविधियों के लिए वित्तीय सहायता प्रदान की है। "दुर्गा देवी जिन्होंने अपनी जान की परवाह किये बिना अपना पूरा जीवन देश के लिए समर्पित कर दिया!" इस हथियार की आपूर्ति के बहाने आपसे मिलकर मुझे सौभाग्य मिला है।

विद्‌या: अभिनव दो दिन बाद रावी नदी के किनारे भगवती चरण वोहरा से भी मिलने वाले हैं. मुझे एक व्यक्तिगत प्रश्न पूछना है? यदि आप दोनों पति-पत्नी अपनी क्रांतिकारी गतिविधियों के कारण एक-दूसरे से दूर हैं, तो क्या इसका आपके वैवाहिक जीवन पर प्रभाव पड़ेगा?

दुर्गा देवी : नहीं. बिल्कुल कोई असर नहीं. प्राचीन काल से ही मेरी और मेरे पति की पहली प्राथमिकता हमारे देश की आज़ादी रही है। मैं अपने पति के कारण ही क्रांतिकारी बन सकी। अगर कल कोई हादसा हो जाए और हम दोनों में से कोई एक शहीद हो जाए तो भी हमें दुख नहीं होगा. क्योंकि हमने अपना जीवन देश की आजादी के लिए समर्पित कर दिया है।'

विद्‌या: हाँ.

दुर्गादेवी: हम सभी लोगों का लक्ष्य आजाद भारत है और उसके लिए हमारा योगदान बराबर है। इतिहास हमें इन कार्यों के लिए सदैव याद रखेगा। विद्‌या! अगर हम दोनों बच गए तो फिर मिलेंगे.

विद्‌या: हाँ.

दुर्गादेवी! जैसे ही वह जगह छोड़ता है. अचानक, पहले ईशा और फिर सरस्वती के सिर में गोली लगती है और दोनों जमीन पर गिर जाता है और मर जाता है।

विद्‌या स्थिति को समझती है और बगल के सरकारी ईमारत में घुसने की कोशिश करने लगती है। अनुराग! तीन से चार गोलियां चलाता है लेकिन पेड़ोंकी आड़ में विद्‌या इमारत में घुसने में कामयाब हो जाती है। कुछ देर बाद विद्‌या! भेष बदलकर अनुराग को चखमा देते हुवे बिलिंग्स से बाहर निकालने में सफल हो जाती है ।

दो दिन बाद:

रावी नदी के तट पर:

अभिनव! रावी नदी के तट तक पहुँचता है। महान क्रांतिकारी भगवती चरण वोहरा अपने साथी क्रांतिकारियों के साथ बम का परीक्षण करने वाले होते हैं तभी उन्हें नदी किनारे कोई आता हुआ दिखाई देता है। भगवती चरण वोहरा ने बम को पत्थरों के पीछे छिपा दिया। दो लोगों के पास आने पर भगवती चरण वोहरा हंसते हैं।

भगवती चरण वोहरा: "ओह! अभिनव! क्या तुम वहाँ हो?मुझे लगा के मेरे पास कोई मेरी जासूसी करने आ रहा है। मेरे साथ आओ" पड़ोस के कमरे से एक बैग निकालकर अभिनव को देते हुए कहते हैं। "मैं प्रार्थना करता हूं कि आपको इस बम से मशीन को नष्ट न करना पड़े और आप लोग समय बदलने में सफल हों।

अभिनव और योगिता बैग लेकर रावी नदी से आगे बढ़ते हैं तभी एक धमाका अभिनव के कान पर पड़ता है। पीछे मुड़कर अभिनव के पीछे देखती है कि भगवती चरण वोहरा का शरीर जल गया है और वह शहीद हो गये हैं। (परीक्षण के दौरान बम हाथ में ही फट जाता है।)

अनुराग वापस जा रहे योगिता के सिर में गोली मार कर ,योगिता और अभिनव पर हमला करता है। योगिता को गिरता देख अभिनव! एक पेड़ का सहारा लेकर अपनी जान बचाता है और बाद में पीछेके घने जंगल मैं घुस पेट करने मैं सफल रहेता है ! अपना रूप बदलकर अनुराग को धोखा देता है और अभिनव गोला-बारूद के साथ भागने में सफल हो जाता है।

दो दिनों के बाद,अनुराग, विद्या को फिर से पकड़ने में सफल हो जाता है। लेकिन विद्या एक बार फिर भेष बदलकर भाग निकलती है। विद्या को एहसास हुआ कि अभिलाषा संगठन को निशाना बनाया जा रहा है। विद्या किसी मनोचिकित्सक मेसेन्जर के माध्यम से सारी घटना आदित्यको बताकर प्रयोग को फिलहाल स्थगित करने की सलाह देती है। महर्षि अरविन्द से चर्चा के कारण आदित्य को सब कुछ समझ में आ जाता है। अतः उत्तर में विद्या को आदित्य; "हम प्रयोग को भविष्य मैं करेंगे, इसे अभी के लिए स्थगित कर देंगे" और विद्या को गुप्त रहने और कुछ समय के लिए देवी दुर्गा की शरण लेने की सलाह देते हैं।

दरअसल, विद्या की जान बचाने के लिए आदित्य झूठ बोलता है। स्थिति को समझते हुए, अभिनव, उदय और आदित्य मशीन को जंगल में ले जाते हैं। यह प्रयोग पूर्णिमा की रात्रि को ही प्रारंभ किया जाता है। टाइम मशीन समय बदलने के अंतिम चरण में है। मशीन समय बदलने के लिए पुष्टिकरण प्रतिक्रिया मांग

रही है। आदित्य समय परिवर्तन से बस एक बटन दबाने की दूरी पर हैं। अचानक, अनुराग, जो एक जंगल के पेड़ में छिपा हुआ है, तीन गोलियां चलाता है। तीन गोलियों की आवाज से आदित्य का हाथ रुक जाता है. आदित्य पीछे मुड़ा। उदय और अभिनव के सिर में गोली लगी है और मृत पड़े है । लेकिन आदित्य देखता है कि एक अजनबी उसके पैरों के पास मरा हुआ पड़ा है। आदित्य को लगने वाली गोली उस अनजान, उलटे मुँह गिरे व्यक्ति हो लगी हुई है । इस तरह से ओ अनजान व्यक्ति आदित्यकी जान बचाने की कोसिस करता है।

मौजूदा:

राजीव: हार्दिक....? अचानक हार्दिक! ? यहाँ कैसे आ गया ?

डो सतीश: राजीव !याद करो !! इस अतुल्य की जंगल में उपस्थिति, गुरु बद्री देवाचार्य द्वारा दिए गए श्राप का परिणाम है। एक सपने के बाद, हार्दिक, आदित्य की रक्षा के लिए एक पेड़ में छिप जाता है।

अतीत:

इससे पहले कि आदित्य कुछ समझे, अनुराग! आदित्य को सीने में दिल के पास गोली दाग देता है . आदित्य को चोट लगती है और वह जमीन पर गिर जाता है। अनुराग! पेड़ से नीचे उतरते हुए आदित्य की तरफ धीरे-धीरे चल रहा है. आदित्य लाइटर खोलता है जो उसने अपने हाथ में छिपा रखा था। पलक झपकते ही विद्या का मुस्कुराता चेहरा याद आ जाता है. अनुराग वहीं! आदित्य के पास आकर अभिमान और अहंकार से आगे देखता है और बोलता है; ''तुमने मुझे जिंदा छोड़कर गलती की...'' .हाहाहा,...'' जवाब में आदित्य भी जोर-जोर से हंसने लगता है.

अनुराग: तुम मुस्कुरा क्यों रहे हो?" गुस्से और डर से पूछता है

आदित्य: "क्योंकि, अब मैं अपनी उस गलती को सुधारने जा रहा हूं।" वह लाइटर जलाता है और उसे अपने बगल में रखे बम बैग पर फेंक देता है। पहले से ही मिट्टी के तेल में भिगोए हुए बैग में आग लग जाती है और उसमें रखा गोला बारूद फट जाता है, जिससे अनुराग और आदित्य की मौत हो जाती है।

मौजूदा :

राजीव: तो मैं तुम्हें {अनुराग को} पहले से जानता था?

डो सतीश: "हाँ। मैंने बहुत बड़ी गलती की थी इसलिए, मुझे आपके संगठन से बाहर निकाल दिया गया । वो यह घटना है।" डॉक्टर उस घटना को दिखाता है :

1912 - मेरठ:

उदय: हाँ! आदित्य ! यही सच है !1 अनुराग ही उसका जिम्मेदार है जो कल ब्रिटिश सरकार की पुलिस हथियार चलाते समय हमारे पीछे पड़ी थी।

आदित्य: हम्म.समझ गया. इसलिए वो कल ऐसा बोल रहा था कि "आज मेरी तबीयत ठीक नहीं है, तुम लोग अकेले वो काम करके आवो "!इस बहाने से अनुराग अभियान में शामिल नहीं हुए

कुछ ही देर में अनुराग आ जाता है. अनुराग के ऑफिस पहुंचकर आदित्य एक पिस्तौल निकालता है और अनुराग के सिर पर रख देता है। अनुराग कुछ देर लाल आँखों से अनुराग को देखता है और पूछता है; "आपने क्या किया?"

अनुराग: रोते हुए बोलता है; "गरीबी के कारण। मेरी माँ बिस्तर मैं बीमार पड़ी है और मुझे तुरंत पैसों की जरूरत थी ।"

आदित्य: "तुम अपने इन दोस्तों को कैसे भूल गए? अगर तुमने हमसे मदद मांगी होती तो हम तुम्हारी मदद कर देते। लेकिन हकीकत यह नहीं है। सच तो यह है कि तुम पैसे के भूखे हो। तुम अब भीतुम्हारी माँ की बीमारी के बारे में बहाने बना रहे हो।" मुझे यह कहते हुए शर्म आ रही है कि तुम हमारे दोस्त हो। टकेली पिस्तौल दूर रखने से पहले बोला। "अगर तुम मेरे दोस्त नहीं होते तो मैं तुम्हें मार डालता। हमारी दोस्ती पर तरस खाकर मैं तुम्हें जिंदा छोड़ रहा हूं। तुम्हारे जैसे गद्दारों और झूठों के इस संगढन मैं जमावड़े की कोई जरूरत नहीं है" और उसे ऑफिस से बाहर निकाल दिया।

मौजूदा :

डॉ. सतीश: फिर भी आप मुझसे नाराज नहीं हैं.

राजीव: नहीं सर. हम वो सब पीछे छोड़कर आगे बढ़ चुके हैं।'

डॉ. सतीश: हम्म्म

राजीव खड़े होकर बोलते हैं। "अब! मानव सभ्यता को इस टाइम मशीन की जरूरत नहीं है. संध्या सही थी. राजीव कह रहे हैं!...ओर.... टाइम मशीन को नष्ट कर देता है......

www.ingramcontent.com/pod-product-compliance
Lightning Source LLC
LaVergne TN
LVHW091258150826
845673LV00006B/1461

9798896320456